SCHATTEN LICHT

GOLDENES LICHT

IZZY MAXEN

Für Sienna.

Weil du mir mit deinem Licht und deiner Wut
durch eine dunkle Zeit geholfen hast.
Weil du den Mut hast, zu erkennen, was falsch und richtig ist.
Und weil du Ciaran und Thy den Kopf verdrehst
und es noch nicht einmal merkst.

Die Prophezeiung

Ein Blick in den Spiegel, in eine andere Welt,
ein Volk rebelliert, sie alle stellt.
Der Silberne Krieg bringt Elend und Tod,
vernichtet sie alle, bis das Licht sich erhebt.

Ein Friede geschlossen, ein trügerisch' Bild,
die Welt vor dem Abgrund, sie alle verschlingt.
Ein Spiegel bringt Wahrheit, Erkenntnis dringt vor,
ein Volk, das verloren, kommt wieder empor.

Tod und Zerstörung für Schatten und Licht.
Die Spiegelnde Welt wird untergehen:
Folgt Eurer Pflicht!
Nur ein Bund kann sie retten, im Zeichen der Vier,
um Einklang zu bringen wie Hunderte Jahre zuvor.

Aus den Chroniken der Spiegelnden Welt.
Der Silberne Krieg.

Sommer im Jahre 1078 (12. Jahr des Silbernen Krieges)

An Rion, den Dunklen König.

Ich bin zurück auf dem Weg nach Sonnensee. Die Durchquerung des Sturmlandes hat mich fast die Hälfte meiner Männer gekostet, obwohl wir Gebiete gemieden haben, in denen der Krieg tobt. Trotzdem sind wir immer wieder auf graue Krieger getroffen, sodass wir gezwungen waren, zu kämpfen. Das Wetter spielt vollkommen verrückt, und meine Männer kamen mit den Unmengen an Regen, der in diesem Land vom Himmel fällt, nicht zurecht.

Das Orakel von Nevulum hat mich gewarnt: Das Schattenlicht, von dem deine dunklen Meister berichten, sei so mächtig, dass es niemand wirklich kontrollieren könne. Durch diese Waffe würde ein Unheil heraufbeschworen, das schlimmer sei als der Silberne Krieg.

Ich weiß nur, dass dieser verdammte Krieg endlich ein Ende haben muss. Sobald ich das Lichtland erreicht habe, werde ich dir Nachricht schicken.

Thanatos

Kapitel 1

Mein Herz rast und pocht so laut, dass ich befürchte, Rhea zu wecken. Ich versuche, es zu beruhigen, atme langsam ein und aus und konzentriere mich auf das trübe Licht vor mir. Kalte Schweißperlen wandern an meinen Schläfen entlang, und vorsichtig drehe ich den Kopf zur Seite.

Es ist mitten in der Nacht. Schwaches Licht fällt durch die offenen Fenster und bringt den Geruch verbrannter Erde mit sich. Der Sommer in unserem Land ist so heiß, dass der Sand in den Straßen unter den Strahlen der Sonne zu glühen beginnt. Ich schließe die Augen. Langsam fange ich zu zählen an. Dies und der vertraute Duft beruhigen mich und meine Gedanken kommen zur Ruhe.

Ein dumpfes Klappern reißt mich erneut aus dem Dämmerzustand. Erschrocken fahre ich hoch und werfe Rhea neben mir einen Blick zu. Sie hat die Augen geschlossen und atmet gleichmäßig. Die rotblonden Haare kleben auf ihrer Stirn, und ein dünner Schweißfilm überzieht ihren Körper. Sie ist die Hitze nicht gewohnt, kennt sie nicht so gut, wie ich sie kenne. Niemand kennt sie so gut wie ich.

Ich versuche angestrengt, in der Stille der Nacht etwas zu hören, doch da ist nichts. Langsam streife ich das seidene Laken von meinem Körper, setze meine nackten Füße auf die kalten Fliesen und stehe auf. Die Kälte beißt in meine Fußsohlen, und durch mein dünnes Nachthemd spüre ich sofort den leichten Windhauch.

Erneut ein Geräusch. Es klingt, als würde jemand ein Stück Holz über den Boden ziehen. Ein Schauer läuft über meinen Rücken, und die feinen Härchen an meinen Armen stellen sich auf. Soldaten stehen auf dem Flur vor meinem Zimmer, sodass niemand unbemerkt meine Gemächer betreten kann. Wieder ein Scharren. Diesmal bin ich mir sicher, dass der Laut aus dem Ankleidezimmer gekommen ist. Leise schleiche ich zur Tür und werfe einen Blick zurück zum Bett. Der weiße Baldachin, der zwischen den vier hohen Bettpfosten gespannt ist, wölbt sich leicht im Wind, bevor er raschelnd in sich zusammenfällt. Rhea seufzt leise im Schlaf und dreht sich auf die andere Seite.

Ich lege meine Hand an die schwere Schiebetür aus hellem Holz. Filigrane Prägungen darauf sind zu einem bizarren Muster verflochten und zeugen davon, wie kostbar allein diese Tür ist. Ganz vorsichtig schiebe ich die Tür nach links, bis ein schmaler Spalt entsteht.

Erregung durchrollt mich, und meine Muskeln spannen sich an. Die Angst kribbelt in meinem Nacken, mein Atem geht flach. Aber ich bin kein Feigling, ich will wissen, woher das Geräusch gekommen ist. Mein Blick wandert durch den Raum, doch ich sehe nichts Ungewöhnliches. Meine Kleider von gestern Abend hängen noch über dem Sessel, auf dem Tischchen liegt mein Schreibzeug, und vor dem Spiegel türmen sich Unmengen an Schmuck und Schminkutensilien.

Langsam stoße ich die Luft aus, die ich unbewusst angehalten hatte. Wahrscheinlich alles meine Einbildung. Ich will mich schon abwenden, da sehe ich im Spiegel eine Bewegung. Ein leichtes Flattern in der unteren Ecke, dann ein Aufblitzen. Ich erstarre in meiner Bewegung, mein Puls beginnt zu rasen, und augenblicklich ist die Anspannung wieder da. Aber zurück ins Bett zu gehen und mir die Decke über den Kopf zu ziehen, ist keine Option. Außerdem könnte ich jetzt sowieso nicht mehr schlafen.

Selbstsicherer, als ich mich fühle, mache ich einen Schritt in den Raum hinein. Hier ist es kühler als in meinem Schlafzimmer. Die Vorhänge flattern im warmen Wind und verursachen ein leises Rascheln. Ich drehe meinen Kopf und gehe gleichzeitig leicht in die Knie. Meine Nerven sind zum Zerreißen gespannt und meine Hände zu Fäusten geballt.

Nichts.

Mir entfährt ein spitzer Schrei, als etwas aus dem Kleiderberg auf dem Sessel auf mich zuspringt und ich mich instinktiv zur Seite drehe.

»Conan! Raus hier!«, zische ich wütend und deute mit der Hand in Richtung der offenen Fenster. Das Blut rauscht in meinen Ohren, und nur langsam beruhigt sich mein Herzschlag.

Das kleine rotbraune Wesen sieht mich mit schief gelegtem Kopf an. Conan ist ein Feuerknäuel, ein rundes, flauschiges Kerlchen mit einem Kopf und zwei kurzen Beinen, das kaum größer ist als eine Katze. Es wirkt auf den ersten Blick vollkommen harmlos, kann aber sein Fell, wenn es sich bedroht fühlt, innerhalb von Sekunden zu einer tödlichen Waffe verwandeln – Feuer. Mein Vater hat mir das Feuerknäuel zum letzten Geburtstag geschenkt, und obwohl ich mir größte Mühe gegeben habe, ihm ein paar Regeln beizubringen, ist Conan mit Sicherheit das unerzogenste Feuerknäuel, das es im gesamten Lichtland gibt. Energisch greife ich nach ihm und bringe es zum Fenster. Conan knurrt und wehrt sich, hüpft dann aber doch mit einem Satz auf das angrenzende Dach.

Die Anspannung fällt endgültig von mir ab, und ich stütze mich kopfschüttelnd auf das Fensterbrett. Ein kleines Lächeln breitet sich auf meinem Gesicht aus, und ich muss über mich selbst lachen. So eine Aufregung wegen eines Feuerknäuels.

In diesem Moment legt sich eine Hand fest über meinen Mund.

»Keinen Laut, Prinzessin!«, raunt eine tiefe Stimme an meinem Ohr.

Ich erstarre und bin wie gelähmt. Ein starker Arm legt sich um meine Taille. Der Mann ist größer als ich und mir so nah, dass ich seinen ruhigen Herzschlag spüren kann. Panisch öffne ich meinen Mund, schreie dumpf in seine Hand. Ich versuche, mich aus seinem unnachgiebigen Griff zu befreien, habe aber keine Chance. Er presst mich an sich, zieht mich vom Fenster weg und weiter in den Raum hinein. Vor

Angst wird mir übel. Ich kann nicht mehr klar denken. Ich trete nach ihm, kratze mit den Händen über seinen nackten Arm und schreie, bis meine Kehle schmerzt. Dicht an meinem Ohr höre ich ein raues Fluchen, als ich mit aller Kraft in seine Hand beiße. Ich schmecke Blut, aber die Hand liegt weiterhin fest auf meinen Lippen.

Der Mann schimpft leise, und immer noch fühle ich seinen Körper in meinem Rücken. Sein herber Duft, gemischt mit Schweiß und etwas Metallischem, dringt in meine Nase, und ich beginne, am ganzen Körper zu zittern. Die Angst schnürt mir die Kehle zu, und ich habe das Gefühl, keine Luft mehr zu bekommen. Der Fremde hält inne, und einen kurzen Moment stehen wir mitten im Raum, ohne dass sich einer von uns bewegt. Meine Gedanken überschlagen sich, aber ich zwinge mich zur Ruhe. Ich muss mich wehren, ich kann mich wehren! Ich weiß, wie man kämpft. Unzählige Male habe ich genau so eine Situation mit Kit trainiert. Aber statt zu handeln, verhalte ich mich im Moment wie ein hilfloses Mädchen.

Ich atme tief durch die Nase ein, gehe dann schnell in die Knie. Mit einem Schrei umklammere ich den Arm um meiner Taille und nutze den Schwung, um den Mann über meine Schulter zu werfen. Er landet krachend auf dem Boden und stöhnt laut auf. Wer von uns beiden überraschter ist, kann ich nicht sagen.

Einen Moment starre ich ihn an, dann drehe ich mich um. Nur raus! Ich muss die Soldaten alarmieren!

Ich komme genau zwei Schritte weit, bis sich seine Hand um meinen Fuß schließt und ich der Länge nach hinfalle. Meine Ellenbogen schlagen hart auf den Terrakottafliesen auf, und meine Stirn beginnt zu brennen. Mir entweicht ein erschrockenes Keuchen, Tränen schießen mir in die Augen. Benommen versuche ich, weiter vorwärts zu robben, aber in dem Augenblick dreht er mich auf den Rücken.

Der Fremde ist sofort über mir und drückt mich mit seinem Gewicht hart zu Boden. Wut spiegelt sich auf seinem Gesicht, und er funkelt mich aus tiefblauen Augen an. Sein keuchender Atem trifft meine nackte Haut, und erneut überzieht mich eine Gänsehaut. Ich presse die Zähne zusammen, sammele meine Kraft, und mein Körper bäumt sich auf. Aber der Angreifer ist zu stark. Bevor ich ihn schlagen kann, greift er nach meinen Armen und fixiert sie über meinen Kopf. Sein Brustkorb hebt und senkt sich hektisch, was mir eine leichte Befriedigung verschafft. Immerhin hat ihn mein Wurf nicht völlig kalt gelassen.

Er mustert mich aufmerksam.

Ich spüre ihn mit jeder Faser meines Körpers auf mir liegen, und mir ist mehr als bewusst, dass ich nur ein dünnes Nachthemd trage. Er ist mir näher als jemals ein Mann zuvor, und mir wird übel bei dem Gedanken, was er alles mit mir machen könnte. Ich fauche ihn wütend an und versuche verzweifelt, mich zu befreien. Sein Mund verzieht sich zu einem selbstgefälligen Grinsen, aber er bewegt sich keinen Millimeter.

Der Fremde ist überraschend jung, vermutlich nicht viel älter als ich. Seine kurzen dunkelbraunen Haare glänzen im trüben Licht, und ich entdecke mehrere Narben und noch nicht verheilte Verletzungen in seinem Gesicht. Was will er hier? Und wie kommt er in mein Zimmer, ohne dass die Soldaten ihn bemerkt haben?

Ich kann den Blick nicht abwenden und starre ihn an. Starre in ein so tiefes Blau, als würde ich direkt auf den Grund eines Sees blicken. Er zieht langsam eine Braue hoch, und in seinem Blick verändert sich etwas. Seine Augen werden eine Spur dunkler, und das Grinsen verschwindet aus seinem Gesicht.

Blau wie der Ozean, blau wie der Himmel im Winter. Ich bin fasziniert und verliere mich darin. Und kann einfach nicht glauben, was ich sehe, denn seine Iris haben keinerlei Sprenkel. Solche Augen habe ich noch nie in meinem Leben gesehen.

Verdammt, Sienna, wehr dich endlich, schießt mir durch den Kopf.

Ohne Vorwarnung ziehe ich mein Knie hoch und treffe damit seine empfindlichste Stelle. Er stöhnt schmerzerfüllt auf und lässt mich eine Sekunde los. Das reicht mir, um mich unter ihm wegzudrehen und aufzuspringen. Meine Gedanken rasen. Im Schlafzimmer liegt Rhea, die ich nicht unnötig in Gefahr bringen will. Aber einen anderen Ausgang gibt es aus diesem Raum nicht.

Ich fluche frustriert, greife mit der Hand nach dem erstbesten Gegenstand, den ich finden kann, und stelle mich dem Fremden gegenüber. Beine auseinander, Arme erhoben, in der Hand … einen kleinen Spiegel. Immerhin.

Der Fremde rappelt sich ächzend auf und sieht mich abschätzend an. »Du willst also wirklich kämpfen?«

Ich sage nichts, verfolge aber jede seiner Bewegungen mit meinen Augen. Adrenalin schießt durch meinen erhitzten Körper und vertreibt die Angst. Ich werde mich nicht wehrlos ergeben.

Er kommt langsam näher und macht dann einen so schnellen Schlag mit seiner Hand, dass der Spiegel scheppernd auf dem Boden landet. Ich zucke erschrocken zusammen, das Glas zerspringt und verteilt sich im Raum. Mein Blick huscht zur Tür, und die Sorge um meine kleine Schwester wächst. Aber es bleibt ruhig, anscheinend hat der Lärm Rhea nicht geweckt. Mit einem Satz ist der Fremde bei mir und verdreht meine Hände auf dem Rücken. Ich heule auf, vor Angst, aber auch vor Wut, dass er mich wieder so einfach überrumpelt hat. Ich trete nach ihm, aber er ist zu stark. Er schiebt mich durch den Raum, bis ich eine Wand in meinem Rücken spüre. Mein Atem geht stoßweise, und die Spiegelsplitter bohren sich schmerzhaft in meine nackten Füße.

»Ich hatte ja mit vielem gerechnet, aber mit dir ganz sicher nicht«, knurrt er beinahe belustigt, während er mich fest an die Wand drückt.

Ich spucke ihm ins Gesicht. Er funkelt mich zornig an, löst seine Hände aber nicht.

»Was willst du hier?«, presse ich heraus und verfluche mich dafür, dass meine Stimme zittert.

Er zögert einen Moment. »Ich suche etwas.«

»Im Ankleidezimmer der Lichtprinzessin?« Sarkasmus schwingt in meiner Stimme mit. Da er so dicht bei mir ist und mit mir spricht, beruhige ich mich langsam. Irgendetwas sagt mir, dass er mir tatsächlich nichts tun will.

Der Fremde schweigt und scheint mir nicht mehr erklären zu wollen.

»Wer bist du?« Meine Augen suchen den Raum hinter ihm ab. Aber ich entdecke nichts, was mir weiterhelfen könnte. Die Wärme seines Körpers dringt durch mein dünnes Hemd, und die Luft um uns herum beginnt zu flimmern. Ich beiße mir auf die Lippe, versuche, die Hitze in meinem Inneren zu beruhigen, aber es gelingt mir nicht. Er löst eine Hand und fährt damit langsam an meiner Wange entlang. Seine Finger hinterlassen eine brennende Spur auf meinem Gesicht, und ich drehe den Kopf weg. Er hat kein Recht, mich zu berühren, und seine Nähe wird mir zunehmend unangenehm.

»Du bist schöner, als die Hellen sagen. Aber deutlich zu kratzbürstig für meinen Geschmack.«

»Wer bist du?«, wiederhole ich meine Frage, blicke ihn an und versuche gleichzeitig, mich aus seinem Griff zu lösen, was mir aber nicht gelingt.

Er kommt mir noch näher, so nahe, dass seine feste Brust bei jedem Atemzug meinen Körper berührt. Sein Atem schlägt mir ins Gesicht, und ich drücke mich noch fester an die Wand. Ich will das hier nicht, will ihn nicht so nah an mir fühlen und winde mich in seinem festen Griff. Er zeigt sich unbeeindruckt, greift mir stattdessen in den Nacken und zieht meinen Kopf leicht nach hinten. Ein Zittern durchfährt mich, und mein ganzer Körper spannt sich an. Seine blauen Augen bohren sich in meine, und Sekunden später spüre ich seine Lippen auf meinem Mund.

Ich keuche erschrocken auf, stemme mich mit aller Kraft gegen ihn. Doch sein Körper bewegt sich keinen Zentimeter. Seine Zunge kitzelt meine Lippen, und verzweifelt versuche ich, meinen Kopf zu drehen. Sein Griff wird fester, und er presst seinen Mund hart auf meinen. Es ist mein erster richtiger Kuss, und ich habe mich in meinem ganzen Leben noch nie so benutzt gefühlt.

Tränen schießen mir in die Augen, während meine Kraft schwindet. Er zögert einen Moment, hält inne, bevor seine Zähne an meiner Unterlippe knabbern und sich mein Mund unwillkürlich öffnet. Als sich unsere Zungenspitzen berühren, schießt ein heißer Funke durch meinen Körper. Ich stöhne überrascht auf, mein Herzschlag explodiert, und ich vergesse alles um mich herum. Seine Lippen auf meinem Mund werden weich, und der salzige Geschmack von Blut mischt sich mit dem meiner Tränen. Ich schließe die Augen, während ein erregendes Kribbeln in mir aufsteigt. Es gibt nur noch ihn und mich und unseren Kuss. Mein verräterischer Körper will mehr, und für einen kurzen Augenblick erwidere ich das aufregende Spiel und komme ihm entgegen.

Bis ich ihm in die Lippe beiße und er abrupt von mir ablässt. Er flucht vernehmlich und funkelt mich wütend an. Unser Atem geht hektisch, Schweißperlen laufen ihm über die Stirn, und an seiner Lippe entdecke ich einen Blutstropfen.

»Na hoppla, Prinzessin, wer hätte gedacht, dass du so leidenschaftlich sein kannst?«, meint er trocken.

Seine unverschämten Worte dringen nur langsam durch meinen noch verwirrten Verstand, der zu verstehen versucht, was gerade geschehen ist.

Schlagartig fühle ich mich gedemütigt.

Und wütend.

Unglaublich wütend!

Ob auf den Fremden oder mich selbst, weiß ich in diesem Moment nicht. Energisch stoße ich ihn von mir, und er lässt zu, dass er etwas nach hinten taumelt. Aufgebracht folge ich ihm, aber er weicht meinem Schlag aus und geht auf den großen Spiegel zu.

Seine Mundwinkel zucken, während seine Augen amüsiert blitzen. »Wir werden uns wiedersehen, Prinzessin, das verspreche ich.«

Erbost mache ich einen weiteren Schritt auf ihn zu, als er seine Hand schon auf den Spiegel legt und von einer Sekunde auf die andere verschwindet, als wäre er nie hier gewesen.

Sprachlos starre ich auf mein Spiegelbild, das eben noch von dem Fremden verdeckt wurde. Wo ist er hin? Ich trete ganz nahe an den Spiegel heran und werfe unsinnigerweise einen Blick dahinter. Anschließend drehe ich mich einmal um mich selbst. Keine Spur von dem Mann. Ich bin allein.

Ich brauche ein paar Minuten, bevor ich mich so weit beruhigt habe, dass ich wieder in mein Bett gehen kann, in dem Rhea weiterhin tief und fest schläft. Das alles fühlt sich vollkommen irreal an. Und wenn nicht die Schrammen an meinem Körper und der fremde Geschmack in meinem Mund wären, würde ich glauben, es wäre nie passiert.

KAPITEL 2

Ich liege mit geschlossenen Augen da und lausche den Geräuschen des anbrechenden Tages. Rhea ist schon wach und schleicht im Zimmer umher, während ich Bedienstete auf den Fluren höre, die vor meiner Tür stehen bleiben und sich etwas zuflüstern. Conan springt mit einem Satz auf das Bett und tapst ungelenk über meinen Bauch. Als sein flauschiges Fell meine Nase kitzelt, muss ich lachen.

»Conan, runter vom Bett!«, ruft Rhea erbost.

Ich streiche ihm liebevoll über seinen runden Körper und genieße, wie er seinen Kopf an meine Wange schmiegt. Rhea sieht mich stirnrunzelnd an, greift sich das Feuerknäuel und setzt es auf den Boden. Conan zieht knurrend ab.

»Endlich bist du wach, Sienna!«, stöhnt meine kleine Schwester, deren rotgoldene Locken in alle Richtungen abstehen, und klettert in das Bett zurück. »Ich warte schon seit Stunden!«

Was natürlich nicht stimmt. Vor nur wenigen Stunden hat sie noch geschlafen, während ich mit diesem Fremden im Nebenzimmer gekämpft habe. Die Erinnerungen durchzucken mich, meine Angst, der Kampf, der Kuss. Augenblicklich ist meine Wut auf ihn, aber auch auf mich wieder da, und ich frage mich erneut, wie er so plötzlich verschwinden konnte. Und wie er überhaupt in mein Zimmer gelangt ist.

»Hast du gut geschlafen?« Ich schüttele die beunruhigenden Gedanken ab, von denen ich meiner Schwester nichts erzählen will. Rhea kuschelt sich an mich. In ihren Augen erkenne ich den letzten Hauch der Angst, die sie gestern Abend in mein Bett getrieben hat.

»Wie ein Stein«, antwortet sie zufrieden, und ich weiß, dass das stimmt.

Ich fahre ihr mit den Fingern durch ihre langen Haare, die immer noch etwas feucht sind.

»Du hast es wieder gesehen, oder? Gestern Abend, bevor du zu mir gekommen bist?«

Sie wendet den Blick ab und nickt. »Ich habe wieder ihre Schreie um mich herum gehört, ihren Jubel. Sie hatten Stöcke, mit denen sie im Takt getrommelt haben. Und dann habe ich dich gesehen, wie du mitten in einer Arena auf dem Sand gestanden hast. Du warst gefesselt und verletzt. Und niemand hat dir geholfen!«, flüstert sie.

Mir läuft ein kalter Schauer den Rücken herunter.

Rhea ist nicht meine leibliche Schwester. Keiner weiß genau, wer ihre Eltern sind. Meister Taurin erschien eines Tages vor acht Jahren mit ihr, einem nur wenige Tage altem Säugling, im Arm und bat uns, gut auf sie aufzupassen. Denn Rhea hat das zweite Gesicht.

»Du musst keine Angst haben«, murmele ich und ziehe sie an mich. »Niemand sagt, dass es wahr wird, was du siehst.«

Sie nickt erneut, aber ich weiß, dass sie nicht überzeugt davon ist. Ich kann nur hoffen, dass ich recht habe. Denn Rhea sieht immer wieder meinen Tod.

»Weißt du, was heute für ein Tag ist?«, versuche ich, sie abzulenken. Und es gelingt.

Ein Strahlen breitet sich über ihr gesamtes Gesicht aus. »Oh ja! Der Schattenprinz kommt heute zu uns. Auch das habe ich gesehen. Er wird eine schwarze Rüstung tragen und dich vor allen Leuten küssen.« Wie goldene Sterne leuchten ihre Augen auf, und auch ich muss lächeln.

Er wird mich küssen? Ein aufgeregtes, warmes Kribbeln breitet sich in meinem Innern aus, als ich an Ciaran denke, den Schattenprinzen. Den Dunklen König, korrigiere ich meine Gedanken, da Ciaran mittlerweile König über das Schattenland ist. Ich habe die Tage gezählt, bis er zu uns kommt, und heute ist es endlich so weit.

Rhea überlegt einen Moment und zieht dann nachdenklich die Augen zusammen. »Wirst du uns dann bald verlassen?«

»Dich könnte ich nie verlassen, kleine Schwester!«, sage ich, immer noch leicht lächelnd, und hoffe, dass sie die Lüge nicht bemerkt.

»Aber du wirst ihn heiraten und dann mit ihm ins Schattenland gehen«, beharrt sie.

»Das ist richtig. Aber irgendwo werden sie ja wohl einen Platz für kleine, aufmüpfige Mädchen haben«, ziehe ich sie auf und beginne, sie zu kitzeln. Ein kindisches Kichern stiehlt sich über meine Lippen, denn die Tatsache, dass ich bald heiraten werde, macht mich deutlich nervöser als sie.

Sie schreit auf und versucht, mich wegzuschieben. Wir kugeln über das Bett und werden erst durch ein lautes Hüsteln unterbrochen. Ich lasse von Rhea ab, setze mich auf und steige mit so viel Würde wie möglich aus dem Bett. Dennoch kann ich ein breites Grinsen nicht unterdrücken. Meine Zofe sieht mich strafend an, und ich weiß, was sie mir sagen will.

***

Eine Stunde später schließe ich genervt die Zimmertür hinter mir. Meine Zofe hat ununterbrochen gezetert, aber dafür ganze Arbeit geleistet. Mein goldblondes Haar ist glänzend gebürstet und windet sich in einer aufwendigen Flechtfrisur um meinen Kopf. Die Schramme auf der Stirn hat sie kaschiert und die blauen Flecken an meinen Armen versteckt. Sie hat nicht gefragt, woher diese stammen, sondern nur missbilligend gebrummt.

Suchend schaue ich den Flur vor meinem Zimmer entlang und gehe entschlossen auf einen Soldaten zu, der in einiger Entfernung in einer Nische an der Wand steht. Dass ein fremder Mann letzte Nacht in mein Zimmer eingedrungen ist, lässt mir keine Ruhe, und obwohl mir außer ein paar Schrammen nichts weiter geschehen ist, darf so etwas nie wieder vorkommen.

Der Soldat trägt eine goldene Rüstung, auf der eine große Sonne eingeprägt ist. Das Symbol unseres Landes: das Licht, das über allen erstrahlt. Als ich vor ihm stehen bleibe, sieht er mich durch den Schlitz seines Visiers an, und ich erkenne deutlich die goldenen Sprenkel in seinen Augen. Er ist ein Heller, so wie ich auch. Die Sprenkel kennzeichnen uns. Diese goldenen Pünktchen, die der Fremde nicht hatte.

»Letzte Nacht ist ein Mann in mein Zimmer eingedrungen«, beginne ich ohne Umschweife und gebe mich so selbstsicher wie möglich. Auch wenn mir bei der Vorstellung, der Fremde könnte erneut in meinen Gemächern auftauchen, mulmig wird.

Die Augen des Soldaten weiten sich überrascht. Entsetzen steht in seinem Blick. »Ist Euch etwas geschehen, Hoheit?«

»Nein! Er hat mir nichts getan.« Das ist glatt gelogen, aber der Soldat muss nicht wissen, dass ich mit einem Fremden gekämpft habe. Und dass er mich geküsst hat.

»Mir sind keine besonderen Vorkommnisse von letzter Nacht bekannt, Hoheit. Es war die ganze Zeit ein Posten vor Eurer Tür, er hätte sicher bemerkt, wenn sich jemand Zugang zu Eurem Zimmer verschafft hätte.« In seiner Stimme schwingt deutliche Angst mit. Es ist der Fehler unserer Soldaten, dass ein Mann unbemerkt in das Zimmer der Lichtprinzessin gelangen konnte, und er weiß, dass irgendjemand dafür die Verantwortung tragen wird.

Ich beiße mir unwillkürlich auf die Lippen. Das ist nicht die Antwort, die ich hören wollte, und seine Aussage beruhigt mich kein bisschen. Ganz im Gegenteil.

»Höre dich noch einmal um! Und wende dich nur an mich und nicht an die Königin!«, befehle ich ihm.

Er nickt und nimmt wieder Haltung an. Solange Victoria nichts davon weiß, droht ihm keine schwerwiegende Strafe.

Eine Dienerin kommt auf uns zu, ein Tablett mit Obst und Erfrischungen in den Händen. Als sie mich sieht, macht sie einen Knicks und verliert dabei das Gleichgewicht. Die Früchte fallen zu Boden, und das Tablett schlägt klirrend auf den Fliesen auf. Bevor ich reagieren kann, kommt mir der Soldat zuvor.

»Sammele das sofort auf und verschwinde!«, fährt er die junge Frau harsch an.

Sie zuckt erschrocken zusammen und kommt eilig der Aufforderung nach. Auf ihrem Gesicht erkenne ich die pure Angst.

Ich runzele überrascht die Stirn, weil mir die Art nicht gefällt, wie der Soldat mit der Frau spricht. Dass die Diener keine gute Stellung im Palast haben, ist nichts Neues, aber die Angst, die offen im Blick der Frau liegt, macht mich stutzig.

Die Dienerin verschwindet, und der Soldat sieht wieder stur geradeaus. Die Situation hinterlässt ein beklemmendes Gefühl in mir, und ich wende mich ab. Bevor Ciaran eintrifft, will ich noch zu meinem Vater.

Zwei Soldaten stehen vor den Gemächern des Königs und halten mich auf.

»Ich möchte zum König!«, erkläre ich energisch und schaue sie auffordernd an. Normalerweise lassen sie mich ohne Umschweife durch, daher weckt ihr Verhalten mein Misstrauen. Irgendetwas stimmt nicht.

Sie blicken mich kurz an, und ich bemerke, wie sich ihre Körper anspannen. Das ungute Gefühlt nimmt zu, und ich will ihnen erneut befehlen, mich durchzulassen, aber sie gehen beiseite und öffnen die Tür. Ich trete ein und bleibe nach zwei Schritten erschrocken stehen. Dunkelheit empfängt mich, und die Luft riecht abgestanden. Ein anderer, süßlicher Geruch dringt in meine Nase, und Angst überfällt mich. Es riecht nach Verwesung, nach Tod. Schnell mache ich die letzten Schritte zu dem großen Bett in der Mitte des Raumes und wage doch nicht, genauer hinzusehen. Die eingefallene Gestalt, deren Haut einen gräulichen Schimmer hat und deren Atemzüge viel zu flach gehen, ist mein Vater.

Tränen schießen mir in die Augen, und nur mit Mühe kann ich sie wegblinzeln. Ich vermisse ihn so sehr. Seit vier Monaten liegt er bewusstlos in diesem Bett, und kein Heiler kann sagen, was ihm fehlt. Mindestens einmal am Tag komme ich in seine Gemächer, um nach ihm zu sehen, und mit jedem Besuch schwindet die Hoffnung ein wenig mehr. Von dem einst so starken, strahlenden Hellen König ist nicht mehr viel übrig, und mit jeder Stunde wird er schwächer. Ich fühle mich so unendlich hilflos, so allein. Erst ist meine Mutter von uns gegangen, und nun könnte ich auch meinen Vater endgültig verlieren. Die Trauer droht mich zu überwältigen, und ich presse fest die Lippen zusammen. Ich muss stark bleiben, anders kann ich ihm nicht helfen.

Entschlossen gehe ich zu den Fenstern und ziehe die dicken Vorhänge zurück. Warum nur sind sie geschlossen? Lichtstrahlen durchfluten den Raum, warme, frische Luft drängt herein und vertreibt die drückende Stimmung und den unangenehmen Geruch. Ich bleibe kurz am Fenster stehen, als die Strahlen meine Haut berühren. Wärme durchdringt mich, als die Kraft der Sonne und des Lichts auf mich übergeht. In meinem Innersten beginnt etwas zu brennen, und ein Lächeln breitet sich auf meinem Gesicht aus, als die Energie durch mich hindurchpulsiert.

Mein Vater hat mir so oft gezeigt, wie ich die Hitze in meinem Inneren kontrollieren kann. Beinahe täglich hat er mit mir geübt, die Kraft in mir zu wecken und einzusetzen. Aber seit er krank ist, habe ich mit dem Training aufgehört. Ich kneife meine Augen leicht zusammen und konzentriere mich. Langsam öffne ich eine Hand. Elektrisierende Energie schießt durch mich hindurch, in meine Handfläche, aber so sehr ich mich auch bemühe, nichts passiert. Die Luft um mich herum flimmert ein wenig, es wird wärmer, aber kein Strahlen schießt aus meiner Hand hervor, kein Lichtball entsteht. Meine Kraft als Lichtprinzessin ist noch nicht vollständig, noch kann ich meine Fähigkeiten nicht richtig nutzen.

Ich drehe mich wieder zu meinem Vater hin. Das Licht trifft auf seine eingefallenen Wangen. Seine Haut sieht schon nicht mehr ganz so gräulich aus wie noch vor wenigen Minuten. Ich runzele die Stirn und mache mich schnell daran, auch die anderen Vorhänge zurückzuschieben. Wer hat sie nur zugezogen? Wussten die Soldaten davon und wollten mich deshalb nicht hereinlassen? Jeder weiß doch, dass der Helle König das Licht braucht. Ohne Licht fühlen wir Hellen uns nicht wohl, und unser Körper wird nach und nach schwächer.

Ich versichere mich noch einmal, dass nun alle Fenster offen sind, und gehe dann zum Bett zurück. Sein Atem geht gleichmäßiger, und hinter seinen Augenlidern flattert es leicht. Ich wünsche ihn mir so sehr zurück. Nach ein paar Minuten wende ich mich wieder ab und gehe langsam nach draußen. Vor der Tür frage ich die Soldaten, wer als Letztes das Zimmer des Königs betreten hat. Ihre Antwort überrascht mich nicht, macht mich aber umso wütender.

***

Je näher ich dem Thronsaal komme, desto größer ist die Betriebsamkeit. Diener tragen schwere Tabletts mit Erfrischungen, ich sehe Frauen mit kleinen Köstlichkeiten und feuchten Tüchern und andere, die tatsächlich Palmwedel unter dem Arm halten. Ich schüttele nur den Kopf angesichts der ganzen Aufruhr.

Wäre mein Vater gesund, gäbe es diese Veranstaltung überhaupt nicht. Ciaran wäre ohne viel Tamtam in unseren Palast kommen, und wir hätten nie zu einem offiziellen Empfang nur wegen seiner Ankunft geladen. Auch wenn er mittlerweile König des Schattenlandes ist. Aber seitdem Victoria, meine Stiefmutter, das Lichtland regiert, hat sich viel verändert.

Als ich durch eine Seitentür den Thronsaal erreiche, begreife ich erst das Ausmaß des ganzen Theaters. Hunderte Helle, wie wir Bewohner des Lichtlandes uns nennen, drängen sich auf den Rängen an der Seite, und mindestens noch einmal so viele stehen unten im Saal bereit. Ihre Anspannung ist förmlich zu spüren.

Mein Herzschlag beschleunigt sich, als ich einige Kommunikatoren unter ihnen entdecke. Sie stechen aus der Menge durch ihre Größe heraus, und ihre unheimlichen weißen Augen wandern unruhig umher. Kommunikatoren haben die Fähigkeit, allein durch ihre Gedanken alles, was sie sehen und hören, an andere Orte zu versenden. Somit können Bilder von Großereignissen, wie dieses eines ist, nicht nur in das Lichtland, sondern in jeden Teil unserer Welt projiziert werden. In der gesamten Spiegelnden Welt versammeln sich Personen auf Plätzen und schauen über eine gespiegelte Fläche zu.

Mir ist das suspekt, und ich habe nie ganz verstanden, wie es funktioniert. Meister Taurin hat einmal versucht, es mir zu erklären, aber als er anfing, über Magie und Gegenpole zu sprechen, habe ich aufgegeben.

Ich atme noch einmal tief durch und trete aus dem Türschatten hinaus. Ava kommt mir entgegen. Ihren Mund hat sie zu einer dünnen Linie zusammengepresst, und in ihren Augen steht der blanke Hass. Ich weiß, dass sie mich nicht mag, und dieses Ereignis muss für sie die Hölle sein. Ein wenig Genugtuung durchfährt mich bei dem Gedanken. Ich strecke meinen Rücken durch und zwinge mich zu einem strahlenden Lächeln.

»Du bist zu spät«, zischt mir meine Stiefschwester böse entgegen. Ihr Blick fährt über mein Kleid, wobei sie aussieht, als hätte sie Schmerzen. Unzählige geschliffene Sonnendiamanten sind in mein Gewand eingearbeitet, die den Eindruck erwecken, als würde es strahlen. Als würde ich strahlen. Ich bin erst achtzehn Jahre alt, aber heute wirke ich älter. Und wenn ich mir Avas Gesichtsausdruck betrachte, verfehlt es seine Wirkung keineswegs.

»Bei seiner eigenen Veranstaltung kann man nicht zu spät kommen«, kontere ich, und mein Lächeln wird breiter.

Ava zieht nur eine Augenbraue hoch. »Spiel dich nicht so auf! Es geht heute nicht um dich, sondern um Ciaran«, weist sie mich zurecht, obwohl ihr das überhaupt nicht zusteht. »Wärt ihr nicht als Kinder verlobt worden, würde er dich ganz sicher nicht nehmen.«

Ich will ihr antworten, bringe aber keinen Ton heraus. Denn etwas Wahres liegt in ihren Worten. Ciaran und ich haben uns fünf Jahre nicht gesehen. Bei unserem letzten

Treffen waren wir fast noch Kinder, und außer ein paar Briefen gab es kaum Kontakt zwischen uns.

»Du bist doch nur eifersüchtig, dass du ihn nicht heiratest«, entgegne ich verzögert, womit ich vermutlich den Nagel auf den Kopf treffe.

Ava schnaubt verächtlich und lässt mich stehen. Ich schüttele trotzig den Kopf – von meiner Stiefschwester werde ich mir diesen freudigen Tag nicht verderben lassen. Ein nervöses Flattern macht sich in mir breit, wenn ich daran denke, dass ich Ciaran bald gegenüberstehen werde. Dem Dunklen König, meinem Verlobten. Ob er immer noch so gut aussieht, wie ich ihn in Erinnerung habe? Ich lächele verzückt und kann gerade noch ein Kichern unterdrücken. Bei der Göttin, ich benehme mich kindisch! Aber meine Gedanken machen sich selbstständig, und unser letztes Treffen kommt mir wieder in den Sinn.

Wir sind gemeinsam durch den Palastgarten spaziert, und er hat mir von seinem Land erzählt. Ciaran wirkte auf mich damals schon so unglaublich ernst und erwachsen, immerhin ist er fünf Jahre älter als ich. Er hat mich beeindruckt mit seiner Eleganz und Ausstrahlung und seinem Wissen von der Welt. Und ich, das dreizehnjährige Mädchen, das ich nun einmal war, habe mich Hals über Kopf in den strahlenden Prinzen verliebt. Nur er hat meine Träume in den letzten Jahren bestimmt, nur ihn wollte ich immer heiraten. Ich habe es so lange herbeigesehnt, und bald wird es tatsächlich so weit sein.

Eine große Sonne explodiert unter der Decke, und ein leuchtender Funkenregen geht auf die überraschten Zuschauer im Saal herab, die Beifall klatschen. Ich beeile mich, nach vorne auf meinen Platz zu gelangen. Zu spät will ich dann doch nicht sein.

Als ich mich neben die beiden Königsthrone stelle, muss ich erneut schlucken. Der Thronsaal ist prächtig geschmückt, überall glänzt und glitzert es. Soldaten stehen in regelmäßigen Abständen an den Wänden. Ich erkenne einige Gesichter der Gäste: Lady Delanos, Graf und Gräfin Gregoria, der alte

Baron Titty. Es muss das gesamte Parlament anwesend sein, um sich das Spektakel anzusehen.

Ich sehe zur Decke. Unzählige goldene Sonnen strahlen von dort herab, die zusätzlich zu dem Fensterlicht den Saal erhellen. Licht ist überall, es wird reflektiert, gebrochen und weitergeleitet. Ich glaube, es gibt nicht eine Ecke, die nicht erleuchtet ist. Mir ist klar, was Victoria damit bezweckt. Jedem im Saal, jedem Bewohner dieser Welt, egal, ob im Lichtland oder im Schattenland, der vor einer Spiegelwand sitzt, wird gezeigt, wie mächtig wir sind. Wir, die Hellen, sind das Licht, das Strahlen, das sich über alle erhoben hat.

Mein Vater hätte nie zugelassen, dass wir uns so präsentieren. Er war immer darauf bedacht, Gleichheit zwischen den Völkern zu wahren und einander zu helfen. Kein Volk hatte seiner Meinung nach das Recht, sich über ein anderes zu stellen. Aber mein Vater ist nicht hier, er ist nicht länger der mächtige Helle König. Denn über all dem, nur einige Schritte neben mir, thront die Königin. Allein, da mein Vater geschwächt und gebrochen in einem Bett liegt.

Sie dreht ihren Kopf, als sie die leise raschelnde Bewegung meines Kleides wahrnimmt. Ihre kalten, braungoldenen Augen mustern mich von oben bis unten, und ein Frösteln überkommt mich. Sie nickt zufrieden und wendet sich wieder nach vorne. Anscheinend gefällt ihr meine Aufmachung.

»Volk des Lichtlandes«, dröhnt ihre Stimme durch den Saal und erreicht auch den hintersten Winkel.

Ich bin mir sicher, dass irgendein Meister ihre Stimme verstärkt, sonst könnte sie niemals so laut sprechen.

»Wir haben uns heute hier versammelt, um einen ganz besonderen Gast in unserem Land zu begrüßen. Schon heute sind die Geschichten um seine Person und vor allem seine Taten legendär. Er hat die Steppenjäger bezwungen, er hat den Kampf gegen das Feuerland gewonnen, und er hat an unserer Seite gegen die Wasserwelt gekämpft.«

Applaus brandet auf, und die Königin reckt ekstatisch ihre Hände zur Decke. So sehr ich ihren Auftritt verabscheue, merke ich, wie auch ich nervös werde: Ciaran wird gleich hier sein. Ich hätte ihn viel lieber zunächst alleine getroffen und nicht vor Tausenden Zuschauern.

»Vor vielen Jahren schon wurde ein Bündnis zwischen unseren Häusern geschlossen. Und heute sind wir glücklicher denn je, dass uns dieses Bündnis einen dauerhaften Frieden bringen wird«, fährt die Königin fort. »Ein Bündnis zwischen Licht und Schatten, das nicht durch Blut und Krieg geschlossen wird, sondern durch etwas, was viel stärker ist – durch Liebe. Eine Hochzeit zwischen unseren beiden Ländern wird uns vereinen und zu etwas machen, was die Spiegelnde Welt noch nie gesehen hat.« Sie macht eine Pause und dreht sich mir zu.

Ich kann die Anspannung im Saal fühlen und weigere mich innerlich, einen Schritt nach vorne zu tun. Das alles ist mir zu viel. Die Königin faucht mir leise etwas zu, und ein leichter Stoß in meinem Rücken erschreckt mich. Schnell fasse ich mich und trete neben sie. Sie umfasst meine Hand mit ihren kalten Fingern, und mich überkommt der Drang, mich loszureißen und wegzulaufen. Ihre langen Nägel bohren sich in meine Handfläche und hinterlassen ein Brennen. Ihr Blick verspricht weitere Schmerzen, sollte ich nicht gehorchen.

Ich hasse diese Frau. Von dem Tag an, als sie vor drei Jahren in unserem Palast aufgetaucht ist, wollte ich nichts anderes, als dass sie wieder verschwindet. Sie hat sich nach und nach in unsere Familie gedrängt, hat meinen Vater beeinflusst und dafür gesorgt, dass er meine Mutter und mich vernachlässigt. Daher ist Victoria in meinen Augen schuld an dem Tod meiner Mutter. Victoria hat meinen Vater umgarnt, hat ihm seinen Verstand geraubt, bis er meiner Mutter keine Beachtung mehr geschenkt hat. Nur ihretwegen hat sie sich umgebracht.

Aber jetzt ist sie die Königin, die zweite Frau meines Vaters, und ich habe mich ihr zu beugen. Solange mein Vater noch am Leben ist, regiert sie und nicht ich. Das Einzige, was mir eine gewisse Befriedigung verschafft, ist, dass sie mich braucht. Nicht nur wegen der Hochzeit mit Ciaran.

Ich bin die Lichtprinzessin.

Ich habe das Blut der Sonnengöttin in mir.

Ich bin die Einzige außer meinem Vater, die durch Geburt eine allumfassende Macht über das Licht und die Hitze hat.

Ihre Fähigkeiten sind dagegen nur ein schwacher Abklatsch der meinen, und das weiß sie.

Fanfaren ertönen und lenken meine Aufmerksamkeit auf die großen Türen am Ende des Saals. Es braucht zwei unserer Männer, um sie zu öffnen, und selbst mit vereinter Kraft geben sie nur langsam den Blick auf die Personen dahinter frei.

Weißer Nebel quillt herein, und sofort fällt die Temperatur im Saal um einige Grad. Durch den Nebel schreiten Soldaten hindurch, in weißen Rüstungen, die im Licht glitzern. Wenn mich nicht alles täuscht, sind sie mit einer Eisschicht überzogen. Die Soldaten bahnen sich einen breiten Weg durch die Menge, die respektvoll zurückweicht. Die Hellen stellen sich an den Seiten auf und geben den Weg frei für mehrere kleine Kreaturen, die in blaues Licht getaucht nach vorne fliegen.

Mir stockt der Atem. Ich habe davon gehört, aber noch nie im Leben ein Eislicht gesehen. Diese Kreaturen sind so sagenumwoben wie die Sandwesen, und doch fliegt gerade eine davon auf mich zu. Ich hebe fasziniert die Hand, und das Eislicht lässt sich darauf nieder. Es sieht ein wenig aus wie eine kleine Elfe, nur dass ein Sturm aus winzigen Schneeflocken um es herumwirbelt. Das Eislicht macht einen Knicks, streckt die Arme nach oben und erhebt sich dann zurück in die Lüfte.

Den Eislichtern folgen Tänzerinnen, die sich langsam drehend nach vorne bewegen und neben den Soldaten stehen bleiben. Und dann endlich kommt Ciaran.

Mein Herzschlag beschleunigt sich und ich reiße überrascht die Augen auf, als ich sehe, auf was er reitet. Schwarzer Rauch kommt aus den Nüstern des riesigen Nachtläufers, und Eis bildet sich an jeder Stelle, an der seine Hufe den Boden berühren. Rote Augen zucken umher, und sein schwarzes Fell verschluckt alles Licht, das auf ihn fällt. Dieses Wesen vor mir hat etwas Furchteinflößendes, und gleichzeitig strahlt es eine dunkle Eleganz aus. Meister Taurin hat mir einmal erzählt, dass sich diese Wesen von der Furcht anderer ernähren, und in diesem Moment glaube ich das sofort.

Stolz sitzt Ciaran darauf und wirft den Hellen um ihn herum keinen einzigen Blick zu. Er trägt eine dunkle Rüstung mit einem fellverbrämten Umhang. Wie in Rheas Vision. Seine schwarzen Haare hat er zurückgebunden, und auf seiner Stirn erkenne ich einen schmalen schwarzen Reif. Da seine Eltern schon tot sind, ist er der Dunkle König. Es steht ihm zu, eine Krone zu tragen. Er führt seinen Nachtläufer durch den Saal und hält kurz vor dem leicht erhöhten Podest an, auf dem wir warten. Er steigt in einer fließenden Bewegung ab und kommt mit langen Schritten auf uns zu.

Im Saal ist es so still, dass jeder mein laut pochendes Herz hören könnte. Meine Hände sind feucht, und in meinem Magen grummelt es. Er sieht fantastisch aus, edel, Respekt einflößend und erwachsen, und ich komme mir mit einem Male klein und unbedeutend vor. Obwohl ich das überhaupt nicht bin. Die Aufregung schnürt mir förmlich die Luft ab. Ihn werde ich heiraten, seinetwegen sind wir alle heute hier. Wie soll ich ihn bloß begrüßen?

Ciaran bleibt vor der Königin stehen, fällt auf die Knie und küsst ihre Hand. Ich starre ihn an, und Eifersucht durchzuckt mich. Das Protokoll schreibt es so vor, aber trotzdem hätte er zuerst zu mir kommen sollen. Schließlich bin ich seine Braut, die fünf Jahre lang auf ihn gewartet hat!

Die Königin neigt huldvoll ihren Kopf, und Ciaran erhebt sich. Er dreht sich in meine Richtung, und seine dunklen Augen finden meine. Schlagartig werden meine Knie weich. Mit einer herrischen Bewegung greift die Königin erneut nach meiner Hand und zieht mich zu sich. Ich stolpere, falle fast hin, bevor ich vor ihm stehen bleibe. Zögerlich nimmt Ciaran meine Hand und verschränkt unsere Finger. Ich lasse es geschehen, habe ich doch kaum noch Kontrolle über das, was mit mir gerade passiert. Am Rande bekomme ich mit, wie die Königin nach hinten tritt und Ciaran mich zu sich heranzieht.

»Sienna«, sagt er leise, und seine Stimme hat einen dunklen Klang.

»Hal…lo«, krächze ich und verfluche mich selbst für meinen unübertroffenen Einfallsreichtum.

Er neigt seinen Kopf, da er um einiges größer ist als ich, und ich erstarre. Blicke in seine dunklen Augen, spüre seinen frostigen Atem und will überrascht zurückweichen, aber er hat einen Arm fest um meine Taille gelegt. Eine Sekunde später presst er seine kalten Lippen auf meine.

Mein Herzschlag setzt aus, und ich verstehe immer noch nicht, dass ich ihm jetzt so nahe bin. Tausende Helle sehen uns in diesem Moment zu, sehen, wie wir das erste Mal nach so langer Zeit aufeinandertreffen, sehen, wie wir uns küssen. Er bewegt seine Lippen sanft auf meinen, und ich kann nicht verhindern, dass mich die Erinnerung an einen anderen Kuss durchzuckt. Einen gestohlenen Kuss. Hitze rauscht durch meinen Körper, und ich erwidere Ciarans Kuss mit einer Heftigkeit, die mich selbst überrascht.

Ciaran löst sich abrupt von mir und schaut mich verwundert an. Dann verzieht er seinen Mund zu einem zufriedenen Lächeln. Er tritt einen Schritt zurück und reckt unsere immer noch verschlungenen Hände nach oben. Ich sehe zu ihm, und ein warmes Funkeln erfüllt meinen Körper. Er ist meinetwegen gekommen, ich werde ihn heiraten.

Der Jubel, der jetzt im Saal losbricht, ist ohrenbetäubend. Es ist alles eine Show, wird mir in diesem Moment klar, als ich mir der Zuschauer um uns herum wieder bewusst werde. Eine gut inszenierte, abgeklärte Aufführung, um auch den letzten Bewohner der Spiegelnden Welt von unserer Macht und unserem Einfluss zu überzeugen. Wir zeigen Einigkeit und Stärke, auch wenn es in Wahrheit nicht so ist.

Mein Lächeln wird ein wenig verbissen, und ich merke, wie Ciaran meine Hand drückt.

»Wir haben es gleich geschafft«, raunt er mir zu, als wir gemeinsam ein paar Schritte nach hinten machen.

Die Königin baut sich wieder vor uns auf, genießt sichtlich den Jubel und die Euphorie, die in diesem Moment nicht ihr gelten.

»Liebe ist das stärkste Band, das zwei Wesen verbindet.« Ihre Stimme erhebt sich über die Menge, die augenblicklich leiser wird. »Und diese beiden, die Lichtprinzessin und der Dunkle König, sind in der Liebe vereint, so wie unsere Länder vereint werden. Liebe macht uns stark, und zusammen werden wir unbesiegbar sein. Volk des Lichtlandes, es ist endlich Zeit, wieder Ordnung in unserem Land zu schaffen. Lange Jahre haben wir geduldet, dass ein fremdes Volk hier mit uns lebt. Wir haben die Grauen versorgt und ihnen Sicherheit geboten. Damit ist jetzt Schluss! Wir werden diese Fremden im Lichtland nicht länger dulden, denn es ist unsere Heimat. Wir werden die Grauen vertreiben, zurück in das Sturmland, wo sie hingehören!«

Jubelrufe ertönen, und ich presse schockiert die Lippen zusammen. Das alles kann sie nicht ernst meinen. Selbst für Victoria wäre diese Vorhaben eine Nummer zu groß. Dennoch steht sie immer noch vor uns, euphorisch und siegessicher, und genießt die Begeisterung, die ihre Rede ausgelöst hat.

Das Sturmland ist ein Land, das sowohl an das Schattenland als auch das Lichtland grenzt. Im Silbernen Krieg wurden das Sturmland zerstört und die Bevölkerung zum größten Teil vernichtet. Anschließend suchten Naturkatastrophen das Sturmland heim, und das Klima spielte vollkommen verrückt. Es war unmöglich geworden, dort zu leben, und so beschlossen die Sieger des Silbernen Krieges – zu den wir Hellen ganz klar zählen –, den überlebenden Sturmländern Zuflucht zu gewähren.

Wir nennen sie Graue, weil ihre Augen mit grauen Sprenkeln durchsetzt sind. Wir, das Lichtland und das Schattenland, haben sie aufgenommen, und obwohl mittlerweile hundert Jahre seit dem Silbernen Krieg vergangen sind, sind sie immer noch kein echter Teil unserer Gesellschaft. Auch wenn mein Vater sich nach Kräften bemüht hat, Einigkeit und Verständigung zwischen unseren Völkern zu schaffen.

Daher stellen sich mir die Nackenhaare auf, als ich die Worte der Königin höre. Wir sollten versuchen, ihnen zu helfen, und sie nicht vertreiben. Mein Vater hätte es nie auch nur in Erwägung gezogen. Als einige der Zuschauer auch noch begeisterte Parolen anstimmen, bin ich kurz davor, nach vorne zu stürmen.

Ciaran hat seine Hand jedoch um meinen Arm geschlossen und hält mich eisern fest. Ich werfe ihm einen wütenden Blick zu, doch er schüttelt nur leicht den Kopf. In seinen dunklen Augen steht eine klare Warnung, die meine Wut sofort schwächer werden lässt. Und allein die Tatsache, dass er neben mir steht, macht mich kribbelig, und ich verspüre wieder den Wunsch, mit ihm alleine zu sein und ihn erneut zu küssen. Es hat sich so unglaublich angefühlt, ihm so nahe zu sein.

Die Königin hebt besänftigend die Arme. »Volk des Lichtlandes, erinnern wir uns daran, wer wir sind. Ein Volk, das das Licht bringt, das Leben spendet und in Liebe lebt. Es ist unsere Aufgabe, das Licht in der Spiegelnden Welt zu verbreiten und es all jenen zu bringen, die nicht das Glück hatten, im Lichtland geboren zu werden. Aber es ist auch unsere Aufgabe, das Licht zu wahren und zu beschützen. Und wenn wir sie mit Gewalt vertreiben müssen, um dieses Licht zu erhalten, dann soll es so sein. Folgt dem Licht!«

Die Menge wiederholt ihre Worte, und der Ruf klingt bis in die letzten Ecken des Palastes. Ein Schauer überläuft mich angesichts dieser grenzenlosen Euphorie. Wie können die Hellen der Königin so vorbehaltlos folgen? Haben sie vergessen, für was mein Vater jahrelang gekämpft hat? Gewalt gegen die Grauen bringt nichts als Tod und Zerstörung, und es sollte unsere Aufgabe sein, das zu verhindern.

Ich zittere und begreife immer noch nicht richtig, was hier passiert. Ciaran hält mich fest und zieht mich mit sich durch den Saal. Ich bekomme kaum mit, dass uns Applaus folgt und die Soldaten Mühe haben, die begeisterten Hellen zurückzuhalten. Ich sehe in ihre Gesichter, alles Fremde. Nur Lady Delanos, eine der höchsten Adligen unseres Landes und Vorsitzende des Parlamentes, hat die Lippen zu einem schmalen Strich verzogen. Sie jubelt nicht, sondern sieht mich abfällig an.

Ich bin die Lichtprinzessin.

Ich bin das Licht und die Wärme.

Und doch fühle ich nichts als Kälte in mir.

KAPITEL 3

Mein Kopf ruckt herum, und ich balle die Hände zu Fäusten. Blitzschnell hebe ich den rechten Arm, blocke einen harten Schlag ab und ziehe gleichzeitig das Knie hoch. Ohne auf Widerstand zu treffen. Ich bin zu langsam. Verdammt!

Kit legt den Kopf schief und mustert mich eindringlich mit seinen graubraunen Augen. »War es so schlimm?«, fragt er und geht wieder auf Position. Er kennt mich einfach zu gut und weiß, woher mein Aufruhr kommt.

»Du kannst es dir nicht vorstellen«, presse ich zwischen den Zähnen hervor und beobachte ihn argwöhnisch. Mein rasender Puls pumpt heißes Feuer durch meine Adern, und meine Hände zittern vor Wut. »Warum warst du nicht da?«

Kit macht ohne Vorwarnung zwei Schritte auf mich zu, reißt sein Bein in die Höhe und tritt mich vor die Brust. Schmerz schießt durch meinen Brustkorb, und mir bleibt kurz die Luft weg. Ich keuche auf, taumele zurück, bleibe aber auf den Beinen.

»Da niemand auf meine Anwesenheit bestanden hat, habe ich es vorgezogen, den Vormittag anders zu verbringen.« Seine Mundwinkel zucken leicht, und seine Augen nehmen einen verdächtigen Glanz an. Kit ist ein attraktiver Mann von achtunddreißig Jahren, muskulös und schwarzhaarig – natürlich hat er eine Geliebte im Palast. Meine Wangen werden trotzdem eine Spur heißer. Er zwinkert mir zu, und sein Grinsen wird noch breiter.

Mir entfährt ein frustriertes Schnauben, und ich zwinge mich, mich zu konzentrieren. Mit einem Schrei drehe ich mich in seine Richtung, hole dabei mit der linken Hand aus und treffe ihn in die Seite. Kit zögert kurz und kneift die Augen zusammen. Ruckartig hebt er das Bein und trifft mich mit dem Knie im Magen. Ich krümme mich zusammen, aber er lässt mir keine Zeit. Im letzten Moment reiße ich meine Arme hoch und kann gerade noch einen Schlag in Richtung meines Kopfes abwenden. Schweiß läuft mir aus allen Poren, und jeder einzelne Muskel in meine Körper brennt, aber noch gebe ich nicht auf. Schläge trommeln auf mich herab, Kit treibt mich vor sich her, und ich bemühe mich nach Kräften, mich zu wehren. Aber gegen ihn habe ich keine Chance. Hatte noch nie eine.

Als wir das Ende der Matte erreichen, lässt er von mir ab. Mein Atem pfeift, und mein Körper schmerzt überall. Meine Zofe wird nicht erfreut über die vielen blauen Flecke sein.

»Victoria hat eine riesige Show daraus gemacht«, keuche ich, während es immer noch in mir brodelt. Aber mein Körper braucht eine kurze Pause. »Sie hat sich selbst übertroffen, und es hätte nicht viel gefehlt und die Zuschauer hätten ihr alle zu Füßen gelegen.«

Kit scheint nicht überrascht. Er nickt nur. »Und Ciaran?«

Ich hebe langsam den Kopf und sehe ihn an. Meine Sicht verengt sich, und ich konzentriere mich nur noch auf das Brennen in meinem Inneren. Feuer schießt durch mich hindurch, und die Luft um mich herum erhitzt sich. Federnd gehe ich in die Knie, drehe mich gleichzeitig und trete hart gegen Kits Beine.

Ciaran hat keine Zeit für mich. Er hat mich nach dem Empfang stehen lassen und kümmert sich um irgendwelche politischen Angelegenheiten, anstatt bei mir zu sein. Ich lasse meine ganze Wut in den Tritt fließen und fege Kit zu Boden. Polternd fällt er auf die Matte und sieht überrascht zu mir auf. Ich baue mich über ihm auf und blicke angriffslustig auf ihn herab. »Er war auch da.«

Eine dunkle Augenbraue hebt sich fragend. »Er scheint ja mächtig Eindruck hinterlassen zu haben, wenn ich mir deinen Gemütszustand so betrachte.«

Wütend sehe ich zu ihm hinunter und versuche, meine aufstrebenden Gefühle in den Griff zu bekommen. Kit ist nicht schuld an meiner Wut. Selbst Ciaran kann eigentlich nichts dafür, da die Gespräche, die er mit unseren Politikern führt, wichtig sind. Aber mein Herz sagt mir etwas anderes, und allein bei dem Gedanken an Ciarans dunkle Augen und seinen kühlen Mund auf meinem fängt es schon wieder wie verrückt zu klopfen an.

»Verdammt, ich habe ihn ewig nicht gesehen. Und ja, er hat Eindruck hinterlassen.«

Kits Mundwinkel zucken amüsiert. Er weiß genau, was in mir vorgeht, dafür kennt er mich viel zu gut. Ich zische noch einmal wütend, und er schüttelt lachend den Kopf.

»Es reicht für heute.« Er streckt mir seine Hand entgegen, und ich helfe ihm auf die Beine. Gemeinsam gehen wir an den Rand der kleinen Halle ohne Fenster. Verschiedene Metallaufbauten sind in der Halle verteilt, mehrere Seile hängen von der Decke, und an einer Wand in einem Kasten befinden sich alle möglichen Waffen.

Ich lasse mich erschöpft auf einer Bank nieder und lehne mich an die kühle Wand hinter mir. Meine Körpertemperatur normalisiert sich allmählich, und ich schließe für einen kurzen Moment die Augen. Es weiß so gut wie niemand, was Kit und ich hier tun. Mein Vater wäre mit Sicherheit nicht begeistert, und Victoria würde es mir schlicht verbieten. Nur meine Zofe ist eingeweiht, denn sie muss meine Verletzungen kaschieren. Kit ist eigentlich mein Tanzlehrer, aber die meiste Zeit unterrichtet er mich in etwas anderem. Dem Kämpfen ohne Licht, nur mit Fäusten und meinem Körper. Und dafür liebe ich ihn über alles.

Als mich ein Handtuch am Kopf trifft, öffne ich meine schweren Lider.

Kit lehnt lässig neben mir an der Wand und scheint noch nicht einmal außer Atem zu sein. Seine dunklen Locken fallen ihm in die Stirn, und er sieht unverschämt entspannt aus. Er trägt seinen grauen Kampfanzug, unter dem sich deutlich seine muskulöse Figur abzeichnet. Kit war Soldat, ein Kämpfer, der mehr Schlachten gewonnen hat, als viele zählen können. Und doch kennzeichnet das Grau ihn als einer von ihnen. Also ob es nicht reichen würde, dass ihn seine graubraune Augenfarbe schon als Grauen ausweist.

»Du warst gut heute!«

Ich schnaube nur, freue mich aber über sein Kompliment. Er würde es niemals leichtfertig machen.

»Erzählst du mir jetzt, woher du deine Verletzungen an Kopf und Armen hast?«

Er setzt sich neben mich. Träge wende ich ihm mein erhitztes Gesicht zu. Die Schminke von heute Morgen ist verschwunden und die Schramme an meiner Stirn nun für jeden sichtbar. Ich beiße mir auf die Innenseite meiner Wange und überlege. Dass Kit meine Verletzungen bemerken würde, war vorherzusehen.

»Ich habe einen Dieb in meinem Zimmer überrascht«, antworte ich so ruhig wie möglich. Kit reißt die Augen auf. »In deinem Zimmer? Aber die Soldaten müssen ihn doch gesehen haben?«

Ich zucke nur mit den Schultern. »Die haben angeblich nichts mitbekommen. Ich habe sie heute Morgen noch einmal gefragt.«

»Soll ich mich darum kümmern?«

Deutliche Sorge schwingt in seiner Stimme mit, und ein warmes Gefühl durchfährt mich. Es tut gut, einen Freund zu haben. Jemanden, der tatsächlich um mich besorgt ist, um mich, Sienna, und nicht die Lichtprinzessin.

»Das ist nicht das Einzige, was merkwürdig war«, gebe ich langsam zu. »Der Mann ist vor meinen Augen wieder verschwunden. Von einer Sekunde auf die andere.«

»Durch das Fenster?«

»Nein, wir standen mitten im Raum.«

Kit runzelt die Stirn, und in seinem Blick verändert sich etwas, was ich aber nicht zu deuten vermag.

»Du musst dich irren. Niemand kann einfach so verschwinden.«

Irgendetwas an der Art, wie er diese Worte sagt, macht mich stutzig. Ich kenne Kit schon lange und werde das Gefühl nicht los, dass er mir etwas verschweigt.

»Ich werde heute Nacht vor deinem Zimmer Wache halten«, schiebt er schnell hinterher, und seine Stimme klingt wieder normal.

Vermutlich habe ich mich geirrt, warum sollte mir Kit etwas vormachen?

»Wirst du zum Ball kommen?«, frage ich nach einer kurzen Pause und strecke meine Beine aus. »Sienna, ich …«

»Bitte, Kit! Ich weiß, dass du solche Veranstaltungen nicht magst, aber lass mich dort nicht alleine.«

Er fährt sich mit der Hand durch seine dunklen Locken. »Du wirst nicht alleine sein. Die Königin wird dort sein, Ava und dein Schattenprinz, mal ganz abgesehen von den vielen Gästen, die eingeladen sind.«

»Du weißt, was ich meine«, übergehe ich seinen Einwurf und ignoriere, dass er Ciaran als meinen Prinzen bezeichnet hat.

Er seufzt ergeben und steht auf. »Ich kann dir dort sowieso nicht helfen. Du wirst alleine über das Parkett stolpern und jedem auf die Füße treten, der mutig genug ist, dich um einen Tanz zu bitten. Mich lassen sie noch nicht mal in deine Nähe.«

Ich senke den Kopf, weil ich weiß, dass er recht hat. »Bitte.«

»Also gut, aber nur, wenn du mich nicht wieder in irgendeine prekäre Situation bringst«, gibt er schließlich nach, und ich sehe in seinem Gesicht, dass er es nicht gerne tut.

»Ich habe doch nur mit dir gesprochen«, erwidere ich.

Die Bilder der letzten großen Veranstaltung flackern in meinen Gedanken auf. Es ist schon eine Weile her – es war die Krönungszeremonie der Königin. Ich habe mich so elend gefühlt, Victoria neben meinem Vater zu sehen, auf dem Platz, auf dem eigentlich meine Mutter sitzen sollte. Und in einem unbedachten Moment, als ich einfach nicht mehr konnte, bin ich zu Kit gegangen.

Er hat am Rand neben den Soldaten gestanden und die Feierlichkeiten überwacht. Wir wechselten nur ein paar Worte, aber sofort kam ein anderer Soldat auf uns zu und zerrte mich von ihm weg. Mein Vater rügte mich anschließend und erinnerte daran, dass wir uns besonders bei öffentlichen Auftritten wie diesen von den Grauen fernhalten sollten. So weit ging seine Vorstellung der Gleichstellung der Völker dann doch nicht.

Ungefähr zehn Kommunikatoren haben mich an jenem Abend gesehen und mein Fehlverhalten in die ganze Welt ausgesendet. Kit habe ich erst Tage später wiedergesehen. Was sie mit ihm gemacht haben, hat er mir nie erzählt.

»Du weißt, dass wir das nicht dürfen«, wiederholt Kit jetzt die Worte meines Vaters.

»Aber du bist mein Freund!« Ich bin aufgebracht, und einmal mehr ärgere ich mich über die Unsinnigkeit dieser Gesetze.

»Und gerade weil ich dein Freund bin, solltest du dich daran halten.« Seine Stimme ist leise, und ein Schaudern läuft meinen Rücken hinunter.

»Wie kannst du das alles einfach hinnehmen? Wie kannst du uns gestatten, so mit dir umzugehen?« Unterdrückte Wut klingt in meiner Frage mit, Wut auf die Königin, unser Land und die Hellen, vor allem aber auf mich selbst.

Kit sieht mich schweigend an und zuckt schließlich mit den Schultern. »Ich lebe, habe zu essen und kann einer Tätigkeit nachgehen, die ich gerne mache. Und ab und zu darf ich die Lichtprinzessin vermöbeln. Mir könnte es schlechter gehen.«

Ich lache und stehe auf. Ich weiß, dass diese Diskussion zu nichts führen wird. Dafür haben wir sie schon zu oft geführt. Kit wird seine Meinung nicht ändern, und ich sollte froh darüber sein. Ich will ihn nicht verlieren.

***

Als ich unseren Trainingsraum durch die Verbindungstür zum Tanzsaal verlasse, empfängt mich Musik. Leise rhythmische Klänge, die dazu einladen, sich zu bewegen und über eine Tanzfläche zu schweben. Unbemerkt betrete ich den großen Raum. Der Boden ist mit poliertem Marmor gefliest, der das Geräusch tanzender Füße verstärkt. Ich lehne mich an die Wand, nicht überrascht, Ava zu sehen. Sie tanzt alleine, hat die Arme seitlich erhoben und bewegt sich mit einer solchen Eleganz, dass ein eifersüchtiger Stich durch meine Brust schießt. Niemals werde ich so tanzen können.

Ava, die nur ein Jahr älter ist als ich, ist mit ihrer Mutter in unseren Palast gekommen. Ich hasse sie nicht so sehr wie die Königin, aber sie nervt mich allein durch ihre Anwesenheit. Ständig versucht sie, sich in den Vordergrund zu spielen, ist unfreundlich und zickig und lässt alle nach ihrer Pfeife tanzen. Ihrer Meinung nach ist sie die deutlich bessere Prinzessin, und in manchen Momenten muss ich ihr recht geben.

Ava bleibt stehen, geht in einen tiefen Knicks, bevor sie schnelle Pirouetten über den Boden dreht. Ihre dunklen Haare wirbeln um sie herum, und ich muss neidvoll anerkennen, wie hübsch sie ist. Sie ist groß gewachsen und hat eine weibliche Figur, ohne dabei dick zu wirken. Ich weiß, dass ihr die Männer scharenweise hinterherrennen, aber sie bisher niemanden erhört hat.

Sie hält abrupt in ihren Bewegungen inne, als sie mich entdeckt, und flucht laut. Der engelsgleiche Auftritt, den sie bis jetzt hingelegt hat, wird dadurch zerstört.

Ich stoße mich von der Wand ab und gehe mit einem Grinsen auf sie zu. Zorn spiegelt sich auf ihrem Gesicht.

»Was willst du hier?«, keift sie mich an, bevor ich überhaupt den Mund aufmache. »Ich dachte, du und dein Prinz seid bereits auf eurem Zimmer verschwunden und beschäftigt?«

Ich schlucke eine giftige Antwort herunter und zucke nur mit den Schultern. Es bringt nichts, jetzt mit ihr zu streiten. »Wir haben eine Pause eingelegt. Ich wollte mein Tanztraining nicht verpassen.« Dass ich völlig verschwitzt vor ihr stehe, unterstreicht meine Lüge nur noch.

Ava schnaubt belustigt. »Ah … Er hat also schon Wichtigeres zu tun, als sich mit dir zu befassen.« In ihren Augen blitzt Schadenfreude auf.

Ich presse die Lippen zusammen und weigere mich, ihr beizupflichten. Aber ihre Worte tun mir weh als gedacht, denn genau so empfinde ich Ciarans Verhalten.

Ava kommt dicht an mich heran und spießt mich mit ihren grünen Augen regelrecht auf. Sie ist mir so nah, dass ich die winzigen goldenen Sprenkel erkennen kann, und unbewusst muss ich lächeln. Denn ich weiß genau, was sie sieht. Meine Augen haben eine tiefe Bernsteinfarbe, und im Licht wirken sie fast golden. Da ich die Lichtprinzessin bin, ist die Iris meiner Augen golden gefüllt. Je nachdem, wie viel Macht jemand über das Licht besitzt, sind unsere Augen gesprenkelt. Meine Stiefschwester kann vermutlich noch nicht einmal ein Feuer entzünden.

Ciarans Augen hingegen sind tiefschwarz. Da er ebenso wie ich von königlichem Blut ist, hat er allein die absolute Macht über die Kälte und die Dunkelheit, die Fähigkeiten eines Dunklen Königs.

»Weißt du, wo Kit ist? Es ist Zeit für meine Tanzstunde, und der Idiot ist noch nicht aufgetaucht!«, faucht Ava ungehalten.

»Wage es nicht, so von ihm zu sprechen«, fahre ich sie aufgebracht an, und meine ganze Wut ist schlagartig zurück.

Ava hebt eine perfekt geformte Augenbraue. »Ich kann ihn nennen, wie ich will. Er ist doch nur ein Grauer.«

Dass sie so abfällig über Kit spricht, lässt mich endgültig rotsehen, und bevor ich weiter darüber nachdenke, schlage ich zu. Ava keucht erschrocken auf und fasst sich mit weit aufgerissenen Augen an ihre gerötete Wange.

»Das … das wird Konsequenzen haben, Sienna! Ich werde meiner Mutter davon berichten«, schreit sie mich an.

»Tu das!«, knurre ich und lasse sie stehen. Das Blut rauscht immer noch in meinen Ohren, aber mit jedem Schritt wird die Hitze in meinem Inneren kleiner, bis nur noch ein sanftes Glühen übrig ist. Victoria wird mir das nicht durchgehen lassen, das ist mir durchaus bewusst. Aber der Kleinkrieg mit meiner Stiefschwester, der jeden Tag schlimmer wird, ist einfach nur noch nervig.

***

Das Licht der untergehenden Sonne bricht sich in unzähligen Wassertropfen, die ein Wasserspender in ein Marmorbecken gießt. Eine goldene Kugel sitzt auf dessen Spitze und dreht sich unablässig durch die Bewegung des Wassers. Ich sehe eine Weile zu, verliere mich in ihrem Glanz und in der gleichmäßigen Drehung. Es ist immer noch brütend heiß, aber ich habe mich im letzten Licht des Tages hinaus in den Garten gewagt. Um mich herum spenden Palmen und Büsche etwas Schatten, und Blumen in allen Farben des Regenbogens erfreuen mein Auge. Verschiedene Orchideen schmücken die Beete um die kleine Lichtung herum, und ein süßlicher Geruch liegt in der Luft.

In einem Land, in dem es so gut wie nie regnet, ist diese Oase der pure Hohn. Aber meine Mutter hat diesen Ort geliebt, und so sehr mich das schlechte Gewissen angesichts der Verschwendung von Wasser plagt, kann ich mich der Schönheit des Gartens doch nicht entziehen.

Ich trage ein leichtes Kleid aus fließendem blauen Stoff und habe es mir auf einer der vielen Holzbänke gemütlich gemacht. Nichts schützt mich vor der schon tief stehenden Sonne, doch ich genieße mit geschlossenen Augen die Wärme auf der Haut. Ich spüre ihre Kraft und versuche, so viel Energie wie möglich in mir aufzunehmen. Ich werde sie in den nächsten Tagen brauchen.

»Darf ich mich zu dir setzen?«

Verwundert schaue ich auf und blinzele: Ciaran steht vor mir, doch gegen das Licht erkenne ich sein Gesicht kaum.

»Gern«, erwidere ich und rutsche ein Stück zur Seite. Ich freue mich zwar, ihn zu sehen, und kann mir ein verliebtes Lächeln nicht verkneifen. Gleichzeitig fühle ich dumpfe Enttäuschung, dass er mich den ganzen Tag alleine gelassen hat.

»Wie geht es dir?« Entspannt lehnt er sich auf der Bank zurück.

»Gut«, antworte ich ein wenig zu schnell.

»Sienna … selbst für mich war es heute Morgen offensichtlich, dass du dich nicht richtig wohlgefühlt hast. Außerdem hast du dich mit Ava geprügelt.«

Mein Kopf ruckt überrascht herum. Ciaran runzelt die Stirn und sieht mich fragend an.

»Woher weißt du davon?« Vermutlich hatte Ava nichts Besseres zu tun, als sofort zu petzen.

Missbilligung huscht über seine Züge, und Scham überkommt mich – was muss er von mir denken? Eine Prinzessin, die ihre Stiefschwester schlägt! Verlegen spiele ich mit meinen Fingern und sehe dabei den Wassertropfen zu, wie sie in das Becken gleiten. Ich will mit ihm nicht über heute Morgen reden oder über Ava, sondern viel lieber über das, was vor uns beiden liegt.

Er seufzt leise und berührt mit seiner Hand meinen Arm. »Was ist los? Lag es an mir? Willst du mich nicht mehr heiraten?«

Ich zucke zusammen und drehe mich zu ihm. Seine schwarzen Augen mustern mich aufmerksam. Er trägt seine Haare jetzt offen, und sie fallen ihm bis über die Schultern. Als ich ihn das letzte Mal gesehen habe, war er achtzehn Jahre alt und ich stand kurz vor meinem vierzehnten Geburtstag. Die fünf Jahre haben ihn verändert, stelle ich fest. Sein schmales Gesicht hat einen harten Zug bekommen, und er wirkt beinahe hager. Ciaran war schon immer ernst und sachlich, hat noch nie mit mir Späße getrieben oder mich zum Lachen gebracht. Dafür ist er einfach nicht der Typ. Dafür lastet zu viel Verantwortung auf ihm.

Seine Finger sind kalt, als ich nach seiner Hand greife und sie sacht drücke. »Mach dir keine Sorgen. Natürlich will ich dich heiraten. Es war einfach nur alles … ein wenig viel heute. Und Ava hat mich provoziert.« Ich lächele ihn an. »Wir haben uns sehr lange nicht mehr gesehen, und ich hatte gehofft, heute etwas mehr Zeit mit dir verbringen zu können«, gebe ich kleinlaut zu.

»Es tut mir leid«, sagt er, aber ich habe in dem Moment nicht das Gefühl, dass er es auch so meint. »In Lichtstadt hat es wieder einen Aufstand gegeben, und wir mussten erst herausfinden, was genau geschehen ist.«

Ich beiße mir auf die Lippen und komme mir mit einem Mal unglaublich dumm vor. Natürlich hatte er Wichtiges zu tun und hat mich nicht grundlos versetzt.

»Was für ein Aufstand?«, frage ich nach, da ich bisher nichts davon gehört habe.

»Einige Graue sind mit Hellen aneinandergeraten. Ein Heller wurde dabei getötet.« Seine Stimme klingt hart, und ich sehe, wie sich sein Kiefer anspannt.

»Bei der Göttin …«, keuche ich erschrocken auf. »Was ist passiert? Und was wird nun mit den Grauen geschehen?« Die Frage ist überflüssig, denn ich kenne die Antwort. Die Grauen werden hingerichtet werden.

»Sienna, ich habe den ganzen Tag über dieses Thema gesprochen. Und wir haben uns lange nicht gesehen … Ich würde lieber über uns sprechen.« Er sieht mich durch seine dichten, schwarzen Wimpern an. Augenblicklich macht sich ein nervöses Kribbeln in meinem Bauch breit. Uns.

Alles andere ist vergessen. Er muss mir ansehen, wie es um mich steht, denn in seinen Augen blitzt es zufrieden auf.

Meine Stiefmutter hat mehr als einmal davon gesprochen, unsere Verbindung zu lösen und stattdessen Ava mit ihm zu verloben. Aber ich bin die Lichtprinzessin, und nur ich werde den Sonnenthron erben. Mein Vater hat darauf bestanden, dass die Verlobung bestehen bleibt. Und dafür danke ich ihm gerade jetzt einmal mehr.

»Es ist viel passiert in den letzten Jahren«, sagt Ciaran ruhig. »Wir beide haben uns verändert.« Unsere Finger sind immer noch verschränkt, und er streicht sanft mit seinem Daumen über meine warme Haut.

Unwillkürlich denke ich an meinen Ausrutscher Ava gegenüber und muss zustimmen. Ich war schon immer impulsiv und aufbrausend, aber in den letzten Monaten ist es schlimmer geworden.

»Trainierst du mit irgendwem deine Kräfte?« Ciarans Frage bringt mein Herz kurz aus dem Takt, und ich muss an meinen kranken Vater denken, der mir jeden Tag bei so vielen Dingen fehlt.

»Nicht mehr …« Ich meide seinen Blick und muss schlucken. »Ich habe mit meinem Vater trainiert, aber seit er …« Ich beende den Satz nicht, kann es in diesem Moment einfach nicht.

»Du solltest trainieren, Sienna. Ihr Hellen habt alle ein impulsives Temperament. Und deines erscheint mir im Moment ein wenig … außer Kontrolle.«

Ich beiße mir auf die Lippen, um ihm keine patzige Antwort zu geben. Dass ich das Feuer in meinem Inneren kaum kontrollieren kann, weiß ich selbst. Sobald ich mich aufrege, bricht meine Kraft aus mir hervor und bringt die Luft um mich herum zum Kochen. Auch jetzt bemerke ich, wie es wärmer wird.

Ciaran lacht leise und drückt noch einmal meine Hand. »Beruhige dich, Sienna! Ich kann gerne mit dir trainieren, solange ich da bin, und gemeinsam werden wir dein Feuer schon gebändigt bekommen.« Ob er jetzt meine Fähigkeiten meint oder meinen aufbrausenden Charakter, lässt er offen. Aber die Aussicht, mit ihm zu trainieren, gefällt mir durchaus.

Wir schweigen beide einen Moment, und ich genieße es, ihm so nahe zu sein. Seine sanfte, jedoch kalte Berührung auf meiner Haut beruhigt mich, und das Gespräch mit ihm, das mir wieder eine Richtung weist, schenkt mir das Vertrauen, dass ich nicht mehr alleine bin. Ich habe es mir so oft vorgestellt, so oft davon geträumt, und nun ist es tatsächlich real.

»Es war nicht immer einfach für dich seit dem Tod deiner Mutter, oder?«, holt mich Ciaran aus meinen Tagträumen zurück.

Die Temperatur um uns herum fällt schlagartig ab, und ein harter Kloß bildet sich in meiner Kehle. »Es … ihr Tod hat mich sehr getroffen.« Meine Stimme ist so leise, dass ich sie selbst kaum höre.

Ich kann seinem Blick nicht standhalten und senke die Augen. Ich habe mit kaum jemandem wirklich über den Tod meiner Mutter gesprochen, und selbst nach drei Jahren tut es immer noch weh. Ciaran drückt meine Hand und wartet ab.

»Als sie … von uns gegangen ist, wusste ich einfach nicht mehr weiter. Ich habe mich in mein Zimmer verkrochen, wollte niemanden mehr sehen, nicht einmal meinen Vater.« Tränen fließen mir über die Wangen, und ich wische sie schnell weg. Ich will nicht, dass Ciaran mich für ein schwaches kleines Mädchen hält.

»Es tut mir leid, Sienna! Ich hätte für dich da sein sollen.« Ehrliche Trauer liegt in Ciarans Worten. Er legt den Arm um mich und zieht mich an seine Brust.

Es ist ungewohnt für mich, jemandem so nahe zu sein. Außer meinem Vater und manchmal Kit nimmt mich niemand in den Arm, doch das ist etwas anderes. Ciarans harte Brust drückt an meine Wange. Kurz schließe ich die Augen und lausche seinem ruhigen Herzschlag. Ich fühle mich geborgen in seiner Umarmung und so sicher, wie schon lange nicht mehr. Ciaran ist mein Prinz, mein Verlobter. Und dass sich nach fünf Jahren nichts geändert hat und wir so vertraut miteinander umgehen können, lässt mich kurz alles um mich herum vergessen, und ich genieße einfach seine Nähe. Bis mich der jähe Schmerz bei den Gedanken an meine Mutter zurückholt.

»Du weißt, dass sie … dass sie sich selbst …« Ich schaffe es nicht, das Unsagbare auszusprechen. Dass meine Mutter sich selbst das Leben genommen hat, getrieben von der Eifersucht und der Einsamkeit, für die ich diese Hexe Victoria verantwortlich mache. Aber das Ciaran zu sagen, wage ich nicht.

»Ja, ich habe davon gehört.«

Ich presse stumm die Lippen zusammen und versinke einen kurzen Moment in meiner Trauer. Nie wieder will ich mich so schwach fühlen wie in jener Zeit. In der jeder Tag dunkel war, in der es kein Licht gab. Ich lebte in einer Welt aus Tagen und Nächten und wartete einfach nur noch darauf, bis ich mich wieder in meinem Bett verkriechen konnte. Bis ich Kit eines Tages in einer Tanzstunde geschlagen habe. Ich habe ihn nicht getroffen, denn er hatte meinen Schlag vorhergesehen und abgewehrt, aber irgendetwas ist in diesem Moment mit mir passiert. Er hat mir anschließend gezeigt, wie ich vorgehen müsste, damit ich auch treffe. Und seit jenem Nachmittag ist das Tanzen nur Nebensache.

»Ich kann einfach nicht begreifen, wie mein Vater so schnell wieder heiraten konnte«, fahre ich nach einer Weile fort. »Und dann ausgerechnet Victoria! Seit er krank ist, habe ich das Gefühl, Victoria macht, was sie will. Niemand tritt ihr entgegen, das Parlament gibt jedem ihrer Befehle statt, und der Adel knickst vor ihr.« In meiner Stimme schwingt all meine Verachtung für diese Frau mit.

»Und was ist mit dir?«, hakt Ciaran nach.

Ich schüttele nur trotzig den Kopf. Er drückt mich an sich, und ich lege meinen Kopf an seine Schulter. Es tut gut, zu wissen, dass ich nicht mehr alleine bin.

»Wir dürfen nicht zulassen, was sie vorhat«, flüstere ich. »Es ist falsch, gegen die Grauen vorzugehen, es sind genauso Bewohner der Spiegelnden Welt wie du und ich.«

Er zögert einen Moment, bevor er mir antwortet.

»Niemand wird gegen die Grauen vorgehen. Dazu hat selbst die Königin nicht genug Macht. Es gibt immer noch ein Parlament und Gesetze in diesem Land. Und wenn wir verheiratet sind und du die Dunkle Königin bist, kannst du ihr entgegentreten und sie vernichten, wenn es das ist, was du willst.«

Ich weiß nicht, ob ich das will. Ich kann nicht verstehen, warum Victoria so einen Hass gegen die Grauen hegt, und finde falsch, was sie tut. Aber jemanden zu vernichten, klingt grausam.

»Versprichst du mir etwas? Versprichst du mir, dass wir für eine gerechtere Welt kämpfen werden?« Ich muss an Kit denken, an all die anderen Grauen im Palast, die nichts getan haben, außer mir der falschen Augenfarbe geboren wurden.

»Das sind große Worte für ein Wiedersehen nach so langer Zeit«, lacht Ciaran und vertreibt damit die Düsternis zwischen uns. Sanft streicht er mir über den Rücken. »Wir werden einen Weg finden. Aber bis dahin musst du mir versprechen, dass du dein Temperament ein wenig im Zaum hältst.«

Ich schnaube empört.

»Du warst heute Morgen kurz davor, nach vorne zu stürmen und Victoria zu überwältigen. Vor all den Hellen im Saal und vor allem vor den Kommunikatoren. Jeder in der Spiegelnden Welt hätte gesehen, dass du nicht hinter der Königin stehst.«

Natürlich hat er recht. Ich beiße mir wütend auf die Lippen. Ich stehe nicht hinter der Königin und den Dingen, die sie heute Morgen gesagt hat. Aber das Bild einer ungehaltenen, hysterischen Prinzessin will ich dennoch nicht im ganzen Land verbreitet wissen.

»Es ist wichtig, Sienna, dass das Volk uns mag. Sie müssen eine gute Meinung von uns haben, und die erreichen wir nicht, wenn wir uns uneinig zeigen«, sagt Ciaran in diesem Moment.

Mir stellen sich bei seinen Worten die Nackenhaare auf. »Wir sollen ihre Show also mitmachen?«, frage ich ungläubig.

Er nickt und zwingt mich, ihn anzusehen. »Ja. Für unser beider Länder. Und nach der Hochzeit, das verspreche ich dir, werden wir nur noch tun, was wir beide für richtig halten.«

Mich schaudert es ein wenig bei diesem Gedanken. Aber Ciaran ist bereits König. Er weiß, was Macht ist und wie er damit umgehen muss.

Ich spiele mit seinen Fingern und den verzierten Reifen, die er um das Handgelenk trägt. Dabei fahre ich mit den Fingerspitzen bis unter den Saum seines weißen Hemdes und schiebe es ein wenig zurück. Er hat starke Arme, und unter seiner blassen Haut sehe ich die Adern pochen.

Er zieht mich auf seinen Schoss und beugt seinen Kopf zu mir herab. Mein Atem gerät ins Stocken, und ich muss an unseren Kuss heute Morgen denken.

»Warum hast du mich heute im Saal geküsst?«

Ciaran hält in seiner Bewegung inne. Auf seiner Stirn bildet sich eine Falte, und in seinen schwarzen Augen funkelt es dunkel.

»Hat es dir nicht gefallen?«, entgegnet er mit rauer Stimme, ohne auf meine Frage einzugehen. »Natürlich, aber …«

Er unterbricht mich, in dem er seinen Mund zärtlich auf meinen legt. Seine kalten Lippen liebkosen meine, und ein heißes Kribbeln fährt durch mich hindurch. Ich erwidere seinen Kuss vorsichtig und bin überrascht über die Heftigkeit, mit der er mich an sich drückt. Seine Hände wühlen durch meine Haare und fahren meinen Rücken hinunter.

»Ich habe dich so vermisst«, raunt er an meinem Ohr, als seine Lippen eine heiße Spur meinen Hals hinab ziehen.

Ich atme zitternd ein und schließe die Augen. Es fühlt sich gut an, dass er mich begehrt, auch wenn keine Tausend Zuschauer zusehen und wir eine Show liefern müssen. Mit den Händen fahre ich über seine muskulöse Brust, öffne die obersten Knöpfe seines Hemdes, bis ich seine kalte Haut unter meinen Fingern fühle. Ciaran liebkost immer noch meinen Hals, und ich öffne grinsend wieder die Lider. Glück strömt durch mich hindurch, und das Wissen, dass er mich genauso will wie ich ihn, bringt mich innerlich zum Glühen.

Doch dann fällt mein Blick auf sein offenes Hemd, und ich erstarre entsetzt. Schwarze, verschlungene Linien zeichnen ein verworrenes Muster auf seiner nackten Haut. Ich weiß, was das bedeutet. Die schwarzen Linien zeigen, was er ist und was er getan hat.

Ich fühle den Schmerz tief in mir, fühle mich verraten und verletzt. Er hat nicht auf mich gewartet! Er hat sich einer anderen Frau hingegeben, um in den Besitz seiner vollständigen Kräfte zu kommen!

Ciaran bemerkt mein Innehalten und zieht sich langsam zurück. Er nimmt meine Hände von seiner Brust und schließt sein Hemd.

»Warum?«, bricht es aus mir heraus, während ich versuche, die Tränen zu unterdrücken.

»Sienna, bitte, mach da jetzt keine große Sache draus«, versucht er, abzuwehren, und schiebt mich gleichzeitig von sich.

»Wir werden heiraten, Ciaran. Und ich soll keine große Sache daraus machen, dass du mit einer anderen Frau geschlafen hast?« Ich bin aufgesprungen und funkele ihn an. Enttäuschung und Wut brechen sich ihre Bahn, und das Feuer in mir lodert auf.

Er rollt mit den Augen. »Es hat mir nichts bedeutet. Es ging mir einzig und allein darum, endlich die Dunkelheit zu beherrschen.«

»Du hättest warten können!«, fauche ich und bin nahe daran, ihm eine Ohrfeige zu verpassen. Hitze breitet sich auf meiner Haut aus, und die Luft um mich herum beginnt, zu flimmern. Ich fühle mich unglaublich verletzt, verraten und irgendwie naiv. Aber das will ich ihm nicht zeigen, daher lasse ich meinem ganzen Zorn freien Lauf.

Ciaran erhebt sich ebenfalls und tritt zu mir. Er ist deutlich größer als ich, und ich hasse es in diesem Moment, zu ihm aufschauen zu müssen. Er hat die Augen zusammengekniffen, und auf seiner Stirn steht eine Falte.

»Ich muss mich vor dir dafür nicht rechtfertigen.« Die Kälte in seiner Stimme erschreckt mich. Er klingt überhaupt nicht mehr wie noch vor wenigen Augenblicken, sondern beinahe wie ein anderer Dunkler. »Ja, wir sind verlobt. Und ja, ich werde dich heiraten. Aber dafür werde ich nicht die Kraft, die ich habe, opfern.«

Ich schlucke und presse die Lippen zusammen.

Er schließt die Augen, und als er sie wieder öffnet, habe ich kurz das Gefühl, als würde sich die Schwärze seiner Iris ausdehnen wollen. Dann hebt er die Hand und streicht mir sanft über die Wange.

»Ich liebe dich, Sienna.« Seine Stimme hat ihre Härte verloren, und in seinen Augen flackert Wärme auf. »Vom ersten Tag, als ich dich gesehen habe, war es um mich geschehen. Du bist mein Licht, das mich aus der Dunkelheit führt. Und du hast bis heute keine Ahnung, wie groß dein Einfluss auf mich ist, oder?«

Ciaran nimmt mich in seine Arme, und ich lasse es zu, dass er mich an sich drückt.

»Nein, ich habe nicht auf dich gewartet. Aber bitte verstehe, was für eine Verantwortung auf mir lastet. Ich brauche meine dunkle Macht!«

Seine Worte trösten mich ein wenig, und ich wehre mich nicht, als er mich erneut küsst. Aber ganz tief in mir drin kann ich ihm trotzdem nicht vergeben.

Aus den Chroniken der Spiegelnden Welt.
Der Silberne Krieg.

Herbst im Jahre 1083 (17. Jahr des Silbernen Krieges)

An Thanatos, den König des Lichtlandes.

Ich habe gute Nachrichten für Dich, mein Freund! Uns ist es gelungen, den Grauen Prinzen gefangen zu nehmen. Diese verfluchte Gabe der Grauen ist so mächtig, dass wir ihn nur mithilfe eines magischen Spiegels festsetzen konnten. Unzählige Versuche davor ist er immer wieder vor unseren Augen verschwunden.

Meine Schattenmagier haben mir erklärt, dass wir reines silbernes Blut brauchen, um das Schattenlicht zu schaffen. Nur mit dem Blut der vier großen Königshäuser – Gold, Grau, Schwarz und Weiß – können wir die vier Lichter binden und befehligen. Die grauen Tätowierungen auf dem Körper des Prinzen sind so stark, dass ich mir sicher bin, er ist reinen Blutes.

Rion

Kapitel 4

In der Nacht bekomme ich kein Auge zu. Bei dem kleinsten Geräusch schrecke ich hoch und lausche angespannt, ob sich der mysteriöse Fremde erneut Zutritt zu meinen Gemächern verschafft. Aber alles bleibt ruhig. Ich wälze mich hin und her, meine Gedanken wandern immer wieder zu meinem Gespräch mit Ciaran.

Der Schmerz und die Enttäuschung sitzen wie ein quälender Stachel in meinem verliebten Herzen, und obwohl er mir versichert hat, es habe ihm nichts bedeutet, kann ich ihm nicht vergeben. Die Vorstellung, dass er sich mit einer anderen Frau vergnügt hat, macht mich krank, und gleichzeitig komme ich mir unglaublich dumm und kindisch vor. Er ist der Dunkle König und um einiges älter als ich. Dennoch habe ich angenommen, dass es für ihn auch nur mich gibt – so, wie er allein immer meine Träume bestimmt hat.

Als die ersten Sonnenstrahlen durch mein offenes Fenster dringen, gestehe ich mir traurig ein, dass ich vor allem in das Bild von Ciaran verliebt bin, das ich mir von ihm gemacht habe. Ihn selbst habe ich fünf Jahre nicht gesehen – ich kenne ihn eigentlich überhaupt nicht.

***

Licht blendet mich, und ich kneife zum Schutz die Augen zusammen. Trotzdem kann ich den Blick nicht abwenden, auch wenn mir bei den undeutlichen Bildern, die über die spiegelnde Fläche zucken, bittere Galle die Kehle hochsteigt.

Die Königin und einige hochrangige Vertreter unseres Parlamentes haben sich in einem kleinen Raum zusammengefunden und starren wie gebannt nach vorne. Ciaran steht neben mir, und die Kälte, die er ausstrahlt, prickelt unangenehm auf meiner warmen Haut. Ich will nicht hier sein, aber Victorias Befehl war eindeutig.

Ein Zittern fährt durch meinen Körper, als das Bild auf der spiegelnden Fläche vor uns flimmert und wieder klar wird. Es zeigt einen Platz mitten in Lichtstadt, und Hunderte Helle drängen sich um ein Podest, auf dem ein großer Scheiterhaufen errichtet ist. Ich schlucke hart und kralle meine Hände fest in den Stoff meines Kleides.

»Wann ist es denn endlich so weit?«, fragt Ava gelangweilt und gähnt herzhaft.

Allein für diese Worte könnte ich sie schon wieder schlagen. Ich atme mehrmals tief ein und aus, um mich und die aufsteigende Hitze in mir zu beruhigen.

In diesem Moment werden zwei Frauen und ein Mann von zwei hellen Soldaten auf das Podest gezerrt. Sie tragen alle graue Kleider und können sich kaum auf den Beinen halten.

»Wir dürfen das nicht zulassen«, sage ich so leise, dass nur Ciaran es hört. »Mein Vater …«

Kalte Finger berühren meine Hand, und er drückt sie leicht. Ich ziehe meine Hand zurück – ich will ihm jetzt nicht so nahe sein. Dafür schmerzt mich allein seine Anwesenheit zu sehr.

»Sie haben einen Hellen getötet. Sie wussten, welche Strafe darauf steht.« Ciarans Stimme klingt unbeteiligt, so, als wäre es völlig in Ordnung, was hier gerade passiert. Aber das ist es nicht.

»Wäre es andersherum, wäre der Helle ein Held und kein Verbrecher«, raune ich bitter und schlucke erneut. »Es ist ungerecht.«

Ciaran drückt noch einmal meine Hand, bleibt aber stumm. Er wird sich nicht offen gegen Victoria stellen, und ich wage es alleine nicht. Mit Entsetzen verfolge ich auf der spiegelnden Fläche, wie die Grauen an den Pfahl auf dem Scheiterhaufen gebunden werden und ein Soldat die trockenen Zweige zu ihren Füßen entzündet. Ihre entsetzlichen

Schreie dröhnen durch den kleinen Raum, in dem wir uns befinden, und ich meine beinahe, ihr verbrennendes Fleisch riechen zu können.

Ein Würgereiz quält mich, und ich kann nicht länger hinsehen. Mein Blick fällt auf Victoria, die etwas entfernt von mir steht, und bei ihrem Gesichtsausdruck läuft mir ein kalter Schauer über den Rücken. Sie hat ein feines Lächeln im Gesicht und sichtlich Freude an dem, was sie sieht.

Zehn Minuten später ist es vorbei. Die spiegelnde Fläche verschwindet, und ein Kommunikator betritt den Raum. Victoria stellt sich vor eine mit goldenem Stoff bespannte Wand und fährt sich noch einmal über die Haare.

»Sienna, kommst du zu mir?«

Es dauert einen Moment, bis ihre Wort zu mir durchdringen und ich begreife, was sie von mir will. Meine eiskalten Hände ballen sich zu Fäusten. Ich beiße mir so fest auf die Innenseite meiner Wange, dass ich Blut schmecke. Mit jedem Schritt, den ich auf die Königin zugehe, werden meine Knie weicher. Aus dem Augenwinkel bemerke ich, dass Ava mich zufrieden angrinst. Um ihr rechtes Auge schimmert ihre Haut grünlich, aber durch die ganze Schminke ist es kaum zu erkennen.

Ich stelle mich mit einem gezwungenen Lächeln neben die Königin. Es ist so falsch, was wir tun. Wir richten Graue hin, anstatt ihnen zu helfen. Wir müssten dafür sorgen, dass sich unsere Völker friedlich begegnen, anstatt durch Victorias Vorhaben den Hass noch weiter zu schüren.

Ciaran tritt neben mich, und zu dritt sehen wir zu dem Kommunikator, der sich uns nun gegenüberstellt. Seine weißen Augen sind auf uns gerichtet, und er nickt zum Zeichen, dass er unser Bild nun in das ganze Land überträgt.

»Volk des Lichtlandes«, beginnt Victoria mit feierlich klingender Stimme.

Niemand würde für möglich halten, dass wir eben die Hinrichtung dreier Grauer verfolgt haben. Ihre Schreie gehört und zugesehen haben, wir ihre verbrannten Körper von euphorischen Hellen auseinandergerissen wurden.

»Ihr alle wart eben Zeugen einer Hinrichtung. Mit Absicht habe ich sie in die ganze Spiegelnde Welt ausstrahlen lassen, als Warnung, damit jeder weiß, was mit denjenigen geschieht, die sich nicht in unsere Gesellschaft einfügen können.«

Ich starre in die weißen Augen des Kommunikators und blende alles um mich herum aus. Victorias Stimme dringt dumpf an meine Ohren, aber ich höre ihr nicht mehr zu. Meine ganze Konzentration ist darauf gerichtet, weiter zu lächeln und nicht vor aller Augen zusammenzubrechen. Ich fühle mich unglaublich erbärmlich, weil ich nichts sage, nichts tue. Und tief in mir drinnen erwacht ein wütender Funke. Es ist nicht gerecht, was wir hier machen. Mein Vater hätte es nie so weit kommen lassen. Während seiner Herrschaft wurde niemand ohne einen ordentlichen Prozess hingerichtet, niemals wurden Hinrichtungen in unsere gesamte Welt ausgestrahlt. Der Zorn wird immer übermächtiger und verdrängt die kalte Starre. Ich muss dem ein Ende machen!

Doch ein harter Griff umschließt mein Handgelenk, und Eiseskälte fährt durch meinen Arm. Ich keuche leise auf und zerre an meiner Hand. Ciaran lässt sie sofort wieder frei, aber die Kälte in meinem Körper bleibt. Ich wende ihm den Blick zu, und in seinen dunklen Augen steht eine deutliche Warnung. Halte dich an die Regeln, Sienna!

***

Auf dem Weg zurück in mein Zimmer habe ich mich immer noch nicht beruhigt. Die Hinrichtung und dann Ciaran, der mich wieder einmal und sehr herrisch daran erinnert hat, wie ich mich zu verhalten habe, sind mehr, als ich heute Morgen ertragen kann. Außerdem nagt die schlaflose Nacht an mir, aber es ist Zeit, mich für meinen Tanzunterricht bei Kit umzuziehen.

Der Wind fährt mir durch die offenen Haare, und einmal mehr bin ich dankbar, dass es im ganzen Palast keine Fensterscheiben gibt. So geht immer ein leichter Lufthauch durch die Gänge und kühlt die Räume von innen heraus.

Ein Blick durch die Fenster zeigt den hinteren Teil unseres Palastes, der von einer hohen Mauer begrenzt ist. Der Palast ist aus hellen Steinen gebaut, die die Hitze nicht so lange speichern. Der Außenbereich ist mit unzähligen bunten Mosaiken gepflastert und lässt diesen Ort fröhlich wirken. Die Mosaiken zeigen Bilder unserer Geschichte, unsere Kämpfe gegen das Schattenland, der Sieg über die Wasserwelt, unsere Könige und Königinnen und schließlich auch unsere strahlenden Helden. Tanathos war einer von ihnen – ein Heller König. Er hat vor über hundert Jahren gelebt, und sein Abbild schmückt nun unseren Palastgarten. Groß, breitschultrig, mit einem Schwert in der Hand. Obwohl ein Schwert eigentlich keinen Sinn macht, weil er, wie jeder Helle, mit Licht kämpft.

Im Flur vor meinem Zimmer bleibe ich wie angewurzelt stehen. Lässig an die Wand gelehnt, steht vor meiner Tür der fremde Mann, den ich in meinem Ankleidezimmer überrascht habe. Er hat etwas Glitzerndes in der Hand, das er andauernd hochwirft und wieder auffängt. Aus der Entfernung kann ich nicht ausmachen, was es ist, aber ihn erkenne ich sofort.

Er trägt ein blaues Oberteil, das seine muskulösen Arme freilässt, und hat drei tätowierte Streifen an seinem rechten Unterarm, die sich dunkel von seiner gebräunten Haut abheben. In einem Gürtel über einer schwarzen Hose stecken mehrere Messer, und an seinen Füßen trägt er schwere Stiefel. Für die aktuellen Temperaturen ist das eine äußerst ungewöhnliche Garderobe.

Der Fremde dreht langsam den Kopf und wirft mir einen trägen Blick zu. Seine Haare fallen ihm in die Stirn, und ich muss beim Blick in seine tiefblauen Augen schlucken. Die Erinnerungen an unser Zusammentreffen kommen schlagartig wieder – und mit ihnen die Wut.

Er hat mich überfallen, mich benutzt und einfach so geküsst. Mir meinen ersten echten Kuss geraubt, den ich eigentlich Ciaran schenken wollte. Der einmalig werden sollte. Und der dennoch einmalig war …, muss ich mir eingestehen.

Die Luft um mich herum flimmert, so aufgebracht bin ich. Wo sind nur all unsere Soldaten, die dafür sorgen sollen, dass niemand unbefugt vor meinem Zimmer auftaucht? Aber ein kurzer Blick den Flur entlang bestätigt mir, dass niemand sonst hier ist.

Mein Blut beginnt zu kochen, und ich kann meine Wut nicht länger kontrollieren. Mit einem lauten Schrei stürze ich mich auf ihn und hebe meine Faust zum Schlag. Der Fremde reagiert blitzschnell und fängt meinen Arm mit seiner Hand ab. Hart umschließen seine Finger meine nackte Haut, er dreht mich herum und drückt mich mit dem Rücken gegen meine Zimmertür. Ich fauche ihn an und versuche, nach ihm zu treten. Er kommt mir näher, presst sich an mich und verhindert so jeden weiteren Angriff.

Ein frustriertes Knurren entfährt mir, dass er mich erneut so einfach überrumpelt hat. Ich könnte platzen vor Wut.

»Du musst dein Temperament in den Griff bekommen, Prinzessin!«

Ich hole Luft und schreie so laut ich kann, aber sofort legt er eine Hand über meinen Mund und erstickt meinen Protest. Sein Griff um meinen Körper wird fester, und er lässt mir kaum Platz zum Atmen.

Nach kurzer Zeit tut mir meine Kehle weh, und ich verstumme. Langsam beruhigt sich mein erhitzter Körper, und erst jetzt wird mir seine Nähe bewusst. Zu meiner Wut mischt sich ein verstörendes Verlangen, das wie ein warmer Schauer über meine Haut kribbelt. Seine blauen Augen bohren sich in meine, und ich kann nicht verhindern, dass ich an unseren Kuss denke. Meine Lippen prickeln leicht, und die Luft zwischen uns lädt sich weiter auf.

»Was bist du?«, frage ich gegen seine Hand, und er gibt meinen Mund frei. Seine Augen haben keine Sprenkel. Solche Augen habe ich in meinem ganzen Leben noch nie gesehen. Er ist weder Heller noch Dunkler und ganz sicher auch kein Grauer. Dafür benimmt er sich viel zu selbstsicher. Ich entwinde einen Arm aus seinem jetzt lockeren Griff und fahre mit meiner Hand langsam an seinem Gesicht entlang.

Erst jetzt fällt mir auf, warum seine Haare so merkwürdig glänzen. Einzelne silberne Strähnen blitzen zwischen seinen dunkelbraunen Haaren hervor, obwohl er höchstens Anfang zwanzig ist.

Der Fremde zuckt zusammen und lässt mich vollständig los. Dabei sehen wir uns weiter in die Augen, und einen ganz kurzen Moment meine ich, so etwas wie Verwirrung in seinem Blick aufblitzen zu sehen. Er macht einen Schritt von mir weg, und alles, was ich jetzt in seinen Augen erkenne, ist Verachtung.

»Eine schöne Ansprache habt ihr gehalten, du und die Königin.«

Seine dunkle Stimme trieft vor Sarkasmus. Dennoch lässt sie etwas in mir erklingen, was ich vehement zu ignorieren versuche. Er bringt mich trotzdem aus dem Konzept. »Was?«, frage ich daher verdattert und gleichzeitig wütend, dass er mich so überfährt.

»Irgendwie hätte ich mehr von dir erwartet. Du rennst durch deinen Palast und verfluchst innerlich alle für ihr schändliches Verhalten, aber dennoch tust du nichts, um die Königin aufzuhalten. Oder den Grauen tatsächlich zu helfen.«

»Natürlich tue ich das!«, erwidere ich prompt, ohne weiter darüber nachzudenken. Als er langsam die Augenbrauen hochzieht, kommen mir jedoch Zweifel. Er hat ein überraschend fein geschnittenes Gesicht, für sein sonst so grobes Erscheinungsbild.

»Tatsächlich? Und was tust du für deinen Tanzlehrer? Oder all die anderen Grauen, die täglich nichts anderes machen, als für dein Wohlbefinden da zu sein?«

Ich setze zu einer Antwort an, schweige dann aber doch. Hat er recht mit dem, was er sagt? Immerhin habe ich heute Morgen auch gezögert und bin widerstandslos Victorias Befehlen und Ciarans Aufforderung gefolgt.

»Richtig, nichts. Es würde mich wundern, wenn du jemals alleine aus diesem Palast herausgekommen bist und nur den Hauch einer Ahnung hast, wie es vor seinen Toren tatsächlich aussieht. Ihr sitzt hier alle behütet und sicher, lebt auf Kosten anderer, und im besten Fall nutzt ihr das einfach nur aus.«

Sein Gesicht strotzt vor Missbilligung, und das genügt mir, um mich wieder zu sammeln. Woher nimmt er die Dreistigkeit, so mit mir zu sprechen?

»Was redest du da? Natürlich weiß ich, was in unserem Land vor sich geht. Noch vor wenigen Stunden habe ich über eine spiegelnde Fläche eine Hinrichtung verfolgt.« Warum ich das gerade erwähne, weiß ich auch nicht. Es ist das Erstbeste, was mir zu meiner Verteidigung eingefallen ist. Aber bei der Erinnerung an diese Bilder wird mir flau im Magen.

»Und was hast du getan, außer zu lächeln, Lichtprinzessin?«, entgegnet er höhnisch, aber mir entgeht der verbitterte Ausdruck, der kurz auf seinem Gesicht aufflackert, nicht.

Ich könnte ihn schon wieder schlagen, aber ich halte mich zurück. Seine Worte treffen mich. Ich hatte nicht den Mut, Victoria in ihrem Tun zurückzuhalten, und Ciaran hat mich daran erinnert, wo mein Platz ist. Statt dem Fremden zu antworten, greife ich mit einer schnellen Bewegung nach dem Ding, das er immer noch locker in der Hand hält, und stecke es in eine Tasche zwischen den Falten meines Kleides.

»Was willst du hier?«

Er sieht mich noch einmal eindringlich an, dann öffnet er die Tür hinter mir und geht, ohne zu zögern, in mein Zimmer.

»Komm mit, ich brauche deine Hilfe«, sagt er mit einer Selbstverständlichkeit, die mich sprachlos auf dem Gang zurücklässt.

Unsere Soldaten haben ihn in der Nacht nicht gesehen, und sogar am helllichten Tag kann er anscheinend unbemerkt in unserem Palast herumspazieren. Er hat Augen, die in unserer Welt überhaupt nicht existieren dürften, und kann von einem Moment auf den anderen spurlos verschwinden. Ich sollte sofort nach unseren Soldaten rufen und ihn verhaften lassen. Aber dann werde ich nie erfahren, was er von mir will. Einen weiteren Moment stehe ich regungslos auf dem Flur, dann gewinnt meine Neugier die Oberhand. Da es mein Zimmer ist, in das der Fremde verschwunden ist, folge ich ihm. Ich trete ein und schließe die Tür hinter mir. Ich habe keine Angst mehr vor ihm. Wenn es darauf ankommt, weiß ich mir zu helfen. Theoretisch zumindest.

Er steht am Fenster und sieht hinaus. Conan kommt auf ihn zu und windet sich geschmeidig um seine Füße. Er gibt ihm einen leichten Tritt, und das Feuerknäuel zieht fauchend ab.

»Du musst mich in die Gemächer der Königin bringen«, erklärt der Fremde ohne Umschweife und dreht sich zu mir um.

Ich bleibe in der Mitte des Zimmers stehen und verschränke die Arme vor der Brust. »Willst du sie ermorden?« Nicht, dass ich etwas dagegen hätte.

Seine Mundwinkel zucken. »Nein, das überlasse ich einem anderen. Ich suche etwas.«

»Und ich gehe nicht davon aus, dass du mir sagst, was es ist?«

»Doch«, er zuckt gleichgültig mit den Schultern. »Ein … Schmuckstück.«

Ich kneife die Augen zusammen und mustere ihn eindringlich. Mein Instinkt sagt mir, dass er nicht lügt, aber ein gewöhnlicher Dieb ist er auch nicht.

Sein Gesicht verrät keine Gefühlsregung, als er sich vom Fenster abstößt und langsam durch mein Zimmer geht. Er hebt interessiert ein Buch hoch, das auf meinen Nachttisch liegt, und wirft mir anschließend einen spöttischen Blick zu. »Ernsthaft? Für so romantisch hätte ich dich gar nicht gehalten.«

Es macht mich wahnsinnig, mit was für einer Selbstverständlichkeit er sich hier bewegt und meine Sachen inspiziert. Die Temperatur im Raum steigt, und ich versuche, mich zu beruhigen. Wenn ich nicht aufpasse, werde ich uns beide verbrennen.

»Warum sollte ich dir helfen? Ich weiß weder, was du bist, noch, wie du heißt.« Ich kann kaum fassen, dass ich es tatsächlich in Betracht ziehe.

Er lässt sich auf einem Sessel nieder und streckt seine langen Beine von sich. »Ich heiße Thy. Und du wirst mir helfen, weil ich dir etwas geben kann, was du nicht hast.«

Jetzt ist es an mir, abfällig zu schnauben, und ich hebe die Hände zum Zeichen, dass ich wirklich alles habe, was ich will.

»Ich werde dich aus dem Palast bringen. Und dir für eine Nacht die Welt da draußen zeigen«, meint er mit einem breiten Grinsen auf den Lippen.

Ich schweige einen Moment, weil er mir tatsächlich etwas anbietet, was ich noch nie getan habe.

»Und wer sagt mir, dass du mich stattdessen nicht entführst oder umbringst?«

»Das Risiko wirst du eingehen müssen.«

Ich kenne ihn nicht. Ich vertraue ihm nicht. Und doch wühlt sein Angebot mein Innerstes auf und bringt einen verborgenen Wunsch in mir zum Vorschein. Ich will tatsächlich wissen, wie es auf den Straßen der Stadt aussieht. Ich will wissen, wie die Hellen und Grauen dort draußen leben, ob die Situation tatsächlich so schlimm ist, wie es heute Morgen den Anschein hatte. Mein Vater hat mir nie erlaubt, den Palast alleine zu verlassen. Und Victoria brauchte ich gar nicht erst zu fragen. Ich war immer nur in Begleitung von Soldaten unterwegs, immer nur auf öffentlichen Veranstaltungen, die lange vorbereitet waren und an der nur jubelnde Helle teilgenommen haben. Der Palast war immer mein Zuhause, meine Zuflucht, mein Gefängnis. Und hat mich vor allem, was im Lichtland vor sich geht, beschützt und abgeschirmt. Bis heute.

»Du schaffst es unbemerkt in mein Zimmer, warum dann nicht in das der Königin?« Eine unbestimmte Nervosität erfasst mich, je länger ich über sein Angebot nachdenke. Alleine in der Stadt unterwegs zu sein, ohne Soldaten, die jeden meiner Schritte überwachen – das wäre tatsächlich ein

Wagnis, das sich mir so noch nie geboten hat. Und vermutlich nie mehr bieten wird. Thy fährt sich durch seine braunen Haare und steht wieder auf. Er geht in mein Ankleidezimmer und wartet, bis ich ihm gefolgt bin. »Die Königin hat … gewisse Vorsichtsmaßnahmen getroffen. Ich komme da alleine nicht rein.«

Ich nicke. Es überrascht mich nicht, dass Victoria so vorsichtig ist. Aber es gibt noch eine andere Sache zu klären. »Warum hast du mich geküsst?«

Er neigt seinen Kopf und verzieht seinen Mund zu einem schiefen Grinsen. »Du bist wunderschön, Prinzessin, und die Gelegenheit war günstig.«

Er macht mir das Kompliment nicht, um mir zu imponieren oder mich dazu zu überreden, ihm zu helfen. In seinen Augen blitzt etwas auf, und ich weiß, dass er es sagt, weil ich ihm tatsächlich gefalle. Augenblicklich schwelt wieder die Hitze in mir, und ich denke an unsere erste Begegnung. So ungern ich es vor mir zugebe, es hat sich überraschend gut angefühlt, ihn zu küssen. Ganz sicher nur, weil es verboten ist.

»Wirst du es wieder tun?«, entschlüpft es mir, bevor ich es verhindern kann.

Thy lacht auf, und ich könnte mich selbst ohrfeigen für meine Frage. »Nur, wenn du mich darum bittest.« Er grinst zufrieden.

Ich zische erbost. Nie im Leben werde ich darum bitten. Er legt eine Hand an meinen Spiegel und zwinkert mir zu.

»Wir sehen uns morgen Nacht, Prinzessin.«

Mit einem Schlag ist er weg und lässt mich verblüfft und sprachlos zurück. Er ist genauso schnell verschwunden wie das letzte Mal, und ich habe immer noch keine Ahnung, wie er das gemacht hat. Erst als ich mich abwende und zurück in mein Zimmer gehe, fällt mir auf, dass ich ihm keine Zusage gegeben habe. Es sollte mich wütend machen, dass er einfach von meiner Unterstützung ausgeht. Aber ich bin es nicht. Und wenn ich ehrlich zu mir selbst bin, freue ich mich beinahe zu sehr darauf, den Palast zu verlassen. Sei es auch nur für eine Nacht.

Mir fällt das Ding ein, mit dem er gespielt hat, und ich greife in die Tasche in meinem Kleid. Es ist ein kleiner, vollkommen schmuckloser Taschenspiegel.

***

»Sienna, meinst du nicht, es ist genug?« Kit sieht mich zweifelnd an, hält aber immer noch mit beiden Händen den Sandsack umklammert, auf den ich energisch eindresche.

»Noch nicht«, presse ich hervor und ziele mit einem erneuten Schlag auf den braunen Stoff. Meine Hände tun mir weh, und die Haut an meinen Fingerkuppen ist bereits aufgeplatzt, aber das ist mir egal.

»Würdest du mir dann endlich sagen, was dir der Sandsack getan hat?«

Ich schaue ihn wütend an. Der Ausdruck in seinem Gesicht ist missbilligend. Langsam lasse ich meine Fäuste sinken, und erst jetzt spüre ich ein leichtes Brennen auf meiner verletzten Haut.

»Ist es wieder wegen Victoria? Oder Ava? Oder Ciaran?«, rät mein Freund weiter und lässt den Sack los.

Ja, ja, ja! Und wegen Thy, dröhnt es durch meine Gedanken. Das Treffen mit ihm hat mich aufgewühlt. Mehr, als ich zugegeben will. Es hat mehr Fragen in mir aufgeworfen, als mir lieb ist, und nicht auf alle habe ich eine Antwort.

Was tue ich denn schon, um den Grauen zu helfen? Sitze ich nur im Palast, lasse mich bedienen und genieße den Luxus, während es anderen schlecht geht?

Wenn ich ehrlich bin, ist das so. Mein Widerstand gegen diese Ungerechtigkeiten ist nicht erkennbar. Ich denke zwar darüber nach, spreche es aber nicht laut aus. Ich setze mich nicht für die Grauen ein, sondern ärgere mich nur über die, die ihnen meiner Meinung nach Unrecht tun, und hasse sie dafür. Aber das hilft – streng genommen – niemandem.

Diese Wahrheit tut weh, und ich muss mir eingestehen, dass Thys Worte einen wunden Punkt getroffen haben.

»Der Dunkle König ist noch keine zwei Tage da und du rastest völlig aus. Bist du sicher, dass du ihn wirklich heiraten willst?«

Da Kit nichts von meinem Zusammenstoß mit Thy weiß, trifft er automatisch den anderen wunden Punkt in meinem Gefühlschaos.

»Natürlich will ich das! Es ist nur …« Mein Gesicht wird heiß, und ich bin mir sicher, dass es knallrot ist. Und das nicht wegen des anstrengenden Trainings. »Er … er hat nicht auf mich gewartet«, grummele ich leise und schaffe es nicht, ihn anzusehen. Bei der Göttin, ich kann dieses Thema unmöglich mit Kit besprechen!

»Gewartet womit?«

Sein Blick zeigt mir, dass er ahnt, was ich meine. Ich rechne es ihm hoch an, dass er mich in diesem Moment ernst nimmt und mir kein anzügliches Grinsen zuwirft, daher atme ich einmal tief durch, und dann purzeln die Worte so schnell aus meinem Mund, dass ich nicht sicher bin, ob Kit sie wirklich versteht.

»Ciaran hat mit einer anderen Frau geschlafen.«

Kit schweigt einen Moment verblüfft. Dann sieht er mich betroffen an. »Und damit hat er dir wehgetan, vermute ich richtig?«

Ich starre auf den Boden und lasse meine angespannten Schultern sinken. Kit tritt näher an mich heran und legt seine warmen Finger unter mein Kinn, sodass ich ihn anblicken muss. Ich nicke leicht.

»Das tut mir leid für dich, und das werde ich ihm nie verzeihen. Aber er ist der Dunkle König, Sienna, und trotz allem auch nur ein Mann. Du kannst nicht wirklich von ihm erwarten, dass er die ganzen letzten Jahre jeglicher weiblichen Versuchung entsagt hat. Um das zu schaffen, müsste er ein Heiliger sein. Und das ist er ganz sicher nicht.«

»Aber es tut so weh«, flüstere ich trotzig und lasse zu, dass Kit mich in eine Umarmung zieht. Und auch wenn er vielleicht recht hat, sehe ich es trotzdem anders. Er hätte auf mich, seine Verlobte, warten müssen, so, wie ich auf ihn gewartet habe!

»Ach, meine Kleine!« Er streicht mir langsam über den Rücken und erinnert mich in dieser Geste schmerzlich an meinen Vater, dessen Rat ich im Moment so dringend gebraucht hätte. »Rede mit ihm! Wie ich dich kenne, bist du ihm bisher aus dem Weg gegangen. Aber wenn du ihn immer noch heiraten willst, musst du mit ihm sprechen.«

Kit kennt mich einfach zu gut. Ich löse mich aus seiner Umarmung und blicke ihn an. »Danke, Kit!«

Thys Worte kommen mir wieder in den Sinn und erinnern mich an das andere Problem, das meine Gedanken beschäftigt. Ich tue nichts, um den Grauen – um Kit – zu helfen, aber er ist immer für mich da. Schuld schwappt über mich hinweg, und als ich in Kits graubraune Augen sehe, trifft mich das schlechte Gewissen mit aller Wucht.

Mein Freund grinst breit, scheint mir aber meine trüben Gefühle nicht anzumerken.

»Gerne! Und lass mich wissen, wenn ich dir etwas mehr über das … spezielle Thema erklären soll. Auch darin bin ich ein Experte.«

Ich hebe empört meine Augenbrauen und zwinge mich, sein Grinsen zu erwidern. Auch wenn mir ganz und gar nicht danach ist.

»Lass uns noch ein wenig trainieren. Irgendwie ist mir danach, einen arroganten Macho zu verhauen.« Kits Lachen folgt mir, als ich zurück auf die Matten gehe, und ich bin froh, dass ich mich ablenken kann.

Kapitel 5

Am nächsten Morgen pocht ein dumpfer Schmerz in meiner Schläfe, und wenn ich den Kopf drehe, tut es weh. Mein Rücken fühlt sich verspannt an, und ich weiß genau, woher es kommt. Thys tiefblaue Augen haben mich bis in den Schlaf verfolgt, und seine Worte brennen immer noch hartnäckig auf meiner Seele. Ich bin zu dem Schluss gekommen, dass ich mehr über ihn erfahren muss, bevor ich heute Nacht mit ihm den Palast verlasse. Ich muss mehr wissen über seine sprenkellosen Augen und seine mysteriöse Art, einfach zu verschwinden. Und nur eine Person im ganzen Palast – vermutlich im ganzen Lichtland – kann mir dabei weiterhelfen.

Ich sitze an einem kleinen Tisch in Meister Taurins Arbeitszimmer und habe meine Hände um ein heißes Glas Zitronentee gelegt. Meister Taurin ist mein Lehrer, in Geschichte, Politik, Wissenschaften und allem anderen, was eine angehende Königin wissen muss. Gelegentlich versucht er mir sogar ein paar von seinen Zaubertricks beizubringen – allerdings ohne nennenswerten Erfolg. Tatsächlich aber ist er viel mehr als das. Er ist ein Meister, das heißt er hat ein beinahe unerschöpfliches Wissen über die Spiegelnde Welt und beherrscht darüber hinaus ein wenig Magie. Die Meister sammeln, dokumentieren und verwalten seit Jahrhunderten alles Wissen und sind unter anderem dafür zuständig, es an hochwohlgeborene Personen wie mich weiterzugeben. Der Hauptsitz aller Meister ist die Zwielichtige Schule, die genau an der Grenze zwischen dem Licht- und dem Schattenland liegt, aber sowohl in jeder größeren Stadt als auch in unserem Palast lebt mindestens ein Meister. Wenn jemand etwas

Geheimes oder gar Verbotenes über die Spiegelnde Welt weiß, dann einer von ihnen.

An den Wänden um mich herum stapeln sich unendlich viele Bücher. In schiefen Regalen, die irgendwer notdürftig zusammengeschustert hat, hat Meister Taurin alles gesammelt, was ihm interessant erscheint. Ich weiß, dass er neben den Chroniken des Lichtlandes auch einige verbotene Bücher über Flüche und dunkle Zaubersprüche besitzt. Außerdem hat er Verzeichnisse aller wichtigen Stämme und Lebewesen und ungefähr einhundert verschiedene Karten der Spiegelnden Welt. In der Luft liegt der Geruch nach altem Wissen, und jedes Mal, wenn ich hier bin, wird mir bewusst, wie wenig ich weiß.

Ein leiser Fluch ertönt, als Meister Taurin gegen eines der Regale stößt, an denen er sich gerade vorbeischiebt. Mit der einen Hand balanciert er ein Tablett mit einem weiteren Teeglas und ein paar Keksen darauf, und in der anderen hält er ein dickes Buch.

Er ist einer der beeindruckendsten Hellen, die ich kenne, und das nicht nur wegen seines ungewöhnlichen Äußeren. Er hat wie alle Meister keine Haare und trägt das Symbol der Sonnenmagie als Zeichen seiner magischen Fähigkeiten auf der Stirn: eine kleine, kreisrunde Sonne mit einem Auge in der Mitte. Seine hellblauen Augen sind von goldenen Fäden durchzogen, trotzdem nutzt er seine hellen Fähigkeiten so gut wie nie, sondern verwendet Zaubersprüche und allerlei magische Tricks. Am liebsten aber vergräbt er sich in seine Bücher und ist manchmal tagelang verschwunden.

Geschickt stellt er das Tablett auf dem Tisch ab und setzt sich. Das Buch legt er auf seine langen Beine, und seine feingliedrigen Finger gleiten beinahe liebevoll darüber. Ich nippe an dem heißen Tee und genieße den sauren Geschmack der Zitrone in meinem Mund. Anderen würde sich bei diesem Getränk alles zusammenziehen, aber mir macht es nichts aus.

»Ich wollte dich etwas fragen …« Ich weiß nicht genau, wie ich es am besten formuliere, ohne zu viel zu verraten.

»Das dachte ich mir schon«, schmunzelt Meister Taurin und legt das Buch beiseite. Er greift sich einen Keks und schiebt ihn in seinen Mund. Er hat eine Vorliebe für Süßes, deshalb habe ich welche aus der Küche stibitzt. Meister Taurin unterrichtet mich schon seit meinem fünften Lebensjahr, daher kennt er mich fast besser als ich mich selbst. Als mein Lehrer hat er jedoch sorgsam darauf geachtet, dass dieser feine Unterschied in unserer Beziehung immer beachtet wurde. Er ist mein Vertrauter, aber anders als Kit, dem ich wirklich alles erzähle, verschweige ich dem Meister meine persönlichen Gedanken.

Ich kaue auf meiner Unterlippe. Es macht keinen Sinn, um den heißen Brei herumzureden. »Gibt es Personen, die keine Hellen oder Dunklen sind?«

Verwundert sieht er mich an. »Du meinst Graue?«

»Nein, auch keine Grauen. Ich meine solche, deren Augen kein Sprenkel haben, sondern einfach nur eine Farbe.«

Er sagt lange nichts, was mich mehr beunruhigt als alles andere. Anschließend nimmt er sich noch einen Keks und kaut bedächtig darauf herum. »Wie kommst du darauf?«

Hinter meiner Stirn arbeitet es. Ich vertraue Meister Taurin, würde ihm mein Leben anvertrauen. Aber irgendetwas sagt mir, dass ich Thy in diesem Moment nicht erwähnen sollte.

»Rhea hat es gesehen. Und ich frage mich, ob diese Vision wahr ist.« Nicht alle von Rheas Vision bewahrheiten sich. Einige können auch falsch interpretiert werden oder sind schlicht Träume.

Er kneift die Augen zusammen, und ich habe das Gefühl, sein Blick fährt durch mich hindurch. Er durchschaut meine Lüge sofort, da bin ich sicher. Langsam lehnt er sich zurück und streicht sich mit der Hand über den glatten Schädel.

»Es würde mich sehr wundern, wenn Rhea so jemanden gesehen hat. Solche Wesen leben nicht in der Spiegelnden Welt.«

Mir klappt der Mund auf vor Verblüffung. Was? Dieses Wesen – Thy – erschien mir zumindest äußerst lebendig, als ich ihn das letzte Mal gesehen habe. »Doch, sonst wären sie ja nicht hier! Wo sollen sie denn sonst leben?«, schießt es aus mir heraus, bevor ich genauer darüber nachdenken kann.

Eine dunkle Augenbraue hebt sich spöttisch, und ich beiße mir auf die Zunge, als mir klar wird, dass ich mich verraten habe. Und Meister Taurin hat es durchschaut. Wie konnte ich nur annehmen, irgendetwas vor ihm verbergen zu können?

»Ich vertraue dir, Sienna, das weißt du. Aber eine solche Frage ist gefährlich. Du musst mir versprechen, dass du mit niemandem sonst darüber sprichst.«

Ich runzele überrascht die Stirn, während sich ein nervöses Kribbeln in mir ausbreitet. Warum sollte diese Frage gefährlich sein? In unserer Welt gibt es jede Menge mysteriöse Wesen, wie beispielsweise Ciarans Nachtläufer. Vermutlich ist Thy ebenfalls ein Wesen, das ich bisher einfach noch nicht kenne. Ein Mysterium ist er zumindest ganz sicher.

Meister Taurin trinkt einen Schluck Tee, nimmt sich den letzten Keks und lehnt sich in seinem Stuhl zurück.

»Wir leben hier in der Spiegelnden Welt, in der Helle, Dunkle, Graue, Weiße und auch die Wasserwesen und die Feuerwesen wohnen. Und unzählige kleine magische Wesen, wie dein Feuerknäuel. Aber es gibt noch eine andere Welt. Das Wissen darüber ging nach dem Silbernen Krieg verloren …«

»Stopp, halt!«, unterbreche ich ihn, bevor er seine Erklärung weiter ausführen kann und stelle mein Teeglas auf den Tisch. »Eine andere Welt?« Meine Gedanken schlagen Purzelbäume. Eine andere Welt? Neben unserer Spiegelnden Welt soll noch eine andere Welt existieren? Ich glaube an Magie, an die Kraft des Lichtes und der Dunkelheit. Aber an eine andere Welt? Diese Vorstellung ist selbst mir zu fremd.

»Ja, Sienna, eine andere Welt«, fährt der Meister schmunzelnd fort. »Thanatos, der Helle König, hat gemeinsam mit dem Dunklen König Rion und dem Weißen König Lucan nach dem Silbernen Krieg ein Verbot erlassen, jemals wieder über diese Welt zu sprechen. Und dieses Verbot gilt bis heute. Deshalb habe ich dir bisher nie etwas davon erzählt.«

Mein Verstand weigert sich, das Gesagte zu akzeptieren. Es klingt für mich völlig verrückt.

»Das kann ich nicht glauben, Meister Taurin. Wo soll sie denn sein? Irgendwo im Himmel oder hinter dem Meer? Das ist vollkommen … unvorstellbar!« Die Sätze kommen ungefiltert aus meinem Mund, aber ich blicke nicht mehr durch. Wie kann neben unserer Spiegelnden Welt noch eine andere Welt existieren? Und will er damit sagen, dass Thy aus dieser anderen Welt stammt? Warum sieht er dann aus wie ich? Tausend Fragen schießen durch meinen Kopf, und innerhalb einer Sekunde habe ich das Gefühl, dass mein ganzes bisheriges Leben aus den Fugen gerät. »Es ist schwierig zu verstehen, das ist mir durchaus bewusst. Aber unser Universum ist so riesig, und es gibt immer noch so viele ungelöste Rätsel, dass unsere Spiegelnde Welt nur ein ganz kleiner Teil im großen Ganzen ist. Es würde mich ehrlich nicht wundern, wenn es noch mehr als nur diese eine andere Welt gäbe.«

Er schweigt einen Moment und fährt sich über seinen nackten Schädel. Bevor sich ein weiterer Schwall aus Fragen über meine Lippen ergießt, fährt Meister Taurin fort. »Sie existiert in einer anderen Dimension, also parallel zu uns, wenn du es so willst. Es gibt dort keine Magie, dennoch sind uns die Bewohner gar nicht so unähnlich. Sie haben keine nennenswerten Fähigkeiten wie wir Hellen oder die Dunklen, dafür aber haben sie alle möglichen Dinge erfunden, um sich weiterzuhelfen. Und etwas, das sie … Elektrizität nennen. Ich habe noch nie ein solches Wesen gesehen, das du beschreibst, aber in einigen alten Büchern wird davon berichtet. Es wäre wirklich interessant, mit so jemandem einmal reden zu können.«

Seine Augen gleiten in die Ferne. Er ist mit seinen Gedanken sichtbar woanders. Mir läuft ein leichter Schauer über den Rücken. Ich verstehe ehrlich gesagt nur einen Bruchteil von dem, was mir der Meister erklärt hat. Nur ganz langsam lasse ich den Gedanken zu, dass es tatsächlich noch eine andere Welt geben könnte. Auch wenn mir das völlig abwegig erscheint. Aber falls es sie tatsächlich gäbe und Thy aus dieser anderen, mir unbekannten Welt stammen würde, wie bei der Göttin, kommt er dann hierher?

»Diese Welt, die … irgendwie neben unserer existiert …«, beginne ich langsam, ohne wirklich zu wissen, wie ich die Frage formulieren soll. »Ist es möglich, dass deren Bewohner zu uns in die Spiegelnde Welt kommen?«

Meister Taurin zögert einen Moment, dann erhebt er sich und verschwindet hinter den Regalen. Eine Minute später ist der Meister wieder da und legt eine kleine Rolle auf seinen Stuhl. Er räumt den Tisch ab, stellt die Gläser einfach auf den Boden und breitet die Papierrolle vor uns aus.

Mir entweicht ein überraschtes Keuchen. Es ist eine Karte der Spiegelnden Welt, aber irgendwie doch nicht. Da, wo ich das Lichtland und das Schattenland erwarte zu sehen, erstreckt sich das Sturmland als weites Gebiet dazwischen. Das Lichtland ist deutlich geschrumpft, und auch das Schattenland ist um ein Vielfaches kleiner, als mir bekannt ist.

»Was ist das?« Mit meinen Fingern fahre ich vorsichtig über das vergilbte Papier, das sich rau und alt anfühlt.

Meister Taurin schmunzelt. »Das war unsere Welt vor über hundert Jahren. Die wenigsten wissen, dass es hier einmal so ausgesehen hat.«

»Die Karte zeigt also unsere Welt vor dem Silbernen Krieg?« Ich habe in einer Unterrichtsstunde bei ihm den Krieg bereits besprochen, aber wenn mich mein Instinkt nicht trügt, hat er mir damals nicht alles erzählt.

Meister Taurin nickt bestätigend.

»Das Land in der Mitte ist das Sturmland. Dort haben früher die Grauen gewohnt, bevor es unbewohnbar wurde. Vor über hundert Jahren war das Sturmland ein reiches Land mit einem strahlenden Herrscher. Der Silberne Krieg ist ausgebrochen, weil Reichtum und Wohlstand auch immer Neid hervorrufen. Die Nebelgeister, die Weißen, haben sich mit den Hellen und Dunklen verbündet, und gemeinsam sind sie gegen das Sturmland und die Grauen ins Feld gezogen. Es war ein grausamer Krieg, der sich über Jahre hinzog. So viele Bewohner der Spiegelnden Welt sind dabei gestorben, so viel Land wurde verwüstet, dass am Ende fast nichts mehr übrig war. Die Sieger schworen sich, Frieden zu halten, um unserer Welt Zeit zu geben, zu heilen.«

Bisher hat mir der Meister nichts Neues erzählt. Mir erklärt sich aber immer noch nicht, was das mit der anderen Welt zu tun haben soll und vor allem, wie Thy so ohne Weiteres auftauchen und sich wieder in Luft auflösen kann. »Was hat unsere Geschichte mit den anderen Welten zu tun?«

Meister Taurin stützt sich mit den Ellenbogen auf seine Knie. »Es gibt einen Grund, warum das Sturmland zuvor so mächtig geworden war und weshalb letztendlich der Krieg ausgebrochen ist. Und warum es heutzutage verboten ist, über diese andere Welt zu sprechen.«

Gespannt blicke ich ihn an.

»Der Herrscher des Sturmlandes war ein Grauer. Aber so, wie dein Vater, Ciaran und auch du – alle, in denen königliches Blut fließt – besondere Fähigkeiten haben, hatte er auch welche. Er konnte nicht wie ihr über Licht oder Dunkelheit befehligen, aber man sagt ihm nach, dass er zwischen den Welten wandern konnte. Er soll in die andere Welt gesprungen sein und alle möglichen Dinge mit in die Spiegelnde Welt gebracht haben. Das Sturmland fing an, diese andere Welt, die Menschenwelt, zu kopieren, und wurde immer größer und mächtiger, bis es die anderen Länder nach und nach verdrängte. Unsere Welt geriet völlig aus dem Gleichgewicht. Der Silberne Krieg hat dem ein Ende gesetzt, und der Graue König ist im Krieg gefallen.«

Meine Gedanken rasen. Langsam begreife ich das Ausmaß seiner Worte. »Das hieße, sollte es noch einen Grauen mit königlichem Blut geben, dass dieser Graue wandern könnte?«

Er schüttelt vehement den Kopf. »Theoretisch ja. Aber seit hundert Jahren ist kein Grauer mehr mit dieser Fähigkeit aufgetaucht.«

Ich schweige, erschüttert über seine Worte. In meinem Kopf herrscht das Chaos, und ich verstehe noch nicht, ob das alles irgendeine Bedeutung für mich hat. Vor allem verstehe ich immer noch nicht, was Thy tatsächlich ist. Er kann kein Grauer sein, dafür fehlen ihm die Sprenkel. Aber wie kann er plötzlich verschwinden? Irgendwie macht das alles keinen Sinn.

Meister Taurin erhebt sich und rollt die Karte wieder zusammen. »Aber all das hat heute keine Bedeutung mehr. Die Person, die du mir beschrieben hast, kann Rhea niemals gesehen haben. Oder irgendjemand anderes.«

Er sieht mich kurz an, und ich begreife, dass er mir meine Lüge nicht geglaubt hat.

»Kein Wesen mit farbigen Augen kann in unsere Welt kommen, denn sie können nicht wandern. Und es gibt keinen Grauen, der diese Fähigkeit besitzt. Es darf einfach keinen mehr geben! Die Geschichte darf sich nicht wiederholen«, sagt er mehr zu sich selbst als zu mir.

Mir rennt erneut ein Schauer über die Haut bei seinen Worten. Er mag recht haben mit dem, was er sagt, aber ich sehe Thys blaue Augen vor mir und weiß, dass es nicht so ist.

***

Die Soldaten an der Tür zum Zimmer meines Vaters treten nur zögernd zurück, als sie mich sehen. Ich werfe ihnen einen missbilligenden Blick zu und greife selbst zu dem Griff der schweren Doppeltür. Es ist Nachmittag, und ich will noch einmal kurz nach meinem Vater sehen, bevor ich mich mit Ciaran treffe. Ich kann ihm nicht länger aus dem Weg gehen.

Langsam öffne ich die Holztür und bin überrascht, dass dieses Mal keine Dunkelheit herrscht. Licht empfängt mich, Licht und frische, warme Luft. Als die Tür sich fast geräuschlos hinter mir schließt, bleibe ich abrupt stehen.

Mein Vater liegt mit geschlossenen Augen in seinem Bett, so, als habe er sich seit gestern nicht bewegt. Seine Haut ist rosig, und er sieht beinahe aus, als würde er schlafen. Doch an der einen Bettseite sitzt die Königin, weint und hat die Hände vor das Gesicht geschlagen. Ihre schwarzen Haare verdecken den Großteil davon. Trotzdem kann ich es hören, und ich kann nicht anders, als sie ungläubig anzustarren.

Verbitterung durchströmt mich, und sofort spüre ich wieder den tiefen Hass für diese Frau. Ohne sie wäre meine Mutter noch am Leben. Sie hat sich in unser Leben geschlichen, hat meinen Vater betört, ihn geheiratet und sich zur Königin krönen lassen. Mit allem, was ich bin, verachte ich sie und wünsche mir nichts sehnlicher, als dass sie einfach wieder verschwindet. In den gesamten letzten drei Jahren habe ich sie nie anders als kalt, berechnend und grausam erlebt. Aber jetzt sitzt sie am Bett meines Vaters und weint.

Ihr leises Schluchzen dringt an mein Ohr, und es fühlt sich so falsch an, dass ich es einfach nicht ertragen kann. Ich überlege, ob ich später noch einmal kommen soll, aber in diesem Moment hebt Victoria ihren Kopf und dreht ihn in meine Richtung. Kalte Augen finden mich, kalte Augen, in denen noch der letzte Rest Tränen schimmert. Schwarze Streifen unter ihren Augen verteilen sich über ihre Wangen und lassen sie fast verletzlich aussehen.

Verstört trete ich näher und weiß nicht, wie ich mich verhalten soll. In meiner Kehle steckt ein Kloß von der Größe einer Orange, und meine wunden Finger haben sich in meinen Rock verkrampft. Die Königin sieht mich immer noch an und verzieht ihren Mund langsam zu einem Lächeln, das ihre Augen aber nicht erreicht. Ich gebe mir einen Ruck und gehe zum Bett. Nicht auf ihre Seite, sondern ihr gegenüber lasse ich mich nieder und zwinge mich, meinen Vater anzuschauen. Seinetwegen bin ich hier, und jetzt einfach zu gehen, wäre feige.

Ich weiß nicht, wie lange wir so dasitzen, aber Victoria weint nicht mehr und schaut mich nur an. Die Situation wird mir zunehmend unangenehmer. Worauf wartet sie nur?

Kann sie mich nicht einmal alleine um meinen Vater trauern lassen? Meinen Vater, der seit Monaten an dieses Bett gefesselt ist und von dem keiner weiß, ob er jemals wieder daraus aufstehen wird.

Ich merke, wie meine Wut wieder hochkocht. Aber die Wut hilft mir, damit kann ich so viel besser umgehen als mit Trauer. So viel ist die letzten Tage passiert, so viel, das mich überrascht und verärgert hat. Und dass die Königin am Bett meines Vaters sitzt und weint und offensichtlich mehr um ihn trauert, als ich ihr je zugestehen würde, bringt das Fass zum Überlaufen.

»Du vermisst ihn sehr, habe ich recht?«

Mein Kopf ruckt herum. Ich muss schlucken und bin mir nicht sicher, ob ich sie richtig verstanden habe. »Natürlich vermisse ich ihn, er ist mein Vater.« Tränen brennen hinter meinen Augen, aus Wut, aber auch, weil ich immer noch nicht richtig akzeptiert habe, dass mein Vater nicht mehr für mich da ist. Trotzig blinzele ich die Tränen weg. Bleibe stark, Sienna, ermahne ich mich. Ihr gegenüber werde ich nie eine Schwäche zeigen.

Sie sieht mich an und nickt. Ihre Augen sind braun mit einem dünnen, goldenen Kranz um die Iris. Sie ist eine Helle, die eigentlich keine große Macht besitzt.

»Ich habe dir nie erzählt, dass ich meine Eltern auch sehr früh verloren habe, oder?«, fragt sie und streicht mit der Hand beinahe liebevoll über die dünne Decke, die über meinem Vater ausgebreitet ist.

»Nein«, presse ich heraus und starre sie an. Allein jetzt hat sie mir schon mehr über sich erzählt als in den gesamten letzten Jahren.

Sie weicht meinem Blick aus. Ihre Stimme klingt tonlos, als sie weiterspricht. »Die Pest kam in den Ort, in dem ich aufgewachsen bin. Viele sind an der Krankheit gestorben, so auch meine Eltern.«

Von der Pest habe ich gehört. Meister Taurin hat mir davon erzählt, auch, wie sie vor Jahren so schlimm gewütet hat, dass ganze Landstriche ausgestorben sind.

»Ich musste mich anschließend alleine durchkämpfen, aber ich habe es immer irgendwie geschafft. Bis heute.« Ihre Augen sind auf irgendeinen Punkt in der Ferne fixiert.

Ich versuche, das kleine Mädchen in ihr zu erkennen. Es gelingt mir nicht, und auch das Mitleid, das sie mit ihrer Geschichte ganz sicher bezwecken will, bleibt aus. Wobei ich auch nicht weiß, ob diese tatsächlich wahr ist.

Als ich schweige, fährt sie fort: »Ich weiß, dass du an meiner Liebe zu deinem Vater zweifelst. Und das überrascht mich auch nicht. Du bist seine einzige Tochter, und nachdem deine Mutter von euch gegangen ist, war er allein deine Familie. Und dann hat er mich geheiratet.«

Ein Schnauben entfährt mir, weil sie so verdammt recht hat. Und nicht nur sie ist in unser Leben getreten, sondern auch Ava.

»Ich hatte nie eine Chance bei dir. Aber um deines Vaters willen würde ich dich bitten, es wenigstens zu versuchen. Ich liebe ihn, und ihn jeden Tag so zu sehen, schmerzt mich genauso wie dich.«

Ich presse meine Kiefer aufeinander, bis es wehtut. Tränen schießen mir erneut in die Augen. Die Königin so zu sehen, zu hören, wie sie von Liebe spricht und meinem Vater, wühlt mich auf.

»Du hast keine Ahnung, was zwischen mir und meinem Vater ist. Er ist immer für mich da gewesen, und ich bin das Wichtigste auf der Welt für ihn!« Ich höre mich an wie ein trotziges Kind, aber es tut gut, diese Worte zu sagen. »Du hast recht, mein Vater hat dich nach dem Tod meiner Mutter geheiratet. Aber wage es niemals, dich mit ihr oder mir zu vergleichen. Er wird dir nie die Liebe schenken, die ich von ihm bekomme, und du wirst niemals den Platz einnehmen, den meine Mutter hatte.«

Ich atme schwer aus, und es fühlt sich an, als würde mein Herz meine Brust zerschlagen. So gerne würde ich ihr den Tod meiner Mutter vorwerfen, aber das wage ich einfach nicht. Ich bin so aufgewühlt und wütend, dass meine Hände zu zittern anfangen. In den Augen der Königin blitzt etwas auf, und ich bemerke zufrieden, wie sich ihr Körper verkrampft.

»Sienna, ich will mich nicht zwischen euch drängen. Das war nie meine Absicht.« Ihre leise Stimme bebt ein wenig.

Ich glaube ihr nicht. Kann es nicht. Dafür hat sie in den letzten Jahren zu großen Einfluss auf meinen Vater genommen und ihre Position mir gegenüber bei jeder Gelegenheit deutlich gemacht. Woher ihr Sinneswandel plötzlich kommen soll, erklärt sich mir einfach nicht und überzeugt mich auch nicht.

»Warum verschwindest du dann nicht einfach wieder?«

Sie lässt den Kopf sinken. »Weil dein Vater der gütigste und liebevollste Mensch ist, den ich kenne. Und auch wenn du mir nicht glaubst, liebe ich ihn.«

Mein Blick wandert von ihr zurück zu meinem Vater. Hat Victoria tatsächlich etwas, was ich einfach nicht sehe? Eine andere Seite, die mein Vater offensichtlich in ihr erkennt, aber ich nicht? Alles in mir sträubt sich dagegen, und ich will allein den Gedanken nicht zulassen.

Stoff raschelt, die Königin erhebt sich. Ihre Schritte machen keine Geräusche, als sie das Zimmer verlässt und die Tür leise ins Schloss fällt.

***

Als ich ein wenig später in mein Zimmer zurückkehre, bin ich noch so in Gedanken, dass ich meinen Besucher zunächst nicht bemerke. Erst als Ciaran mich am Arm berührt, zucke ich erschrocken zusammen.

»Ist alles in Ordnung, Sienna?« Sein Gesicht ist besorgt.

Ich versuche, das Chaos in meinem Kopf zu ignorieren, was mir aber kaum gelingt. Da sind Victoria, deren Verhalten ich nicht einordnen kann, Meister Taurin, die verwirrenden Informationen über die andere Welt und seine Warnung. Und ich denke an meinen bevorstehenden nächtlichen Ausflug. Das Gespräch mit Kit hat mich ebenfalls ins Grübeln gebracht, und ein kleiner Teil von mir hat Ciaran sein Verhalten vergeben. Der viel größere Teil allerdings ist immer noch stinkwütend und sehr enttäuscht. Und als ich in seine dunklen Augen sehe, beherrscht mich nur noch ein Gedanke: Er hat mich betrogen! Der Mann, den ich heiraten werde, der mein Herz zum Stolpern bringt und von dem ich fünf lange Jahre geträumt habe, hat mit einer anderen Frau geschlafen! Und das tut verdammt weh.

Daher lasse ich ihn einfach stehen und gehe an ihm vorbei in mein Ankleidezimmer.

»Natürlich. Ich habe nur nicht mit dir gerechnet.« Angriff ist die beste Verteidigung, sagt Kit immer.

Ciaran folgt mir, und ich frage mich, ob an meinem Zimmer neuerdings ein Schild hängt, das jedem freien Eintritt gewährt. Es ist mein Raum, der einzige Ort, an dem ich für mich sein kann, und in den letzten Tagen und Nächten spazieren junge Männer hier bedenkenlos ein und aus. Wofür gibt es in diesem verdammten Palast eigentlich Soldaten, die genau das verhindern sollen?

Ich ziehe ein luftiges Kleid aus dem Schrank. Ich will mich umziehen, weil es bald Zeit zum Abendessen ist und die Königin Wert darauf legt, dass wir angemessen gekleidet erscheinen. Ciaran steht immer noch in der Tür, dreht sich aber um, als er merkt, was ich vorhabe.

»Ich wollte mit dir sprechen«, höre ich seine Stimme in meinem Rücken, während ich mich meiner Kleidung entledige. Vor lauter Wut ist es mir egal, dass er hinter mir steht.

»Morgen ist der Ball anlässlich unserer Verlobung. Und wir werden wieder vor dem ganzen Land präsentiert werden. Ich wollte nur sichergehen, dass das für dich in Ordnung ist.«

Ich ziehe mein Kleid herunter. »Und wenn es das nicht wäre?«, erwidere ich trotzig und gehe zu ihm.

Er dreht sich zu mir. »Dann müssten wir es trotzdem durchstehen. Aber gemeinsam, Sienna.«

Es ist ihm ernst mit diesen Worten, und ein leichter Stich durchfährt meine Brust. Als ich nichts antworte, stößt er hart die Luft aus. Verärgerung huscht über sein Gesicht, seine

Augen flackern vor unterdrücktem Zorn auf und werden dunkler. Wie schon im Garten habe ich einen kurzen Moment das Gefühl, als würde sich in seinen Augen etwas bewegen. Als würde die Schwärze tiefer werden, zirkulieren und über den Rand der Iris hinaustreten wollen.

Ciaran kneift die Augen zu und presst seine Kiefer zusammen.

Irgendetwas stimmt hier nicht.

Ich zögere einen Moment, dann gehe ich zu ihm und lege meine Hand auf seine Wange. Er ist angespannt und seine Haut eiskalt. Ich will ihm helfen, und instinktiv schicke ich etwas Wärme in meine Hand an seiner Wange.

Ciaran öffnet seine Lider einen Spaltbreit, und die Kälte in seinem Blick verursacht mir eine Gänsehaut. Sofort nehme ich meine Hand weg.

»Sienna, glaube nicht, dass ich deine Wut und deine Enttäuschung bei unserem letzten Gespräch nicht bemerkt habe. Du trägst deine Gefühle so offen zur Schau wie ein Pfau seine Federn. Du warst verletzt und hast geschmollt und bist mir aus dem Weg gegangen. Und das ist nichts, was mir gefällt.« Seine Stimme klingt schneidend.

Ein eisiger Lufthauch trifft auf meine warme Haut, und zufrieden stelle ich fest, dass auch er seine Gefühle nicht immer im Griff hat.

»Mir hat auch nicht gefallen, was du getan hast!«, schleudere ich ihm entgegen und versuche erst gar nicht, die Wut in meinem Inneren zu kontrollieren. Die Luft um mich herum beginnt augenblicklich zu flimmern, aber das ist mir egal. Er sieht mir ja anscheinend sowieso immer an, was in mir vorgeht.

Ciaran runzelt die Stirn, dann schließt sich seine Hand schmerzhaft um meinen Arm. »Komm, wir gehen trainieren! Irgendjemand muss dir ja zeigen, wie du dein Temperament und deine Fähigkeiten unter Kontrolle behältst. So geht das nicht weiter!«

Er zieht mich einfach mit sich, und ich stolpere ihm hinterher. Erst als ich protestierend aufschreie, lässt er mich los.

Wo ist der edle, aufmerksame Prinz hin, den ich in Erinnerung hatte? Dieser Mann hier ist arrogant und befehlshaberisch und hat mir soeben wieder gesagt, wie ich mich benehmen soll. Das alles gefällt mir so gar nicht, und in diesem Moment kommen mir das erste Mal echte Zweifel, ob ich ihn tatsächlich heiraten will.

Ohne sich zu entschuldigen oder mich weiter zu beachten, verlässt Ciaran zielstrebig mein Zimmer. Ich zögere kurz, bevor ich ihm folge. Der einzige Grund, warum ich es schließlich doch tue, sind Kits mahnende Worte in meinem Kopf. Ich muss mit Ciaran reden. Und das erreiche ich nicht, wenn ich weiterhin in meinem Zimmer schmolle.

Wir gehen durch überraschend leere Flure bis zum Tanzsaal. Vor fünf Jahren haben wir hier ein- oder zweimal zusammen tanzen geübt, daher kennt Ciaran den Raum. Er geht in die Mitte des Saales und dreht sich zu mir um.

»Du platzt gleich vor Wut, habe ich recht?«

Die Luft um mich herum hat etwa die Temperatur eines Sommerabends, kurz bevor ein Hitzegewitter hereinbricht – also ja, er hat recht.

»Komm her!«, befiehlt er und treibt damit meinen Zorn noch weiter an.

Ich bin es nicht gewohnt, dass man mir Befehle erteilt, und die Art, wie Ciaran gerade mit mir umgeht, treibt mich langsam, aber sicher zur Weißglut. Daher bleibe ich trotzig am Rand stehen und schenke ihm lediglich einen vernichtenden Blick.

Ciaran starrt mich einen Moment an. Unterschiedliche Emotionen spiegeln sich auf seinem Gesicht – von brodelndem Zorn über Frustration bis hin zu einer leichten Enttäuschung ist alles dabei. Doch dann verzieht er seinen Mund zu einem feinen Lächeln.

»Ich bin es nicht gewohnt, dass man sich mir widersetzt«, gibt er unumwunden zu. »Und es gefällt mir auch nicht. Aber es freut mich zu sehen, dass du trotz all der Schwierigkeiten in den letzten Jahren deinen Dickkopf behalten hast.« Ganz kurz sieht er zufrieden aus, bevor sein Gesicht wieder ernst wird. »Deine Fähigkeiten sind außergewöhnlich, Sienna, ich kann deine Hitze bis zu mir fühlen. Und vermutlich weißt du das noch nicht einmal. Also komm her und lass mich dir helfen!«

Mein Vater konnte innerhalb eines Wimpernschlages eine Kerze entzünden. Oder ein großes Feuer entfachen. Einfach nur, indem er seine Hand öffnete und ein Strahl aus gebündeltem Licht daraus hervorschoss. Er konnte das Licht in seiner Umgebung beeinflussen, es taghell werden lassen oder es gänzlich verdunkeln. Mein Vater ist der mächtigste Helle, den ich kenne, und niemals werde ich solche Fähigkeiten haben wie er. Das übersteigt einfach meine Vorstellungskraft.

Dennoch lodert das Feuer jeden Tag in mir, und auch wenn meine Fähigkeiten zum jetzigen Zeitpunkt verglichen mit denen meines Vaters lächerlich sind, geraten sie mir zunehmend außer Kontrolle. Bis ich vielleicht irgendwann aus Versehen jemanden verletzten werde. Daher gebe ich mir einen Ruck und gehe auf Ciaran zu.

»Schließe deine Augen«, fordert er mich auf, als ich vor ihm stehen bleibe. »Und dann suche den hellsten Punkt in deinem Inneren.«

Es klingt so furchtbar einfach, aber als ich die Augen schließe, nehme ich nichts wahr als die schwelende Hitze um mich herum. Feuer pulsiert durch meine Adern und mit ihm der ganze Zorn auf Ciaran. Ich brenne, bestehe vollkommen aus gleißendem Licht, und es ist mir unmöglich, das Zentrum dieser Kraft zu finden.

»Konzentriere dich!« Ciarans Stimme klingt viel näher als zuvor, und ich muss den Impuls unterdrücken, die Augen zu öffnen.

Kälte dringt in meine Finger, als er meine Hand greift und seine Handfläche gegen meine legt. Sofort beginnt meine Haut, an der Stelle zu prickeln, und ich reagiere instinktiv. Hitze konzentriert sich in meinem Inneren und fließt kribbelnd meinen Arm entlang, in meine Hand. Meine Wut wird zu Licht, zu einem heißen Leuchten, das ich in meinem

Körper fühlen kann. Es fließt aus mir heraus, trifft auf Ciarans kalte Finger und bildet eine leuchtende, grelle Kugel. Natürlich schießt kein Strahl aus meiner Hand – diese Fähigkeit besitze ich noch nicht –, aber die Hitze materialisiert sich vor meinem geistigen Auge.

»Ich werde dich verbrennen!«, keuche ich zitternd, weil ich mich so sehr auf das grelle Gleißen um mich herum konzentriere.

Ciaran lacht leise. »Es braucht schon etwas mehr, um mir wehzutun. Ich bin der Dunkle König – ein wenig Wärme bringt mich nicht um.« Er nimmt langsam seine Hand von meiner. »Fühle deine Kraft. Sammele sie, lass sie durch dich hindurchfließen, und dann kontrolliere sie.«

Ich versuche, seinen Worten zu folgen, aber es kostet mich unglaublich viel Kraft. Mein Vater hat beinahe täglich solche Übungen mit mir gemacht, um meinen Geist zu öffnen, doch ich habe mich viel zu leicht ablenken lassen. Aber diesmal ist nicht mein Vater bei mir. Und Ciaran gegenüber ist es mir plötzlich unglaublich wichtig, nicht zu versagen.

In meinem Kopf fängt es zu dröhnen an, und meine Augen tränen, so fest presse ich sie zusammen. Mit allem, was ich bin, konzentriere ich mich auf das Feuer in mir, sammele es und befehle es in meine Hand. Als ich mir sicher bin, es zu halten, öffne ich die Augen einen winzigen Spalt breit. Vor Überraschung keuche ich auf, und die Lichtkugel in meiner Handfläche verschwindet schlagartig. Ich habe es tatsächlich geschafft. Zum ersten Mal in meinem Leben.

Tausend Emotionen fegen durch meinen Körper, und verzweifelt blinzele ich die Tränen weg, die nun in meine Augen schießen. Ich bin überwältigt, glücklich, unendlich stolz, dass ich schreien könnte. Und gleichzeitig fühle ich einen grausamen Schmerz, weil mein Vater nicht bei mir ist, um dieses besondere Erlebnis mit mir zu teilen.

Als Ciaran näher an mich herantritt, hebe ich meinen Blick. In seinen dunklen Augen erkenne ich Stolz und ein freudiges Funkeln, das mir den Boden unter den Füßen wegzieht.

»Sehr gut! Wenn du erst deine vollständigen Kräfte besitzt, werden wir das mächtigste Königspaar sein, dass die Spiegelnde Welt je gesehen hat!«

Seine Worte sind wie ein Schlag ins Gesicht und machen mein Hochgefühl wieder zunichte. Ciaran scheint es zu merken, denn er zieht verkniffen die Augenbrauen zusammen.

»Warum?«, entfährt es mir, und meine Stimme ist nicht mehr als ein Flüstern. »Warum willst du mich heiraten, obwohl du dich mit einer anderen vergnügt hast?«

Er atmet tief durch und ballt seine Hände zu Fäusten. »Es hat mir nichts bedeutet, Sienna! Ich habe dir das bereits vorgestern gesagt, und ich will, dass du es mir endlich glaubst!«

Er zögert kurz, greift nach meinen Händen und kühlt so meine erhitzten Finger. Ich kann nicht sagen, ob mir seine Berührung in diesem Moment angenehm ist oder nicht. Ob ich seine Kälte und ihn selbst auf meiner Haut spüren will. Dennoch lasse ich es geschehen.

»Es war mir ernst mit dem, was ich dir gesagt habe. Ich liebe dich. Und ich bin sehr froh, dass wir heiraten werden. Als wir uns das letzte Mal gesehen haben, ging es mir so gut wie in keinem Moment innerhalb der letzten fünf Jahre. Immer wenn ich mit dir zusammen bin, fühle ich mich ausgeglichener. Selbst jetzt. Du machst mich stärker, Sienna. Ich brauche dich an meiner Seite … Ohne dich bin ich verloren.«

Er liebt mich. Seine ernsten Worte überfordern mich, und ich weiß nicht, wie ich damit umgehen soll. Was meint er damit, dass er ohne mich verloren ist? Leicht panisch und mit wild klopfendem Herzen will ich mich abwenden, doch Ciaran hält mich fest.

»Du musst darauf nicht antworten, Sienna«, meint er lächelnd und fährt mit seinen kalten Fingerknöcheln über meine Wange. Wieder einmal sieht er mir meine verwirrten Gefühle an. »Ich wollte dich nur wissen lassen, wie ich fühle.« Er klingt so sicher, so, als wisse er genau, was er tut.

Aber er kennt mich doch gar nicht, schreit es in meinem Innern auf, ebenso wenig, wie ich ihn kenne!

Ich bringe immer noch kein Wort heraus, und die einzig wirklich wichtige Frage dröhnt wie ein Donnerschlag immer wieder durch meine Gedanken: Liebe ich ihn auch? Nicht das verliebte Anhimmeln des dreizehnjährigen Mädchens, sondern ehrlich und aufrichtig als seine zukünftige Ehefrau?

Ich kann diese Frage nicht beantworten, weder ihm noch mir selbst.

Ciaran, der meinen inneren Kampf vielleicht bemerkt hat, schließt mich in seine Arme und drückt mich an seine Brust. Ich lasse es einfach geschehen. Trotz der Kälte, die er ausstrahlt, fühle ich mich geborgen.

»Gib mir etwas Zeit, okay?« Meine Stimme ist nicht mehr als ein Wispern. »Es ist einfach viel passiert in den letzten Tagen, und wir haben uns lange nicht gesehen. Wir werden den Ball gemeinsam durchstehen und danach ...« Ich schaffe es nicht, den Satz zu beenden, weil ich mir über meine Gefühle für ihn so ganz und gar nicht im Klaren bin.

Während mein Kopf immer noch an seiner Brust lehnt, höre ich seinen starken Herzschlag. Ciaran fährt mit seiner Hand meine Wange entlang und hebt meinen Kopf in seine Richtung. Er zögert einen Moment, bevor er seine Lippen sanft auf meine legt. Ich wehre mich nicht gegen den Kuss, aber ich komme ihm auch nicht entgegen. Als Ciaran das merkt, tritt er einen Schritt zurück und sieht mich nachdenklich an.

»Lass mich nicht zu lange warten«, sagt er schließlich, und in seinen dunklen Augen spiegelt sich seine Enttäuschung. Er will sich abwenden, hält dann aber doch noch einmal inne. »Ich war heute Morgen bei deinem Vater.«

Bei seinen Worten dreht sich mir der Magen um, und ich sehe wieder Victorias Gesicht vor mir, ihre verlaufene Schminke und die rot geränderten Augen.

»Wie lange geht es ihm schon so?«, holt er mich aus meinen Gedanken.

»Seit etwas mehr als vier Monaten.« Gemeinsam verlassen wir den Tanzsaal. »Er ist eines Morgens einfach nicht mehr aufgewacht. Niemand weiß, warum. Am Abend zuvor hat er über Bauchschmerzen und Übelkeit geklagt, und am nächsten Tag war er nicht mehr ansprechbar.«

»Und die Heiler können nichts finden? Nicht einmal eure Meister?«

Ich schüttele traurig den Kopf und sehe zu meinen Füßen in den goldenen Sandalen, passend zu dem weißen Kleid, das ich trage. Schwarze Stiefel schieben sich in mein Blickfeld, als Ciaran vor mich tritt. Mir ist gar nicht aufgefallen, dass ich stehen geblieben bin.

»Es tut mir sehr leid, Sienna. Es muss furchtbar für dich sein«, sagt er leise. »Ich werde nach Meister Cealom schicken. Er ist der beste Schattenmagier, den ich kenne. Vielleicht kann er dem König helfen.«

Aus den Chroniken der Spiegelnden Welt.
Der Silberne Krieg.

Winter im Jahre 1088 (22. Jahr des Silbernen Krieges)

An Rion, den Dunklen König.

Der Graue König ist tot. Lucan, der Weiße König, ist eben in unserem Lager eingetroffen und hat uns diese Kunde gebracht. Wir haben gesiegt! Dem Schattenlicht sei Dank!

Die letzten Anhänger der Grauen sind zerschlagen, und wir werden jetzt unsere Reise durch das Sturmland antreten. Das Land ist zerstört, ich bezweifle, dass wir noch viele Überlebende finden werden.

Thanatos

Kapitel 6

Ein markerschütternder Schrei lässt mich hochfahren. Mein Herz rast, Adrenalin schießt heiß durch meine Adern. Meine Augen wandern hektisch umher, aber ich kann nichts entdecken. Wieder ein Schrei, und diesmal weiß ich, woher er kommt. Ich strampele die dünne Decke von meinen Beinen und springe aus dem Bett. Ein leichter Schwindel erfasst mich, weil ich zu schnell aufgestanden bin, trotzdem bin ich mit nur wenigen Schritten bei der Tür und reiße sie auf.

Der Flur ist leer, obwohl es noch nicht spät sein kann. Ich habe höchstens ein oder zwei Stunden geschlafen. Die Fliesen unter meinen nackten Füßen sind angenehm kühl, und sanfter Wind streicht über meine Haut. Es ist mir im Moment völlig egal, dass ich nur mein Nachthemd trage und es für eine Prinzessin unschicklich ist, so ihr Zimmer zu verlassen. Jetzt zählt jede Sekunde.

Ohne zu zögern, öffne ich die Tür. Rheas Zimmer ist direkt neben meinem, daher kann ich nicht mehr als eine Minute gebraucht haben. Aber trotzdem komme ich zu spät.

Meine Schwester kauert vornübergebeugt auf dem Boden vor ihrem Bett, die Arme um ihren dünnen Körper geschlungen und schreit. Ihren Kopf presst sie auf die Fliesen, hebt ihn an und schlägt ihn wieder auf den Boden. Mit einem Satz bin ich bei ihr und ziehe sie auf meinen Schoß. Ich fahre über ihren Kopf, wische ihre Tränen fort und hindere sie daran, sich weiter zu verletzen.

Ihre Stirn ist bereits aufgeplatzt, und Blut läuft ihr über das Gesicht. Ich muss mir auf die Lippen beißen, um nicht selbst zu heulen. Rhea so zu sehen, ist mehr, als ich ertragen kann. Ich drücke sie an mich. Meine Anwesenheit beruhigt sie langsam. Sie schreit nicht mehr, aber ein Zittern hat ihren kleinen Körper erfasst. Ich rede beruhigend auf sie ein und wiege sie hin und her. Wie eine Mutter ihr Kind. Wie meine Mutter mich, als ich Albträume hatte. Aber Rhea hat keine Träume. Und es wird immer schlimmer, je älter sie wird.

Als sie zu zittern aufhört und ihre Tränen versiegen, frage ich leise: »Geht es wieder?«

Sie nickt und kuschelt sich noch enger an mich. Ihre Hände spielen mit dem goldenen Armband, das sie immer trägt, ein Zeichen dafür, dass sie noch nicht ganz wieder da ist. Ich schließe meine Augen und lege mein Kinn auf ihren Kopf.

»Willst du mir erzählen, was du gesehen hast?« Ich weiß, dass es ihr hilft, darüber zu sprechen. »Graue Wände. Überall …«, wispert sie. »Graue in Käfigen, die sitzen und warten. Wächter, die vorübergehen und Karren vor sich herschieben. Mit Leichen darin.«

Mir läuft es eiskalt den Rücken hinunter, und ich unterdrücke ein erschrockenes Aufkeuchen.

»Ein Mann kommt und fragt etwas. Die Frau weiß keine Antwort, und die Wächter verbrennen sie einfach. Mit Licht.«

Meine Kehle fühlt sich wie zugeschnürt an. Ich stelle die Frage, obwohl ich Angst vor der Antwort habe. Mehr als vor allem anderen. »Rhea, hast du mich gesehen?«

»Nein.« Sie schüttelt ihren Kopf, sodass die rotgoldenen Locken meine Brust kitzeln. »Aber ich war da.«

Erst als ich wirklich sicher bin, dass sie schläft, verlasse ich Rheas Zimmer. Ich habe ihre Wunde notdürftig versorgt, sie ins Bett gebracht und mich anschließend zu ihr gelegt und gewartet. Sie wollte nicht mit zu mir kommen, und auch wenn ich mich unwohl dabei fühle, sie alleine zu lassen, gehe ich zurück. Die Kälte unter meinen Füßen nehme ich kaum wahr. Rheas Worte geistern durch meinen Kopf, und ich will mir nicht vorstellen, wie es für sie sein muss.

Sie hat einmal versucht, mir zu erklären, wie sie ihre Visionen sieht: in etwa so, wie wir träumen. Sie spürt den Schmerz der Personen, als wäre es ihrer, sieht und fühlt, als wäre sie selbst da. Eine heftige Gänsehaut lässt mich erschaudern. Ein Heller verbrennt eine Graue mit Licht, was verboten ist. Selbst Kriminelle werden niemals mit Licht bestraft. Und meine kleine Schwester hat dies alles mitempfunden.

Nachdenklich betrete ich mein Zimmer. Es passiert so viel im Moment, so viel, was ich nicht einordnen kann und über das ich nachdenken muss. Und das mich wie eine zentnerschwere Last zu erdrücken droht. Ich mache einen Schritt auf mein Bett zu, als sich eine Hand über meinen Mund legt. Ich erstarre, und instinktiv spanne ich meine Muskeln an. Ohne zu zögern, ramme ich meine Ellenbogen nach hinten und trete gleichzeitig mit aller Kraft nach meinem Gegner. Kit wäre stolz auf mich.

Doch der Triumph bleibt aus, stattdessen schießt ein glühender Schmerz durch meinen rechten Knöchel, als mein nackter Fuß auf grobe Stiefel trifft. Ruckartig fahre ich herum und beiße die Zähne fest zusammen, weil es höllisch wehtut.

Thy steht vor mir und reibt sich über seinen Bauch. In seinem Gesicht erkenne ich eine Mischung aus Schmerz und Respekt. Anscheinend ist er es nicht gewohnt, auf Widerstand zu stoßen.

»Scheiße! Ich hoffe nicht, dass das zur Gewohnheit wird«, presst er heraus, aber seine Mundwinkel zucken verdächtig. »Auch wenn mir der Ausgang unseres letzten Kampfes durchaus gefallen hat.«

»Was willst du hier?« Ich will ihn im Moment wirklich nicht sehen. Allein sein Erscheinen wirft so viele Fragen auf, dass das Chaos in meinem Kopf schon wieder zu wachsen beginnt. Die andere Welt, deren Bewohner keine magischen Fähigkeiten haben, die Grauen, die einst durch Spiegel wandern konnten, und dann Thy mit seinen sprenkellosen blauen Augen, von dem ich immer noch nicht weiß, was und wer er ist.

»Wir waren verabredet.«

Es dauert einen Moment, bis ich realisiere, was er meint. Er hat mir versprochen, mich heute Nacht raus aus dem

Palast und in die Stadt zu bringen. Eine Nacht Freiheit, dafür, dass ich ihm helfe, in die Gemächer der Königin zu gelangen. Nach dem Gespräch mit Ciaran hatte ich das völlig vergessen.

Ich fahre mir mit den Händen über das Gesicht und versuche, meine Gedanken zu ordnen. Ich bin überrascht, dass er aufgetaucht ist. Nicht nur, weil ich nicht mehr daran gedacht habe, sondern weil Thy mit unserem Ausflug mindestens ein genauso hohes Risiko eingeht wie ich. Was immer er in Victorias Zimmer sucht, es muss ihm wirklich wichtig sein.

»Ich … gib mir einen Moment«, sage ich schließlich.

Er hat einen seltsamen Ausdruck im Gesicht und sieht mir definitiv nicht in die Augen. Erschrocken schlage ich die Arme vor meinem Körper zusammen und wende mich ab.

»Du solltest vielleicht noch etwas anderes anziehen«, meint er und grinst dabei ironisch.

Mit einem leisen Fluch verschwinde ich im Ankleidezimmer. Hektisch suche ich in meinem Schrank nach etwas Passenderem als meinem dünnen Nachthemd, das augenscheinlich mehr preisgibt als gewollt.

»Wer hat da eben so laut geschrien?«

Seine dunkle Stimme ist ruhig, und ich höre, wie er sich auf mein Bett setzt. Nur wenige Stunden zuvor hat Ciaran darauf gesessen, während ich mich umgezogen habe. Die Ironie dieser Situation entzieht sich mir keineswegs.

»Rhea, meine Schwester.« Als ich zurück in das Schlafzimmer komme, blättert er in einem meiner Bücher. Mit nur einem Schritt bin ich bei ihm und reiße es ihm aus der Hand. Ich mag es nicht, wenn jemand ungefragt meine Sachen durchwühlt.

Er sieht zu mir auf, und beim Blick in seine ungewöhnlichen Augen muss ich schlucken. Ist er wirklich ein Wesen aus dieser anderen Welt? Oder doch ein Grauer mit königlichem Blut? Ich kann mir diese Frage immer noch nicht beantworten, aber eines weiß ich ganz sicher: Er sollte nicht hier sein. Nicht in meinem Zimmer, und, falls die andere

Welt tatsächlich existiert, auch nicht in unserer Welt. Und als Allerletztes sollte ich jetzt mit ihm gehen. So viel ist daran falsch, dass ich gar nicht anfangen kann, mich zu rechtfertigen. Aber eines lässt mich alle Vorbehalte vergessen: meine Neugier.

»Geht es ihr gut?« Seine Frage klingt ehrlich.

»Ja, sie hat nur schlecht geträumt. Können wir jetzt los?«

Er mustert mich noch einmal abschätzend. Ich trage ein schlichtes helles Kleid, eines, das meine Zofe schon aussortiert hatte, und flache Sandalen. Stiefel wie er besitze ich nicht, dafür ist es im Lichtland einfach zu warm.

»Hier, zieh den über.«

Er holt etwas aus seiner Hosentasche und hält es mir hin. Ich runzele die Stirn und starre einen Moment darauf. Es ist ein schmaler, grauer Ring. Als ich nicht reagiere, streift Thy ihn mir einfach über. Ich schlucke, als er dabei meine Hand berührt. Der Ring brennt kurz an meinem Ringfinger. Thy sieht mich an. Seine tiefblauen Augen bekommen einen leichten Schimmer, während er immer noch meine Hand hält. Seine Berührung ist warm, und die Luft um uns herum beginnt erneut, zu flimmern. Verdammt, was mache ich hier nur? Ich reiße mich los und wende mich ab.

»Sieh dich im Spiegel an, Prinzessin«, sagt Thy mit rauem Klang in der Stimme.

Ich seufze genervt, dennoch gehe ich zurück in mein Ankleidezimmer und werfe einen Blick in den Spiegel. Was ich sehe, erschreckt mich zutiefst, denn ich sehe mich – und sehe mich doch nicht. Ich sehe mein Gesicht, meine schmalen Schultern, meine gerade Taille und meine zu kurzen Beine. Aber wo sind meine goldenen Augen, meine blonden Haare?

Unsicher greife ich nach dem Ring an meinem Finger und drehe ihn langsam hin und her.

Meine Augen im Spiegel sind grau. So grau wie die einer Dienerin oder auch Kits. Und meine blonden Haare, die in der Sonne schimmern und auf die ich doch stolz bin, haben nun einen aschigen Ton. Wenn ich nicht wüsste, dass ich es bin, die immer noch mit großen Augen entsetzt in den Spiegel starrt, würde ich mich nicht erkennen.

»Das ist … das ist …« Was soll ich sagen?

Thy tritt hinter mich und grinst zufrieden. »Magie, Prinzessin.«

»Wie funktioniert das?«

»Die Magie steckt in dem Ring. Er verändert dein Aussehen und macht dich zu einer Grauen.«

Ich sehe auf den einfachen Ring an meinem Finger und begreife, wie viel Macht in ihm steckt. Mit diesem Ring bin ich nicht länger die Lichtprinzessin. Mit diesem Ring kann ich mich frei bewegen. Mit ihm werde ich unsichtbar.

»Wie lange hält seine Magie?«

Thy lacht leise und lässt sich in einem Sessel nieder. Dass noch eins meiner Kleider darauf liegt und er es jetzt völlig zerknittert, scheint ihn nicht zu interessieren.

»Ich bin nicht sicher. Der Zauber ist nicht ganz so mächtig, aber für heute Nacht wird es auf alle Fälle reichen.«

Ich schaue noch einmal fasziniert in den Spiegel, bevor ich mich zu ihm umwende.

»Dann lass uns losgehen. Ich will nicht zu spät zurück sein.«

***

Argwöhnisch beobachte ich Thys schlanke Gestalt, wie er sich vor mir aus dem Schatten schiebt. Seine breiten Schultern heben sich deutlich vor dem trüben Licht ab, und ich muss zuzugeben, dass er einen sehr attraktiven Körper hat. Er trägt dieselbe Kleidung wie beim letzten Mal, und mein Blick bleibt an seinen muskulösen Armen hängen. Er ist kleiner als Ciaran, dafür deutlich muskulöser. Etwas an ihm fasziniert mich und macht mich gleichzeitig wahnsinnig.

Augenblicklich verfluche ich dieses Gefühl. Woher kommt das nur? Thy ist überheblich, unverschämt und hat mir meinen ersten Kuss gestohlen. Und bringt mich jetzt dazu, sämtliche Regeln zu vergessen und einen verbotenen

Ausflug zu wagen. Er ist wirklich niemand, der etwas anderes als Wut und Verärgerung in mir auslösen sollte.

Wir haben es bis zum letzten Tor geschafft, das unseren Palast von der Stadt trennt. Woher er den Weg kennt und genau weiß, wann er um welche Ecke biegen muss, um den Soldaten zu entgehen, will ich gar nicht wissen. Das alles ist jetzt schon so haarsträubend, dass ich mir in meinem Kopf eine Notiz mache, später mit unserem Kommandanten über unsere Sicherheitsvorkehrungen zu sprechen.

Thy spricht mit einem der Soldaten am Tor, das um diese Uhrzeit nur mit zwei Männern besetzt ist. Einer davon hält gerade seine Hand auf, und Thy legt etwas hinein. Mir bleibt der Mund offen stehen, als ich begreife, was er da tut. Lässig dreht er sich um und winkt mir zu. Er steht mitten unter unserem Tor, und scheint völlig entspannt zu sein. Von dem Soldaten ist nichts mehr zu sehen. Mit einem Ruck drücke ich mich von der Wand ab und gehe langsam auf ihn zu, immer darauf wartend, dass jemand aus dem Nichts auftaucht und mich aufhält. Thys Mund ist spöttisch verzogen, und er streckt seine Hand nach mir aus. Ich ignoriere sie geflissentlich. Ohne behelligt zu werden, gehen wir durch das Tor in die Stadt hinaus.

»Das ist deine erste Lektion für heute Nacht, Prinzessin.«

»Dass unsere Soldaten bestechlich sind?«, fauche ich ihn an.

»Dass nicht alle Soldaten so loyal sind, wie ihr vielleicht gerne glaubt. Nicht alle verdienen genug, um davon leben zu können, und so öffnet ein wenig Geld Tür und Tor«, belehrt er mich.

Ich komme mir klein und dumm vor. Wir stehen mitten auf der Hauptstraße, aber nicht ein Heller ist zu sehen. Die Straße ist vollkommen leer.

»Dann haben unsere Soldaten an dir ja schon ein kleines Vermögen verdient«, kontere ich, im Versuch, mehr über Thy zu erfahren.

Er dreht sich um und zwinkert mir zu. »Wenn ich alleine unterwegs bin, habe ich durchaus andere Mittel und Wege.«

»Ach ja? Und die wären?«

Sein leises Lachen geht mir durch Mark und Bein. Er wird mir nichts sagen, wird mir in diesem Moment klar, und meine Wut auf ihn flammt wieder auf.

»Komm weiter, wir haben nicht die ganze Nacht Zeit!«

Die Gebäude sind wie unser Palast aus hellem Stein gebaut und haben höchstens zwei Stockwerke. Flache Dächer schließen sie ab, die die Bewohner gerne als Terrasse oder zum Trocknen von Kleidung und anderen Stoffen nutzen, wie ich weiß. Kein Fenster in unserem Land ist mit Glas verschlossen, aber an fast allen Häusern sind helle Tücher vor die Fenster gespannt. Anscheinend will niemand, dass man hineinsehen kann. Feine Kiesel knirschen unter unseren Füßen. Die meisten Straßen der Stadt sind nicht gepflastert, dafür aber mit Sand und Steinen befestigt.

»Wieso kennst du dich so gut aus?«

Thy schenkt mir ein schiefes Grinsen und verschwindet in eine Seitenstraße. Ich schnaube entrüstet und folge ihm. Beklemmung überkommt mich, als ich so alleine durch die schmale Straße gehe. Ich war zwar zuvor schon in der Stadt, aber immer am Tag und nie ohne Soldaten. Schnell schließe ich zu ihm auf. Mein Blick wandert umher, aber überall zeigt sich mir das gleiche Bild.

»Wo sind die ganzen Bewohner?«

Es ist zwar Nacht, aber wir sind in der Hauptstadt, und ich kann mir nicht vorstellen, dass um diese Zeit normalerweise niemand mehr unterwegs ist.

Thy sieht mich über seine Schulter hinweg an. »Die meisten werden schon schlafen, und die anderen hindert die Sperrstunde, vor die Tür zu gehen.« Als ich nichts dazu sage, bleibt er kurz stehen. »Du weißt nichts von der Sperrstunde, habe ich recht?«

Irgendwie habe ich das Gefühl, dass das nur die Spitze des Eisberges ist, der sich mir heute Nacht offenbaren wird. Natürlich weiß ich nichts von einer Sperrstunde. Wer sollte mir, der Prinzessin dieses Landes, auch etwas davon erzählen? Einmal mehr ärgere ich mich über die Königin und ein bisschen über meinen Vater. Er hat mir ebenfalls nie davon berichtet.

Thy seufzt ergeben. »Die Sperrstunde gibt es schon etwas länger als ein Jahr. Mit Einbruch der Dunkelheit darf niemand mehr auf die Straße. Sollte es doch jemand versuchen, wird er verhaftet.«

»Wieso hat mein Vater das eingeführt?« Warum wir trotzdem unbehelligt durch die Stadt laufen, frage ich erst gar nicht. Die Münzen in Thys Tasche erklären es mir. Für Geld bekommt man anscheinend alles.

»Weil die Gewalt zwischen Hellen und Grauen überhandgenommen hat und die Soldaten deines Vaters es nicht mehr kontrollieren konnten. Angeblich wurde sie eingeführt, um die Grauen zu schützen, aber wenn du mich fragst, wollte er einfach Geld sparen.« Den letzten Satz sagt er nicht ohne einen zynischen Unterton, und seine Erklärung gibt mir zu denken.

Die Bilder der Hinrichtung kommen mir wieder in den Sinn, und aus diesem Grund kann ich der Sperrstunde durchaus etwas Sinnvolles abgewinnen. Aber so abfällig wie Thy geklungen hat, liegt ein deutlicher Vorwurf in seinen Worten.

Wir gehen weiter die Straßen entlang, und Thy führt mich zielsicher in einen der äußeren Bezirke. Die Gebäude werden kleiner, und mir fällt auf, dass hier nicht mehr alle Fenster mit Tüchern verhangen sind. Ich schaue in die Häuser hinein, in denen noch Licht brennt. Mich beruhigt, was ich sehe. Personen sitzen an Tischen beisammen, essen und reden miteinander, ich sehe Leute, die miteinander diskutieren, und Frauen, die auf einem Sofa sitzen und lesen. Es zeigen sich mir Bilder von friedlichen Familien, die in Ruhe den Tag ausklingen lassen.

»Wo sind wir hier?«, frage ich, als wir an einem Platz ankommen, in dessen Mitte ein kleiner Brunnen steht. Der leere Wassereimer ist hochgezogen und macht leise scheppernde Geräusche im lauen Wind.

»Hier leben die Grauen«, erklärt er mir und bleibt stehen.

Verblüfft sehe ich mich um, aber ein Blick in die umliegenden Häuser zeigt immer dasselbe Bild. Es scheint ihnen gut zu gehen, keine Anzeichen von Hunger oder Vernachlässigung. Irgendwie hatte ich etwas anderes erwartet.

»Das wolltest du mir zeigen?«, wundere ich mich skeptisch, weil ich einfach nicht glauben kann, dass das schon alles ist.

Thy verzieht seinen Mund zu einem dünnen Strich. »Du hast etwas anderes erwartet, oder? Dass sie im Dreck leben und von euch Hellen geächtet werden.« Seine Stimme klingt verächtlich.

Ich zucke mit den Schultern, weil ich es nicht besser weiß.

»Sieh genauer hin.« Er stellt sich hinter mich.

Sein warmer Körper berührt meinen Rücken, und ich spanne mich instinktiv an.

»Sag mir, was du siehst.«

Seine Nähe lenkt mich kurz ab, aber ich konzentriere mich wieder auf die hellen Fenster vor mir. »Da ist eine Mutter, die gerade ihre Kinder ins Bett bringt«, beginne ich. »Das Zimmer ist spärlich eingerichtet, aber sie haben alle ein Bett und eine Decke zum Schlafen.«

»Wie sieht die Frau aus?«

Ich kneife die Augen zusammen, um sie besser zu sehen, aber auf die Entfernung kann ich nichts Ungewöhnliches entdecken.

»Sie schwitzt«, sagt er.

Er hat recht, jetzt sehe ich auch die dunklen Flecken unter ihren Armen und am Ausschnitt ihres Kleides. Aber bei der Hitze wundert mich das nicht.

»Weiter!«, drängt er mich.

»Dort sitzen ein paar Graue zusammen und trinken etwas. Eine junge Frau und ein älteres Pärchen. Die Frau fächelt sich Luft zu, und … dem älteren Mann scheint es nicht gut zu gehen. Er sieht irgendwie krank aus.«

Thy sagt nichts, und ich drehe mich langsam im Kreis. Immer mehr fällt mir auf, dass einzelne Personen irgendwie krank aussehen, ohne dass ich genau sagen könnte, warum. »Was haben sie?«, frage ich schließlich.

»Sie vertragen eure Hitze nicht. Graue sind für dieses Klima nicht gemacht. Es macht sie krank.« Er sagt das so sachlich, als würde er über das Wetter sprechen.

Mir hingegen fahren seine Worte durch Mark und Bein und lassen mich zusammenzucken. Das wusste ich nicht. Kit hat es nie erwähnt. Ob mein Vater davon weiß?

»Was geschieht mit ihnen?«

»Die Hitze zermürbt ihre Körper. Am Anfang ist es nicht mehr als dauerhafte Schweißausbrüche, irgendwann kommt die Übelkeit und das Herzrasen. Je älter sie werden, umso schlimmer wird es. Und irgendwann sterben sie daran.«

In meinem Hals bildet sich ein Kloß. »Dagegen müssen wir doch etwas tun können?«

Thy schweigt, und das ist mir Antwort genug. Er legt seine Hände an meine Arme, und ich muss mich zwingen, ruhig stehen zu bleiben. Er überschreitet eine Grenze, indem er mich berührt, und ich bin mir sicher, dass er es mit Absicht tut.

»Aber das ist nicht alles, Prinzessin.« Seine Stimme ist ganz dicht an meinem Ohr.

Ich atme tief durch und sehe noch einmal in die erleuchteten Häuser vor mir. Ein Windhauch weht über den Platz hinweg und wirbelt Sand auf. Der Eimer im Brunnen scheppert etwas lauter, das Seil löst sich, und mit lautem Getöse verschwindet der Eimer in der Dunkelheit.

Thys Geruch hüllt mich ein, und sein Atem kitzelt meinen Nacken. Seine Hände umschließen immer noch meine Arme, und ich habe das Gefühl, als würde meine Haut unter ihnen zu brennen beginnen. Ich kneife die Augen zusammen. Mein Blick wandert zum nächsten Fenster. Und zum nächsten. Als ich mich beinahe einmal komplett gedreht habe, wird mir schlecht. Meine Knie geben nach, und ich bin froh, dass Thy mich hält.

Ich starre in ein Fenster und lasse meinen Blick zurückgleiten, in der sinnlosen Hoffnung, dass ich unrecht habe. Mir wird so kalt, dass ich zu zittern beginne.

»Du siehst es«, sagt Thy bitter, und ich nicke mechanisch.

Ich sehe Frauen, ich sehe Kinder, ich sehe Alte. Aber was ich nicht sehe, sind jüngere Männer.

»Wo … sind sie alle?« Meine Stimme zittert merklich, als ich die Worte beinahe hinauswürge.

Thy lacht trocken. »Das musst du schon deine Königin fragen, nicht mich.«

»Aber das kann doch gar nicht sein. Warum sollte Victoria …? Wo sollen sie denn alle hin sein?« Ich schlucke und schlucke, aber die Übelkeit will nicht weichen. Ich traue dieser Frau alles zu, und das macht mir gerade große Angst. »Bist du sicher, dass die Königin dahintersteckt?«

»Das bin ich … leider. Ich habe mit eigenen Augen gesehen, wie eure Soldaten graue Männer aus ihren Häusern gezerrt haben. Die meisten von ihnen sind weg, allerdings nicht alle. Ein paar konnten sich verstecken und leben in Kellern oder in Hütten am Stadtrand.« Unterdrückte Wut schwingt in seiner Stimme mit.

»Was will sie nur mit ihnen?« Ich schüttele den Kopf und verstehe es immer noch nicht. Will es einfach nicht verstehen. »Weißt du, wo sie hingebracht werden?«

Ich merke, wie Thy sich anspannt. Er nimmt seine Hände von meinen Armen, und ich drehe mich zu ihm herum. Er schaut an mir vorbei, und sein ganzer Körper drückt Verachtung aus.

»Ich habe einen Verdacht. Aber ich will nicht derjenige sein, der dir das erzählt.«

Ich will ihn erneut fragen, aber ein Blick in sein Gesicht hält mich zurück. Er hat die Lippen fest zusammengepresst, und in seinen Augen erkenne ich den blanken Hass. Er fährt sich mit der Hand über das Gesicht, und ganz kurz meine ich, Schuld auf seinen Zügen erkannt zu haben. Aber warum sollte er sich wegen der Grauen schuldig fühlen? Wenn jemand die Verantwortung dafür trägt, dann ist es Victoria. Oder mein Vater. Oder ich.

Die Erkenntnis jagt wie ein eiskalter Schneesturm durch mich hindurch, und mein Körper fängt zu zittern an. Ich bin genauso schuldig an der Situation der Grauen wie die Königin. Denn ich tue nichts, um ihnen wirklich zu helfen.

In diesem Moment höre ich leise Schritte hinter mir, und bevor ich irgendwie reagieren kann, hat Thy schon meine Hand gepackt und zerrt mich in den Schatten eines Hauseingangs. »Ich würde dir gerne noch etwas anderes zeigen«, raunt er und deutet eine der Straßen entlang, die eindeutig nicht zum Palast führen. »Es dauert auch nicht lange.«

KAPITEL 7

Ich komme mir vor wie eine Memme, als wir endlich wieder stehen bleiben. Thy hat mich durch die halbe Stadt geführt, und mir tun die Füße weh. Mit jedem weiteren Schritt fühle ich mich kraftloser, und das liegt nicht nur an dem Fußmarsch, den wir zurückgelegt haben. Vor Schuld wird mir das Atmen immer schwerer, und ich muss mir ehrlich eingestehen, dass erst Thy heute Nacht es geschafft hat, mir die Augen zu öffnen. Ich bin die Lichtprinzessin. Aber außer ständig wütend zu sein und Victorias Politik zu verfluchen, tue ich nichts. Ich fühle mich unglaublich erbärmlich und würde am liebsten direkt zurück in den Palast gehen. Mittlerweile ist es fast dunkel geworden, so dunkel, wie es in einem Land, in dem das Licht regiert, nun mal werden kann. Es muss zwischen zwei und drei Uhr nachts sein, und so langsam vernebelt die Müdigkeit meine Sinne.

Als wir in einer schmalen Gasse ankommen, läuft Thy ein paar Schritte vor mir. Hier sind wieder alle Fenster verhangen und ich kann nicht hineinsehen. Dafür haben die Häuser mehrere Stockwerke und scheinen auch älter zu sein als die Wohnungen der Grauen.

Ich schließe zu Thy auf und bleibe verwundert stehen. »Das willst du mir zeigen?«

Vor uns am Wegrand sitzen ein halbes Dutzend dunkler Gestalten und strecken uns die Hände entgegen, als wir vorbeigehen. Es sind Bettler, wie ich an ihrer verschlissenen Kleidung und ihren ausgemergelten Gesichtern erkennen kann.

»Geduld ist nicht unbedingt deine Stärke, oder?«, stellt er trocken fest. Blitzschnell greift er nach meinem Arm und zieht mich zu sich. »Vorsicht!«

Ein Mann ist auf Knien auf mich zu gekrochen und hatte seine Hand bereits am Saum meines Kleides. Der Schreck fährt mir durch Mark und Bein, und erst nach einem kurzen Moment winde ich mich aus Thys Griff.

»Das sind Helle!« Ich kann die Verwunderung in meiner Stimme nicht unterdrücken.

»Gut erkannt, Prinzessin. Nicht alle von euch vom Licht Berührten sind so wohlhabend, wie du vielleicht denkst«, antwortet mir Thy zynisch, und ich höre deutlich die Distanz, die er zum hellen Volk betont. Was immer er ist – ein Heller ist er ganz sicher nicht. »Es gibt einen Grund, warum Victorias Politik auf so fruchtbaren Boden fällt. Aber wie ich annehme, hast du nicht den leisesten Schimmer.«

Er wartet meine Antwort nicht ab, sondern geht einfach weiter. Zorn erfüllt mich, dass er mich stehen gelassen hat, aber vor allem schäme ich mich. Die Mauern des Palastes haben mich vor der Welt beschützt, aber vor allem haben sie die Welt vor mir versteckt. Ich wusste, dass nicht alle Bewohner von Sonnensee wohlhabend sind – immerhin hat Victoria das in ihrer Ansprache erwähnt –, aber dass sie betteln müssen, ist mir neu. Wieder etwas, von dem ich keine Ahnung hatte.

Zögernd folge ich Thy auf eine etwas breitere Straße. Aus einem großen Haus dringt Lärm, und mein Begleiter hält zielsicher darauf zu. Ein Schild mit einer Sonne darauf ist über der Tür angeschlagen, und der Geruch von Alkohol und Erbrochenem liegt in der Luft. Wieder wundere ich mich über die Sperrstunde, aber anscheinend gilt in der Stadt zweierlei Gesetz. Oder die Hellen setzen sich einfach darüber hinweg.

»Wir werden nur kurz reingehen, uns umsehen und dann wieder verschwinden«, erklärt er mir, als wir vor der schweren Holztür am Eingang stehen bleiben. »Und du darfst dich gerne wieder an mich klammern!«

Ich verziehe verächtlich meinen Mund und folge ihm hinein. Sofort verstehe ich, worauf er hinauswollte. Obwohl sich alles in mir dagegen sträubt, dränge ich mich an ihn und greife nach seiner Hand. Nie würde ich hier alleine einen Schritt hinein tun, geschweige denn, freiwillig hierbleiben.

Der Raum ist überraschend klein, dafür brechend voll. Auf den ersten Blick erkenne ich jede Menge junge Männer, aber auch einige Frauen sind unter ihnen. Sie sitzen auf Bänken oder Tischen, stehen in Gruppen zusammen oder schieben sich einfach durch das Gedränge. Unter der Decke hängen einige Strahlenkugeln, die ihr schummriges Licht im ganzen Raum verteilen. Fast jeder hält einen Becher in der Hand, und mit einem Blick auf den Boden erklärt sich mir auch der schlechte Geruch. Ich muss beinahe würgen, als mein Fuß in eine Lache aus braunem Matsch mit gelben Klumpen tritt. Schnell sehe ich weg und atme ab sofort nur noch durch den Mund. Was, bei der Göttin, will er mir hier zeigen?

Thy sagt etwas zu mir, aber wegen des Lärmpegels kann ich ihn nicht verstehen. Ich zucke mit den Schultern, das scheint ihm als Antwort zu genügen. Er zieht mich weiter durch den Raum, und ich bete, dass mich niemand erkennt. Aber in so einem Loch rechnet wohl niemand mit der Lichtprinzessin. Außerdem trage ich immer noch den grauen Ring.

Wir verschwinden in einem Gang an der hinteren Wand. Hier ist es deutlich ruhiger, dafür auch dunkler und irgendwie drückend. Ich werde unruhig und frage mich einmal mehr, auf was ich mich hier eigentlich eingelassen habe. Wir gehen ein paar Schritte weiter, bis Thy vor einer verschlossenen Tür stehen bleibt. Er legt einen Finger an die Lippen. Dann deutet er auf einen kleinen Lichtschlitz, der den Blick in einen Raum dahinter freigibt. Die Neugier packt mich und kribbelt in meinem Nacken, als ich mich davor auf die Zehenspitzen stelle, um hineinzusehen.

Bestimmt zwanzig Personen sitzen auf Bänken und sehen zu einem Mann hin, der vor ihnen steht und wild gestikulierend redet. Er trägt einfache Kleidung, aber sogar aus der Entfernung kann ich erkennen, dass seine Augen golden leuchten. Wer immer er ist, er hat Macht. In den Gesichtern der Hellen steht glühende Verehrung. Der Redner macht eine Pause, und die Zuhörer grölen Beifall.

Irgendwie erinnert mich die Szene an den Empfang Ciarans vor ein paar Tagen, und mir läuft ein Schauer über den Rücken, als der Mann vorne wieder zu reden beginnt.

»Unsere Frauen leiden, unsere Kinder hungern – und wer hat Schuld daran? Wir arbeiten und schuften tagein, tagaus auf den Feldern und in unseren Werkstätten, bis wir zusammenbrechen. Mehr können wir wirklich nicht tun, und trotzdem reicht es nicht. Meine Freunde, es ist Zeit, dass sich in diesem Land etwas ändert. Die Königin hat dazu aufgerufen, die Grauen zu vertreiben, und ich sage: richtig so. Sie sind in unser Land gekommen, obwohl wir sie hier nicht haben wollen. Sie fressen uns die Haare vom Kopf, und was tun sie dafür? Nichts! Sie können in der Hitze angeblich nicht arbeiten, brechen zusammen und sind krank. Dass ich nicht lache! Sie haben es nicht verdient, dass wir uns um sie kümmern. Sie sollen dahin zurückgehen, wo sie hergekommen sind.«

Beifall unterbricht ihn, und einige Zuhörer sind aufgestanden und recken die Hände nach oben. Es folgen Hasstiraden über die Grauen, und ein dumpfer Schock durchfährt mich. Es gibt einen Grund, warum Victoria so erfolgreich ist. Thys Worte dröhnen in meinen Ohren, und ein innerer Schmerz lässt mich zusammenzucken. Weiß mein Vater von all dem, was hier vor sich geht? Weiß er davon und hat mir verschwiegen, dass es den Hellen – meinem Volk – deutlich schlechter geht, als ich je vermutet hätte? Und dass sie den Grauen die Schuld dafür geben? Ich habe keine Antwort darauf.

Der Redner hebt beruhigend die Hände, und einmal mehr erinnert er mich an Victoria.

»Meine Freunde! Noch müssen wir warten, bis wir unserer Wut freien Lauf lassen können. Aber in ein paar Tagen, das verspreche ich euch, können wir endlich …«

Ruckartig werde ich von der Tür weggerissen und mit dem Rücken gegen die Wand daneben gepresst. Ich schaffe es noch nicht einmal, den Kopf zu heben, da steht Thy schon so dicht vor mir, dass ich nicht einmal mehr meine Arme bewegen kann. Er senkt den Kopf, und sein warmer Atem kitzelt meine Wange. Der Protest liegt mir schon auf den Lippen, als ich aus dem Augenwinkel heraus sehe, wie ein Mann in den Gang kommt und an uns vorbeigeht. Er wirft uns einen argwöhnischen Blick zu, bleibt aber nicht stehen.

Schreck durchfährt mich, und ich drücke mich näher an Thys Brust. So erstarrt bleiben wir stehen, bis wir wieder alleine sind. Dumpf vernehme ich die Stimme des Redners mit den goldenen Augen durch die Tür, aber meine Neugier ist verflogen. Ich habe genug gehört. Mehr, als ich heute Nacht erfahren wollte.

Meine Hände wandern an Thys Seite entlang, der immer noch dicht vor mir steht. Die Muskeln unter der überraschend weichen Haut seiner Arme bewegen sich, und ich kann nicht widerstehen, langsam mit meinen Fingern darüberzufahren. Sein Atem streift immer noch meine Wange, und meine Mitte beginnt zu glühen. Ich war Ciaran auch so nahe, aber mit Thy ist es anders. Hitze kriecht über meine Haut, und ich frage mich, wie es wäre, ihn noch einmal zu küssen. Ich müsste nur meinen Kopf heben. Aber es wäre so falsch, so verboten.

An meinem Ohr ertönt ein leises Knurren. »Wenn du nicht willst, dass ich gleich über dich herfalle, Prinzessin, solltest du das lassen.«

Ich nehme meine Hände zurück und schiebe ihn stattdessen von mir. Was, bei der Göttin, tue ich hier?

Thy zieht nur eine Augenbraue hoch und wirft mir einen spöttischen Blick aus seinen blauen Augen zu. Es funkelt darin, und ich bin mir sicher, dass er sich meiner Nähe genauso bewusst war wie ich seiner.

»Wir sollten schauen, dass wir dich in den Palast zurückbringen«, meint er und macht noch einen Schritt zurück.

»Wer ist das da drinnen?« Ich deute auf die Tür.

Er schnaubt vernehmlich. »Das sind Helle, die meinen, sie müssten im Alleingang etwas gegen die Grauen unternehmen ...«

»Das sehe ich selbst«, unterbreche ich ihn direkt. »Ich meine den Mann, der gesprochen hat.«

Thy schweigt. »Ich weiß es nicht genau. Entweder ist es einfach nur jemand, der sich berufen fühlt, diese Meute da drinnen aufzuwiegeln, oder es steckt mehr dahinter.«

In diesem Moment wird die Tür neben uns aufgerissen und zwei Männer kommen heraus. Sie werfen uns einen kurzen Blick zu, als sich plötzlich eine Hand um meinen Arm schließt. Schmerzhaft graben sich spitze Fingernägel in meine Haut, und mir entfährt ein Keuchen. Mein Kopf ruckt herum. Neben mir steht ein blonder Hüne mit einem grobschlächtigen Gesicht und braunen Augen, in denen ich deutlich die goldenen Sprenkel erkenne. Saurer Atem schlägt mir ins Gesicht, und leise Panik erwacht in mir.

»Lass sie los!«

Thy stellt sich vor mich und legt seine Hand auf den Arm des Mannes. Dieser verzieht seinen Mund zu einem verächtlichen Grinsen und hält mich weiter eisern umklammert. Meine Hand fängt an zu kribbeln, weil nicht genug Blut in meinem Arm zirkuliert, und ich zerre verzweifelter daran.

»Warum? Sie ist eine Graue. Und ich habe Lust auf ein wenig Ablenkung.«

»Lass sie los!« Thys Stimme ist nicht mehr als ein Knurren.

»Du beschützt eine Graue!? Was ist sie? Deine Hure?«

Ich keuche entsetzt, und erst jetzt bemerke ich, dass hinter dem Hünen weitere Männer aufgetaucht sind. Die leichte Panik weicht einer ausgewachsenen Angst, als mir klar wird, dass wir gegen all diese Männer keine Chance haben. Wir kommen hier nicht mehr raus! Thy steht vor mir, und ich sehe, wie sich seine Arme anspannen. Ich will nach ihm greifen, aber er schlägt so schnell zu, dass ich erst realisiere, was passiert ist, als mein Arm plötzlich wieder frei ist. Verdutzt schaue ich nach oben, aber Thy hat sich schon zu mir herumgedreht und schiebt mich vor sich her.

»Wir müssen hier raus, schnell!«, zischt er mir ins Ohr.

Ich werde an der Seite gepackt, weggerissen und komme ins Taumeln. Hände greifen nach mir, und ich kann gerade noch meine Arme hochreißen und einen Schlag abwehren. Aus dem Augenwinkel sehe ich den Hünen rechts neben mir, wie er zu einem weiteren Schlag ausholt. Ich ducke mich darunter hinweg und drehe mich gleichzeitig in Richtung Stube. Raus, nur raus hier!

Hinter mir ertönt ein Brüllen, Hände greifen nach meinem Kleid, und ich werde zurückgerissen. Das Gesicht des Hünen taucht vor mir auf, und seine Hände schließen sich grob um meinen Hals.

»Du dreckige graue Hure! Heute Nacht werde ich dich lehren, was Gehorsam bedeutet!«

Der Schrei aus meinem Mund klingt eher wie ein Röcheln, und ich greife verzweifelt mit meinen Händen nach meinem Hals. Konzentrier dich, Sienna! Schwarze Flecken zucken durch mein Blickfeld, und panisch trete ich um mich. Feuer schießt durch meine Adern, und heißes Blut rauscht in meinen Ohren. Der Fremde keucht überrascht auf, und sein Griff um meinen Hals lockert sich. Mit aller Kraft ramme ich ihm mein Knie in den Unterleib, und er lässt mich los.

Hart schlage ich auf dem Boden auf und werde augenblicklich hochgezogen.

Goldene Augen mustern mich besorgt. »Komm, raus hier! Für dich ist es hier viel zu gefährlich!« Die fremde Frau zieht mich mit sich, und ich folge ihr, ohne weiter darüber nachzudenken. Wo ist nur Thy?

Kurz vor dem Ausgang bleibt sie stehen. »Geh!«, drängt sie mich und schiebt mich weiter zur Tür.

Ich zittere vor Angst, den rettenden Ausgang vor Augen. »Warum hilfst du mir?«

Sie verzieht ihren Mund zu einem bitteren Lächeln und wirft einen Blick zurück in die Stube. Die Schlägerei ist mittlerweile in vollem Gange. Ich sollte schleunigst verschwinden.

»Du kannst nichts dafür, dass du eine Graue bist. Und es war falsch, wie der Mann mit dir umgegangen ist. Dazu hat er kein Recht!«

Überrascht hebe ich die Augenbrauen. Anscheinend folgen doch nicht alle Victorias Hasstiraden. Ihr Blick wandert an mir vorbei. »Wie konntest du sie hierherbringen?«, fährt sie aufgebracht fort und runzelt gleich darauf die Stirn. »Verschwindet, beide! Und kommt nie wieder her!«

Eine Hand schließt sich um meinen Arm und zieht mich mit nach draußen. Als wir wieder auf der Straße stehen, reiße ich mich von Thy los und stütze mich schwer auf meinen Beinen ab. Noch immer zirkuliert das Feuer in meinem Körper, gemischt mit Angst und Wut und vollkommener Verzweiflung.

Was ist da eben passiert? Um ein Haar hätte ich es nicht mehr aus dem Gasthaus geschafft und würde jetzt erschlagen auf dem Boden dieser Kaschemme liegen. Mir wird schlecht, und nur mühsam kann ich verhindern, dass ich mich übergebe. Ich atme tief durch, und langsam beruhigt sich mein Körper wieder.

»Geht es?« Thys dunkle Stimme dringt an mein Ohr, und ich hebe den Kopf.

Seine linke Augenbraue ist blutig, aber ansonsten scheint er unverletzt. Ich richte mich wieder auf und drücke meinen Rücken durch. Auch wenn ich mich ganz und gar nicht so fühle, erlaube ich mir nicht länger, mich schwach zu zeigen.

»Ja, alles in Ordnung. Können wir jetzt zurück?«

Er sieht mich eindringlich an, sagt aber nichts. Mein Blick fällt in seine tiefblauen Augen, und mit einem Schlag weicht meine ganze Angst blanker Wut. Kochender, explosiver Wut, aber dieses Gefühl ist mir so willkommen, dass ein hysterisches Lachen in meiner Kehle kitzelt. Ich habe Thy vertraut, bin ihm blind gefolgt, obwohl ich ihn überhaupt nicht kenne. Und alles was er tut, ist mich in dieses dreckige Loch zu führen und mit meinem Leben zu spielen! Mein

Atem beschleunigt sich, und ich kann nicht mehr klar denken. Alles, was ich fühle, ist meine allumfassende Wut.

Meine Wut auf die Hellen, die die Grauen hassen und sie vertreiben wollen.

Meine Wut auf die Königin, die nichts tut, um die Situation zu verbessern, sondern stattdessen noch Öl ins Feuer gießt.

Meine Wut über meinen Vater und all die anderen, die mich völlig im Unklaren gelassen haben.

Vor allem aber meine Wut auf mich selbst, dass ich so vollkommen naiv in die Welt geschaut habe und mein größtes Problem Ciaran war, der mich mit einer anderen Frau betrogen hat.

Und weil ich nicht anders kann und gerade niemand anderes da ist, konzentriert sich meine ganze Wut auf den Kerl vor mir, der mir mit seinem überheblichen Getue immer wieder das Gefühl gibt, ein kleines, naives Prinzesschen zu sein. Und diese schlimme Nacht gibt ihm auch noch recht.

»Du hast es gewusst, oder?«, schleudere ich ihm entgegen und balle meine Hände zu Fäusten.

»Was gewusst?« Er klingt ein wenig genervt.

»Das alles hier! Dass die Grauen leiden und die Hellen zum Kampf aufrufen. Du hast mir das alles doch nur gezeigt, um mich vorzuführen!« Es ist unfair, ihm das vorzuwerfen, aber ich kann gerade nicht anders.

»Wenn du das denkst, bist du tatsächlich noch engstirniger, als ich gedacht habe.« Er verschränkt die Arme vor der Brust und sieht auf mich herab.

Allein diese Haltung treibt mich zur Weißglut, und ich bin kurz davor, ihm eine reinzuhauen.

»Ich bin nicht engstirnig! Ich wusste, dass es immer wieder zu Konflikten zwischen den Völkern in unserem Land kommt. Ich habe vorgestern eine Hinrichtung verfolgt, verdammt!« Es fehlt nur noch, dass ich mit dem Fuß aufstampfe. Wie ein eingeschnapptes kleines Mädchen, das ihm zeigen will, dass es doch nicht so dumm ist.

»Und warum machst du dann so einen Aufstand?« Seine Stimme zittert vor Zorn.

Ich bin mir sicher, dass er mindestens so wütend ist wie ich.

»Warum hast du mich hierhergebracht?«, frage ich nach einer gefühlten Ewigkeit.

Thy schweigt, und eine Ader an seiner Schläfe tritt deutlich hervor. »Zum einen, weil wir eine Abmachung haben. Zum anderen, weil du die Prinzessin dieses Landes bist. Du wirst bald heiraten und hoffentlich irgendwann Königin werden. Meinst du nicht, dass eine Königin wissen sollte, wie es in ihrem Land aussieht?«

Er beleidigt mich mit seinen Worten, aber das scheint ihm nicht aufzufallen. Nach heute Nacht ist mir klar, wie unwissend ich bin. Und er scheint auch stark zu bezweifeln, dass ich als Königin etwas tauge.

»Vieles davon wusste ich auch vorher schon«, gebe ich beleidigt zurück. Ich will nicht mehr mit ihm diskutieren, das führt zu nichts. Ich will jetzt einfach nur noch in den Palast. Daher gehe ich an ihm vorbei die Straße entlang.

»Tatsächlich? Wenn du das doch alles weißt, warum habe ich dann das Gefühl, dass du es immer noch nicht verstehst? Ich habe dir schon einmal gesagt, dass du durch deinen Palast rennst und jeden und alles verfluchst. Du schimpfst über die Hellen und leidest mit den Grauen, aber hast du jemals darüber nachgedacht, warum die Situation ist, wie sie ist? Ihr verdammten, arroganten Hellen ...«

Ich bleibe wie erstarrt stehen. Ich habe das Gefühl, als würde er mir ein Schwert in den Rücken stoßen und mich daran hindern, weiterzuatmen. Er hat es schon einmal zu mir gesagt, und schon einmal hatte er recht damit. Meine Hände verkrampfen sich, ohne dass ich etwas dagegen tun kann, und langsam drehe ich mich zu ihm um.

»Du lebst in deiner eigenen Welt, Sienna«, fährt er wütend fort und baut sich vor mir auf. »In deiner eigenen Prinzessinnenwelt, in der du dir alles so zusammenbaust, wie es für dich passt und verständlich ist. In der die bösen Hellen die armen Grauen hassen und vertreiben wollen. In der die böse Königin regiert und dir das Leben schwermacht. Und jetzt ist dein strahlender Prinz gekommen und wird dich daraus erlösen. Aber die Welt ist nicht so schwarz-weiß, wie du sie gerne siehst. Die Hellen hassen die Grauen nicht ohne Grund, aber wenn du das immer noch nicht verstanden hast, hast du selbst heute Abend nicht richtig hingesehen. Und ich habe jetzt keine Lust mehr, das Unterhaltungsprogramm für eine verzogene Göre zu spielen, also lass uns endlich zurückgehen!«

Er atmet aus, und seine Brust hebt und senkt sich heftig. Er hat die Hände geballt, Zorn steht ihm ins Gesicht geschrieben. Ich mache einen Schritt auf ihn zu und gebe ihm eine schallende Ohrfeige. Thy ist zu verdutzt, um zu reagieren, aber als ich meine Hand hebe, um ihn erneut zu schlagen, fängt er sie ab.

»Wage es nicht!«, fährt er mich an.

Tränen schießen mir in die Augen und lassen mich endgültig rotsehen. Mit der freien Hand schlage ich ihm fest vor die Brust. Der Schlag lässt ihn zurücktaumeln, aber mit einem Schritt ist er wieder bei mir und verdreht mir die Hände auf den Rücken. Dicht vor ihm sehe ich zu ihm hoch. Seine blauen Augen bohren sich in meine, und Verachtung spiegelt sich darin. Ohne zu zögern, hebe ich mein Knie und ramme es ihm in seine empfindlichen Teile. Er lässt mich auf der Stelle los und krümmt sich. Ein Keuchen entfährt ihm, aber er bleibt auf den Füßen.

Mit erhobenem Haupt drehe ich mich von ihm weg und gehe alleine die Straße entlang. Dass ich keine Ahnung habe, wo ich hin muss, ist mir egal. Dass ich auf Thy angewiesen bin und ihn gerade gegen mich aufgebracht habe, ist mir egal. Ich denke nicht mehr, ich funktioniere nur noch.

Eine Hand an der Schulter reißt mich herum. Blind schlage ich um mich, sehe nicht mehr, wo ich ihn treffe, bis er mir irgendwann meine Arme verdreht, sodass ich mich nicht mehr wehren kann. Ich keuche und trete aber weiter nach ihm.

»Es reicht, Sienna!«, sagt er leise.

Ich schreie ihn an, bis er mir einen leichten Schlag gegen den Kopf gibt. Das holt mich zurück. Zurück in das Hier und Jetzt, zurück auf die Straße mitten in der Stadt, zurück in eine Wahrheit, in der ich nicht sein will. Ich keuche immer noch. Beißende Säure wandert meinen Hals hinauf. Seine Hände lockern sich, und er lässt mich schließlich los. Ich stehe vor ihm und fühle mich so elend und schwach wie nie zuvor. Tränen steigen mir in die Augen und finden ihren Weg meine Wangen hinunter. Ich will hier nicht mehr sein, will einfach nur noch nach Hause und die Decke über mich ziehen.

Thy zögert, dann zieht er mich an sich und legt vorsichtig seine Arme um mich. Ich drücke meinen Kopf an seine Brust und vergrabe mich darin. Spüre seine Wärme, seine starken Arme und will die Augen vor Welt verschließen.

»Es tut mir leid«, sagt er irgendwann.

Er hält mich immer noch an sich gedrückt, und ich gestatte es mir noch einen Moment, so stehen zu bleiben. Seine Nähe fühlt sich gut an. Zu gut. Aber in meinem Kopf herrscht das Chaos, und ich kann nicht, will nicht mehr denken. Daher ist es in Ordnung, wenn wir so stehen bleiben, denn ich weiß sowieso nicht mehr, was ich tue. Einen Moment später nimmt Thy seine Arme von mir und schiebt mich ein Stück von sich.

»Es tut mir leid, Prinzessin«, wiederholt er und sieht mir dabei ins Gesicht. »Ich hätte das nicht sagen sollen. Es steht mir nicht zu, über dich zu urteilen.«

Kapitel 8

Als ich am nächsten Morgen aufwache, bekomme ich meine Augen nicht auf. Meine Lider sind verklebt, und nachdem ich mir energisch den Sand aus den Augen gerieben habe, jucken sie unerträglich. Heute Abend beim Ball werde ich aussehen, als hätte ich die ganze Nacht geheult. Was der Wahrheit ziemlich nahe kommt.

Ich starre an die Zimmerdecke, und die Schuld droht, mich erneut zu ersticken. Wie konnte ich nur so blind sein? So naiv – so engstirnig, um Thys Worte zu benutzen. So tatenlos. Denn, dass er mit allem, was er mir an den Kopf geworfen hat, recht hat, musste ich mir heute Nacht eingestehen.

Einiges davon war nicht neu für mich, denn spätestens seit der Hinrichtung weiß ich, dass die Situation zwischen Hellen und Grauen immer wieder eskaliert. Aber die letzte Nacht hat mir sehr deutlich vor Augen geführt, dass ich tatsächlich noch nie etwas dagegen unternommen habe. Dass ich gut gesichert im Palast sitze und die Schuld anderen zuschiebe. Nur nie mir selbst. Und dass es einen völlig Fremden dafür brauchte, um mich endlich wachzurütteln, beschämt mich mehr als alles andere.

Bevor ich weiter in Gedanken versinke, kommt meine Zofe herein. Ihrer schlecht gelaunten Miene entnehme ich, dass sie wenig erfreut ist, mich immer noch im Bett vorzufinden. Ich frage mich zwar, wer hier eigentlich das Sagen hat, aber bevor ich mir wieder einen bissigen Kommentar einfange, stehe ich auf. Die Muskeln in meinen Beinen verkrampfen, als ich die paar Schritte in mein Ankleidezimmer gehe, und ich ärgere mich einmal mehr über meine schlechte Kondition. Ich muss dringend mit Kit reden, wir sollten etwas an meinem Training ändern.

Mein erster Weg führt mich zum Zimmer meiner Schwester. Aber sie schläft noch, und da ich sie nicht wecken will, beschließe ich, später wiederzukommen. Ich muss an ihre letzte Vision denken: die Grauen in dem Gefängnis. Hat es etwas mit dem zu tun, was ich in der Stadt gesehen habe? Könnte es sein, dass Rhea den Ort gesehen hat, an dem die verschwundenen grauen Männer sind? Aber was hatte sie selbst dann da verloren? Dass ich dafür keine Erklärung habe, quält mich.

Zehn Minuten später stehe ich mitten im Tanzsaal. Ich brauche Antworten, die Kit mir hoffentlich geben kann. Energisch gehe ich auf die Verbindungstür zu unserem Trainingsraum zu, als sie von innen geöffnet wird. Kit tritt heraus, im Arm eine Frau. Wie angewurzelt bleibe ich stehen und starre die beiden an. Als Kit mich entdeckt, zuckt er kurz zusammen, dann legt sich ein ertapptes Grinsen über sein Gesicht. Er beugt sich zu seiner Begleitung und gibt ihr einen Kuss auf die Wange.

Die Frau, die ich kenne – immerhin ist sie meine Schneiderin –, geht an mir vorbei und zwinkert mir zu. »Guten Morgen, Prinzessin! Vergesst nicht, dass Ihr später noch einmal zur Anprobe vorbeikommen müsst.«

Ich schaffe es nicht, ihr zu antworten, dafür bin ich zu überrascht. Sprachlos starre ich immer noch Kit an. Er grinst dümmlich, und seine Augen funkeln vergnügt, als er zu mir schlendert. Ich ziehe meine Augenbrauen hoch und warte auf eine Erklärung.

»Okay, du hast mich erwischt«, gibt er ohne Umschweife zu, und mir entfährt ein Keuchen.

»Ernsthaft? Du und Madame Lorella?«

Er zuckt nur mit den Schultern. »Ja und? Sie ist eine wunderschöne Frau, und ich bin ein alleinstehender Mann in den besten Jahren.« Womit er sicherlich recht hat, aber ich bin trotzdem ein wenig verärgert.

»Du hättest mir etwas sagen können«, murre ich beleidigt. Immerhin kennt mich Madame Lorella seit meiner Kindheit.

Kits Grinsen ist mittlerweile so breit, dass sich die Grübchen an seinen Wangen abzeichnen. »Ich muss dir nicht sagen, mit wem ich meine Zeit verbringe. Mein Gefühl sagt mir, das tust du auch nicht.« Sein anschließendes Zwinkern irritiert mich. Mehr als alles andere.

Ich versuche, mir nichts anmerken zu lassen, und schnaube nur entrüstet. Kit lacht herzlich auf und klopft mir auf die Schulter. »Wolltest du so früh schon trainieren, oder was machst du hier?« Seine Worte holen mich in die Realität zurück, und mein lächerlicher Zorn auf Kits Liebschaft verschwindet.

»Nein. Ich muss mit dir reden.«

Kits Mundwinkel fallen herab, und er versteht sofort, dass es nicht um meine Eifersucht auf Ciaran oder einen Streit mit Ava geht. »Lass uns in den Trainingsraum gehen.«

Nachdem er die Tür hinter uns geschlossen hat, schaut er mich mit sorgenvollem Gesicht an. »Ich war gestern Nacht in Sonnensee unterwegs.« Ich kann ihn nicht ansehen. Zu sehr bringt mich der Blick in seine graubraunen Augen zum Verzweifeln.

»Was? Wie … ich meine, bist du wahnsinnig? Das ist höllisch gefährlich!« Mit einem Schritt ist er bei mir und packt mich an der Schulter.

Ich schüttele nur trotzig den Kopf. »Ich weiß. Glaub mir, das weiß ich jetzt.«

»Mit wem warst du da?« Er zwingt mich, den Kopf zu heben, und seine Augen mustern mich eindringlich. »Sienna, du warst nie im Leben alleine unterwegs. Also, mit wem warst du da?« Ich habe das Gefühl, als würde Kit auf den Grund meiner Seele schauen und alle Geheimnisse, die ich vor ihm verberge, offenlegen. Ich will Kit nicht anlügen. Und irgendetwas sagt mir, dass er Thy nicht verraten wird.

»Mit dem Mann aus meinem Zimmer.«

»Der, der dich nachts überrascht hat? Der einfach verschwunden ist?« Ungläubig starrt er mich an und lässt mich los.

Wieder einmal komme ich mir dumm vor. Wenn man es so betrachtet, war es unglaublich naiv von mir und gefährlich, mit Thy zu gehen. Ich kenne ihn nicht, weiß gar nichts über ihn. Ganz im Gegenteil, seine Figur selbst ist so widersprüchlich, dass Tausend Warnleuchten anspringen sollten, um möglichst schnell die Flucht vor ihm zu ergreifen. Und dennoch … Ich kann das Gefühl nicht ganz greifen, das Thy in mir auslöst, aber – warum auch immer – ich glaube ihm. Und auch wenn es vollkommen verrückt ist, ich habe ihm vertraut. Er hat mir gestern Nacht die Dinge gezeigt, wie sie sind, ohne die Grauen oder die Hellen per se schlechtzumachen. Und ich bin überzeugt, dass er mir die Wahrheit gezeigt hat – auch in Bezug auf die grauen Männer.

»Ja, genau der«, antworte ich daher mit fester Stimme. »Und ich stehe heute unverletzt vor dir, also bitte reg dich nicht so auf.«

Kit atmet tief durch und fährt sich mit den Händen durch seine schwarzen Haare. »Verdammt! Du vertraust Ciaran kaum, und dann stiehlst du dich mit einem dir völlig fremden Mann nachts davon?«

Tief in meinem Bauch fühle ich ein unangenehmes Kribbeln. Ich will Thy nicht mit Ciaran vergleichen. Das wäre ungeheuerlich. Aber Kits Worte enthalten mehr Wahrheit, als ich zugeben will. Ich habe Thy gestern Nacht vertraut, bin ihm gefolgt und habe an seiner Schulter meinen ganzen Frust herausgeheult. Und Ciaran kann ich einfach nicht vergeben. Das macht mich wütend und lenkt meine Gedanken wieder auf das, warum ich hergekommen bin. Der Druck auf meiner Brust wird stärker, und ich lege meinen ganzen Ärger in die nächsten Worte.

»Mir erzählt ja sonst niemand etwas! Warum hast du mir nie gesagt, dass ihr in unserem Land nicht leben könnt? Dass es euch umbringt?«

Ich muss nicht erklären, wen ich mit ihr meine. Sein Blick verrät mir, dass er sofort versteht.

Er wendet sich ab. »Du hast nie gefragt.«

Zorn brandet in mir auf, weil er so recht damit hat. »Aber dir tut das Licht doch auch nichts?«, frage ich, während ein letzter Funken Hoffnung in mir aufglimmt.

»Ich halte mich auch überwiegend in diesem dunklen Tanzsaal auf«, erklärt er schulterzuckend. »Außerdem war es nicht immer so, denn wir Grauen leben ja schon seit fast hundert Jahren im Lichtland. Nur … in den letzten Jahren hat diese verdammte Hitze immer weiter zugenommen. Es wird jeden Sommer heißer – selbst dir sollte das aufgefallen sein. Und anders als ihr Hellen vertragen wir dieses Klima einfach nicht.«

Ich habe die Wetterveränderung bemerkt, aber anstatt mich darüber zu wundern, heiße ich die Hitze auch noch willkommen. Ein anderer Gedanke durchzuckt mich. Wenn die Grauen nicht im Lichtland leben können, kann ich es dann im Schattenland? Und warum geht es Ciaran und seinen Soldaten nicht merklich schlechter?

Kit scheint mir meine Gedanken anzusehen. »Es dauert eine Weile, bis man die Auswirkungen spürt«, fährt er leise fort. »Am Anfang fühlt man sich nur unwohl, es ist, als ob man die falsche Kleidung trägt. Dann irgendwann kommen das Fieber und der Schwindel. Der Körper vertrocknet, bis er letztendlich stirbt.«

»Aber können wir nichts tun?« Wut und Verzweiflung schwingen gleichermaßen in meiner Stimme mit. Ich will einfach nicht wahrhaben, dass wir tatenlos zusehen müssen, wie Tausende Graue dahinsiechen.

»Nein«, antwortet mein Freund und lässt sich auf der Bank am Rande des Trainingsraumes nieder. »Wir können ja wohl kaum das Klima ändern. Und außerdem vertreibt uns die Königin sowieso aus ihrem Land – wer also sollte uns helfen?«

Seine Worte sind wie ein Schlag ins Gesicht und führen mir wieder einmal vor Augen, wie wenig ich mich bisher für die Grauen eingesetzt habe. Nicht einmal Kit zählt auf mich.

»Hast du davon gehört, dass graue Männer aus der Stadt verschwinden?«

Kit hebt überrascht den Kopf, doch der Ausdruck in seinen Augen lässt mich die furchtbare Wahrheit erkennen.

»Warum sprichst du nicht mit mir?«, brülle ich ihn an, und vor lauter Verbitterung schießen mir Tränen in die Augen. »Warum erzählst du mir nicht, dass Männer verschwinden, und bittest mich um Hilfe?« Mein Blick verschwimmt, und einmal mehr fühle ich mich schuldig. Kit behandelt mich wie ein Kind. Er ist mein Freund, und gerade weil er mich kennt, hat er mich nie mit diesen Wahrheiten konfrontiert.

»Du solltest mit deinem Vater darüber sprechen«, sagt Kit leise.

»Mein Vater ist aber nicht da«, presse ich hervor und blinzele verzweifelt die Tränen weg. »Er liegt seit vier Monaten bewusstlos in seinem Bett, und niemand weiß, ob er jemals wieder daraus aufstehen wird.« Ein Schluchzen kämpft sich meine Kehle hoch, aber mit aller Kraft halte ich es zurück. Ich muss mich zusammenreißen.

»Ich weiß.« Kit erhebt sich, geht zu mir, aber ich weiche zurück. Ich will nicht von ihm getröstet werden – das steht mir im Moment einfach nicht zu. »Ich hoffe jeden Tag auf eine wundersame Genesung des Königs, glaube mir! Denn wenn sich in diesem Land nicht bald etwas ändert, wird Victoria uns noch alle vernichten.«

Seine Worte dringen nur langsam zu mir durch, und in diesem Moment rastet in meinem Kopf etwas ein. Ich erwidere seinen Blick, und diesmal spricht nicht die Wut aus mir, sondern eine eiserne Entschlossenheit. Vielleicht ist es an der Zeit, dass sich in diesem Land etwas ändert. Vielleicht ist die Zeit gekommen, mich darauf zu besinnen, wer ich eigentlich bin, und Fragen zu stellen.

***

Zwei Soldaten fangen mich ab, als ich Victorias Gemächer betreten will. Sie kreuzen ihre Speere vor mir, und durch den Schlitz ihrer Helme, die sie heute sogar im Palast tragen, kann ich ihre goldenen Augen erkennen.

Ich blicke die Soldaten auffordernd an. Der Lichtprinzessin können sie ohne triftigen Grund nicht den Einlass verwehren. Zögerlich ziehen sie ihre Speere zurück, aber ihre Haltung bleibt verkrampft.

Ich trete in das Gemach der Königin und schaue mich bewundernd um. Der Salon ist prunkvoll eingerichtet, mit tiefroten Ledercouchen, flauschigen Teppichen, Regalen aus Zedernholz, auf denen ich allerlei Krimskrams entdecke, der aus allen Teilen unseres Landes stammen muss.

Ich war lange nicht mehr hier. Bis vor drei Jahren hat meine Mutter in diesen Räumen gewohnt, aber lediglich die dünnen Vorhänge an den Fenstern erinnern noch an sie. Ein dumpfer Schmerz durchzuckt mich bei dem Gedanken, denn Königin Victoria herrscht jetzt hier und hat sich die Räume zu Eigen gemacht, wie auch den Rest des Palastes und unser Reich. Von meiner Mutter ist kaum etwas geblieben.

Aus dem Schlafzimmer kommen Stimmen, und ich bleibe, unangenehm berührt, stehen. Ich erkenne Ava, die anscheinend mit ihrer Mutter diskutiert. Es gefällt mir nicht, dass sie hier ist. Es sind die Räume meiner Mutter. Ava hat hier nichts verloren.

»Warum muss ich heute Abend mit Baron Titty tanzen? Er ist alt und hässlich und stinkt immer nach diesem scheußlichen Schnupftabak.«

Ich höre Ava ausspucken und rolle mit den Augen. Meine Stiefschwester ist die Oberflächlichkeit in Person, und für so etwas habe ich jetzt keine Zeit. Daher gehe ich auf das Schlafzimmer zu.

»Er ist Mitglied unseres Parlamentes, und es ist wichtig, dass wir ihn auf unserer Seite wissen«, antwortet die Königin mit einiger Verspätung.

Irritiert bleibe ich stehen. Warum sollte Baron Titty nicht auf unserer Seite sein?

»Aber warum muss ich ihn heiraten? Ich will ihn nicht, ich will …«

»Still, Ava!«, fällt ihr Victoria ins Wort. »Ciaran wird Sienna heiraten, und daran können wir nichts mehr ändern. Aber glaube mir, sie wird nicht glücklich mit ihm werden.«

Ava schweigt einen Moment, und mein Magen fängt zu grummeln an. Ich weiß, dass Victoria viel lieber ihre Tochter an Ciarans Seite sähe, aber das ist noch lange kein Grund, warum ich nicht glücklich werden sollte. Wie kommt sie nur darauf?

»Aber sie passt überhaupt nicht zu ihm. Sie ist so plump und ungezogen und kann nicht einmal tanzen.«

»Hör auf zu jammern!« Victoria klingt genervt. »Ich hasse schwache Personen, das weißt du. Deine Zeit wird kommen, vertrau mir, Tochter!«, ergänzt sie leise.

Irgendetwas in ihrer Stimme lässt mich aufhorchen, und mir stellen sich die Nackenhaare auf. Es ist nicht so sehr das, was sie sagt, sondern die Art, wie sie es sagt. Victoria ist von ihren Worten absolut überzeugt.

Die Königin kommt aus dem Schlafzimmer und wirft mir einen abschätzenden Blick zu. Falls sie überrascht ist, mich in ihren Gemächern vorzufinden, zeigt sie es zumindest nicht. Ohne einen Kommentar geht sie zu einem kleinen Tisch mit Erfrischungen darauf. Sie gießt sich etwas ein und dreht sich anschließend zu mir um.

Ich kann nicht anders, als sie anzustarren. Sie im Zimmer meiner Mutter zu sehen, schmerzt mehr, als ich gedacht habe. Und beinahe vergesse ich, warum ich gekommen bin.

»Wie kann ich dir helfen?« Sie trägt ihre schwarzen Haare offen und erscheint noch blasser, als sie tatsächlich ist. Dennoch ist die Königin eine wunderschöne Frau, die selbst in ihrem Alter – sie ist Anfang vierzig – noch eine Ausstrahlung und Eleganz besitzt, die ich nie erreichen werde.

Ava zieht die Augenbrauen hoch, als sie mich sieht. Augenblicklich verdüstert sich ihr Gesicht, aber sie verlässt den

Raum, ohne etwas zu mir zu sagen. Ob die beiden wissen, dass ich sie belauscht habe, kann ich schwer einschätzen. Aber selbst wenn, scheint es Victoria egal zu sein.

Ich beiße mir kurz auf die Zunge, um mich wieder an das zu erinnern, warum ich hier bin.

»Ich wollte etwas mit dir besprechen«, beginne ich und sortiere noch einmal die Worte in meinem Kopf. Dann sehe ich wieder zu ihr. »Du hast gesagt, dass du die Grauen aus unserem Land vertreiben willst. Du willst sie zurückjagen ins Sturmland, das jedoch völlig zerstört ist und in dem sie nicht leben können. Ich frage mich, warum?«

Sowohl Thys Worte als auch die Rede des Hetzers gestern Nacht haben mich nachdenklich gemacht. Geht es den Hellen tatsächlich so schlecht? Steht es so schwierig um unser Land, unser eigenes Volk, dass sie in den Grauen einen Sündenbock dafür suchen? Ich will Antworten von Victoria, um wirklich zu begreifen, warum sie ausgerechnet jetzt zu einem neuen Krieg aufruft. Auf ihrem Gesicht spiegelt sich ehrliche Überraschung. Sie stellt das Glas zurück auf den Tisch und tritt auf mich zu.

»Sienna, warum interessiert dich das auf einmal? Ist es, weil du heiraten wirst?«

Ich schüttele den Kopf und komme mir erneut dumm vor. Selbst ihr fällt auf, dass ich mich bisher nie für die Geschehnisse um mich herum interessiert habe.

»Nein, das hat damit nichts zu tun. Ich habe mich nur gefragt, warum ausgerechnet jetzt? Mein Vater ist krank und das Königreich ohnehin schon geschwächt. Und es gibt keinen Grund, ausgerechnet jetzt die Grauen zu vertreiben und damit einen Krieg zu beginnen. Denn sie werden sich ganz sicher dagegen wehren, meinst du nicht?«

Sie sieht mich lange an, dann verzieht sie ihren Mund zu einem Lächeln. Wenn ich es nicht besser wüsste, könnte ich meinen, sie freut sich beinahe über meine Fragen.

»Setz dich! Ich werde es dir erklären«, fordert sie mich auf und deutet auf eine der Couchen.

Ich warte, bis sie sich selbst gesetzt hat, bevor ich mich ihr gegenüber niederlasse.

»Das Sturmland ist mehr als nur das Land zwischen uns und dem Schattenland«, beginnt sie, und ich muss an Meister Taurins Worte denken.

In diesem Moment bin ich sehr froh, dass er mir etwas über unsere Geschichte erzählt hat und ich nicht blind Victorias Worten glauben muss.

»Vor vielen Hundert Jahren war es ein reiches, mächtiges Land, doch Krieg und Naturkatastrophen haben es völlig zerstört. Die Grauen haben einst dort gelebt, bis sie fliehen mussten, weil ein Leben dort unmöglich wurde. Wir haben sie aufgenommen, wie du weißt, ihnen Schutz und Sicherheit geboten, geben ihnen zu essen und Arbeit. Aber die Situation bei uns wird zunehmend schwieriger. Die Hitze macht es den Bauern fast unmöglich, die Felder zu bestellen und genug Nahrung zu produzieren, um alle Bewohner satt zu bekommen. Wasser ist immer knapp gewesen, aber in den letzten Monaten schon reicht es kaum für alle …« Die Königin seufzt. »Und alle Bewohner des Lichtlandes leiden zunehmend.«

Ihre Worte verursachen ein flaues Gefühl in meinem Magen. Sie bestätigt damit die Aussage des Hetzers von gestern Nacht und macht mich gleichzeitig unglaublich wütend.

»Aber wir müssen doch etwas dagegen tun können?«, brause ich auf und will einfach nicht mehr nur tatenlos zusehen.

»Das tun wir auch. Ich habe die Meister damit beauftragt, nach Lösungen zu suchen. Unsere Soldaten auf den Straßen kümmern sich um eine gerechte Verteilung der Nahrungsmittel und versuchen, die Gewalt zwischen den Völkern so gut es geht einzudämmen.«

»Habt ihr deshalb die Sperrstunde eingeführt?«, rutscht es mir heraus.

Victoria beugt sich nach vorne und mustert mich eindringlich. »Woher weißt du von der Sperrstunde?«

Ich versuche, mir nichts anmerken zu lassen, aber meine Hände überzieht ein Schweißfilm. »Ich habe Soldaten darüber reden hören.«

Meine Stimme klingt fest, aber ich bin mir sicher, dass sie mir nicht glaubt. Dennoch erwidert sie nichts darauf, sondern streicht sich die Haare aus dem Gesicht.

»Die Sperrstunde wurde genau aus diesem Grund eingeführt, um für mehr Sicherheit zu sorgen.«

Ich schweige und schaue sie an.

»Mir ist bewusst, dass die Grauen nicht freiwillig in ihre Heimat zurückkehren werden«, fährt die Königin fort. »Ich selbst war noch nie da, aber es muss ein furchtbarer Ort sein. Es gibt kaum Städte, um dort zu wohnen, und die Vegetation soll vollkommen verwildert sein. Sie werden sich wehren, und vermutlich wird es zum Krieg zwischen unseren Völkern kommen. Aber das muss ich in Kauf nehmen, um das Lichtland zu retten.«

Mir stellen sich die Nackenhaare auf bei ihren Worten. Ein neuer Krieg kann einfach nicht der richtige Weg sein, um das Lichtland zu retten.

»Wusstest du, dass die Grauen in unserem Klima überhaupt nicht leben können und es ihnen täglich schlechter geht? Und anstatt ihnen zu helfen – allen Bewohnern des Lichtlandes zu helfen –, willst du uns in einen neuen Krieg führen?« Meine Wut flackert wie ein loderndes Feuer in meinem Bauch. Ich werde mich von ihr nicht mehr abwiegeln lassen. »Ich habe von den Hetzern gehört, die in der Stadt den Hass zwischen den Völkern noch weiter anstacheln. Die alles dafür tun, dass auch wirklich jeder Helle deinem Aufruf zum Krieg folgt. Und ich habe Diener darüber reden hören, dass graue Männer verschwinden«, fahre ich fort und beobachte sie genau.

Victoria zuckt nicht einmal mit der Wimper.

»Du solltest nicht alles glauben, was man sich erzählt.« Ich starre sie an und kann nicht glauben, was ich höre. Das kann nicht ihre ganze Reaktion auf meinen Vorwurf gewesen sein.

»Mein Vater ist krank und kann nicht regieren. Aber ich lasse nicht zu, dass du unser Land – mein Land – zugrunde richtest«, brülle ich sie an, und meine Stimme zittert vor explodierendem Zorn.

Victoria hebt eine dunkle Augenbraue und sieht beinahe amüsiert auf mich herab. Die Luft um mich herum glüht förmlich, und winzige Schweißperlen bilden sich auf ihrer Stirn.

»Warte kurz, ich will dir etwas zeigen.« Sie steht auf und geht zu einer verschlossenen Tür. Bevor sie durch sie verschwindet, wendet sie sich noch einmal kurz zu mir um. »Ich verstehe deine Wut, Sienna. Aber es gibt einen Grund für meinen Aufruf gegen die Grauen, den du nicht kennst.«

Im ersten Moment will ich ihr aufgebracht hinterher, aber ich zwinge mich, ruhig sitzen zu bleiben. Vermutlich, weil ich mich zum allerersten Mal nicht wie ein kleines Kind fühle. Zum ersten Mal habe ich es gewagt, Victoria meine Meinung zu sagen. Einen Moment später ist sie zurück, eine Pergamentrolle in der Hand. »Hast du schon einmal von den Nebelgeistern gehört?«

Ich nicke unruhig und verstehe nicht, warum sie jetzt von diesem Thema anfängt. Meister Taurin hat mir davon erzählt. Die Nebelgeister – die Weißen – leben in den Nebelbergen. Angeblich waren sie vor langer Zeit einmal wie wir Hellen, aber der massive Konsum von allerlei Halluzinogenen soll sie so verwirrt haben, dass sie in eine Art Zwischenstadium zwischen Leben und Tod übergegangen sind. Seitdem leben sie in Höhlen in den Nebelbergen und verbringen ihre Tage damit, die unmöglichsten Prophezeiungen zu erfinden und armen Schluckern, die daran glauben, ihre Zukunft vorherzusagen.

»Sie haben unsere Geschichte in dem Buch über die Spiegelnde Welt festgehalten. Es kommt der Silberne Krieg darin vor, die Hungerpest und auch das Sterben der Wasserwesen.« Sie breitet die Pergamentrolle auf dem Tisch aus.

Neugierig geworden, trete ich näher heran. Meine Wut verschwindet, wird zu einem schwachen Glühen und weicht einer wachsenden Skepsis. In schnörkeliger Schrift steht dort etwas, was wie ein Gedicht aussieht.

»Aber es steht mehr darin als nur unsere Vergangenheit«, fährt Victoria fort, und ihre Stimme nimmt einen unheimlichen Klang an. »Der letzte Teil behandelt unsere Zukunft, und das ist es, was uns die Nebelgeister für die nächsten Jahre vorausgesagt haben.«

Mit ihren Händen fährt sie über die Zeilen, und ich folge ihren Fingern mit meinen Augen.

Ein Blick in den Spiegel, in eine andere Welt,
ein Volk rebelliert, sie alle stellt.
Der Silberne Krieg bringt Elend und Tod,
vernichtet sie alle, bis das Licht sich erhebt.

Ein Friede geschlossen, ein trügerisch' Bild,
die Welt vor dem Abgrund, sie alle verschlingt.
Ein Spiegel bringt Wahrheit, Erkenntnis dringt vor,
ein Volk, das verloren, kommt wieder empor.

Tod und Zerstörung für Schatten und Licht.
Die Spiegelnde Welt wird untergehen:
Folgt Eurer Pflicht!
Nur ein Bund kann sie retten, im Zeichen der Vier,
um Einklang zu bringen wie Hunderte Jahre zuvor.

Ich lese es wieder und wieder, und so langsam setzen sich in meinem Kopf Bilder zusammen. Ich denke an die Karte, die mir Meister Taurin erst gestern gezeigt hat, den Silbernen Krieg und die Grauen. Eine Gänsehaut überzieht meine Haut, und ich kann ein erschrockenes Aufkeuchen nicht unterdrücken. Ich verstehe nicht jede einzelne Zeile, aber eines sagt dieses Gedicht klar aus: Tod und Zerstörung vernichten Schatten und Licht. Das Lichtland und das Schattenland werden zerstört werden, sie verschwinden, und die Spiegelnde Welt wird untergehen.

»Woher hast du das …?«, platzt es aus mir heraus, obwohl ich mir ziemlich sicher bin, dass es nicht nur ein Gedicht ist.

»Von einem Meister. Mehr musst du nicht wissen.«

Ihre Tonlage macht mir deutlich, dass ich nicht weiter zu fragen brauche. Sie wird es mir nicht sagen. Die Lippen zusammengepresst, fahre ich mit meinen Fingern bedächtig über das unebene Pergament.

»Das verlorene Volk … sind damit die Grauen gemeint? Soll das bedeuten, dass die Grauen die Macht übernehmen und wir Hellen und Dunklen getötet werden?«

Victoria sieht mich ernst an und nickt. »Ja, das wurde vorhergesagt. Die Grauen werden sich erheben, und es wird einen Krieg geben, der schlimmer sein wird als der Silberne Krieg.«

So sehr ich für die Grauen einstehen möchte und will, dass die Ungerechtigkeit in unserer Welt verschwindet, ist eine alleinige graue Welt ganz sicher auch nicht mein Ziel. Unbehagen wächst in mir, und diese Vorstellung macht mir unglaubliche Angst.

»Verstehst du jetzt, warum die Grauen unser Land verlassen müssen? Warum wir ihnen nicht erlauben können, hier zu bleiben und zu stark zu werden? Wir müssen unser Land schützen, müssen die Hellen beschützen, die hier leben. Nur darum geht es mir.«

Ich begreife es immer noch nicht so richtig. Mein Verstand weigert sich, die Worte wahrhaben zu wollen. Zu viel von dem, was auf dem Papier steht, verstehe ich nicht.

»Was für ein Bund soll im Zeichen der Vier geschlossen werden, und was soll diese Zeile über den Spiegel und die Wahrheit?«

»Ich weiß es nicht«, gibt Victoria unumwunden zu. »Die Prophezeiung ist in diesem Punkt nicht ganz eindeutig. Spiegel sind mächtig, wie du vielleicht weißt. Sie zeigen dir dein Spiegelbild und somit auch die ehrliche Wahrheit. Vielleicht ist das damit gemeint.«

Die Augenbrauen zusammengezogen, lasse ich erneut meinen Blick über die Prophezeiung gleiten, von der ich bis zum heutigen Tag noch nie etwas gehört habe.

»Wenn du mir immer noch nicht glaubst, frage Meister Taurin danach. Ich bin mir sicher, dass er die Prophezeiung kennt.« Victoria muss mir angesehen haben, was ich denke. »Du wirst Ciaran heiraten, Sienna, und gemeinsam werdet ihr das Schattenland und irgendwann einmal das Lichtland regieren. Auch du wirst unsere Welt beschützen und für dein Volk einstehen müssen, so, wie dein Vater und ich es im Moment tun. Nicht alle Entscheidungen dabei sind einfach, und nicht alle werden dir gefallen.«

Inmitten der einstigen Gemächer meiner Mutter spricht sie die Worte aus, zu deren Erkenntnis ich gestern Nacht schon gelangt bin. Ich kann mich nicht länger hinter den Mauern des Palastes verstecken und hoffen, dass alles irgendwie seinen Weg gehen wird. Ich muss Verantwortung übernehmen. Ganz egal, ob die Prophezeiung stimmt oder nicht.

»Wenn es dir nichts ausmacht, würde ich dich jetzt bitten, zu gehen. Ich habe noch einiges zu erledigen vor dem Ball heute Abend.«

»Natürlich.« Ich nicke und gehe zur Tür. »Danke!«, presse ich dann doch heraus, weil es irgendwie anständig ist.

Victoria verzieht ihren Mund und lächelt mir zu, ein Lächeln, das ihre Augen wieder einmal nicht erreicht.

Während ich langsam zurückgehe, wird das Chaos in meinem Kopf immer größer. Meine Welt wird jeden Tag mehr auf den Kopf gestellt, und ich beginne, verzweifelt nach etwas zu suchen, was mich hält. Irgendeine Konstante, an der ich mich festklammern kann und die mir etwas Ruhe verspricht. Aber ich weiß nicht, wo ich anfangen soll. Je mehr Fragen ich stelle, umso mehr Antworten bekomme ich, die mir nicht angenehm sind und mein bisheriges Weltbild ins Wanken bringen. Jeder verschweigt mir etwas, und nur nach und nach bröckelt die Wahrheit ans Licht.

Wem kann ich noch glauben, wem vertrauen? Mit einem Mal fühle ich mich unglaublich einsam.

Ich lebe in einem Land, in dem das Licht regiert. Und dennoch habe ich das Gefühl, dass die Dunkelheit mich immer mehr einholt, mich unter sich begräbt und mir die Luft zum Atmen nimmt. Eine Finsternis ist angebrochen, eine Finsternis, die alles Licht in mir auslöschen wird und mich alleine im Dunkeln zurücklässt.

Aus den Chroniken der Spiegelnden Welt.

Frühjahr im Jahre 1100 (2. Jahr des Leuchtenden Friedens)

An Thanatos, den König des Lichtlandes.

Schreckliche Kunde bringe ich dir heute! Der Graue Prinz ist aus unseren Kerkern im Nebelberg entflohen. Wir wissen noch nicht, wie er an unseren weißen Wächtern vorbeigekommen ist, aber die Brutalität, mit der er sich seinen Weg durch den Berg geschlagen hat, lässt mich immer noch erzittern. Und schlimmer noch: Er hat das silberne Licht des Schattenlichtes mit sich genommen!

Ich mache mir solche Vorwürfe! Wir hätten das Schattenlicht endgültig zerstören sollen und nicht jedem von uns einen Teil zur Verwahrung überlassen dürfen. Auch wenn es uns den Frieden gebracht hat, weiß niemand, welches Unheil der Prinz mit seinem Teil anrichten kann.

Ich werde meine weißen Wächter aussenden, den Grauen Prinzen zu jagen. Erst wenn er tot ist, ist unsere Welt wieder in Sicherheit.

Lucan

Kapitel 9

Rhea sieht mich ehrfurchtsvoll von meinem Bett aus an und schafft es keine Sekunde, den Blick von mir zu nehmen. Conan liegt neben ihr und hat die Augen halb geschlossen, weil sie ihm unaufhörlich über den Kopf streichelt. Es fehlt nur noch, dass das Feuerknäuel zu schnurren anfängt.

Ich streiche ein letztes Mal über meinen Rock und hoffe, dass der Tüllberg kleiner wird. Das Kleid ist ein wahr gewordener Mädchentraum aus weißer Spitze, Taft und Tüll, und jedes andere Mädchen in diesem Land würde wahrscheinlich dafür töten. Aber ich muss mich zusammenreißen, dass ich vor lauter Nervosität mein Mittagessen nicht über das Kleid verteile.

Meine Zofe hat in den letzten drei Stunden nichts anderes gemacht, als mich zunächst zu schrubben, zu kämmen und einzucremen und anschließend auf Hochglanz zu polieren. Sogar meine Haut überzieht ein goldener Schimmer, und meine Haare wage ich nicht einmal mehr zu berühren. Ich sehe mir immer noch ähnlich, aber viel ist von mir nicht mehr übrig. Irgendwie bin ich mit jeder Lage Schminke mehr verschwunden, und jetzt wünschte ich mir, es wäre tatsächlich so.

Es klopft leise, und bevor ich reagieren kann, ist Rhea schon zur Tür geschossen. Sie kommt zu mir zurück, feuerrot im Gesicht. Meine Mundwinkel zucken, und ein Teil meiner Nervosität verschwindet, denn ich ahne, wer vor meiner Tür steht.

Ciaran tritt ein und bleibt wie angewurzelt stehen. Er starrt mich an. Ein Prickeln überfährt meine Haut. In seinen dunklen Augen erwacht etwas, sie werden noch dunkler, und sein Blick verbrennt mich. Mein Herz stockt, und ich vergesse, dass Rhea immer noch neben mir steht. Ich sehe nur noch ihn, sehe seine dunklen Augen und das Versprechen, das darin liegt. Das Versprechen seiner Liebe, seiner Leidenschaft und seiner Begierde nach allem, was ich gerade bin.

In diesem Moment fühle und begreife ich erstmals, was für eine Macht ich habe. Der Dunkle König, einer der mächtigsten Männer unserer Welt, liegt mir zu Füßen. Gemeinsam können wir alles erreichen, gemeinsam können wir die Welt verändern. Wir beide können gegen die Ungerechtigkeit und das Elend vorgehen, können das Leiden der Grauen beenden und allen Hellen und Dunklen helfen. Wir können allen Prophezeiungen zum Trotz unsere Länder stärker und mächtiger machen als jemals zuvor. Und in diesem Moment vergebe ich ihm endgültig.

Ich gehe zu ihm, stelle mich auf die Zehenspitzen und gebe ihm einen sanften Kuss. Unsere Lippen berühren sich kaum, dennoch bemerke ich, wie Ciaran sich anspannt und eine Sekunde zu lange zögert, bevor er sich wieder von mir löst. Seine Augen funkeln verdächtig, dann geht sein Blick an mir vorbei, und mir fällt wieder ein, dass wir nicht alleine sind.

»Später«, sagt er mit rauer Stimme so leise, dass nur ich es hören kann.

Ich kann mir ein Schnauben nicht verkneifen und grinse verschämt. Das ist es, was wir früher hatten. Bevor er König wurde und meine Mutter gestorben ist. Bevor die Realität uns eingeholt hat und wir einfach nur verliebte Kinder sein konnten.

»Ich bin gekommen, um dich abzuholen«, sagt er lauter, und ich drehe mich zu Rhea um.

Sie glotzt ihn immer noch an, und ich entdecke die kindliche Verliebtheit auf ihrem Gesicht, die ich einst in meinem gesehen habe. Ich schmunzele, als sie sich endlich fängt und verdattert den Kopf schüttelt.

Ciaran hat eine Ausstrahlung, der man sich nur schwer entziehen kann. Und heute Abend sieht er einfach nur verboten gut aus. Er ist ganz in Schwarz gekleidet, aber die Stoffe seines Anzugs haben verschiedene Prägungen, die sehr edel wirken. Silberne Knöpfe verzieren seine Jacke, und er trägt wieder den schmalen schwarzen Reif auf der Stirn, die Krone des Schattenlandes.

»Ich bin fertig. Du hättest aber nicht extra zu mir kommen müssen.« Ich freue mich trotzdem, dass er es getan hat. Das warme Gefühl in meinem Körper hält an, und obwohl ich mir die Frage, ob ich ihn tatsächlich liebe, nicht beantworten kann, freue ich mich unheimlich darauf, heute Abend an seiner Seite zu sein.

»Ich habe dir versprochen, dass wir den Abend gemeinsam überstehen werden, und daran werde ich mich halten.«

Er bietet mir seinen Arm an, und ohne zu zögern hänge ich mich bei ihm ein. Ich spüre seine Nähe, die Kälte, die er ausstrahlt und die mir heute Abend nichts ausmacht.

»Danke!«

Er lächelt mir aufmunternd zu, und eine erneute Welle der Zuversicht durchrollt mich. Vielleicht ist er meine Konstante, nach der ich so verzweifelt suche, vielleicht kann er meine Welt wieder ins Gleichgewicht rücken.

Rhea bleibt im Zimmer zurück. Sie wird nicht auf den Ball gehen, da sie für so einen Anlass einfach noch zu klein ist. Außerdem hat es die Königin verboten.

***

Als wir vor den großen Flügeltüren ankommen, zittern meine Hände. Ich kralle mich an Ciarans Jackett fest und muss mich zwingen, einen Schritt vor den anderen zu machen. Ciaran nickt mir zu. Wir werden diesen Abend gemeinsam überstehen.

Die Übelkeit in meinem Magen droht hervorzubrechen, als sich die weißen Türen langsam öffnen. Vor uns führt eine breite Treppe hinunter in den Saal, sodass alle Gäste zu uns aufsehen müssen. Nur ganz kurz flackert Verwunderung in mir auf, dass Ciaran und ich heute so inszeniert werden und nicht die Königin, aber ich bin viel zu nervös, um weiter darüber nachzudenken.

Der Saal ist gut gefüllt, die meisten Gäste sind bereits anwesend. Sie alle sind stehen geblieben und schauen zu uns hinauf. Ich sehe Hunderte Augen auf mir ruhen, freudige Gesichter, rot glänzend vom Schweiß und vom Wein, geschminkte Damen, die schillernde Kleider tragen und glitzernden Schmuck, Herren mit gebürsteten Haaren und feinsten Anzügen, und alle gieren sie darauf, uns zu sehen. Die Lichtprinzessin und der Dunkle König – ein Paar wie aus einem Märchen.

Von irgendwoher ertönt Musik, und langsam steigen wir die Treppe hinab.

»Königliche Hoheit, Majestät – ein ganz wunderbarer Auftritt!«, begrüßt uns Sir Edmund Grenoble samt Gattin stürmisch, als wir unten ankommen. Er ist der Vorsitzende unseres Parlamentes, und ich erinnere mich, ihn einmal bei irgendeinem Nachmittagstee gesehen zu haben. Er hat kleine graue Locken und einen dicken Bauch, über den sich heute Abend eine mattgoldene Weste spannt. Seine Gattin ist kaum kleiner als er, dafür gertenschlank, und macht mit ihrem schmalen Lächeln auf den Lippen eher einen zurückhaltenden Eindruck. Ich frage mich, ob Ciaran und ich auch so unterschiedlich wirken, und gebe mir die Antwort direkt selbst.

»Sir Edmund, schön, Euch hier zu sehen«, erwidert Ciaran die Begrüßung und lässt meine Hand los.

Sir Edmund nickt und wendet sich anschließend an mich. Auch vor mir macht er eine Verbeugung und will mit seiner Angetrauten weitergehen, aber ich lege ihm meine Hand auf den Arm. »Sir Edmund, ich würde gerne mit Euch über ein paar Dinge sprechen!«

Er schaut mich überrascht an, und ich erkenne Unsicherheit in seinem Gesicht. »Natürlich, Hoheit, jederzeit.«

»Ich werde zur nächsten Sitzung des Parlamentes kommen«, informiere ich ihn und nehme meine Hand von seinem Arm.

Er nickt bestätigend, auch wenn ich ihm ansehe, dass er immer noch überrumpelt ist. Aber es ist für mich ein erster Schritt, um mich Victoria entgegenzustellen. Um endlich meinen Platz in der Regierung einzunehmen und in diesem Land wirklich etwas zu ändern. Mein Vater wäre unendlich stolz auf mich. Sir Edmund verabschiedet sich mit einem Knicks.

Ich sehe erleichtert zu Ciaran, der bereits dem nächsten Gast seine Aufwartung macht. Lady Delanos steht vor uns, und in diesem Moment fällt mir die Szene bei Ciarans Empfang wieder ein. Ihr ernster Blick, keine Spur eines Lächelns auf ihrem Gesicht und die klare Missbilligung in ihren Augen. Auch jetzt sieht sie mich von oben herab an, und irgendetwas in ihren goldenen Augen lässt mich frösteln. Mein Blick schweift an ihr vorbei, und das Lächeln in meinem Gesicht verkrampft sich. Hinter ihr hat sich eine Traube Heller gebildet, die anscheinend alle darauf warten, mit uns zu sprechen.

***

Meine Hände fühlen sich taub an, mein Rücken tut mir weh, und in meinem Gesicht haben die Falten – davon bin ich überzeugt – vom vielen Lächeln tiefe Furchen gegraben. Wenn ich noch einem einzigen weiteren Gast meine Aufwartung machen muss, werde ich zu schreien anfangen.

Ciaran neben mir scheint die Ruhe selbst. Er wechselt mit jedem ein paar Worte, bedankt sich für ihr Kommen, und wie durch ein Wunder kennt er alle Namen. Ich frage mich, wie er das aushält. Aber er trägt schon viel länger die Verantwortung für sein Land und ist öffentliche Auftritte gewohnt. Dennoch kann ich ihn für seine Ruhe und Geduld nur bewundern.

Ich kann nicht mehr. Und mir reicht es jetzt schon, obwohl der Abend erst angefangen hat. Da dreht Ciaran sich zu mir um und sieht mich fragend an. Anschließend nickt er einem der Gäste zu, die vor uns stehen, und entschuldigt sich höflich, aber bestimmt. Er nimmt meine Hand und zieht mich mit sich weiter in den Saal hinein. Erst als wir unter dem großen Kronleuchter zum Stehen kommen, begreife ich, was er vorhat. Er zieht mich näher an sich heran und legt mir eine Hand auf den Rücken.

»Ich schwöre dir, wenn wir das noch eine Minute länger gemacht hätten, hätte ich jemanden umgebracht«, raunt er mir zu, seine Wange an meiner Stirn.

Ich kichere leise und drücke seine Hand. »Für heute haben wir es hoffentlich geschafft.«

»Das hoffe ich auch, denn ab jetzt will ich mit meiner zukünftigen Braut den Abend genießen.«

Laute Musik setzt ein. Ich überlasse mich gerne Ciarans Führung. Gemeinsam schweben wir durch den Saal, vorbei an anderen Paaren, die uns ehrfürchtig Platz machen. Ich sehe die Hellen am Rand der Tanzfläche, die uns zusehen und sich unterhalten, die lachen und sich alle augenscheinlich bestens amüsieren. Mein Tritt stockt kurz, als ich in die weißen Augen eines Kommunikators blicke. Natürlich sind sie auch hier, denn eine Veranstaltung wie diese muss in das ganze Land übertragen werden.

Als ich zu Ciaran aufschaue, bemerke ich, wie er mich mustert. Seine Augen glänzen dunkel, und zum ersten Mal, seit er hier ist, sieht er entspannt aus.

»Woran denkst du?«, fragt er und bleibt kurz stehen, als das Lied zu Ende ist.

Ich will die Stimmung zwischen uns nicht kaputt machen, daher beschließe ich, jetzt nicht von den Problemen zu sprechen, die mich beschäftigen. »Ich habe darüber nachgedacht, wie es wohl sein wird, wenn wir verheiratet sind.«

Er schmunzelt leicht und zieht mich näher an sich heran. »Ich hoffe, dass ich dich dann jeden Tag sehen werde. Und jede Nacht.«

Da wir inmitten eines Tanzsaals stehen und ich die Blicke aller Personen in meinem Rücken spüre, vergrößere ich den Abstand zwischen uns etwas. »Das meine ich nicht.«

»Ich weiß!« Dennoch verzieht er seinen Mund zu einem Grinsen. »Wir werden viele Pflichten haben und mit Sicherheit auch viel unterwegs sein. Aber ich hoffe, dass sich die Situation in unseren Ländern in den nächsten Jahren etwas beruhigt, sodass auch wir ein etwas ruhigeres Leben haben werden.«

Ich nicke zustimmend. Auch wenn ich bezweifele, dass Jahre dafür reichen werden.

»Wie ist es für dich, im Lichtland zu sein?« Nach den Erkenntnissen letzte Nacht und meinem Gespräch mit Kit bin ich doch beunruhigt. Um ehrlich zu sein, mache ich mir große Sorgen, denn die Frage, ob ich im Schattenland dauerhaft leben kann, steht immer noch unausgesprochen zwischen Ciaran und mir.

Ein neues Lied beginnt, und wir tanzen weiter. Seine Hand in meinem Rücken hält mich.

Er seufzt leise und beugt sich näher zu mir.

»Es ist anders. Es ist nicht wirklich anstrengend, aber ich fühle mich hier nicht wohl.«

Würde Ciaran auch sterben, wenn er zu lange im Lichtland bliebe? Werde ich es im Schattenland? Ich weiß, dass wir Hellen im Schattenland leben können. Aber das war, bevor das Klima immer weiter verrückt gespielt hat. Ein dumpfes Gefühl breitet sich in meinem Bauch aus, droht mir die Kehle zuzuschnüren.

»Ich habe ein wenig Angst davor«, gestehe ich leise.

Diesmal lasse ich es zu, dass er mich an sich drückt. »Das brauchst du nicht. Wir werden nicht immer im Schattenland sein, und wenn wir … Wenn sich deine Kräfte vollständig entfaltet haben, wird es leichter werden.«

Wenn ich meine Unschuld verloren habe, meint er. Wenn wir miteinander geschlafen haben. Der Gedanke macht mir Angst und erregt mich zugleich. Endlich vergesse ich die Hellen um mich herum und schaue in Ciarans schwarze Augen. Ich sehe die Begierde darin und weiß, woran er gerade denkt. Einen Moment später liegen auch schon seine Lippen auf meinen. Es ist kein langer Kuss, und er wird jäh beendet, als Fanfaren einsetzen. Wir lösen uns voneinander, und ich sehe ihn ein wenig ertappt an. Ciaran lacht leise und gibt mir einen Kuss auf die Stirn.

Die großen Flügeltüren, durch die wir vorhin gekommen sind, öffnen sich, und Victoria tritt herein. Sie sieht atemberaubend aus. Ihre schwarzen Haare sind um ihren Kopf gesteckt und werden durch das goldene Diadem der Sonnenkönigin gekrönt. Das gold-glänzende Kleid fließt förmlich an ihr herab und ergießt sich in eine lange Schleppe, die sie nun über die Treppe nach unten zieht. Bei jedem Schritt hat man das Gefühl, das Gold auf ihrem Kleid würde fließen, sich verändern und immer wieder neu zusammensetzen.

Ich kann meinen Blick nicht von ihr nehmen und bin mir sicher, jedem anderen im Saal geht es genauso. Die Musik hat ausgesetzt, und man könnte eine Stecknadel fallen hören, so still ist es.

Hinter der Königin tritt Ava heraus, in einem Kleid, das dem ihrer Mutter in nichts nachsteht. Es ist dunkelblau, lang, mit einem Ausschnitt, der knapp über ihrem Dekolleté endet, und einzelne funkelnde Steine betonen Avas Kurven an den richtigen Stellen. Ich ärgere mich über meine Stiefschwester, der dieser Auftritt nicht zusteht. Trotzdem folgt Ava der Königin jetzt die Treppe hinunter und genießt sichtlich die Aufmerksamkeit.

Victoria bleibt nicht stehen, sondern schreitet durch den Saal, in dem sich ein langer Gang gebildet hat. Im Vorbeigehen nickt sie mir kurz zu, und ich beiße fest meine Zähne aufeinander. Ich will nicht, dass man mir meine Wut ansieht, aber ich habe das Gefühl, zu platzen.

Was fällt ihr nur ein? Verzweifelt versuche ich, meinen tiefen Hass auf diese Frau zu zügeln, den ich in diesem Augenblick so stark wie nie empfinde. Sie präsentiert sich, als wäre sie die Alleinherrscherin in diesem Land. Aber das ist sie nicht, denn mein Vater ist immer noch der König, doch daran scheint heute Abend niemand zu denken, wenn ich mir die Verehrung in den Gesichtern der Anwesenden betrachte. Wie sehr vermisse ich meine Mutter in diesem Moment. Meine Mutter, die ein für eine Helle sehr sanftes Gemüt hatte, mich immer verstanden und versucht hat, mir etwas von ihrer Ausgeglichenheit mitzugeben. Ohne großen Erfolg.

Victoria erreicht das kleine Podest, auf dem die Throne stehen, und lässt sich geschmeidig auf dem linken nieder. Sie hebt die Hand, sodass die Musik wieder einsetzt. Die Königin ist da, der Abend kann weitergehen.

Ich stehe wie versteinert und bemühe mich, das Lächeln auf meinem Gesicht zu halten. Es ist unser – Ciarans und mein Abend –, unsere Verlobungsfeier, und einmal mehr hat mich die Königin auf meinen Platz verwiesen. Wenn mein Vater hier wäre, würde sie das nicht wagen.

Ciaran greift nach meiner Hand, und gemeinsam gehen wir durch die Menge auf Victoria zu. Ich knickse leicht, als wir vor ihr stehen bleiben, und Ciaran gibt ihr einen Handkuss.

»Du sieht bezaubernd aus, Sienna!«

Victoria schaut mich an, aber ich glaube ihr nicht. Mein Kleid ist ein Teil des Ganzen, das wir heute Abend präsentieren müssen, und auf einmal will ich es nicht mehr tragen. Das alles hier ist eine Show, und mein Kleid dient lediglich dem Zweck, mich als das darzustellen, was alle Hellen in mir sehen sollen – die strahlende Lichtprinzessin, die über allen steht, die verzaubert, die mächtig ist und irgendwann dieses Land regieren wird. Das alles ist richtig, aber es fühlt sich nicht so an. Denn eigentlich geht es heute Abend um Ciaran und meine Verlobung und nicht darum, wieder einmal unsere Position in der ganzen Spiegelnden Welt deutlich zu machen. Aber mit dieser Meinung stehe ich alleine, denn selbst Ciaran hat mich mehr als einmal daran erinnert, wie wichtig unsere Inszenierung ist.

»Vielen Dank!« Meine Stimme krächzt ein wenig, aber mir fallen doch im letzten Moment die Kommunikatoren ein, die jeden unserer Schritte beobachten und das, was sie erleben, in das ganze Land versenden.

»Hoheit, würdet Ihr mir die Ehre eines Tanzes erweisen?«

Die Königin schenkt Ciaran ein glückliches Lächeln und erhebt sich. Ich habe das Gefühl, mich gleich übergeben zu müssen, und gehe zur Seite, um sie vorbeizulassen. Ich suche Ciarans Blick, aber er sieht mich nicht mehr an. Stattdessen hat er sich zur Königin gebeugt und führt sie in die Mitte des Saales.

Ich stehe immer noch vor den Thronen, und meine Wangen verkrampfen. Immer lächeln, immer weiter. Lady Delanos geht vorbei und nickt mir höflich zu. Mein Gruß fällt etwas schwach aus, aber zu mehr bin ich gerade nicht in der Lage. Mit wackeligen Beinen lasse ich mich erschöpft auf dem Stuhl nieder, der heute Abend für mich vorgesehen ist, und verfolge mit dem Blick Ciaran, der gerade seinen Tanz mit Victoria beginnt.

»Na, hat dich dein Dunkler König schon verlassen?«, ertönt Avas nervtötende Stimme neben mir.

»Er tanzt den ersten Tanz mit der Königin, wie es seinem Stand angemessen ist«, erwidere ich überraschend ruhig.

Avas Lachen hat etwas von einem gackernden Huhn. »Mir brauchst du nichts vormachen. Ich weiß, dass es für dich die Hölle sein muss, den beiden zuzusehen.«

Wie recht sie damit hat. Ich hoffe nur, dass mir nicht jeder im Saal mein Elend so direkt ansieht.

»Gibt es nicht irgendeinen Lord, der mit dir tanzen will?«, gifte ich zurück in der Gewissheit, dass sie am liebsten selbst mit Ciaran tanzen würde.

»Ich will noch nicht tanzen. Im Moment sehe ich lieber zu, wie du vor Zorn förmlich platzt.«

Ich schnaube undamenhaft. Hätte ich nur schon meine Kräfte, dann würde ich sie jetzt einfach verbrennen, schießt mir der böse Gedanke durch den Kopf, obwohl ich weiß, dass ein solches Verhalten ein Verbrechen wäre. Um mich zu beruhigen, lasse ich meinen Blick durch den Saal wandern und entdecke Kit unter den Soldaten, die am Rand stehen. Er hat seinen Blick stur in die Mitte gerichtet, aber ich freue mich, dass er da ist. Wenigstens eine Person, mit der ich später über den Ball und die Königin lästern kann.

Wie bei Ciarans Empfang kann ich fast den kompletten Hochadel unseres Landes unter den Gästen ausmachen, außerdem einige reiche Bürger und auch Abgesandte der Nachbarländer. Ein Bewohner der Wasserwelt, der mit seinen grün-schillernden Haaren und der leicht bläulichen Haut aus der Menge hervorsticht, unterhält sich gerade mit einem Bewohner der Nebelberge. Er hat schlohweiße Haare, und selbst aus dieser Entfernung erkenne ich seine weißen Augen. Seine Haut ist so hell, dass seine Figur etwas Durchscheinendes hat. Ich bin noch nie einem Weißen begegnet, und es fasziniert mich, den beiden zuzusehen.

Ein Diener kommt auf mich zu. Dankend nehme ich eine Erfrischung entgegen. Es ist so heiß im Saal, dass es selbst mir auffällt. Mein Blick fällt durch die offenen Fenster auf einen wolkenlosen rosa Himmel, der einen weiteren sonnigen Tag verspricht. In meine Gedanken schieben sich automatisch die Bilder von gestern Nacht, von den schwitzenden Grauen, von den hellen Bettlern am Straßenrand, und mir kommt es so unsagbar falsch vor, was wir hier tun. Wir feiern, verschwenden Geld und Lebensmittel, während mein Volk draußen auf den Straßen verhungert.

Ich nippe an meinem Getränk, und kühler Perlwein rinnt prickelnd meine Kehle hinunter. Die exotische Süße von Granatapfel schmeckt schal, und ich verachte mich selbst für mein Verhalten.

Als es neben mir raschelt, wende ich mich überrascht Victoria zu, die sich hektisch Luft zufächelt. Anscheinend hat sie der Tanz mit Ciaran etwas erhitzt, denn ein dünner Schweißfilm lässt ihr Dekolleté glänzen.

»Ein wunderbarer Abend, meinst du nicht?«, fragt sie mich, und ich rolle die Augen. Über Belanglosigkeiten sind wir lange hinaus.

»Wo ist Ciaran?«, entgegne ich stattdessen und lasse meinen Blick suchend über die Menge gleiten. Sie zuckt nicht einmal mit der Wimper, als sie mit der Hand auf die rechte Seite des Saales deutet. »Dort vorne. Er tanzt gerade mit Ava.«

Ich folge ihrem Blick. Ein schmerzhafter Stich schießt durch meine Mitte. Wieso tanzt er jetzt mit Ava und nicht mit mir? Seine Hand liegt an Avas Rücken, und gemeinsam gleiten sie über die Tanzfläche. Ich bezweifle, dass wir auch nur eine Sekunde so anmutig ausgesehen haben. Meine Stiefschwester ist größer als ich, und ihre ganze Statur passt so wunderbar in Ciarans Arme, dass ich nicht einen Moment länger hinsehen will. Aber ich kann nicht anders, und der Zorn in mir wächst mit jedem Schritt, den die beiden tanzen.

Ciaran beugt sich zu ihr, und Avas helles Lachen dröhnt bis zu mir. Warum tanzt mein Verlobter ausgerechnet mit ihr, wo ich doch hier sitze und auf ihn warte? Meine Zähne knirschen, so fest presse ich sie zusammen. Da umfasst eine Hand meinen Arm, und spitze Fingernägel bohren sich schmerzhaft in meine Haut.

»Reiß dich zusammen, Sienna!« Victorias Stimme ist leise, aber das nimmt ihrem Befehl nicht die Kraft.

Ich lehne mich zurück und merke, dass ich alle Muskeln angespannt habe. »Es ist alles in Ordnung«, presse ich hervor und trinke noch einen Schluck.

»Ava wird ihn dir nicht wegnehmen. Niemand kann das. Und du benimmst dich wie eine eifersüchtige Furie und nicht wie die Lichtprinzessin!«

Sie hat recht, und das macht es umso schlimmer. Aber ich ertrage es einfach nicht, die beiden zu sehen. In diesem Moment wird mir die Sicht von einer Person versperrt, und ich zwinge mich, sie anzusehen. Ich blicke in ein markantes Gesicht mit hellbraunen Haaren und tiefblauen Augen, die von goldenen Sprenkeln durchsetzt sind. Ich kenne den Mann, und gleichzeitig kenne ich ihn nicht.

Thy verbeugt sich tief vor mir und hält mir anschließend seine Hand hin. Jeder Gedanke an Ciaran und Ava ist verschwunden, und ich starre ihn an, wie er vor mir steht und mich auffordernd anlächelt. Er trägt einen dunklen Anzug, der dem von Ciaran irgendwie ähnlich ist, und nichts, aber auch gar nichts erinnert mich an den Dieb aus meinen Zimmer. Seine Mundwinkel zucken. Er scheint auf etwas zu warten.

»Eure Hoheit?«

Seine Stimme dringt zu mir durch, und mir wird klar, dass er mich um einen Tanz gebeten hat. Ich erhebe mich und reiche ihm meine Hand. Aus dem Augenwinkel sehe ich Victorias gerunzelte Stirn, Verwirrung steht ihr deutlich ins Gesicht geschrieben. Thy legt mir eine Hand in den Rücken und schiebt mich in die Menge.

»Was machst du hier?«, frage ich völlig entgeistert.

In seinem Gesicht findet sich immer noch der schelmische Ausdruck, und er zwinkert mir aufmunternd zu. »Ich wollte sehen, wie es dir geht. Du warst gestern Nacht ein wenig … durcheinander, und ich habe mir Sorgen gemacht.«

»Du willst mich an mein Versprechen erinnern, oder?«

»Du traust mir so wenig Einfühlungsvermögen zu?«, fragt er schockiert, aber seine Mundwinkel zucken verdächtig.

Ich schnaube und sage nichts. Thy legt seine Arme um mich. Beim ersten Schritt unseres Tanzes stolpere ich, und er muss mich halten. Er tanzt miserabel, und ich kann nur hoffen, dass uns niemand genauer zusieht. Nach kurzer Zeit übernehme ich die Führung, und erst dann bewegen wir uns halbwegs flüssig durch den Saal. Ich werfe ihm einen verkniffenen Blick zu, während er mich entwaffnend aus blaugoldenen Augen angrinst.

»Was hast du mit deinen Augen gemacht?«

Sein dunkles Lachen klingt tatsächlich ehrlich. »Wie du weißt, gibt es Mittel und Wege, Prinzessin, um seine Identität ein wenig … anzupassen. Und für heute Abend erschien mir das sicherer.« Ein Blick auf seine Hand bestätigt meinen Verdacht. Er trägt einen schmalen goldenen Ring.

»Machst du das sonst auch? Deine Identität anpassen?«, frage ich direkt weiter. Ich habe ihn schon einmal gefragt, woher er kommt, vielleicht verrät er mir es heute.

»Nein.« Er schweigt und sieht mich aufmerksam an.

Ich will zu einer weiteren Frage ansetzen, aber er unterbricht mich, bevor ich sie stellen kann. »Ich werde dir nicht mehr über mich verraten. Und glaube mir: Es ist besser so.«

Als das Lied endet, stehen wir unschlüssig voreinander, und auf einmal ist mir die ganze Situation unangenehm. Noch einmal mit ihm zu tanzen, wäre vermessen. Es würde Fragen aufwerfen, und ich will mich nicht zum Gerede der Leute machen. Mein Blick geht an ihm vorbei, und ich hoffe, Ciaran auf dem Thron zu finden. Aber stattdessen sehe ich ihn, wie er mit Ava am Rand des Saales steht und sich augenscheinlich bestens amüsiert. Er vermisst mich nicht einmal!

Ich trete näher an Thy heran und lege meine Arme um seinen Hals. Seine Haare kitzeln meine Hände, und auf einmal überkommt mich der unangemessene Drang, mit meinen Fingern hindurchzufahren.

»Meinst du nicht, das ist kindisch?« Er ist meinem Blick gefolgt, legt aber ebenfalls seine Arme um mich. »Also nicht, dass ich etwas dagegen hätte, weiter mit dir zu tanzen, aber eigentlich sollte er das tun.«

»Er kann aber gerade nicht, wie du siehst. Und du schuldest mir noch etwas.« Meine Stimme ist ein Knurren, und mein ganzer Frust spricht daraus. Seine Hände liegen auf meiner Taille, und ich rücke bewusst ein Stück näher an ihn heran. Näher, als ich eigentlich sollte.

Thy zieht seine Augenbrauen hoch. »Tue ich das?«

Die Musik setzt wieder ein. Was mache ich hier eigentlich? Ich verhalte mich in der Tat kindisch, aber Ciarans Verhalten ärgert mich mehr, als ich zugeben will. Und Thy ist einfach gerade da.

»Grundsätzlich immer. Allein dafür, dass ich dich nicht verraten habe.«

»Das würdest du nicht tun.«

»Ach, und wieso nicht?«

»Weil du mich magst. Und weil ich der Einzige bin, der es wagt, dir die Wahrheit zu sagen.«

Seine Worte sind so schlicht, dass ich deren Sinn erst nicht begreife. Ich blicke in seine blau-goldenen Augen. Und sehe die Wahrheit darin. Ohne ihn hätte meine Welt keine Brüche und Kluften offenbart und mich nicht gezwungen, infrage zu stellen, was ich immer für richtig und gut empfunden habe.

»Hat dir schon mal jemand gesagt, dass übermäßiges Selbstlob arrogant ist?«

»Regelmäßig. Aber ich empfinde das als Kompliment.«

Dieser Kerl macht mich echt sprachlos. Aber seine Nähe verändert etwas in mir. Etwas, was ich nicht einordnen kann, was mich verwirrt, mich lockt, mich Ciaran und unsere Verlobung vergessen lässt. Etwas, über das ich mir inmitten all der Hellen, die uns ganz sicher zusehen, nachzudenken verbiete.

Wir stolpern weiter, und langsam entspanne ich mich wieder. Seine Arme geben mir Halt, und ich erinnere mich an letzte Nacht. Ich habe ihn getreten und geschlagen und bin schließlich an seiner Brust zusammengebrochen. Es gibt niemanden sonst, der mich jemals so hat meine Contenance verlieren lassen und mir die Wahrheit so ungeschönt entgegenschleudert. Und trotzdem ist er heute hier. Er mag behaupten, dass es ihm nur um mein Versprechen geht, aber so ganz will ich es ihm nicht glauben. Dafür gäbe es einfachere Wege.

»Willst du immer noch ins Gemach der Königin?«, frage ich irgendwann.

Er nickt, und in seinen Augen sehe ich etwas aufblitzen.

»Ich werde eine Nachricht auf meinen Nachttisch legen, wenn ich weiß, wann es passt. Ich gehe davon aus, du findest sie problemlos?«

Wieder schleicht sich ein tückisches Grinsen auf sein Gesicht. »Problemlos.«

Dass er dann wieder in meinem Zimmer sein wird, verdränge ich gekonnt. »Gut, dann …«

Kapitel 10

Ein Lichtblitz schießt durch den Raum und lässt den Kronleuchter zerbersten. Tausende Glassplitter regnen auf die Tanzfläche herab, und reflexartig reiße ich zum Schutz die Arme hoch. Was ist hier los? Erschrocken schaue ich zu Thy, aber er ist verschwunden. Eine Person rempelt mich unsanft von hinten an, eine Frau vor mir schreit in höchster Panik, und über all den Lärm erhebt sich das Dröhnen von Gewehrschüssen. Bei der Göttin, was passiert hier gerade?

Ich raffe mein Kleid und zwinge mich, einen Moment innezuhalten. Ich zittere am ganzen Leib, versuche, zu erfassen, was hier geschieht, aber ich weiß nicht, was ich tun soll. Mein Atem geht ungewöhnlich schnell, und ich presse kurz die Augen zusammen.

Denk nach, Sienna, denk nach!

Ein heftiger Ruck hinter mir wirft mich beinahe um. Ich drehe mich, schrecke zurück. Blutige Hände greifen nach mir, hinterlassen rote Spuren auf meinem weißen Kleid. Ich stolpere weiter. Immer noch schreien die Gäste und rennen vollkommen planlos hin und her. Ich kämpfe mich durch die Menge in Richtung Thron und hoffe, Ciaran dort zu treffen. Dahinter gibt es eine geheime Tür, die in den hinteren Teil des Palastes führt.

In diesem Moment höre ich seinen markerschütternden Schrei, als hätte er Schmerzen und als würde alles Leben aus ihm herausgepresst werden. Mir wird eiskalt, und panisch sehe ich mich um. Ciaran kauert auf dem Boden mitten im Saal, die Hände an seinen Kopf gepresst und bricht in diesem Moment bewusstlos zusammen.

Wieder durchreißt ein Lichtblitz die Düsternis, und der Mann neben mir geht in Flammen auf. Ich schreie entsetzt auf und mache einen Satz zur Seite. Ich sehe, wie er brennt, höre seine Schreie und rieche verbrannte Haut. Für ihn kommt jede Hilfe zu spät. Mein Magen hebt sich, und ich muss würgen. Weiter, immer weiter. Jemand reißt an meinem Rock, und ich falle hin. Meine Knie schlagen hart auf den Boden, aber ich spüre den Schmerz kaum. Was ist hier nur los?

Plötzlich ziehen mich starke Hände nach oben und umfassen meinen Arm.

»Hier entlang!«

Kits ruhige Stimme leitet mich. Ich sehe nichts mehr, nehme nichts mehr wahr, folge nur noch ihrem Klang. Er führt mich sicher raus aus dem Gemenge, an den Rand des Saales und drängt mich in eine Ecke. Schützend stellt er sich vor mich.

Mein Atem geht rasselnd. »Kit, was ist hier los?«

Er steht breitbeinig vor mit, ein Gewehr in der Hand und versperrt mir die Sicht. »Ich weiß es nicht. Aber die Türen sind verschlossen, wir kommen hier nicht raus.«

Ein kalter Schauer durchfährt mich, und ich dränge mich neben ihn. Was ich sehe, erschreckt mich. Helle, Wasserwesen und Weiße liegen auf dem Boden, bluten, sind verletzt oder rühren sich nicht mehr. Einige von ihnen sind bis zur Unkenntlichkeit verbrannt, und nur der letzte Rest ihrer Kleidung lässt darauf schließen, um wen es sich gehandelt haben könnte.

Ich sehe Ciaran immer noch leblos am Boden liegen – was ist mit ihm? Ich suche mit den Blicken nach Thy, der Königin oder Ava, aber ich kann sie nirgends entdecken. Dafür entdecke ich voll Entsetzen Lady Delanos, die sich am Rand des Saals aufbaut und einen Lichtblitz in Richtung eines Soldaten schickt. Der Mann hat nicht einmal mehr Zeit, zu schreien.

Meine Fassungslosigkeit weicht dem erwachenden Zorn über dieses unglaubliche Geschehen. Wer immer dafür verantwortlich ist – es muss aufhören, bevor noch mehr Anwesende zu Schaden kommen. Ich will an Kit vorbei, aber seine Hände schließen sich eisern um meine Arme, und er schüttelt stumm den Kopf.

Ich muss etwas tun, ich bin die Prinzessin! Hier zu stehen und nur zuzusehen, wie all meine Gäste sterben, ist falsch und feige. Und das bin ich nicht. Außerdem steigt meine Angst um Ciaran mit jeder Sekunde.

In diesem Augenblick verstummt der Lärm, und eine gespenstige Stille senkt sich über den Raum. Soldaten, die das Banner der Sonne tragen, marschieren ein, die Gewehre im Anschlag, und drängen die verängstigen Gäste, die noch stehen können, zurück. Und das, was noch vor wenigen Momenten der glänzende, prunkvolle Ballsaal gewesen ist, ist ein Schlachtfeld.

Die Soldaten schaffen eine Gasse und geben den Blick auf den Thron frei. Victoria steht mit versteinerter Miene, aber unverletzt vor dem Thron, Ava entdecke ich daneben. Sie sieht etwas ramponiert aus, ihre Haare hängen ihr wirr ins Gesicht, aber darüber hinaus scheint auch sie unverletzt. Die Königin bebt, ihre Brust hebt und senkt sich schnell, und ich kann erkennen, dass sie um Fassung ringt. Aber die Gewehre der Soldaten, die im Kreis vor ihr auf sie gerichtet sind, lassen sie innehalten.

Aus der Menge am Rand tritt Lady Delanos in die Mitte des Saales. Sie trägt ein schlichtes schwarzes Kleid und ist nicht bewaffnet. Aber das braucht sie auch nicht, denn sie trägt ihre Waffe in sich. Ihre Schritte machen schmatzende Geräusche, als sie über das Gemisch aus Blut, Spucke und Dreck hinweggeht und schließlich vor der Königin stehen bleibt.

Victoria starrt sie an und lacht auf. Ihr Lachen klingt schrill, wird hysterisch, und erst nach einigen Momenten kann sie sich beruhigen. »Ihr meint das ernst, oder?«, fragt sie schließlich und schüttelt ungläubig den Kopf.

Lady Delanos' Miene verrät keine Gefühlsregung. »Victoria Dentos, Königin des Lichtlandes, ich fordere Euch auf, Euer Amt niederzulegen und Euch zu ergeben.«

Wieder lacht die Königin, und ich bewundere sie beinahe für ihre Contenance. Sie wirkt keineswegs ängstlich oder irritiert, sondern scheint das alles nicht wirklich beeindruckend zu finden. Ganz im Gegensatz zu Ava, die leise zu weinen beginnt.

»Warum sollte ich das tun?«

Lady Delanos zeigt um sich. »Weil wir Euch umstellt haben. Wir haben Euch in unserer Gewalt. Ihr werdet diesen Saal ohne meinen Befehl nicht mehr lebend verlassen.« Ihre Stimme ist fest, sie ist sich ihrer Sache sehr sicher. »Und als kleine zusätzliche Anregung, uns zu folgen: Wir haben auch den König in unserer Gewalt. Unsere Soldaten sind überall im Palast.«

Die Königin schweigt und scheint nachzudenken.

Ich muss nicht nachdenken, denn diese Hellen bedrohen meinen Vater. »Nein!«, brülle ich.

Kit schafft es nicht, mich aufzuhalten. Ich reiße mich los. Ich dränge mich an den Gästen vorbei, und so schnell ich kann renne ich zu Lady Delanos.

Ich werde sie umbringen, werde ihr Schmerzen zufügen, von denen sie bisher keine Ahnung hatte.

Adrenalin jagt durch meinen Körper, lässt mich nicht mehr klar sehen, nicht mehr denken. Mein ganzes Dasein richtet sich auf die kleine Frau in Schwarz vor mir, und ich will nichts mehr, als sie leiden zu lassen.

Ich komme nicht weit, bevor ich von zwei Soldaten zurückgerissen werde, die mich festhalten. Ich schreie und tobe, aber ihr Griff lockert sich nicht. Ich habe keine Angst vor ihnen oder ihren Gewehren, ich denke nur an meinen Vater und all die Toten auf dem Boden vor mir.

»Ah, die Lichtprinzessin.« Lady Delanos verzieht ihren Mund zu einem kalten Lächeln. »Keine Panik, Hoheit, Euch wird nichts passieren. Ihr seid einfach noch zu jung und zu naiv, um all das hier zu verstehen.«

Ich brülle wie ein losgelassener Stier und werfe mich gegen die Soldaten, die mich halten. Hitze durchströmt meinen Körper, und ich schicke alles, was ich an Energie aufbringen kann, in meine Arme. Ich werde sie brennen lassen! Da trifft mich ein harter Schlag am Kopf und lässt mich taumeln. Meine Knie geben nach, und meine Sicht verengt sich. Schwarze Schlieren durchziehen meinen Blick, und wieder muss ich würgen. Die Soldaten ziehen mich mit sich und werfen mich der Königin vor die Füße. Ich starre auf den Dreck und das Blut vor mir und zittere am ganzen Leib.

»Was glaubt Ihr, mit Eurer kleinen Rebellion zu erreichen?«, erklingt Victorias Stimme über mir. »Ihr könnt nicht ein ganzes Land stürzen. Der König und ich sind hoch angesehen, und die Hellen werden Euch nicht folgen. Sie werden uns befreien und Euch niedermetzeln.«

»Das glaube ich nicht.«

Diese Stimme! Mein Kopf fährt hoch. Ich glaube einfach nicht, was ich sehe. Meine Schneiderin, Madame Lorella, die Frau, mit der ich Kit erst kürzlich ertappt habe, kommt langsam zu Lady Delanos und stellt sich neben sie. Auch sie trägt Schwarz und ist bewaffnet. Ein verächtliches Schnauben entfährt der Königin, und ich begreife in diesem Moment, dass es sich hierbei nicht einfach um eine kleine Rebellion handelt. Das, was hier passiert, war geplant, vermutlich schon viel länger, als wir wahrhaben wollen. Und zwar nicht nur von Hellen, sondern auch von Grauen.

»Wann wart Ihr das letzte Mal vor Euren Toren?«, redet Madame Lorella weiter. »Wann habt Ihr Euch das letzte Mal wirklich mit den Bewohnern in Eurem Land unterhalten, habt Euch ihre Probleme und Sorgen angehört? Dieses Land geht vor die Hunde, und Ihr tut nichts, aber auch gar nichts, um das zu ändern. Unsere Rebellion richtet sich nicht gegen den König oder dessen Regentschaft. König Xentos hat sich immer für sein Volk eingesetzt, für sein ganzes Volk und nicht nur für die privilegierten Hellen. Aber der König ist krank, und was Ihr mit unserem Land tut, ist falsch. Irgendjemand muss Euch aufhalten.«

Die Königin schweigt.

Ich setze mich auf, komme zitternd auf meine Beine. Unweigerlich muss ich Madame Lorella meinen Respekt zollen. Sie spricht mir mit jedem ihrer Worte aus der Seele. Aber die Toten um mich herum hören ihre Worte nicht mehr.

»Ihr lasst Graue verhaften«, fährt Lady Delanos fort. »Ihr lasst Graue und auch Helle, die nicht Eure Ansichten vertreten, umbringen. Glaubt nicht, dass wir nicht von den Hetzern wissen, die Ihr in die Stadt eingeschleust habt. Ihr seid der wahre Grund, warum Graue und Helle aufeinander losgehen und sich gegenseitig bekriegen. Es war ein Leichtes für uns, genügend Männer in Eurer eigenen Garde zu finden, die sich uns freiwillig angeschlossen haben. Viel Überzeugungsarbeit mussten wir dafür nicht leisten, das tut Ihr ganz alleine.«

Ich schaue zwischen der Königin und Lady Delanos hin und her, unfähig, zu folgen. Meine Gedanken rasen, und ich versuche, zu ordnen, was ich die letzten Tage gesehen, was ich erfahren habe von Meister Taurin, von Thy und der Königin. Aber in all dem Chaos kann ich nicht klar denken. Etwas regt sich in meinem Unterbewusstsein, aber ich kann es nicht genau benennen.

Lady Delanos macht ein paar Schritte auf die Königin zu. Ihr Kleid zieht eine blutige Spur auf dem Boden und zeugt von der Gewalt, die hinter ihrem Aufstand steht.

»Es reicht, wir haben genug geredet! Führt sie ab!«

Die Soldaten zögern, treten dann doch auf die Königin zu. Zwei Männer packen sie und ziehen sie von den Thronen fort. Ich werde auch ergriffen, ebenso wie Ava.

Jemand klatscht in die Hände.

Der harte Laut durchbricht die Stille und ist so konträr zu der ganzen Situation, dass ich zunächst nicht einordnen kann, woher er kommt. Ich will mich umwenden, werde aber festgehalten. Ich blicke die Königin an, und was ich sehe, lässt mir das Blut in den Adern gefrieren. Victoria lächelt zufrieden.

»Ein ganz wunderbarer Auftritt, ich kann nur applaudieren. So viel Drama und Gewalt, ich hätte es kaum besser inszenieren können. Und das alles an einem öffentlichen Abend wie diesem, ganz darauf bedacht, dass auch das ganze Land zusieht. Ihr habt nur eines in Eurem wohldurchdachten Plan vergessen: mich.«

Ciaran?

Die Soldaten neben mir erstarren in ihrer Bewegung und zerbersten. Splitter krachen zu Boden und geben klirrende Geräusche von sich. Ich drehe mich um, als sich Dunkelheit über den Saal senkt. Nicht das trübe Licht der Nacht, das ich kenne, sondern eine undurchdringliche Schwärze, die alles wie unter einem dunklen Tuch vergräbt. Es wird kalt, eisig, und ich beginne schlagartig zu zittern. Die Schwärze hüllt mich ein, erdrückt mich und lässt mich zusammenbrechen. Ich liege auf dem Boden, spüre eine unglaubliche Last auf mir, spüre, wie mein Brustkorb immer weiter zusammengedrückt wird.

An meinem Gesicht fühle ich klebriges Blut, aber das ist mir egal. Alles ist mir egal, nur noch mein Atem zählt. Meine Finger kribbeln, meine Zehen bewegen sich nicht mehr. Kälte kriecht durch meine Körper, und mit einem Mal fühle ich mich leicht. Ich sehe in die Dunkelheit vor mir, und meine Gedanken sind klar. All das Leid der Grauen werde ich nicht mehr ändern können, meinem Vater kann ich nicht mehr helfen, ich kann nicht mehr für Rhea da sein. Alles, was ich weiß, ist, dass ich sterben werde, und ich freue mich darauf. Ich werde zurückkehren in das Licht, in die Wärme, in der ich geboren bin. Ich öffne mich dafür, heiße das Licht willkommen.

Doch dann wird es wieder hell, und unbändiger Schmerz durchfährt mich. Meine eigenen Schreie hallen durch den Saal, und niemand ist da, um mich zu halten. Die Augen blind, krümme ich mich zusammen. Nur langsam weicht der Schmerz aus meinen Glieder, und ich schaffe es, den Kopf zu heben. Meine Sicht wird wieder klar.

Die Soldaten liegen am Boden, zumindest das, was von ihnen übrig ist. Einzelne Stücke Fleisch, gefroren und auseinandergerissen. Lady Delanos kniet nur einige Meter von mir, und auch ihre Haut ist von einem gräulichen Schimmer überzogen. Sie keucht, aber sie lebt noch. Und hinter ihr, eine Hand auf ihrem Kopf, steht Ciaran.

Eine Kälte geht von ihm aus, die nichts Menschliches mehr an sich hat. Meinen Körper überzieht eine kribbelnde, eiskalte Gänsehaut. Ciarans Gesicht ist zu einer Fratze verzerrt, und ich habe Mühe, den Mann darin wiederzufinden, den ich kenne und heiraten will. Seine Augen sind nicht einfach nur dunkel, es sind zwei schwarze Löcher, die keinen Funken Licht mehr in sich tragen. Sein Blick wandert träge umher, und als er mich ansieht, reißt es mir den Boden unter den Füßen weg. Kälte schlägt mir entgegen, kein Gefühl, keine Wärme findet sich in seinem Gesicht, einfach nur eiskalter Hass.

Ein Soldat hinter mir regt sich, aber bevor ich irgendwie reagieren kann, schießt ein schwarzer Blitz an mir vorbei, und ich höre es klirren. Ich zucke zusammen und wage nicht einmal mehr, zu atmen. Ciaran zieht die Hand von Lady Delanos' Kopf und hebt seine Arme. Dunkelheit sammelt sich um seine Hände, schwillt an und hüllt ihn und seine Gefangene ein.

»Nein!« Victorias Schrei zerreißt die Stille, und sie stolpert an mir vorbei. »Lass sie leben! Wir brauchen sie noch.«

Sie zögert, wagt sich nicht in die Dunkelheit hinein, die wie schwarzer Nebel mitten im Raum wabert. Eine unglaubliche Kälte geht davon aus, die sogar auf meiner Haut kribbelt. Und nicht nur das. Furcht und Angst überziehen mich, und ich fühle den Tod, je länger ich in den schwarzen Nebel starre. Ein Ruck geht durch Victorias Körper und sie macht einen Schritt in die Dunkelheit hinein.

***

Ich schaffe es nicht, ihm ins Gesicht zu sehen. Wir stehen immer noch im Thronsaal, und nur langsam sickert durch meinen Verstand, was in den letzten Stunden passiert ist. Mein einst weißes Kleid hängt in Fetzen an mir und ist von Blut durchtränkt - das Blut der Anwesenden, die heute hier waren, um mit uns zu feiern, aber sterben mussten. Durch die Soldaten, durch Lady Delanos, die nur dank Victorias Eingreifen noch am Leben ist, und durch Ciaran. Ich zwinge mich, ruhig zu atmen, aber alles in mir drängt danach, den Saal sofort zu verlassen. Ich muss nach meinem Vater sehen, nach Rhea … und nach Kit! Der Schock raubt mir für einen Moment den Atem. In all dem Chaos habe ich ihn völlig vergessen. Bei der Göttin, hoffentlich geht es ihm gut.

Ich will losrennen, aber eine kalte Hand greift nach meinem Arm und hält mich fest. Ciaran steht neben mir, und immer noch geht eine unheimliche Kälte von ihm aus. Das, was er in der letzten Stunde getan hat, was er gewesen ist, hat nichts mehr mit dem Prinzen zu tun, den ich dachte zu lieben. Den ich vermutlich noch nie richtig gekannt habe. Ich löse mich aus seinem Griff, und meine Hände verkrampfen sich zitternd im Rock meines Kleides.

Lady Delanos sitzt im Kerker. Ebenso wie Madame Lorella und all die rebellischen Soldaten, die überlebt haben. Viele sind es nicht.

Ciaran tritt vor mich und greift erneut nach meinen Händen. »Geht es dir gut, Sienna?«

Ich schüttele nur den Kopf, dann zwinge ich mich, ihn anzuschauen. Was ich sehe, erschreckt mich bis in den letzten Winkel meines Seins. Seine Augen sind immer noch vollständig schwarz. Düsternis und Kälte schlagen mir entgegen, und ein grausamer Zug hat sich um seinen Mund gelegt. Auch wenn er mir gerade ehrlich besorgt entgegenblickt, kann er es doch nicht verbergen – und das macht mir am meisten Angst. Er hat es genossen.

Die schwarzen Linien, die bisher unter seinem Hemd verborgen waren, ziehen sich nun über seinen Hals und verschwinden unter seinem Haaransatz. Ich sehe zum ersten

Mal, was er tatsächlich ist: der Dunkle König, der Herr über Dunkelheit und Kälte. Und nach heute Abend frage ich mich, ob die Kälte auch schon sein Herz erreicht hat.

»Sienna, ich will es dir erklären«, fährt er fort, als ich immer noch nichts sage. Eine Spur Unsicherheit schleicht sich in seine Stimme und überrascht mich.

Wie will er mir erklären, was er getan hat? Mit einer einzigen Handbewegung hat er Helle getötet. Eis ist aus seinen Händen geschossen und hat sie umgebracht. Er hat ein Inferno entfesselt und mit einer solchen Macht gewütet, dass der große Saal völlig zerstört wurde.

»Du musst es mir nicht erklären, Ciaran«, sage ich leise und schmecke Blut auf meinen Lippen. »Du hast uns gerettet. Du hast meinen Vater gerettet und mein Königreich. Dafür werde ich dir immer dankbar sein.«

Seine Hände sind kalt, und ich entziehe mich ihnen.

Die Königin, die mit Ava immer noch neben uns steht, atmet schwer aus. Auch ihr sieht man die Strapazen an, selbst wenn sie versucht, Haltung zu bewahren.

»Geht auf eure Zimmer, alles Weitere werde ich klären«, sagt sie in diesem Moment.

Keiner von uns bewegt sich, unfähig, diesen Schreckensort zu verlassen.

Ciaran sieht stur geradeaus. An seiner Wange zuckt ein Muskel. Ich schlucke hart, und ein Schauer schüttelt mich heftig. Nach heute werde ich ihn nie wieder ansehen können, ohne diese Bilder in meinem Kopf. Werde nie wieder unbeschwert mit ihm alleine sein wollen, da ich jetzt weiß, zu was er fähig ist. Er bewegt seine Hänge, streckt die Finger und ballt sie zur Faust.

»Ich werde Reiter ins Schattenland schicken, damit die Grenzen verstärkt werden. Im Moment wissen wir nicht, wie weit die Rebellion tatsächlich fortgeschritten ist, aber ich will vorbereitet sein. Außerdem muss ich zurück.«

Seine Worte schweben einen Moment in der Luft, bevor die Königin langsam nickt. »Das verstehe ich.« Sie zögert und scheint nachzudenken. »Sienna wird dich begleiten.«

Kapitel 11

Die Flure fliegen an mir vorbei, einzelne Soldaten, aber ich beachte sie nicht. Meinem Vater geht es gut. Er liegt unverändert in seinem Bett, und scheint von all den schrecklichen Geschehnissen nichts mitbekommen zu haben. Ich habe zuerst nach ihm gesehen, bevor ich in Richtung des Tanzsaales losgerannt bin.

Ich habe Angst vor dem, was mich erwartet, aber viel schlimmer ist die Sorge, die mich treibt. Ich muss wissen, ob Kit in Ordnung ist. Den Gedanken, dass ihm etwas zugestoßen ist, kann ich einfach nicht zulassen. Mein Verstand weigert sich, darüber nachzudenken, auch wenn die Panik in meinem Körper wütet. Er war da, im Thronsaal, hat mich beschützt und sich vor mich gestellt. Bevor Lady Delanos und Madame Lorella …

Die Erkenntnis lässt mich stolpern, und nur ganz knapp kann ich mich an einer Wand abfangen, bevor meine Knie auf dem Boden aufschlagen. Meine Schneiderin ist an der Rebellion beteiligt! Und sie ist mit Kit liiert. Schmerz zuckt durch mich hindurch, als mir bewusst wird, was das für Kit bedeutet. Ich muss zu ihm – sofort!

Meine Schritte hallen in dem großen Saal wider, als ich über das blank polierte Parkett gehe. Leise öffne ich die Tür zu unserem kleinen Geheimnis und entdecke ihn, wie er energisch auf einen Sandsack eindrischt. Er trägt immer noch die Uniform, seine schwarzen Locken kleben an seiner Stirn, aber sein Gesicht ist vom Schmerz gezeichnet. Ich atme tief durch und stelle mich neben den Sandsack. Ich weiß, dass er mich bemerkt hat, aber er lässt nicht von seinem Tun ab. Immer wieder schlägt er zu, so fest, dass seine

Hände blutig aufplatzen und kleine Hautfetzen durch die Luft fliegen. Ich warte fünf Minuten, dann reicht es mir. Als er wieder ausholt, schiebe ich mich vor den Sandsack und vertraue darauf, dass er mich nicht schlagen wird. Im allerletzten Moment hält er inne und sieht mich mit zornig funkelnden Augen an.

»Geh mir aus dem Weg!«

»Nein.«

»Ich werde zuschlagen«, knurrt er und holt erneut mit der Faust aus.

Ich bewege mich keinen Zentimeter.

Er schreit wütend auf und wendet sich ab. »Was willst du hier?«

Auch ich trage immer noch das blutverschmierte Kleid und sehe mit Sicherheit so ramponiert aus, wie ich mich fühle. »Ich wollte nach dir sehen.«

Ich gehe um ihn herum und bleibe vor ihm stehen. Seine Schultern sinken nach unten, und er lässt den Kopf hängen.

»Du hättest nicht herkommen sollen. Nach dem, was passiert ist, wäre es besser für dich, wenn wir uns nicht mehr treffen würden.«

Ich fühle den Hass auf Lady Delanos und ihre Männer, die Kit zu dem machen, der er gerade ist. Sie haben ihn mir genommen, auch wenn ihnen das sicher nicht bewusst war. Jetzt habe ich niemanden mehr.

»Sie können mir nicht verbieten, mich mit dir zu treffen«, stoße ich zwischen meinen Zähnen hervor und kann meine Wut kaum bändigen.

Kit geht zur Wand und lässt sich kraftlos daran niedersinken. Er legt seine Arme auf die Knie und stützt seinen Kopf darin ab. »Nein, das können sie nicht. Aber sie können es mir verbieten.«

Kit ist immer schon mein Gegenpol. Er hat mich stets ins Gleichgewicht gebracht und mich auf seine ruhige Art geerdet. Ich brauche ihn, brauche seine Ruhe und seine Kraft vielleicht mehr denn je.

»Es geht ihr gut. Sie sitzt im Kerker, aber sie lebt.«

Er schaut auf, unglücklich und das Gesicht schmerzverzerrt, und weiß genau, von wem ich spreche. Von Madame Lorella, seiner Freundin.

»Wusstest du davon?« Ich muss ihn das fragen. Auch wenn mich die Antwort zerreißen wird.

Kit schweigt lange, schaut mich nur ernst an, aber schließlich lässt er seinen Kopf wieder sinken. »Ich wusste, dass sie mit den Dingen nicht zufrieden ist. Elaine konnte ihre Situation nicht einfach hinnehmen und hat darauf gebrannt, dass sich etwas ändert. Aber mit so etwas hätte ich nie im Leben gerechnet ...« Kits Stimme bricht bei seinen Worten. Er vergräbt sein Gesicht in seinen Händen.

»Warum hast du mir nie davon erzählt?«, frage ich fassungslos. Vielleicht hätte der Aufstand verhindert werden können. So viele Leben hätten gerettet werden können …

Kit lacht leise. »Hätte das etwas geändert? Sie wäre allein dafür, dass sie unzufrieden ist, verhaftet worden. Du weißt, wie die Gesetze in diesem Land sind.«

Ich presse die Lippen zusammen und schweige. Natürlich hat er recht, aber dennoch hätte er mit mir reden können. »Siehst du das auch so? Willst du jetzt auch rebellieren?« Die Prophezeiung fällt mir wieder ein. Ein verlorenes Volk, das sich erhebt. Könnte doch etwas daran sein?

Kit hebt den Kopf und sieht mich lange an. »Die Situation in diesem Land ist für uns Graue in den letzten Monaten immer schlimmer geworden, das solltest selbst du mitbekommen haben. Es ist nicht richtig, wie ihr Hellen mit uns umgeht, aber mir war es egal … Ich will nicht mehr kämpfen.« Seine Stimme ist nicht mehr als ein Flüstern, und ich verstehe, dass er in Ruhe gelassen werden will.

Trotzdem gehe ich vor ihm in die Knie und lege ihm eine Hand auf die Schulter. »Ich bin für dich da.«

Mein Versprechen klingt hohl, aber ich meine, was ich sage. Für Madame Lorella kann ich leider nichts tun. Sie hat gegen die Königin rebelliert, hat unzählige Helle auf dem Gewissen. Sie wird hingerichtet werden, daran werde ich nichts ändern können. Kit reagiert nicht, sodass ich mich abwende.

Zügig verlasse ich die Trainingsräume, froh, dass ich niemandem begegne. Mit jedem Schritt zerbricht etwas mehr in mir, und als ich in meinem Zimmer ankomme, fühle ich mich leer. Der Schock, das Elend, die Angst – all diese Gefühle stecken immer noch in meinem Körper, aber nach meinem Besuch bei Kit fühle ich nichts mehr außer einer inneren Taubheit. Am liebsten würde ich einfach die Augen schließen und alles vergessen. Aber ich kann mich nicht immer verkriechen, das habe ich jahrelang getan. Es ist Zeit, erwachsen zu werden.

***

Kälte prickelt auf meiner Haut, lässt meine Finger taub werden. Mein Körper zittert unkontrolliert, und ich sehe die Dunkelheit in schwarzen Schlieren auf mich zukommen. Ciaran steht nur einen Meter von mir entfernt, ein feines Lächeln im Gesicht. Angst durchrollt mich, und als er ein paar Schritte auf mich zukommt, wandelt sie sich zu schierer Panik. Ich reiße meinen Mund auf und schreie.

»Wach auf, Sienna!«

Hände liegen auf meinen Armen, schütteln meinen Körper. Ich schlage um mich, wehre mich. Ciaran darf mich nicht erreichen, ich muss weg. Nur weg von ihm.

»Sienna!« Die Stimme klingt dünn, ängstlich und viel zu kindlich, um Ciaran zu gehören.

Mein Atem geht keuchend, und mein Körper spannt sich an. Dunkelheit erfüllt mich, aber in mein Ohr dringt ein leises Wimmern. Ich öffne die Augen, und erst jetzt begreife ich, wo ich bin.

Rhea klammert sich an mir fest und weint leise. Einzelne Tränenspuren kleben an ihren Wangen, ihre rotblonden Haare sind wild zerzaust. »Wach auf!«

Die Spannung entweicht aus meinem Körper, und mein schneller Atem beruhigt sich. Ich streichele über ihren Kopf, zwinge mich, stark zu sein, meine Stimme ruhig klingen zu lassen, und versuche, die Angst auszublenden, die immer noch in meinem Körper regiert.

»Alles ist gut.« Jedes Wort ist eine Lüge.

»Du hast geschrien und um dich geschlagen.« Ihre Stimme ist immer noch dünn.

Ich drücke sie an mich, um ihr zu zeigen, dass alles in Ordnung ist. Aber meine Angst ist so groß, dass sie mir fast die Luft abschnürt. Ich habe immer noch den Geruch von Blut in der Nase und fühle die alles vernichtende Kälte auf meiner Haut. Und wenn ich die Augen schließe, sehe ich Ciaran vor mir. Im Ballsaal, das Dunkle um ihn, all die Toten. Seine schwarzen Augen.

Grauen packt mich erneut, und um es abzuschütteln, greife ich nach Rheas Hand und fahre mit den Fingern über ihre zarte Haut und das dünne Metall des goldenen Armbandes, das sie trägt.

»Es ist vorbei«, sage ich mehr zu mir selbst als zu ihr. »Die Rebellen können uns nichts mehr tun.«

Sie nickt und löst sich von mir, aber ich sehe, wie sehr sie sich zusammenreißen muss, nicht wieder zu weinen.

»Ich habe Angst, Sienna«, flüstert sie leise. »Etwas Schlimmes wird passieren. Ich habe es gesehen. So viele Graue werden sterben, werden kämpfen, im Sand, der rot ist von ihrem Blut. Und ich …«, sie schluckt, und ihre Unterlippe zittert, »… ich werde verschwinden.«

»Was?« Ein kalter Schauer läuft über meine Haut, und ich muss wieder an ihre Vision von mir in einer Arena denken. Und von den Grauen in den Zellen. Aber so viele Graue und Helle sind letzte Nacht gestorben, und das hat Rhea nicht vorhergesehen. Viel schlimmer kann es nicht mehr werden.

»Du wirst mit Ciaran weggehen, das habe ich gesehen«, fährt meine Schwester mit zitternder Stimme fort, und erneut bilden sich Tränen in ihren Augen. »Männer werden kommen und mich holen. Ich weiß nicht, wohin sie mich bringen, denn ich sehe nur Dunkelheit. Aber ich habe solche Angst.«

Ich ziehe sie fest an mich. »Niemand wird dich holen«, versuche ich, sie zu beruhigen, aber ein dumpfes Entsetzen packt mich erneut. Meine kleine Schwester ist erst acht Jahre alt, und jede Nacht sieht sie solche schlimmen Dinge. Ich würde daran zerbrechen. »Wir haben gestern Abend entschieden, dass ich mit Ciaran durch das Lichtland reisen werde, aber ich werde nicht lange weg sein. Geh zu Meister Taurin, wenn du wieder Albträume hast. Er wird dir helfen.« Am liebsten würde ich sie mit mir nehmen, aber das würde Victoria nie zulassen.

»Aber ich habe Angst vor ihm«, entgegnet sie trotzig. »Er ist so unheimlich.«

Trotz der traurigen Situation muss ich lächeln. »Das ist er manchmal. Aber wenn du ihm Schokoladenkuchen mitbringst, wird er dich lieben.«

Rhea kuschelt sich noch etwas enger an mich, und ich ziehe sie auf meinen Schoß. So sitzen wir einige Minuten schweigend da.

»Kommt Ciaran wieder mit zurück?«

Im Nebenzimmer höre ich meine Zofe, die meine letzten Sachen packt.

»Nein, er wird bis zur Hochzeit im Schattenland bleiben.«

Rhea presst ihren Mund zusammen, als wollte sie etwas sagen, sich aber daran hindern, es auszusprechen.

»Ich muss los«, sage ich schließlich und schiebe sie sachte von mir weg. Es fällt mir schwer, mich zu verabschieden und Rhea hier alleine zurückzulassen. Ich sage mir immer wieder, dass es nur für kurze Zeit ist und ihr nichts passieren wird. Im Palast ist sie viel sicherer als auf den Straßen, aber trotzdem kann ich die Angst in mir nicht beruhigen.

***

Entschlossen trete ich in den dunklen Schatten neben Victoria und starre auf die Frau in der Mitte des karg erleuchteten Raumes. Es ist eiskalt hier unten. Lady Delanos sitzt gefesselt auf einem Stuhl, die Hände auf dem Rücken, damit sie sich nicht wehren kann. Auch nicht mit Licht. Sie trägt nicht mehr als einen Fetzen Stoff auf der Haut, und ihr ganzer Körper zittert unkontrolliert.

»Was willst du hier, Sienna?«

Victorias schneidende Stimme dringt leise in mein Ohr, und augenblicklich recke ich mein Kinn. Ich lasse mir von ihr nichts mehr sagen.

»Sie hat auch mich letzte Nacht angegriffen. Ich will wissen, warum.« Meine Antwort kommt flüsternd, damit mich sonst niemand bemerkt.

Wir beobachten das erste Verhör von Lady Delanos. Victoria und ich stehen in einem dunklen, aber offenen Nebenraum unserer Verliese, der von einem Meister so verändert wurde, dass niemand sieht, wer sich darin befindet.

Die Königin schnaubt leise, sagt aber nichts. Ein Soldat in goldener Rüstung tritt näher an Lady Delanos heran und schlägt ihr so fest ins Gesicht, dass ein Schwall Blut aus ihrem Mund tritt.

»Du hast Verrat an deinen eigenen Leuten begangen«, speit er ihr ins Gesicht und schlägt sie erneut. »Du dreckiges Weib! Du wirst elendig verrecken!«

Lady Delanos spuckt aus und hebt langsam den Kopf. Immer noch zittert ihr Körper, und ihre Zähne klappern beim Sprechen. »Ihr werdet sterben, ihr alle! Nicht nur die Grauen, sondern alle Wesen in der Spiegelnden Welt. Es wird einen Krieg geben, du Narr! Ihr seid so blind, so verblendet. Ihr alle folgt dieser Hexe bedingungslos!«

Wieder ein Schlag. »Erweise deiner Königin Respekt!«

»Sie ist nicht meine Königin! Ich folge allein König Xentos und dem Parlament! Und irgendjemand muss sie aufhalten.«

Ein weiterer Schlag, aber diesmal hält Lady Delanos ihren Kopf aufrecht. »Was hattet ihr mit dem König vor?«

Ein Kopfschütteln. »Wir sind dem König treu ergeben! Unser Ziel war die Hexe!«

»Wer war noch daran beteiligt?«, brüllt sie der Soldat an.

»Alle, die noch einen Funken Verstand in ihrem Kopf haben. Sie allein ist dafür verantwortlich, dass Graue und Helle aufeinander losgehen, dass Graue ohne ehrlichen Prozess hingerichtet und graue Männer verschleppt werden. Unser Land geht zugrunde, und ihr seht alle tatenlos zu.«

Ein kaltes Kribbeln kriecht mein Rückgrat hinab, und meine Nackenhaare stellen sich bei ihren Worten auf. All das habe ich Victoria erst gestern ebenfalls vorgeworfen. Aber für all das ausschließlich die Königin verantwortlich zu machen, erscheint mir mittlerweile zu einfach. Victoria mag bei vielem ihre Finger im Spiel gehabt haben, aber bis vor wenigen Monaten hat mein Vater noch regiert. Die Situation in unserem Land muss zu diesem Zeitpunkt schon nicht einfach gewesen sein, wenn ich an das extrem heiße Klima denke, das immer mehr verrücktspielt. Außerdem geistert seit gestern die Prophezeiung durch meine Gedanken, und obwohl sich alles in mir sträubt, kann ich die Königin nicht mehr als das personifizierte Böse sehen, das sie für mich bisher gewesen ist.

Victoria neben mir versteift sich, und etwas glimmt in ihrer Hand auf. Der Soldat nickt unmerklich, und mir wird klar, dass sie irgendwie mit ihm kommunizieren muss.

»Sind weitere Anschläge geplant?«

Lady Delanos reagiert nicht. Erst als er erneut die Hand hebt, zuckt sie kaum merklich zusammen. Sie dreht den Kopf und starrt in unsere Richtung. Ich bin mir sicher, dass sie uns nicht sehen kann, aber dennoch spüre ich ihren Blick heiß auf meiner Haut.

»Sie ist da, oder?« Ihr Mund verzieht sich zu einem hämischen Lächeln. Sie wirkt beinahe zufrieden, und in ihren Augen blitzt es auf. »Die ach so große Königin ist so feige, sich im Schatten zu verstecken.«

Sie lacht auf, und der Laut dringt mir durch Mark und Bein. Sie hat uns verraten, hat so viele Helle und Graue auf dem Gewissen – und doch zolle ich ihr in diesem Moment Respekt. Sie hat Mut, das muss ich ihr lassen.

»Zeigt Euch, Victoria, dass ich Euch ein letztes Mal ins Gesicht spucken kann!«

Victoria zögert, dann macht sie einen Schritt aus der Dunkelheit heraus. »Was habt Ihr Euch davon versprochen, uns gestern anzugreifen?«

Ihre Stimme ist ruhig. Nichts lässt vermuten, wie aufgebracht sie sein muss. Ich bin es jedenfalls.

Lady Delanos' Mund verzieht sich wieder zu einem breiten Grinsen. »Nichts. Alles! Aber so weit denkt Ihr vermutlich gar nicht.«

Victorias Hände zucken, und ich sehe ihr an, dass sie tatsächlich nicht versteht, was die Gefangene ihr sagen will. Lady Delanos scheint es auch zu begreifen. Sie spuckt Victoria vor die Füße.

»Die Chancen, Euch mit unserer Rebellion tatsächlich zu stürzen, standen nicht gut, aber wir mussten es wenigstens versuchen. Doch der eigentliche Grund, warum wir unsere kleine Rebellion am Abend der Verlobung durchgeführt haben, war ein ganz anderer. Ihr seid immer so darauf bedacht, Kommunikatoren auf Euren Veranstaltungen zu haben, die auch die kleineste Nichtigkeit ins ganze Land aussenden. Und gestern Abend hatten wir die Chance, dem ganzen Land zu zeigen, dass nicht alle mit Eurer Politik einverstanden sind. Dass es immer noch Helle gibt, die Euch nicht vorbehaltlos folgen. Wir haben unseren Aufstand weit über den Palast hinaus kommuniziert. Und zwar so, wie er ist, und nicht durch Eure Worte. Wir hoffen, wir konnten noch mehr Helle wachrütteln. Unser Opfer war klein im Vergleich zu dem, was Ihr das Lichtland kosten werdet.«

Ich starre sie an und begreife in diesem Moment, was ihre Worte bedeuten. In meinem Bauch bildet sich ein Knoten, und ehrliche Angst fährt durch meine Glieder. Was, wenn sich tatsächlich noch mehr Helle gegen die Königin auflehnen? Wenn Lady Delanos mit ihrem Aufstand genau das erreicht hat? Die Hellen würden dann nicht nur gegen Victoria, sondern auch gegen den König und mich kämpfen.

Diese Vorstellung erschreckt mich zutiefst. Ich bin dieses Leben im Palast gewohnt, kenne nichts anderes, und zum ersten Mal verspüre ich Angst, dass es mir genommen werden könnte.

Victoria entgegnet nichts, sondern schaut den Soldaten an, der schweigend neben ihr steht. »Versuche, mehr aus ihr herauszubekommen. Ich will wissen, ob sie weitere Komplizen hatte und was die nächsten Schritte waren. Ob es weitere Aufständische im Land gibt.«

Der Soldat nickt knapp und wendet sich wieder Lady Delanos zu. Die Königin tritt neben mich in den Schatten zurück.

»Folge mir, Sienna, ich will mit dir reden.«

Gemeinsam verlassen wir das Verlies, und gehen in ihr Zimmer. Die Helligkeit und die Sonne, die durch die offenen Fenster fällt, lässt mich endlich wieder frei durchatmen, und die Beklemmung fällt ein wenig von mir ab. Aber die Angst, die Lady Delanos' Worte in mir geweckt haben, bleibt.

Victoria gießt sich etwas zu trinken ein. Sie bietet mir nichts an, und ich frage sie auch nicht danach. Ich will zu meinem Vater, bevor ich den Palast verlassen muss, und bin froh, wenn ich ihre Räume schnell wieder verlassen kann. Die Königin stellt das Glas zurück auf einen kleinen Tisch und atmet tief durch. Ich entdecke einige Falten auf ihrer sonst makellosen Haut, und ihr Rock ist ein wenig zerknittert. Ansonsten verrät rein gar nichts, wie sehr auch sie die letzte Nacht mitgenommen haben muss. Ich kann nicht anders, als sie einen kurzen Moment dafür zu bewundern.

»Wann werdet ihr fahren?«, fragt sie mich.

»Heute noch. Ich wollte mich nur kurz von meinem Vater verabschieden.«

Die Worte verlassen meinen Mund mit Widerwillen. Ich will nicht auf die Reise gehen, will meinen Vater, Rhea, den Palast und Sonnensee nicht verlassen. Aber so sehr ich protestiert habe, weder die Königin noch Ciaran haben eingelenkt. Sie haben entschieden, dass wir auf dem Weg ins Schattenland in mehreren Städten des Lichtlandes Halt machen werden. Wir sollen den Hellen zeigen, dass wir uns durch so einen »kleinen Aufstand« nicht unterkriegen lassen. Wir sind das strahlende Königspaar, unser Volk will uns sehen.

Ich habe erhebliche Zweifel an der ganzen Reise. So einfach werden wir ganz sicher nicht verhindern können, dass so etwas wie der Putschversuch noch einmal passiert.

»Diese Reise ist wichtig, Sienna«, wiederholt die Königin noch einmal eindringlich. »Es ist wichtig für die Hellen, zu sehen, dass wir keine Angst haben. Und es ist wichtig, dass ab und zu eine Person der Königsfamilie das Land bereist. Die Hellen wollen dich sehen, wollen hören, was du zu sagen hast. Nur so können sie an dich glauben.«

Ich muss die Stirn runzeln, weil ich das Gefühl nicht loswerde, Victoria passt es sehr gut, dass ich den Palast verlasse. Und diese Ahnung macht mir am meisten Angst.

»Ich weiß, dass ist neu für dich«, meint die Königin lächelnd. »Aber Ciaran wird dir helfen. Er kennt sich in so etwas schon besser aus als du.«

Ciaran. Kalter Schmerz zuckt durch mich hindurch, und ich zwinge mich, mir nichts anmerken zu lassen. Aber meine Hände beginnen, leicht zu zittern, und am liebsten würde ich die Augen schließen. Ich will nicht über ihn sprechen. Ich will nicht einmal an ihn denken. Das, was er gestern gewesen ist, wie er die Aufständischen getötet hat, war so grausam, dass es mir unglaubliche Angst macht. Nichts ist von dem jungen Schattenprinzen geblieben, nichts, was ich je an ihm zu kennen geglaubt habe. Das zarte Gefühl, das sich davor zwischen uns aufgebaut hatte, das Verlangen und der Stolz, die mich am frühen Abend noch erfüllt haben, sind mit einem Schlag verflogen. Alles, was ich jetzt verspüre, ist eine alles umfassende Angst. Ich will ihm nicht nahe sein, will ihn noch nicht einmal sehen. Etwas ist mit mir geschehen, etwas ist zerbrochen, und trotz all meiner Versuche, sein Verhalten zu verstehen, blocke ich ab. Ich kann es einfach nicht.

»Ohne Zweifel«, entfährt es mir barsch, weil er mir wie ein Fremder vorkommt.

Victoria kneift die Augen zusammen. »Du solltest endlich begreifen, wo dein Platz ist, Sienna, und wie wichtig du bist. Bisher habe ich nicht den Eindruck, dass du das verstanden hast.«

Im ersten Moment will ich aufbrausen und ihr irgendetwas Trotziges entgegenwerfen, halte mich aber dann doch zurück. Sie hat recht mit dem, was sie sagt. Ich bin die Lichtprinzessin, und es ist an der Zeit, dass ich Verantwortung übernehme. Und das kann ich zurzeit nur dadurch erreichen, dass ich alles daran setze, mein Volk zu befrieden.

Aus den Chroniken der Spiegelnden Welt.

Frühjahr im Jahre 1107 (7. Jahr des Leuchtenden Friedens)

An Thanatos, den König des Lichtlandes.

Mein Freund, ich muss dir von den Veränderungen berichten, die in unserem Land vor sich gehen. Es ist merklich kälter geworden, und an den Tagen wird es nicht mehr richtig hell. Ich habe das Gefühl, als würde die Sonne den Himmel nicht mehr erreichen und sich hinter dunklen Wolken verstecken. Die Dunklen werden trübsinnig, und es kommt auf den Straßen immer mehr zu Gewalt und Kämpfen.

Obwohl wir Frieden geschlossen haben, begegnen sich die Menschen mit Feindschaft. Immer öfter muss ich an die Warnung des Orakels von Nevulum denken und das Unheil, das wir mit dem Schattenlicht heraufbeschworen haben. Ich verbleibe in der Hoffnung, dass es im Lichtland friedvoller ist.

Rion

KAPITEL 12

Als ich den Palast durch die kleine Seitentür verlasse, warten in der sengenden Hitze bereits etwa zwanzig Reiter, die meisten aus Ciarans Garde. Ihre dunklen Rüstungen und Helme glitzern im Sonnenlicht. Für sie, die unter dem Licht ebenso leiden wie mein Volk unter der Dunkelheit, muss es eine große Erleichterung sein, das Lichtland endlich verlassen zu können. Ein großer Wagen mit Truhen und anderem Gepäck wird nur von zwei Lichtreitern flankiert. Irgendwie hatte ich erwartet, mehr von unseren eigenen Soldaten bei der Reise dabei zu haben, aber sie werden wohl im Palast benötigt.

Ich atme noch einmal tief durch und gehe dann auf Ciaran zu, der neben seinem Nachtläufer steht. Was mir im Moment mehr Angst macht, kann ich kaum sagen: der Dunkle König oder das unheimliche schwarze Tier, das mich mit seinen glutroten Augen mustert und leise schnaubt, als ich neben es trete. Der Boden dort ist trotz der Hitze gefroren, und auf der Stelle dringt die Kälte durch die dünnen Sohlen meiner Sandalen.

»Hallo«, sage ich zu Ciaran.

Er trägt einen dunklen Reiseanzug und trotz der warmen Temperaturen einen dicken Umhang. Die helle Haut an seinem Kinn schimmert bläulich, und einen kurzen Moment wundere ich mich darüber, da er gestern Nacht nicht verletzt wurde. Seine Haare hat er zurückgebunden, und der dünne, schwarze Reif verziert seine Stirn. Er strahlt etwas Hoheitsvolles aus und erinnert jeden, der ihn sieht, daran, wer er ist. Auch mich.

»Bist du so weit?« Er lächelt mich schwach an.

Mein Herzschlag rast, und meine Hände werden feucht vor Angst. Ich muss mich zwingen, freundlich zu lächeln und ihm nicht einfach den Rücken zuzukehren. Alles in mir schreit danach, zu fliehen und mich in Sicherheit zu bringen. Er ist immer noch Ciaran, sage ich mir immer wieder, der Mann, den ich heiraten werde. Der Mann, der mit mir getanzt hat und unter dessen begehrenden Blicken ich vor Hitze förmlich geschmolzen bin. Und der Mann, der mit nur einer einzigen Handbewegung Leben vernichtet hat!

»Wo ist Sanée?«

Er deutet an mir vorbei.

»Kommst du alleine zurecht?«

Ich drehe mich noch einmal zu ihm. Weil ich mich freue, Sanée zu reiten, strahle ich ihn an, und kurz sehe ich es in seinen Augen aufblitzen.

»Ja, natürlich. Bis später.«

Ich gehe zu Sanée hinüber. Als mich mein Sandtier sieht, beginnt es, aufgeregt mit den Hufen zu trippeln. Es neigt den Kopf zu mir herunter, und ich fahre ihm über seine samtene Schnauze. Sandtiere sind die einzigen Tiere, die in unserem Land unproblematisch lange Strecken überwinden können. Sie ernähren sich ausschließlich von Sand und Wasser und bestehen zum größten Teil aus dem Sand unserer Wüsten.

Ich schmiege mich an seinen Hals und atme den vertrauten Geruch ein. Sanée schnaubt leise und knickt mit den Vorderhufen ein. Es ist kleiner als Ciarans Nachtläufer, aber sein Rücken geht mir im Stand immer noch bis zur Schulter. Ich steige auf und halte mich in seinem kurzen, hellbraunen Fell fest.

Ciaran, der mittlerweile auf seinem Reittier sitzt, sieht zu mir herüber. Ich gebe ihm ein Zeichen, dass wir losreiten können. Die Soldaten folgen uns, schließen uns in ihre Mitte, und gemeinsam verlassen wir den Palast.

Als wir durch die Hauptstraße Sonnensees kommen, erkenne ich die Stadt kaum wieder. Nichts erinnert an die verhangenen Gebäude, die ich in der Nacht gesehen habe, als ich mit Thy unterwegs gewesen bin. Die Fenster sind alle offen, und viele Häuser sind mit Blumen oder buntem Papier dekoriert. Alles wirkt freundlich, und die Hellen auf der Straße jubeln uns zu. Im ersten Moment bin ich viel zu überrascht, um zu reagieren. Der Schock der vergangenen Nacht, das Verhör und auch meine Angst Ciaran gegenüber stecken mir immer noch den Knochen. Doch ich zwinge mich dazu, meine Gefühle auszublenden, und konzentriere mich nur auf das Hier und Jetzt. Die Königin muss unsere Reise über die Kommunikatoren angekündigt haben – nur so erklärt sich der Auflauf.

Ciaran reitet neben mir. Sanée hält respektvoll Abstand zu dem Nachtläufer, und immer wieder versucht es, die Entfernung zu dem dunklen Tier zu vergrößern. Es ist ihm ebenso wenig geheuer wie mir. Mein Verlobter hebt seine Hand und winkt den Hellen zu, an denen wir vorbeikommen. Er lächelt dabei höflich und erwidert einige Grußworte, die uns zugerufen werden. Bevor er mich noch ermahnt, tue ich es ihm nach. Auch wenn es irgendwie komisch für mich ist, winke ich ebenfalls.

Ein kleines Mädchen deutet auf mich und dreht sich dann zu einer älteren Frau um. Diese nickt und lächelt. Sie hebt die Hand zum Gruße und neigt ihren Kopf. Sie grüßen ihre Lichtprinzessin. Sie freuen sich, mich zu sehen. Ich kann kaum begreifen, warum das so ist, immerhin habe ich nichts Besonderes getan, außer als Prinzessin geboren zu sein. Aber diese Hellen feiern mich und sind froh, als wäre ich das Beste, das ihnen heute passiert ist.

Die Beklemmung fällt endgültig von mir ab, und nun begreife ich es. Es ist der Zauber, der immer noch auf uns haftet. Der Zauber des Besonderen, des Ungewöhnlichen, etwas, was sie aus ihrem Alltag herausholt. Und da es so einfach ist, ihnen ein bisschen Glück zurückzugeben, winke ich nun mit aller Inbrunst, die ich aufbringen kann.

***

Die Sonne verschwindet bereits hinter den Schattenbergen, als wir anhalten. Mir tun alle Knochen weh, als ich endlich von Sanée absteigen kann. Ohne dass ich es bemerkt habe, haben sich uns weitere Soldaten angeschlossen. Von einer kleinen Truppe kann keine Rede mehr sein, stattdessen besteht der Tross mittlerweile aus mindestens fünfzig Personen auf Sandtieren oder Nachtläufern. Mehrere Wagen sind uns gefolgt, die neben Truhen auch Zelte und Fässer mit Lebensmitteln tragen. Mir erklärt sich nun auch, wie wir übernachten werden, und augenblicklich sehne ich mich nach meinem Bett.

Die Soldaten beginnen damit, Zelte aufzubauen und die Tiere zu versorgen. Mit Sanée am Zügel gehe ich zu einer provisorischen Tränke. Gierig schlürft das Tier das Wasser, während ich ihm Sattel und Zügel abnehme. Ein Soldat eilt zu mir und geht mir zur Hand. Normalerweise kümmere ich mich selbst um mein Sandtier, aber heute Abend bin ich einfach zu erschöpft.

»Vielen Dank für die Hilfe«, sage ich und schlurfe auf eines der Zelte zu, von dem ich annehme, dass ich darin übernachten werde. Über dem Eingang prangt eine große Sonne, und zwei Soldaten stehen als Wache davor.

Als ich eintrete, kommt mir meine Zofe schon entgegen. Sie wirkt im Gegensatz zu mir regelrecht aufgekratzt und plappert unentwegt, während sie mir aus meinem Reisekleid hilft und mich in etwas Bequemeres steckt. Als jemand hinter uns laut hustet, bricht sie ab und keucht überrascht auf. Ciaran steht im Zelteingang. Er trägt immer noch seinen Reitanzug, aber der Umhang ist verschwunden.

»Eure Hoheit!« Meine Zofe macht einen tiefen Knicks.

Angesichts dieser maßlosen Ehrerbietung rolle ich mit den Augen. Selbst Ciarans Mundwinkel zucken, und er zwinkert mir zu. In diesem Moment sieht er so gar nicht mehr aus wie der Dunkle König, der er sein muss, sondern einfach nur wie entspannter junger Mann.

»Ich wollte mich nur erkundigen, ob mit dir alles in Ordnung ist?« Seine Stimme klingt rau.

Sofort steigt wieder Beklemmung in mir auf. Ich kann nicht in seine Augen sehen, so tief erschreckt mich, was ich darin zu finden befürchte. Ich kann die Kälte in seinen dunklen Augen, die Grausamkeit in seinem Gesicht einfach nicht vergessen, und ich schaffe es immer noch nicht, wieder den strahlenden Verlobten in ihm zu sehen, der er bis gestern Abend für mich war. Ich habe ihn den ganzen Tag lang ignoriert und bin ihm, soweit möglich, aus dem Weg gegangen. Und selbst jetzt fühle ich mich außerstande, mich ihm zu stellen. Auch wenn ich es müsste.

»Ja, es geht mir gut. Ich bin nur müde.« Ich hebe meinen Blick, weil es sich nicht richtig anfühlt, was ich tue. Er hat mir nichts getan. Ganz im Gegenteil, er hat uns beschützt und gerettet. Und trotzdem bildet sich ein kalter Klumpen in meinem Bauch.

Ciaran versteht. Ich sehe es an dem dunklen Blitzen in seinen Augen. Er senkt den Kopf und presst die Lippen zusammen. »Morgen erreichen wir Lichtstadt. Es sind dort verschiedene Zusammenkünfte geplant. Wir bleiben über Nacht, bevor wir weiterreiten.«

»Zusammenkünfte?«, frage ich verwundert.

»Zunächst wird es eine öffentliche Kundgebung vor dem Rathaus geben. Und soweit ich weiß, besuchen wir noch ein Haus der Meister. Ruhe dich aus, die nächsten Tage werden anstrengend.« Mit diesen Worten verlässt er wieder mein Zelt.

Augenblicklich überkommt mich Scham, und ich fühle mich unendlich feige und undankbar. Er hat uns gestern Nacht gerettet, ohne ihn würde ich heute nicht mehr frei durch dieses Land reiten. Dennoch bin ich unfähig, auf ihn zuzugehen. Tränen steigen empor, und die ganze Last der letzten Stunden überkommt mich mit aller Macht. Meine Hände zittern leicht, als ich mir über die Augen fahre. Vor meiner Zofe werde ich keine Schwäche zeigen. Niemals.

Kurze Zeit später, nachdem ich mich in eine Decke gekuschelt vor der Feuerschale niedergelassen habe, ist sie verschwunden. Ich bin unendlich müde, aber ich kann nicht schlafen. Dumpfe Panik pocht hinter meinen Augen, und ich schaffe es einfach nicht, mich zu entspannen.

»Du hast dein Versprechen gebrochen, Prinzessin.«

Ich muss mich nicht umdrehen, ich weiß, wer das ist. Und ich habe noch nicht einmal die Kraft, mich zu wundern, wie das sein kann.

»Was willst du hier?«, frage ich müde und starre weiter in die Flammen.

»Wir hatten eine Abmachung, schon vergessen? Du wolltest mit mir in das Zimmer der Königin!«

Als Thy neben mich tritt, sehe ich zu ihm hoch. Seine tiefblauen Augen funkeln wütend, und einige silber durchzogene braune Strähnen fallen ihm in die Stirn. Er ist so ganz anders als Ciaran, hält nichts von Konventionen, beachtet keine gesellschaftlichen Regeln, tut offenbar nur das, was ihn interessiert – dennoch hat er seinen ganz eigenen Charme. Genau genommen sieht er im Schein des Feuers verteufelt gut aus, wie ich feststellen muss, und augenblicklich verkrampft sich etwas in mir. Er sollte nicht hier sein. Wie ist er überhaupt hierher und in mein Zelt gekommen, wo doch die Soldaten davorstehen?

»Und du warst gestern einfach verschwunden!« Mein Vorwurf klingt müde. »Ich muss mit meinem Verlobten ins Schattenland reisen.« Ich habe keine Lust, jetzt mit ihm zu diskutieren.

Thy geht in die Hocke und sieht mich stirnrunzelnd an. Langsam hebt er seine Hand und fährt mir damit über die Wange. Ich zucke zusammen. Dass er mich einfach so berührt, erschreckt mich. Ciaran hat das noch nie gewagt.

»Du siehst nicht gut aus«, stellt er fest und setzt sich neben mich.

Ich schweige beharrlich. Er hat sicherlich recht.

»Du und das Prinzlein reist nun also durch das Land. Das traute Paar glückselig vereint, um Licht und Liebe unter die Leute zu bringen.« Seine Stimme trieft vor Sarkasmus.

»Nenn ihn nicht so!«, fahre ich ihn an, weil mich die ganze Situation zu nerven beginnt. Was will er hier, und warum verschwindet er nicht einfach wieder? Wir sind nicht mehr im Palast, ich kann ihm jetzt nicht weiterhelfen.

»Wie soll ich ihn denn sonst nennen?«

»Er ist der Dunkle König, und selbst du solltest ihm ein gewisses Maß an Respekt entgegenbringen.«

Thy schnaubt nur. »Selbst du machst im Moment einen Bogen um ihn. Und nach seinem spektakulären Auftritt gestern Nacht wundert mich das kein bisschen.«

Ein kalter Schauer schüttelt mich, und ich reibe mir mit der Hand über die Arme. »Das ist etwas anderes«, murmele ich leise. Ich will nicht weiter darüber sprechen. Schon gar nicht mit diesem Mann, der ohne Erlaubnis in meinem Zelt sitzt. Nachts. Alleine.

Thy kneift seine Augen zusammen und mustert mich. »Hat er dir etwas getan?« Er sieht mich noch einmal intensiv an.

»Nein, hat er nicht. Ganz im Gegenteil, er hat mich und viele andere gerettet.«

»Und warum gehst du ihm dann trotzdem aus dem Weg?«

Woher bei der Göttin weiß er das? Aber Thy wusste die ganzen letzten Tage Dinge, von denen ich keine Ahnung hatte, daher sollte mich das eigentlich nicht überraschen.

»Warum willst du in Victorias Zimmer?« Ich ziehe mir die Decke noch weiter über die Schultern. Ich will nicht mit ihm über Ciaran sprechen und über das Gefühlschaos, das seinetwegen in mir tobt.

Thy runzelt die Stirn und wendet sich ab. Ich sehe ihm genau an, dass er noch etwas zu Ciaran sagen will, aber er geht ebenfalls nicht weiter darauf ein.

»Ich suche etwas. Das habe ich dir doch schon gesagt«, brummt er, und seine Stimme klingt mit einem Mal besorgt.

So ganz kaufe ich ihm die lockere Art, mit der er mir meistens begegnet, nicht ab. Dafür dringt er zu sehr darauf, in Victorias Zimmer zu kommen. Was immer er sucht, es muss ihm extrem wichtig sein.

Einmal mehr frage ich mich, was er verbirgt. Er hat seine Hände auf den Knien abgestützt und sieht nachdenklich in die Flammen. Die Hitze tut mir gut, und ich merke, wie ich mich langsam entspanne. Und auf einmal bin ich froh, nicht alleine zu sein. Thy lenkt mich ab und zwingt mich, nicht die ganze Zeit an gestern Nacht zu denken.

»Warum kannst du nicht alleine in das Zimmer der Königin, wo dir der Zutritt in meines anscheinend keine Probleme bereitet hat?«

Er hebt den Kopf und schaut mich lange an. »Kannst du dir das nicht mittlerweile denken?«

Mein Atem stockt kurz, weil ich nicht wahrhaben will, was er damit sagt. Ich sehe zu dem kleinen Spiegel, den meine Zofe neben mein Bett gelegt hat, und weiß die Antwort. Auch darauf, wie er unbemerkt in mein Zelt gelangen konnte.

»Die Spiegel ... Victoria hat keine Spiegel in ihren Gemächern.«

Thy nickt.

Das alleine verrät mir so viel, dass ich erst einmal schlucken muss. Obwohl ich es bereits geahnt hatte, ist sein Geständnis dennoch ein Schock. Thy kann durch Spiegel gehen. So, wie es früher irgendwann einmal die Könige der Grauen konnten. Und Victoria scheint zu wissen, dass es immer noch Graue mit diesen Fähigkeiten gibt.

»Aber … wieso kannst du das? Ich meine, deine Augen …«, stammele ich, weil ich es einfach nicht verstehe.

»Unwissenheit kann auch ein Geschenk sein, Prinzessin«, meint er und erhebt sich.

In mir explodiert etwas. Und obwohl ich genau weiß, dass er keine Schuld daran trägt, richtet sich meine ganze Wut und meine tiefe Trauer auf ihn. Ich springe auf und reiße ihn am Arm zu mir herum.

»Das sagst mir ausgerechnet du?«, fahre ich ihn an. Ganz kurz denke ich an die Soldaten vor meinem Zelt und dämpfe meine Stimme etwas. »Nachdem du mich durch Sonnensee geschleift hast, du mir die Wahrheit über die Grauen gezeigt hast und mir vorwirfst, immer noch viel zu wenig zu wissen?«

Er öffnet den Mund, aber ich lasse ihn nicht zu Wort kommen.

»Du bist so ein arroganter Mistkerl! Tauchst einfach in meinem Zimmer auf, in diesem Zelt, überhäufst mich mit selbstgerechten Vorwürfen und hast nicht einmal den Anstand, mir irgendeine Erklärung zu geben. Du hast mir Brocken hingeworfen, hast mir einen Teil der Wahrheit gezeigt und lässt mich jetzt einfach damit stehen? Was glaubst du eigentlich, wie es mir geht?«

Wieder will er etwas sagen, aber ich bin noch nicht fertig. Lange noch nicht. Es ist, als wäre endlich ein Ventil geöffnet und alles würde aus mir herausbrechen.

»Ich stand gestern mitten in einem Gemetzel zwischen Hellen und Grauen, musste mit ansehen, wie Gäste, die zu meinem Verlobungsball gekommen sind, gestorben sind, wie meine langjährige Schneiderin sich gegen mich gestellt hat, wie mein Verlobter, ohne zu zögern, alles in Schutt und Asche gelegt hat und mein einziger Freund aus Gram und Wut nichts mehr mit mir zu tun haben will. Ich bin alleine in diesem verdammten Palast, und du sagst mir immer noch, Unwissenheit könne ein Geschenk sein?«

Ich atme heftig ein und aus. Ich kann einfach nicht mehr. Ich will auch nicht mehr. Jetzt, da alles raus ist, fühle ich mir leer. Und irgendwie verdammt verletzlich. Ich schlucke heftig an den aufsteigenden Tränen, mit denen ich meinem Herzen Erleichterung verschaffen könnte – aber niemals vor meinem ungebetenen Besucher.

Thy sagt lange nichts. Er windet nur seinen Arm aus meiner Hand, die ihn immer noch festhält.

»Ich bin nicht schuld an dem, was passiert ist, Sienna«, sagt er leise. »Aber ich verstehe, wie es dir geht. Besser, als du dir vermutlich vorstellen kannst.«

Er hebt seine Hand, umfasst sanft mein Kinn, sodass ich ihn ansehen muss. Der Blick seiner blauen Augen ist so intensiv, dass ich ihm nicht ausweichen kann, und zum ersten Mal zeigt er mir etwas von sich selbst: Er ist genauso einsam, wie ich es bin.

Heiße Tränen stehen in meinen Augen, und als ich blinzele, laufen sie mir über die Wangen. Thy zögert kurz, dann schließt er die Arme um mich. Ich komme nicht dagegen an, drücke mich an seine Brust – und endlich kann ich weinen. Ich fühle mich so unglaublich leer, und niemand ist da, der mich hält. Niemand, außer ihm.

»Ihr kommt morgen nach Lichtstadt«, raunt Thy an meinem Ohr. Seine Stimme ist ruhig, und sein Atem kitzelt an meinem Ohr. »Wenn du mich lässt, würde ich dir gerne morgen Nacht noch etwas zeigen. Ich verspreche dir, dass es dich diesmal nicht erschrecken wird, sondern dir zeigt, dass unsere Welt nicht nur aus Hass und Gewalt besteht.«

Je länger er mich berührt, umso mehr beginnt meine Haut zu kribbeln, und Wärme breitet sich um uns herum aus. Er muss es auch fühlen, aber er nimmt seine Arme nicht weg, sondern streicht mir sanft und beruhigend mit einer Hand über den Rücken. Wenn irgendjemand in diesem Augenblick in mein Zelt käme, wäre ich verloren: die Lichtprinzessin, verlobt und unterwegs mit dem Dunklen König, in ihrem Schlafzelt alleine in den Armen eines fremden Mannes …

Ich nicke langsam.

»Dann bis morgen Nacht, Prinzessin.«

In seinen Mundwinkeln blitzt ein verschwörerisches Lächeln auf, und ich bereue sofort, dass ich zugestimmt habe. Was immer er vorhat, ich bin mir sicher, es wird mein Untergang sein.

Kapitel 13

Am nächsten Tag erreichen wir Lichtstadt. Die mächtigen weißen Türme kann ich bereits von Weitem erkennen. Unzählige funkelnde Steine sind in das weiße Gemäuer eingelassen und schicken die Strahlen der Sonne weit über das Land hinaus. Ich war vor Jahren einmal mit meinen Eltern hier, aber als ich jetzt durch die Straßen reite, kommt mir alles fremd vor.

Lichtstadt ist eine der reichsten und größten Städte in unserem Land, und der Reichtum spiegelt sich auch in dem Auftreten der Hellen wider, die weiße Tuniken mit silbernen oder goldenen Bordüren, Kleider aus Seide und Leinen oder prächtige Gewänder mit eingearbeiteten Sonnenfäden tragen. Dieser Stoff ist so teuer, dass selbst unsere Schneider äußerst sparsam damit umgehen. Die Hellen der Stadt zeigen damit, wie wohlhabend sie sind, und vor allem, wer in Lichtstadt das Sagen hat. Die Konflikte zwischen ihnen und den Grauen sind nirgendwo sonst so schwierig und explosiv wie hier. Zu gut sind mir noch die Bilder der Hinrichtung in Erinnerung, und ich hoffe inständig, dass unser Aufenthalt hier schnell vorbei sein wird.

Wir folgen dem Strom der Hellen, der uns vorausgeht. Meine Zofe hat sich besonders viel Mühe heute Morgen mit meiner Aufmachung gegeben. Statt meines Reisekleides trage ich eine weite helle Hose und eine goldene Bluse. Meine Arme sind nackt und mit goldenen Zeichen und Ornamenten verziert. Schmale goldene Reifen schlingen sich um meine Oberarme, und bei jeder Bewegung klingeln sie. Meine Haare fallen in weichen Wellen über meinen Rücken, und auch ohne einen Blick in den Spiegel weiß ich, dass ich umwerfend aussehe.

Ich spüre Ciarans Blick auf mir, und als ich mich ihm zuwende, schießt bei der Glut in seinen Augen ein heißer Stich durch meinen Bauch, und mein Körper beginnt zu glühen. Ich schlucke hart, denn sofort fällt mir unser Kuss ein. Seine kalten Lippen auf meinen, seine Hände auf meiner warmen Haut. Das erregende Gefühl, das sein begehrender Blick in mir auslöst, lenkt mich für den Moment von meinen weniger guten Empfindungen ihm gegenüber ab.

Wir erreichen einen großen Platz, und Ciaran steigt von seinem Nachtläufer. Er hilft mir von Sanée herunter, während unzählige Augen jeder unserer Bewegungen folgen. Lichtstadt ist einer der bedeutsamsten Orte auf unserer Reise. Meine Familie braucht die Unterstützung der Bewohner, daher ist es umso wichtiger, wie wir uns hier präsentieren.

Ciaran erwidert mein Lächeln. Ich lächele immer noch, als ich ihm durch die Menge zu einem kleinen Podest folge, lächele für all die Hellen um mich herum, greife nach Händen und drücke sie. Meine goldenen Augen strahlen, und ich zeige mich so fröhlich und offen, wie ich nur kann.

Rufe erklingen, und erst nach ein paar Mal verstehe ich, was sie sagen.

»Folgt dem Licht, folgt der Königin!«

Regelrechte Euphorie bricht in der Menge aus, und mir läuft es kalt den Rücken herunter. Die Hellen rufen begeistert, klatschen in die Hände, und ich versuche, mir nichts anmerken zu lassen. Die Verehrung für Victoria scheint in Lichtstadt einen neuen Höhepunkt zu erreichen, und ich verkrampfe mich mit jedem Schritt mehr.

Als jemand an meiner Hose zupft, bleibe ich überrascht stehen und schaue an mir herunter. Graue Augen blicken mich an. Zwischen all den fröhlichen, gut gekleideten Hellen sieht der kleine Junge mit der Stupsnase und den aschblonden Haaren beinahe armselig aus, auch wenn es nicht so ist. Er macht einen gesunden Eindruck, seine Kleidung ist einfach, aber sauber. Ohne lange darüber nachzudenken, hebe ihn hoch. Er kann nicht älter als drei Jahre sein, und ich nehme ihn mit mir zu dem Podest.

»Wie heißt du?«

»Jonah«, antwortet er und lacht.

»Wohnst du mit deiner Familie hier?«

Er nickt begeistert und deutet mit den Armen in die Menge. Irgendwo in den hinteren Reihen entdecke ich eine junge Frau, die besorgt in meine Richtung sieht. Einer Eingebung folgend, nehme ich einen von meinen goldenen Reifen ab und drücke ihm das Schmuckstück in die Hand. Er sieht mich aus großen Augen an, unsicher, wie er sich verhalten soll.

»Nimm ihn. Und jetzt lauf zu deiner Mutter!« Ich stelle ihn zurück auf den Boden.

Er nickt zögerlich, dreht sich um und rennt so schnell er kann davon. Ich sehe ihm nach und lächele. Zum ersten Mal heute ehrlich. Anschließend stelle ich mich neben Ciaran, der bereits auf dem Podest auf mich wartet.

»War das klug?«, fragt er so leise, dass nur ich es hören kann.

Ein Blick in die Gesichter der Hellen verrät mir die Antwort. Sie sehen mich immer noch an, immer noch jubeln sie uns zu, aber ich entdecke auch einige kritische oder verächtliche Blicke. Ihre Prinzessin, die Lichtprinzessin, hat einem grauen Jungen geholfen. Einem, der ihrer Meinung nach nicht hierhergehört. Ich zwinge mich, weiterzulächeln, aber nach kurzer Zeit schon tun mir die Wangen weh.

Ciaran greift nach meiner Hand und drückt sie. Er weiß, wie es in mir aussieht, und schafft es, den kurzen Moment zu überspielen, den ich brauche, um mich wieder zu sammeln. Ich bin ihm unendlich dankbar dafür.

»Wie geht es dem König? Sind die Verräter verhaftet?«, erschallen erste Fragen.

Ich suche mit meinen Augen den Fragenden, einen großen blonden Hellen, der uns auffordernd ansieht.

»König Xentos geht es gut. Die hellen Meister sowie auch einige meiner Schattenmeister tun alles, was in ihrer Macht steht, um seinen Zustand zu verbessern«, antwortet Ciaran, ohne lange zu überlegen. »Die Verräter, deren scheußliches Vergehen Helle das Leben gekostet hat, sitzen in Sonnensee im Kerker. Über das weitere Vorgehen wird noch entschieden.«

Die Grauen, die ebenso am Verlobungsball den Tod fanden, erwähnt er nicht. Auf meinen fragenden Blick reagiert er nicht.

»Was ist mit der Königin?«

»Königin Victoria ist wohlauf. Ihr ist nichts geschehen.«

Ich bin froh, dass Ciaran bei mir ist, und überlasse das Antworten ihm. Er kann das besser als ich, er hat das schon so oft gemacht. Ich nicke ein paar Mal, lächele und halte seine Hand. Sie liegt kalt in meiner, und immer wieder muss ich gegen den Drang ankämpfen, sie doch loszulassen, obwohl sie mir gerade jetzt auch Halt gibt.

»Wann werden wir die Grauen endlich aus dem Land jagen? Königin Victoria hat zum Krieg aufgerufen. Wir sind bereit!«

Diese Worte lassen mich aufhorchen und überrascht den Kopf heben. Bisher haben sich die Hellen überwiegend nach dem Ball, weiteren Plänen Victorias, um die Versorgung der Städte zu verbessern, und den Verbindungen zum Schattenland erkundigt. Es ist die erste Frage nach ihren Kriegsplänen, und augenblicklich bin ich hellwach. Aus dem Augenwinkel sehe ich, wie Ciaran die Stirn runzelt. Bevor er etwas sagen kann, komme ich ihm zuvor.

»Wir werden die Grauen nicht verjagen. Der König hat sich immer für die Verständigung der Völker eingesetzt, und auch in diesem Fall ist es nicht unser Ziel, ein geschwächtes Volk zu vertreiben.« Ich stelle mich damit offen gegen Victorias Aussage, aber es ist mir wichtig, diese Hellen daran zu erinnern, für was mein Vater so lange gekämpft hat. Wofür auch ich kämpfen will. Denn auch wenn mir die Prophezeiung zu denken gegeben hat, wehre ich mich immer noch dagegen, den Hass zwischen unseren Völkern weiter zu schüren. »Dem Lichtland geht es nicht gut, wir haben Versorgungsprobleme, dessen sind wir uns durchaus bewusst. Aber der Grund für die Missernten ist das heiße Klima, unter dem alle Bewohner dieses Landes leiden. Die Schuld an der Misere den Grauen zuzuschieben, ist falsch, und eine Vertreibung wird unsere Probleme ganz sicher nicht lösen.«

Die wachsende Anspannung in der jetzt schweigenden Menge ist deutlich zu spüren. Ciaran schaut mich verblüfft, aber auch eindeutig tadelnd an. Denn zum ersten Mal sage ich in der Öffentlichkeit, was richtig ist, was ich wirklich denke. Und mache mir damit nicht nur die Königin zum Feind.

»Das ist eine Lüge!«, schreit es irgendwoher. »Die Königin hat uns einen Krieg versprochen!«

»Die Grauen müssen weg! Wir wollen sie hier nicht haben!«

Innerhalb von Sekunden bricht das Chaos aus. Einige Helle stürmen zu dem Podest, auf dem wir immer noch stehen, im Versuch, uns zu erreichen. Andere grau gekleidete Personen stellen sich ihnen mit erhobenen Fäusten in den Weg. Das Podest wackelt merklich, als die ersten Personen dagegen rennen, Schläge ausgeteilt werden und Helle und Graue miteinander ringen. Innerhalb eines Wimpernschlages stehen wir inmitten einer riesigen Prügelei. Ich schreie erschrocken auf, als sich ein Heller auf das Podest vorkämpft, aber Ciaran schiebt sich vor mich und tritt dem Mann vor die Brust.

»Wir müssen hier weg«, brüllt er.

Soldaten nehmen uns in die Mitte und versuchen, uns einen Weg durch die Menge zu bahnen. Immer wieder rempelt uns jemand an, und die Schreie der umstehenden Hellen und Grauen gehen mir durch Mark und Bein. Es ist meine Schuld, dass dieser Tumult ausgebrochen ist. Aber soll ich schweigen und Victorias Politik einfach folgen? Darauf warten, dass die nächste Rebellion gegen sie gestartet wird, oder gegen mich? Das kann ich einfach nicht mehr.

Ciaran neben mir flucht laut und bleibt stehen. Es gibt kein Durchkommen mehr. Die Soldaten rücken immer dichter an uns heran, ihre Rüstungen pressen sich an meinen ungeschützten Körper. Angst wabert durch mich hindurch, und ein leises Feuer erwacht in meinem Inneren. Jemand rempelt mich von der Seite an, und instinktiv halte ich mich an Ciarans Arm fest. Ich kann zwar kämpfen, aber gegen diese aufgebrachte Horde haben wir keine Chance.

Die Soldaten vor uns nehmen ihre Gewehre in den Anschlag. Einzelne Schüsse ertönen. In meine Panik mischt sich Entsetzen. Ich will nicht, dass noch mehr Leute sterben. Wieder werden wir angerempelt, und diesmal verliere ich das Gleichgewicht. Ciaran zieht mich hoch und drückt mich an seinen kalten Körper.

»Bleib bei mir!«

Ich erahne mehr, was er mir sagt, als dass ich ihn tatsächlich höre, und klammere mich verzweifelt an ihm fest. Sein starker Arm liegt um meine Taille, und ein Gefühl von Sicherheit erfasst mich. Er wird mich beschützen, wie er es auch an dem Ball getan hat. Und er würde mir nie etwas tun.

In diesem Moment hebt Ciaran seinen anderen Arm, und um seine Faust sammelt sich schwarzer Nebel. Es wird kälter um uns herum, und langsam öffnet er seine Hand.

»Nicht!« Schnell lege ich meine Hand auf seinen Arm und verhindere, dass er sich unseren Weg mit Eis erkämpft. Es sind genug gestorben – er hat genug getötet –, und ich will nicht, dass es noch mehr werden. Kurz erschrecke ich, als seine schwarzen Augen mich ansehen. Das Getöse um uns herum dringt nur noch dumpf an mein Ohr, so sehr nimmt mich sein Blick gefangen – und die Angst vor ihm, die augenblicklich wieder in meinem Körper ist. Ich muss mich zwingen, mich nicht aus seinem Griff zu winden, aber ein Zittern kann ich dennoch nicht unterdrücken. Er muss es ebenfalls bemerken, denn er wendet schnell den Blick ab. Kälte geht von ihm aus, fährt durch meinen Körper und lässt das Feuer in meinem Inneren hochflackern. Aber sein Arm liegt immer noch wie ein Schraubstock um mich. Die Soldaten fahren erschrocken zurück, als die Kälte sie trifft, und auch die Kämpfenden um uns herum erstarren in ihren Bewegungen. Erstaunte und zornige Gesichter sehen uns an, erwacht aus ihrem blutigen Rausch. Es bildet sich eine Gasse vor uns. Ciaran zieht mich mit sich.

»Schnell, Sienna, ich weiß nicht, wie lange ich es kontrollieren kann.«

Ich verstehe nicht, was er damit meint, aber ich begreife, dass dies vermutlich unsere einzige Chance ist, ungeschoren davonzukommen. Er lässt mich nicht los, und gemeinsam laufen wir weiter, bis wir den großen Platz und das Kampfgetümmel hinter uns lassen. Unsere Soldaten folgen uns in einigem Abstand. Ein wenig später gelangen wir zu unserem Lager am Rande der Stadtmauer auf einer großen Sandfläche. Als wir die ersten Zelte erreichen, nimmt Ciaran seinen Arm von meiner Taille. In diesem Moment fällt es wie eine Last von mir, aber gleichzeitig fehlt mir seine Berührung.

Ohne ihn hätte ich den Tag nicht überstanden, stünde jetzt nicht ohne eine Schramme hier. Meine Angst vor dem, was er sein kann, und meine Erschütterung über sein Handeln während des Balles sind nicht verschwunden, aber er hat mich heute erneut gerettet. Tief in meinem Inneren weiß ich, dass Ciaran mehr ist als nur das mordende Monster. Auch wenn es mir immer noch schwerfällt, diese beiden Bilder, die ich von ihm habe, zu vereinen.

Gemeinsam gehen wir an den Zelten vorbei, die bereits errichtet worden sind, und die letzten Sonnenstrahlen tauchen alles in ein warmes Licht. Es erscheint alles so friedlich hier, aber die Bilder der prügelnden Menge stehen mir immer noch vor Augen.

»Geht es dir gut?«, fragt Ciaran leise, was mich unwillkürlich lächeln lässt. Natürlich weiß er, was in mir vorgeht.

»Nein ... ja ... Danke, dass du uns da rausgeholt hast.«

Seine Augen sehen wieder völlig normal aus. Die Schwärze ist verschwunden, dafür glänzen sie jetzt beinahe zufrieden.

»Gib dir nicht die Schuld daran, was eben geschehen ist.« Er lächelt schwach und greift nach meiner Hand. »Die

Stimmung in Lichtstadt ist schon seit einiger Zeit unkontrollierbar. Es kommt hier beinahe täglich zu Ausschreitungen.«

Vermutlich hat er recht – immerhin hat hier die Hinrichtung stattgefunden. Dennoch haben meine Worte zu der Prügelei heute geführt. »Wie geht es morgen weiter?«, will ich wissen, um die bedrückenden Gedanken zu verdrängen.

»Wir werden weiter nach Norden reiten. In ein paar Tagen kommen wir nach Sanïa, in die Wüstenstadt, und anschließend nach Sternhain. Dahinter beginnt das Schattenland.«

»Meinst du, wir bewirken mit dieser Reise tatsächlich etwas? Nach unserem Auftritt heute kann ich mir das kaum vorstellen«, überlege ich laut und denke an die Reaktionen der Hellen heute.

Ciaran legt seinen Arm wieder um mich und gibt mir einen Kuss auf den Scheitel.

»Es mag richtig gewesen sein, Sienna, was du heute gesagt hast. Aber du darfst dich nicht so offen gegen die Königin stellen. Du selbst hast gesehen, zu was das führt. Nicht alle Hellen folgen Victorias Politik, und gerade jetzt ist es umso wichtiger, dass wir uns einig zeigen. Wir dürfen keine Schwäche offenbaren, das würden unsere Feinde nur für sich nutzen. Und du willst ganz sicher nicht, dass sich so etwas wie an unserem Verlobungsball wiederholt.«

Es ärgert mich, dass er mich erneut so offen rügt. Dennoch halte ich mich zurück, nicht aufzubrausen, denn er hat recht. Ein Putsch gegen das Königshaus darf sich nicht wiederholen.

Ich habe bisher mit ihm nicht über Victoria und die Prophezeiung gesprochen. Ob aus mangelnder Gelegenheit oder weil ich mit meinen Vorbehalten ihm gegenüber zu kämpfen habe, kann ich nicht so genau sagen. Aber Ciaran könnte der Einzige sein, der wirklich versteht, was dahintersteckt.

»Victoria hat mir von einer Prophezeiung erzählt.«

Ciaran runzelt die Stirn.

»Sie besagt, dass sich die Grauen erheben und das Lichtland und das Schattenland untergehen werden. Aus diesem

Grund will sie die Grauen aus unseren Ländern vertreiben.« Ich hebe die Stimme und lasse es als Frage ausklingen.

Ciaran streicht sich über seine dunklen Haare und bleibt stehen. Erst jetzt bemerke ich, dass wir vor meinem Zelt angekommen sind. »Ja, davon habe ich gehört. Aber ich glaube nicht an Prophezeiungen.« Er tritt einen Schritt zurück.

»Aber du stehst hinter den Plänen der Königin?«

»Ja, das tue ich.«

Ich verspanne mich augenblicklich. Die Soldaten vor meinem Zelt schauen uns nicht an, dennoch bin ich mir sicher, dass sie jedem unserer Worte folgen. Ich zögere kurz, dann greife ich nach Ciarans Hand und ziehe ihn mit mir ins Zelt. Wir sind verlobt – sollen die Soldaten doch denken, was sie wollen. Meine Zofe fällt in einen Knicks und rappelt sich anschließend schnell wieder auf. Ich schicke sie hinaus. Das, was ich mit Ciaran bereden will, soll niemand sonst hören.

Ciaran schaut sich überrascht um, wobei seine Mundwinkel verdächtig zucken.

»Wenn es einer Prügelei bedarf, damit du mich in dein Zelt zerrst, sollten wir noch eine Weile hierbleiben.«

Dieser anzügliche Spruch passt weder zu ihm noch zur Ernsthaftigkeit der Situation, sodass ich überrascht die Augenbrauen hebe. Ich gehe zum Feuer und wärme meine Hände. Trotz der hohen Temperaturen in Lichtstadt fröstelt es mich. Was vermutlich an unserer Diskussion liegt.

»Erkläre es mir, Ciaran! Erkläre mir, warum auch du die Grauen aus unseren Ländern vertreiben willst! Ein Volk, das nichts hat. Keine Heimat, kaum Nahrung und genug zu leben, und alles, was sie von uns erfahren, ist Abneigung, Hass und die Schuld, die wir ihnen zuschieben. Sie haben uns doch nichts getan.« Meine Worte klingen härter als beabsichtigt, aber ich bin so wütend, dass ich am liebsten platzen würde.

»Unseren Ländern geht es nicht besonders gut, Sienna«, erklärt er mir ruhig und tritt neben mich. »Auch das wirst du auf unserer Reise selbst sehen. Die Felder bringen zu wenig

Erträge, weil es bei euch nicht regnet und bei uns die Sonne nicht scheint. Das ist zu wenig für alle, die bei uns wohnen. Es kann so nicht weitergehen … Und die Grauen gehören nun mal einfach nicht in unser Land.«

»Aber wir können sie doch nicht einfach so fortschicken!«, entfährt es mir, und auch wenn ich das Problem sehe, will ich die Lösung nicht akzeptieren.

»Glaub mir, ich habe einiges versucht«, meint er und lächelt traurig. »Ich habe Handelsabkommen mit der Wasserwelt geschlossen, aber selbst mir geht irgendwann das Geld aus. Und der Druck der Bevölkerung, dass wir endlich etwas unternehmen, wird immer größer. Es geht einfach nicht a nders, Sienna.«

Ich presse die Lippen zusammen, weil ich nicht glauben will, was er sagt. Es muss einen Weg geben, bei dem nicht so viele Graue vertrieben werden. Mir fällt noch eine andere Sache ein, die ich mich kaum zu fragen traue. »Weißt du etwas über die grauen Männer?«

Ciaran kneift die Augen zusammen. »Was meinst du damit?«

Ich kaue auf meiner Unterlippe und überlege, wie viel ich ihm sagen soll. »Ich habe gehört, dass Victoria die grauen Männer verhaften lässt. Niemand weiß, wohin sie sie bringt, aber sie sind verschwunden.«

Unglauben zeigt sich auf seinem Gesicht, und er schüttelt den Kopf. »Nein, das kann nicht sein. Vermutlich sind sie einfach weggegangen und versuchen, woanders Fuß zu fassen.«

»Nein, ich weiß, dass sie dahintersteckt.« Ich kann nicht mehr sagen, ohne mich zu verraten. Ohne Thy zu verraten, dem ich immer noch glaube, besonders nachdem Kit seine Aussagen weitestgehend bestätigt hat. Aber über Thy will ich mit Ciaran auf gar keinen Fall sprechen.

»Du musst dich irren.« Ciaran schüttelt den Kopf.

Ich würde ihm gerne glauben. Aber ich weiß mittlerweile nicht mehr, was ich von Victoria halten soll. Mir fällt es zunehmend schwer, sie für ihre Taten zu verurteilen, da ich nun weiß, was dahintersteckt. Auch wenn mir nicht gefällt, was sie tut, kann ich ihr nicht vorwerfen, dass sie ihr Land retten will. Mein Land.

Ciaran greift um meine Hüften und zieht mich zu sich. Er sieht zu mir herunter und wirkt irgendwie unschlüssig. Das ist so untypisch für ihn, dass ich lächeln muss. Ich mag es, wenn er so ist. Dann wirkt er nicht so unnahbar, nicht so kühl, und ich habe beinahe das Gefühl, dass wir auf Augenhöhe diskutieren und nicht von König zu Prinzessin.

»Ich wollte noch über etwas anderes mit dir sprechen.«

Er nimmt meine Hand und führt mich in eine Ecke zu einem Lager mit Decken und Kissen. Seine Hand ist kalt in meiner, aber ich habe nicht länger das Bedürfnis, sie ihm zu entreißen. Es hat gutgetan, mit ihm zu sprechen, und so langsam weicht die Beklemmung, die ich seit jenem Abend in seiner Gegenwart empfinde.

Ciaran lässt sich auf den Decken nieder, und ich setzte mich ihm gegenüber. Er hält immer noch meine Hand und streicht langsam mit dem Daumen über meine Haut.

»Du hast dich in letzten Tagen von mir abgewandt«, sagt er und sieht mich aus seinen dunklen Augen aufmerksam an. »Glaube nicht, dass ich das nicht bemerkt habe. Und es hat mir nicht gefallen.«

Seine Worte treffen mich, wenn auch aus einem anderen Grund, als er vermutlich denkt. Denn augenblicklich sehe ich andere Augen vor mir. Fühle ich eine andere Hand in meiner, spüre ich andere Finger, die brennend über meine Haut fahren und nicht eiskalt.

Thy war gestern Nacht, als ich so unglücklich gewesen bin, für mich da, hat mir zugehört und mich gehalten. Bei ihm habe ich mir gestattet, schwach zu sein und zu weinen, zum ersten Mal in den letzten Tagen. Und auch wenn nicht mehr passiert ist, fühle ich mich deswegen in diesem Moment schuldig. Denn Thy löst etwas in mir aus, was ich immer noch nicht genau greifen kann. Es ist vollkommen anders als bei Ciaran, und ich will auch nicht sagen, dass ich ernsthafte Gefühle für ihn habe. Aber da ist etwas, was mich zu ihm treibt, was mich dazu bringt, in seinen Armen zu weinen und mich und die Welt um mich herum für einen Moment zu vergessen. Bei ihm fühle ich mich in erschreckender Weise frei und zugleich sicher, und das ist eine Geborgenheit, die Ciaran mir bisher nicht geben konnte. Und wodurch ich das Gefühl nicht loswerde, dass ich ihn verrate.

»Ich konnte nicht«, antworte ich mit erstickter Stimme. »Ich habe gesehen, zu was du fähig bist … Und das hat mir Angst gemacht, Ciaran.«

»Ich habe dir Angst gemacht?« Er sieht mich traurig an.

Ich nicke und kann ihm nicht länger in die Augen sehen. »Du hast die Kontrolle verloren, Ciaran. Du hast die Rebellen getötet, obwohl du es nicht musstest. Wir hätten sie gefangen nehmen können, unsere Soldaten hätten sie überwältigt, aber du hast sie einfach … zerstört.«

Er schweigt und sagt lange nichts. Seine Hand hält immer noch meine, aber die Kälte wird langsam unangenehm.

»Ich … ich kann dir das nicht erklären, Sienna. Und ich kann dir auch nicht versprechen, dass es nicht wieder passiert.«

Ich presse die Lippen zusammen und muss mich zwingen, nicht auf Abstand zu ihm zu gehen.

»Das … ist ein Teil von mir. Sobald du deine vollständigen Fähigkeiten erlangt hast, wirst du mich besser verstehen.«

Ich nicke, aber ich glaube ihm nicht. Ich könnte so etwas nie tun.

Ciaran zieht mich zu sich heran und drückt mir einen Kuss auf den Kopf. »Du musst lernen, darüber hinwegzusehen.«

Wie soll ich das jemals können …?

Er fährt mit seiner Hand an meiner Wange entlang und hebt meinen Kopf an. Und ohne meine Zustimmung abzuwarten, drückt er seine Lippen einfach auf meine.

Im ersten Moment presse ich sie fest zusammen, erschrocken über die Kälte in meinem Gesicht, aber als er langsam beginnt, an meiner Unterlippe zu knabbern, öffne ich mich ihm, obwohl es sich falsch anfühlt in diesem Moment, denn ich bin einfach noch nicht so weit. Aber als er versucht, mit der Hand unter mein Oberteil zu fahren, halte ich ihn zurück.

»Nein, Ciaran, ich will das heute nicht. Noch nicht …«

Etwas blitzt in seinen dunklen Augen auf, und wieder habe ich das Gefühl, als würden sich seine schwarzen Iriden bewegen.

Ich brauche noch Zeit, denn zuerst muss ich vergessen oder zumindest verstehen, was er getan hat, und ich muss mir endlich meiner Gefühle für ihn klar werden.

Er seufzt und zieht sich zurück. »Willst du mich nicht mehr?«, fragt er, auch wenn ich mir nicht sicher bin, ob er die Antwort wirklich hören will.

»Das ist es nicht. Ich … es war einfach alles ein wenig viel heute.« Außerdem geistert mir noch etwas anderes im Kopf herum. Nämlich Thy und sein Versprechen, mir noch etwas zu zeigen. Und ich will auf gar keinen Fall, dass Ciaran noch in meinem Zelt ist, wenn er auftaucht. Bei der Göttin, wie bin ich nur in diese Situation geraten?

Er zögert einen Moment, dann steht er auf, sieht auf mich herunter und nickt langsam. »Na gut. Aber lass mich nicht zu lange warten.«

Ist es eine Drohung, die in seinen leisen Worten mitschwingt?

Nachdem er gegangen ist, lasse ich mich in die Decken fallen und starre die Strahlenkugeln an, die jemand unter die Zeltplane gehangen hat. War es falsch, Ciaran wegzuschicken, statt seinem Drängen nachzugeben?

Ich drehe mich auf die Seite und fahre mir müde und traurig über die Augen. Mein Gefühl sagt mir, dass es richtig war, dennoch nagt ein leises Schuldgefühl an mir. Ich ertrage seine Nähe immer noch nicht, obwohl er sich heute wieder einmal vor mich gestellt und mich beschützt hat. Dass er dabei war, hat mir Sicherheit gegeben, nicht nur, als der rasende Mob uns einzuschließen drohte. Aber werde ich mich ihm jemals wieder mit frohem Herzen und einem liebevollen

Gefühl zuwenden, werde ich mich tatsächlich mit der Grausamkeit des Dunklen Königs abfinden können, wie Ciaran verlangt hat?

Je länger ich darüber nachdenke, desto größere Zweifel kommen mir. Seit Ciaran zurückgekommen ist, fahren meine Gefühle ihm gegenüber Achterbahn – von jugendlicher Verehrung über Enttäuschung zu Begehren und einer zarten Nähe bis hin zu der kalten Angst, die ich die letzten Tage empfunden habe. Das Bild, das ich mir in den letzten Jahren von ihm zurechtgelegt hatte, entspricht überhaupt nicht der Wirklichkeit, dass ich mir fast wünsche, wir könnten die Zeit zurückdrehen und ich wäre wieder die einfältige Dreizehnjährige. Aber vermutlich war mein Bild von ihm schon damals nicht richtig.

Ich seufze ergeben, und die Müdigkeit übermannt mich. So viel ist heute geschehen, und auch die gestrige schlaflose Nacht steckt mir immer noch in den Knochen.

Wir werden noch drei Wochen zusammen unterwegs sein, und ich kann nur hoffen, dass wir mit dieser Reise tatsächlich etwas bewirken. Auch wenn ich es nach dem Tumult heute stark bezweifle.

Von draußen dringen die Geräusche des Lagers an mein Ohr. Zwei Männer gehen an meinem Zelt vorbei und unterhalten sich leise. Sandtiere in der Nähe schnauben, und die Nachtläufer wiehern. Ciaran hat sein Zelt gleich neben meinem, und ich höre ihn hin und her gehen. Das Geräusch seiner schweren Stiefel verrät ihn, denn außer ihm und seinen Soldaten trägt niemand solche Kleidung. Unsere Soldaten haben leichtere Rüstungen, dem Klima und der Hitze angemessen, und meine Zofe und ich tragen fast ausnahmslos Sandalen. Seine Zeltplane wird zurückgeschlagen, und dann ist es still. Er hat sein Zelt wohl verlassen.

Neben mir raschelt es, und ich fahre erschrocken hoch.

»Bist du bereit für ein Abenteuer, Prinzessin?«

Kapitel 14

Kleine Luftblasen perlen am Rand des Glases nach oben, werden kleiner und lösen sich schließlich ganz auf. Das Licht der untergehenden Sonne bricht sich in dem rötlichen Getränk und lässt es leuchten. Mein Blick geht daran vorbei zur Sonne, und langsam gehe ich zum Rand der Brüstung.

Die Schattenberge heben sich schwarz in der Ferne ab und wirken im goldenen Licht der letzten Strahlen noch bedrohlicher als sonst. Ich stelle das Glas neben mich und beuge mich ein wenig nach vorne. Unter mir versinkt Lichtstadt in der Dunkelheit. Ich kann einzelne Dächer erkennen, aber die Schatten auf den Straßen sind lang und verbergen die Einzelheiten vor neugierigen Blicken. Die Straßen sind leer, und ich frage mich, ob es auch hier eine Sperrstunde gibt.

Thy hat uns unbemerkt aus dem Lager geführt, durch ganz Lichtstadt, bis zu diesem Etablissement.

Wir sind auf dem Dach eines der höchsten Gebäude der Stadt, und was hier stattfindet, ist ganz sicher nicht von der Königin erlaubt. Vermutlich noch nicht einmal von meinem Vater. Thy scheint mir wirklich zu vertrauen, da er mich hierher gebracht hat.

Graue und Helle sind hier vereint, reden und lachen miteinander und konsumieren jede Menge unerlaubter Getränke und andere Dinge, die ich gar nicht genauer wissen will. Sogar einige Dunkle habe ich in der Menge entdeckt. Rechts neben mir sitzen unter einem Dach aus dünnen Hölzern und Stoffen einige Männer im Kreis und lassen eine gurgelnde Wasserpfeife umhergehen. Der süßliche Geruch dringt in meine Nase, und ich kann nicht anders, als zu lächeln. Das alles wirkt so irreal. Gerade nach den Geschehnissen des heutigen Tages. Ich nehme an, Thy hat mich unter irgendwelche Drogen gesetzt und ich träume.

Jemand tritt neben mich, und aus dem Augenwinkel sehe ich einen blonden Mann, der mich anzüglich mustert. Ich versteife mich ein wenig und nippe an meinem Glas. Was tue ich hier eigentlich?

Prickelnd rinnt das kühle Getränk meine Kehle hinab, sammelt sich in meinem Magen und sendet von dort Hitzewellen durch meinen Körper. Ich schmecke die fruchtige Süße von Beeren und Granatäpfeln und nehme schnell noch einen Schluck, als der Blonde etwas näher an mich heranrückt. Wäre ich als Lichtprinzessin erkennbar, würde er das niemals wagen. Aber die bin ich heute Abend nicht, denn ich trage wieder den magischen grauen Ring. Niemand hier wird mich erkennen.

»Gefällt es dir hier?« Der Fremde hat eine tiefe Stimme, und ich riskiere einen genaueren Blick. Seine blonden Haare sind etwas zu lang, und seine wasserblauen Augen mit ein paar dunklen Sprenkeln eine kleine Spur zu langweilig.

»Es ist schön hier«, sage ich, weil sich Thy in genau diesem Moment zu uns herumdreht. Er steht an der Bar und unterhält sich angeregt mit einer Frau.

Ich habe nun die volle Aufmerksamkeit des Blonden, der mir ein breites Lächeln schenkt.

»Du bist zum ersten Mal hier?«

»Zum ersten Mal in der Stadt, ja.« Ich drehe mich zu ihm und erwidere sein Lächeln.

Thy runzelt die Stirn und ignoriert die fremde Frau, die weiterhin auf ihn einredet. Ich weiß nicht warum, aber ich genieße es, dass ihm nicht zu passen scheint, was er sieht.

»Was machst du hier?«, tue ich interessiert und nehme noch einen Schluck von dem prickelnden Getränk.

»Ich bin Händler und hatte einige Geschäfte zu erledigen. Aber heute Abend habe ich frei.«

Mir entgeht sein Angebot keineswegs, aber das führt nun doch zu weit.

»Ich nicht«, entgegne ich und lasse ihn stehen. Einmal mehr frage ich mich, was ich hier tue. Thy ist in meinem Zelt aufgetaucht, und ich habe trotz meiner Müdigkeit keinen Moment darüber nachgedacht, nicht mit ihm zu gehen. Ich habe es einfach getan. Dass ich damit Ciaran wieder einmal hintergehe, ist mir mehr als bewusst. Aber das Unbekannte hat mich gereizt, und ich rede mir ein, dass ich Thy vor allem deshalb folge, weil ich etwas über die Bewohner meines Landes erfahren will.

Mit dem Glas in der Hand gehe ich an den Männern mit der Wasserpfeife vorbei bis zur Bar. Sie hat eine runde Form, sodass man von allen Seiten etwas bestellen kann. Thy hat mich beobachtet und mustert mich nun von der anderen Seite aus. Ich tue, als würde ich ihn ignorieren, dennoch kann ich seine Blicke auf mir fühlen. Und sie bringen meine Haut zum Glühen.

»Kann ich Euch noch etwas bringen?«, fragt mich der Mann hinter dem Tresen und deutet auf mein leeres Glas. Er hat seine dunkelblonden Haare mit einem Band zusammengefasst, in seinem linken Ohrläppchen funkelt ein blauer Stein, und ein dichter Bart umschließt sein breites Gesicht. Ich schaue ihn kurz irritiert an.

»Gefällt Euch, was Ihr seht, Prinzessin?«, fragt er spöttisch und zieht eine Augenbraue nach oben.

Schockiert sehe ich mich um, aber niemand scheint ihn gehört zu haben.

»Woher weißt du …«, stammele ich und überprüfe den Ring an meinem Finger. Vielleicht hat seine Wirkung schon nachgelassen.

Der Mann vor mir lacht volltönig. »Keine Angst, Thy hat mir verraten, wer Ihr seid. Und mir gesagt, dass Ihr heute Abend alles bestellen dürft, was Ihr wollt.«

Erleichterung erfasst mich, aber gleichzeitig bin ich wütend. Und neugierig. »Du kennst Thy?«

Er wendet den Blick und deutet mit dem Kopf auf meinen heutigen Reiseleiter. »Klar! Der Kerl dahinten, der gleich von der Frau daneben gefressen wird, wenn er nicht aufpasst.«

Ich folge seinem Blick und muss ein frustriertes Stöhnen unterdrücken. Er hat recht, und das wurmt mich irgendwie.

»Ich bin Andrew«, sagt er und stellt ein volles Glas mit der roten Flüssigkeit vor mich. Ich greife danach und trinke es halb leer. »Solltet Ihr noch etwas wollen, fragt nach mir!« Er lächelt mir noch einmal freundlich zu und will sich abwenden. »Woher kennst du Thy?«, quetsche ich zwischen zwei Schlucken heraus und bemerke beschämt, wie meine Stimme ein wenig schwankt.

Sein spöttischer Blick wandert von meinem Getränk zurück zu mir, und ich stelle das Glas auf dem Tresen ab. »Thy und ich haben uns im Sturmland kennengelernt. Und seit ich dieses kleine Etablissement hier führe, kommt er immer mal wieder vorbei.«

Thy war im Sturmland, das angeblich völlig zerstört und unbewohnbar ist? Mein Instinkt sagt mir sofort, dass mehr dahintersteckt, aber als ich den Mund aufmache, schüttelt Andrew nur den Kopf. »Den Rest soll er Euch lieber selbst erzählen.« Er zwinkert mir zu und wendet sich endgültig ab.

Ich starre auf die kleinen Perlen, die unaufhörlich am Rand des Glases hinaufwandern und an der Oberfläche zerplatzen. Thy war im Sturmland. Er kann durch Spiegel gehen. Er kann Dinge, die die Könige der Grauen konnten, aber trotzdem passt das alles noch nicht richtig zusammen. Denn er hat keine grauen Augen, und ab und zu benimmt er sich, als gehöre er einfach nicht hierher. Ich habe das Gefühl, immer wieder kleine Puzzlesteine zu sammeln, die sich langsam, sehr langsam zu einem großen Bild zusammensetzen. Nur dass sich in meinem vernebelten Hirn heute Nacht absolut nichts mehr zusammenfügen wird.

Es war eine verdammt blöde Idee, hierherzukommen. Ich sollte zurückgehen. Ich habe genug gesehen. Müde stütze ich meinen Kopf in meine Hand und genieße die frische Luft um mich herum. Sanfte Musik dringt an mein Ohr, was mich zum Mitsummen veranlasst. Ich fühle mich leicht und frei und begreife, dass die Welt doch nicht so schlecht ist, wie ich sie im Moment sehen will. Sonst gäbe es Orte wie diesen hier nicht, an dem Helle, Dunkle und Graue ohne Feindschaft und Argwohn miteinander umgehen können.

Ein vertrauter Geruch schleicht sich in meine Nase, und ich weiß, dass Thy hinter mir steht. Er beugt sich nach vorne, und seine Nase streift mein Ohr. »Geht es dir gut?«

»Mmhh …« Ich will ihm jetzt nicht antworten und aus meiner wunderschönen Blase aufwachen.

»Wie viel von dem Zeug hast du getrunken, Sienna?«

Wütend mache ich die Augen auf und drehe mich um. Thy steht direkt vor mir. Zornig funkele ich ihn an, weil ihn das nichts angeht. Er hat mich hierhergebracht und ist damit schuld daran, dass ich betrunken bin. Zumindest versuche ich, mir das einzureden.

»Immer noch zu wenig, wenn du mich fragst!«

Er grinst. »Na, dann ist es ja gut. Ich habe mir schon Sorgen gemacht, ich müsste dich zurücktragen.«

Er stellt sich neben mich und bestellt sich bei Andrew noch etwas zu trinken. Ich beschließe, dass er leider nicht ganz unrecht hat, und belasse es für heute Abend.

»Es ist nett hier«, meine ich leichthin und lasse meinen Blick wieder über die Anwesenden wandern. Mittlerweile ist die Sonne ganz verschwunden, und unzählige bunte Lampions erhellen das Dach.

»Ich hoffe, du findest es mehr als nett. Es gibt einen Grund, warum ich dich hergebracht habe.«

Ich nicke, genervt von seinem lehrerhaften Getue. »Ich weiß. Und diesmal sehe ich es«, nuschele ich nicht mehr ganz deutlich.

»Es gibt noch mehr Orte wie diesen. Nicht alle sind ganz so … amüsant, aber jeder für sich ist wichtig«, fährt er ernst fort, und ich verstehe, was er mir damit sagen will.

»Du meinst, es gibt Hoffnung?«

»Wenn du es so willst. Aber zumindest gibt es eine Chance, dass wir uns am Ende nicht alle umbringen werden, sondern eigentlich doch ganz gut miteinander auskommen können.«

Ich leere mein zweites Glas und lehne mich gegen den Tresen. Es ist ein schöner Gedanke, dass am Ende doch alles gut werden wird. Und heute Abend fällt es mir leicht, daran zu glauben.

Als ich Thys Blick spüre, schaue ich ihn an. In seinen tiefblauen Augen blitzt es auf. Langsam hebt er eine Hand und streicht mir eine Strähne hinter die Ohren. Ich zucke überrascht zurück. Ich bin es nicht gewohnt, dass mich einfach jemand berührt, aber Thy hat auch bisher nichts auf Konventionen gegeben. Er setzt sich über alle Regeln hinweg, tut was er will. Die Wärme seiner Finger prickelt angenehm auf meiner Wange – es fühlt sich so ganz anders an als bei Ciaran.

Thy sollte das nicht tun und ich es nicht zulassen.

»Du warst mutig heute Mittag, Prinzessin«, sagt er ernst. »Dumm, dass du dich so offen gegen die Königin stellst, aber dennoch mutig.« In seinem Gesicht schleicht sich ein Ausdruck, den ich bisher noch nie an ihm gesehen habe. Fast könnte es Anerkennung sein. »Komm!« Er greift nach meiner Hand und zieht mich mit sich.

Ich folge ihm, weg von der Bar, an feiernden und lachenden Gästen vorbei und finde mich kurz darauf inmitten einer tanzenden Menge wieder. Die Musik dröhnt in meinen Ohren. Ich kenne den Tanz nicht und lasse mich mitreißen. Ich habe noch nie gerne getanzt, habe mich immer gefangen gefühlt in den Vorgaben und Regeln, die einem in der festen Schrittfolge auferlegt werden, aber hier fühle ich zum ersten Mal, wie die Musik von mir Besitz ergreift und die Macht über meine Glieder übernimmt.

Ich bewege mich, drehe mich, lasse mich fallen. Meine Arme fahren herum, meine Beine haben ein Eigenleben entwickelt, und irgendwann schließe ich einfach die Augen und genieße den Moment. Niemand rempelt mich an, und obwohl wir dicht gedrängt stehen, bin ich alleine. Endlich frei.

Ein neues Lied beginnt, langsamer als das vorige. Thy zieht mich an seinen warmen Körper. Ich lasse die Augen geschlossen, weil ich so der Wahrheit einfach nicht entgegensehen muss. Ich fühle Hände in meinem Rücken, harte Muskeln an meinem Bauch und starke Schultern unter meinen Handflächen. Und ohne dass ich etwas dagegen tun kann, lehne ich meinen Kopf an Thys Brust und lasse mich treiben.

Bis der erste Regentropfen auf meine Wange fällt. Und noch einer. Und ein weiterer. Innerhalb eines einzigen Momentes prasseln Tausende dicke Tropfen auf uns herab, und ich öffne ungläubig die Augen. Es regnet. In einem Land, in dem immer die Sonne scheint, in dem die Hitze Graue krank macht, regnet es so gut wie nie. Und doch fühle ich das warme Nass auf meiner Haut, meine Haare werden schwer und meine Kleider kleben an mir. Ich strecke die Hände aus und starre auf die Tropfen, die auf meiner Handfläche abprallen und weiter zu Boden wandern. Das letzte Mal, dass ich Regen erlebt habe, muss mehrere Jahre her sein.

Tief in mir drinnen kitzelt mich etwas und kommt schließlich als lautes Lachen aus meinem Mund. Es hört sich so fremd an, dass ich mich im ersten Moment selbst nicht erkenne. Ich lache, laut und befreiend, und genieße jeden einzelnen Regentropfen, der auf mich herabfällt. Als ich mich beruhigt habe, mich nicht mehr um mich selbst drehe vor lauter Begeisterung, bleibe ich stehen und sehe Thy vor mir. Auf seinem Gesicht sehe ich das erste Mal echte Freude, und seine Augen blitzen im bunten Licht der Lampions. Seine Haare kleben ihm in nassen Strähnen auf der Stirn, und kleine Rinnsale laufen über seine Haut.

Und in diesem Moment passiert etwas zwischen uns.

Er greift nach meiner Hüfte und hebt mich hoch. Ich lege meine Beine um ihn, und er trägt mich durch die Menge. Irgendwann fühle ich eine Wand in meinem Rücken und seinen Körper, der sich hart an mich presst. Seine Arme fahren an meiner Seite hoch, dann streicht er mir die nassen Haare aus dem Gesicht. Mein Atem geht schnell, und ihm geht es nicht anders. Wir starren uns immer noch an. Das alles fühlt sich so falsch und gleichzeitig so richtig an, dass ich einfach nicht weiter darüber nachdenken will. Ich fahre mit meinen Händen über seinen harten Bauch, hinauf an seinem Hals entlang und greife in seine feuchten Haare. Sein Kopf kommt näher, bis er irgendwann nur noch einen Millimeter von mir entfernt ist.

»Wir sollten das nicht tun«, sagt er gepresst und mit rauer Stimme.

Sein Atem kitzelt mein Ohr, und ich erschaudere, als seine Lippen meinen Hals berühren.

»Bitte!«, entweicht es mir, und ich drücke mich ihm entgegen.

Seine Augen finden meine, und unsere Nasenspitzen berühren sich. »Sag das noch mal!«

Ein Beben durchfährt meinen Körper, und ein Verlangen breitet sich in mir aus, das ich noch nie zuvor gespürt habe. Ich habe das Gefühl, zu glühen, zu verbrennen, und bin mir sicher, dass nicht viel fehlt, bis ich etwas in Brand stecke. Die Luft um uns herum beginnt zu flimmern, und das Wasser auf meiner Haut verdampft mit leisem Zischen.

»Bitte, Thy!«, bringe ich heraus und verfluche mich gleichzeitig. Was tue ich hier nur?

Es ist nicht mehr als ein Hauch, als seine Lippen meine berühren, und mir entweicht ein frustriertes Knurren.

»Was soll ich tun, Prinzessin?«, fragt er beinahe belustigt. Er tut, als wäre er die Ruhe in Person, aber sein schneller Herzschlag unter meinen Händen straft ihn Lüge.

Vielleicht bin ich verrückt, blind, vielleicht ist es aber einfach nur normal, dass ich in diesem Moment nur noch eines will. Ich denke nicht an Ciaran, nicht an die Königin, nicht an all die Probleme, die morgen wieder auf mich warten werden. In diesem Moment fühle ich nur die Hitze in meinen Adern, das Feuer, das meine Sinne berauscht, und den männlichen Körper, der sich verlangend an meinen presst. Seine Härte drückt an meinem Bauch, und ich weiß, dass er mich genauso will wie ich ihn, und vergesse die Realität.

»Küss mich!«

Und endlich küsst er mich. Seine Lippen sind hart, gierig, und er schenkt mir nichts. Ich komme ihm entgegen, nehme mir, was er mir verspricht, und lasse mich von ihm führen. Er zeigt mir den Weg, wie er es schon so oft getan hat, und ich merke, wie ich falle. Thy vertieft den Kuss, und als seine Zunge meine berührt, habe ich das Gefühl, zu schweben. Ich schmecke etwas Herbes, das so wunderbar zu meiner Süße passt, sich vermischt und mich aufs Neue berauscht. Thy hält mich, seine starken Arme umschließen mich, während ich mich verliere.

Aber es reicht noch nicht. Ich will mehr, die Hitze in mir wächst und bekommt nicht genug. Ich fahre mit meinen Händen über seine harten Muskeln und streife die Kante seines Gürtels. Er zuckt kurz, als ich meine Finger unter sein Hemd schiebe. Seine Haut ist herrlich warm, seine Muskeln hart unter meinen Händen. Ich fahre an seiner Seite entlang, über seinen Rücken. Seine Hand findet meine, führt sie nach oben über meinen Kopf und hält sie dort fest an die Wand gedrückt. Ich drücke mich ihm entgegen, und meine Hüfte beginnt, sich an ihm zu reiben. Ein Keuchen entfährt mir, und Thy lässt von mir ab.

»Du wirst uns verbrennen!«

Wir sind in weißen Nebel getaucht, und der Regen verdampft sofort, wenn er auf meine Haut trifft. Aber das ist mir egal. Ich will mehr, will, dass er mir mehr gibt. Ich greife in seine Haare und ziehe ihn wieder an mich heran. Nach kurzem Zögern kommt er mir entgegen, und ich merke genau, wann er den inneren Kampf verliert. Ich fühle einen Lufthauch auf meiner nackten Haut, als Thy mein Oberteil nach oben schiebt. Seine Hände gleiten über meinen Bauch und ziehen brennende Kreise über meine Haut. Doch dann erstarrt er und weicht zurück.

Als die Kälte zwischen uns größer wird, öffne ich wieder die Augen. Er starrt auf meinen Bauch, auf meine Brust, die sich ihm nackt und ungeschützt entgegenreckt. Unglauben sehe ich auf seinem Gesicht, und Unbehagen regt sich in mir. Ich schlucke hart und lasse meine Beine auf den Boden gleiten. Die Hitze pocht noch in mir, aber langsam beginnt die Temperatur um uns herum zu sinken. Der Regen prasselt weiter auf uns herab und fühlt sich mit einem Mal kalt an.

Beschämt ziehe ich mein Oberteil herunter.

»Du bist … du hast noch nicht …« Thy wirkt verwirrt und gleichzeitig schockiert.

Ob es daran liegt, was er sieht oder nicht sieht, oder ob ihm gerade klar geworden ist, was wir hier tun, kann ich nicht sagen.

Ich kann ihn nicht länger ansehen und senke den Kopf. Langsam dringt die Realität in mein benebeltes Hirn. Ich verstehe, was er meint. Es zeigen sich noch keine goldenen Linien auf meiner Haut, ein klares Anzeichen dafür, dass ich deutlich weniger Erfahrung habe, als er anscheinend dachte. Mich ärgert, dass er es so genau weiß und es ihm anscheinend etwas ausmacht. Thy steht immer noch dicht bei mir, und seine Nähe fühlt sich jetzt so furchtbar falsch an. Ich hebe meine Hände und will ihn von mir schieben, aber er bewegt sich nicht.

»Es tut mir leid, Sienna! Ich dachte einfach, der Dunkle König und du … also … ich weiß nicht, was ich gedacht habe …«

Seine Worte schneiden in mich und zertrümmern auch den letzten Rest meiner Würde. Ich schicke Hitze in meine Hände, und er macht erschrocken einen Schritt zurück. Ich will einfach nur noch weg, weg von diesem Dach, weg von den fröhlichen Leuten und vor allem weg von ihm.

Wie blind gehe ich durch die Menge, die immer noch tanzt. Der Regen prasselt auf mich nieder und spült meine Tränen fort. Wütend laufe ich weiter, wobei ich keine Ahnung habe, in welche Richtung ich muss. Ich wende mich um und bin nicht überrascht, dass Thy mir gefolgt ist.

»Ich will zurück in mein Zelt!«, presse ich zornig heraus und starre zu Boden. Es ist feige, was ich hier gerade tue, und ich weiß, dass ich genauso Schuld an der Situation habe wie er. Wenn nicht vielleicht sogar noch ein bisschen mehr.

»Können wir darüber sprechen, was eben passiert ist?«, fragt er, aber ich schüttele trotzig den Kopf.

Thy seufzt und läuft an mir vorbei. Ich folge ihm. Wir verlassen das Gebäude und gehen durch die dunklen Straßen. Niemand begegnet uns. Als wir am Rande des Lagers ankommen, bleibt er stehen. Ich will zurück in mein Zelt und vergessen, was in den letzten Stunden passiert ist, aber er greift nach meinem Arm. Trotz meines energischen Ziehens lässt er ihn nicht los und zwingt mich, ihn anzusehen.

»Du benimmst dich ab und zu echt wie ein Kind, weißt du das?«, meint er genervt, und ich bin kurz davor, ihm eine Ohrfeige zu verpassen.

Ein Blick in seine Augen hält mich davon ab. Er ist wütend, aber ich erkenne eine leise Spur Verletzbarkeit darin. Das lässt mich innehalten, und ich schaue ihn noch einmal genauer an. Seine Haare sind nass, die Kleidung klebt an seinem Körper, und irgendwie sieht er gar nicht mehr so wild und unbezwingbar aus wie sonst. Tief in mir drinnen regt sich etwas, aber bevor es größer werden kann und in mein Bewusstsein dringt, schiebe ich es beiseite.

Thy lässt mich los und greift stattdessen in seine Hosentasche. »Hier, das wollte ich dir noch geben.« Er hält mir etwas Kreisrundes hin.

Ich nehme es widerwillig entgegen und frage leise: »Was ist das?«

»Ein Spiegel …« Er zögert kurz, bevor er fortfährt. »Wenn du in den nächsten Wochen in Gefahr gerätst oder mich einfach nur sehen willst, lege deine Hand auf den Spiegel und denke an mich. Ich werde kommen.«

Ich erwarte, ein schelmisches Grinsen in seinem Gesicht zu sehen, aber er bleibt ernst. Ich frage ihn nicht, warum ich das tun sollte, auch nicht, warum er ihn mir gibt. Das könnte zu Antworten führen, denen sich keiner von uns im Moment stellen möchte. Das alles heute Nacht hätte nicht passieren dürfen. Ich komme mir unglaublich naiv und dumm vor, dass ich einfach mit ihm gegangen bin. Und dass ich ihn geküsst habe. Denn den leidenschaftlichen Kuss alleine Thy zuzuschieben, wäre falsch, das ist mir durchaus bewusst. Ich habe ihn genauso gewollt wie er mich, und wenn er sich nicht benommen hätte wie ein Idiot – wer weiß, was dann noch passiert wäre.

Vor nur wenigen Stunden habe ich Ciaran zurückgewiesen – und bei Thy bekomme ich mein Verlangen einfach nicht in den Griff. Diese Tatsache reißt etwas in meinem Inneren auf. Ich sollte ihn nicht wollen. Sollte überhaupt nicht mehr an ihn denken. Und sollte nicht dieses brennende Feuer fühlen, wenn er in meiner Nähe ist.

Jeder Schritt, mit dem ich mich weiter von ihm entferne, fühlt sich richtig an und gleichzeitig falsch. Meine Hand greift in die Hosentasche und umschließt den Spiegel. Tränen steigen mir in die Augen, und meine ganze Wut über mich selbst bricht sich ihre Bahn. Was habe ich nur getan?

Aus den Chroniken der Spiegelnden Welt

Winter im Jahre 1109 (9. Jahr des Leuchtenden Friedens)

An Rion, den Dunklen König.

Wir haben unsere Grenzen zum Sturmland geöffnet und erlauben den verbliebenen Grauen, in unser Land zu kommen. Aber auch hier gehen Veränderungen vor sich, die ich nicht einschätzen kann. Dieser Sommer ist einer der heißesten, die ich je erlebt habe, und unsere Bauern berichten von katastrophalen Ernten. Hoffen wir, dass es nur ein schlechtes Jahr war und keine weiteren folgen.

Thanatos

Kapitel 15

Am nächsten Tag lassen wir Lichtstadt hinter uns. Die Luft ist ungewöhnlich feucht, aber die Sonne hat den Regen bereits aus dem Sand der Straße herausgebrannt. Ich wundere mich immer noch ein wenig über den Regenschauer. Der letzte ist über fünf Jahre her.

Die Reise führt uns ins Landesinnere, und die Landschaft wird noch karger, je weiter wir kommen. Sonnensee liegt tief im Süden. Der Weg in Ciarans Heimat wird uns einmal durch mein ganzes Land führen. Viel weiter als Lichtstadt bin ich in meinem Leben bisher nicht gekommen, daher erwacht die Neugier, und ich sauge die Bilder und Eindrücke in mir auf wie ein Schwamm das Wasser.

»Wie geht es dir?« Ertappt zucke ich zusammen und entdecke Ciarans Nachtläufer neben mir. Sanée schnaubt leise, ein Zeichen dafür, dass mein Sandtier lieber etwas Abstand hätte.

»Gut«, antworte ich etwas zu schnell und beiße mir auf die Lippen. Hat Ciaran etwas von meinem nächtlichen Ausflug mitbekommen und fragt deshalb, wie es mir geht?

»Das freut mich.« Er trägt ein Tuch über dem Gesicht, das Nase und Mund bedeckt, um sich vor der Sonne und dem Staub zu schützen. In seinen Augen erkenne ich jedoch ein aufrichtiges Lächeln. »Ich wollte nur sichergehen, dass du nicht die ganze Nacht vor Sorgen wach gelegen hast.«

Ich schüttele kurz den Kopf. Ich habe wach gelegen, aber aus anderen Gründen. Aus Gründen, die ich heute Morgen gerne vergessen würde und die meinen Puls immer noch in die Höhe treiben. Wie konnte ich nur mit Thy mitgehen?

Wie konnte ich ihn nur küssen und so großes Verlangen nach ihm empfinden?

Ich fühle mich elend und schuldig, dass ich es kaum schaffe, Ciarans Blick zu erwidern, und gleichzeitig wühlt mich die Erinnerung an letzte Nacht so sehr auf, dass mir schlecht ist. Es war nicht richtig, was ich getan habe, und vor allem nicht, mit wem. Ich werde Ciaran heiraten, und nur ihm sollte ich so nahe sein. So nahe sein wollen. Ich bin mir meiner Gefühle für ihn immer noch nicht sicher, aber ich weiß, dass es richtig ist, ihn zu heiraten. Das Lichtland braucht Ruhe, die Hellen Stabilität. Und ich bin überzeugt, dass nur Ciaran und ich es ihnen geben können.

»Hast du den Regen gehört?«, frage ich nach einer Weile und lasse meinen Blick über die weite Landschaft wandern. Kaum ein Busch steht am Straßenrand, und nur vereinzelt kann ich kleine Hütten entdecken.

»Ja, das Getrommel auf meinem Zelt hat mich geweckt.«

»Es ist merkwürdig, oder? Dass es gerade jetzt regnet. Es hat so lange nicht mehr geregnet.«

Ciaran seufzt müde und fährt sich über die Augen. Auch er wirkt irgendwie übernächtigt. »Ja, das ist es. Aber das Wetter spielt immer mehr verrückt, daher wundert es mich eigentlich nicht.«

Seine Worte klingen noch in mir nach, als er weiter vorausgeritten ist, um einem seiner Soldaten mit einem Nachtläufer zu helfen.

Wieder muss ich an die Grauen denken, denen die Hitze zu schaffen macht. Sie würden nicht in unser Land gehören, hat Ciaran gestern Abend zu mir gesagt. Aber was ich gestern Nacht auf dem Dach gesehen habe, auf dem Vertreter aller Völker unseres Landes gemeinsam miteinander gefeiert haben, und was mir Thy erzählt hat von anderen Orten, an denen es genauso sein soll, hat mich eines Besseren belehrt. Wir alle gehören hierher. Und es ist meine Aufgabe und die meines Vaters, dafür zu sorgen, dass dies auch möglich ist.

***

Wir sind bereits eine Woche unterwegs, als die Steppenlandschaft einer weiten Wüste weicht. Auch die Städte werden kleiner, bis es irgendwann nur noch Dörfer sind. So weit im Landesinneren gibt es noch weniger Wasser, und die bestellten Felder, Wälder oder vereinzelten Büsche werden weniger. Wir kommen an leeren Flussläufen vorbei, und immer wieder säumen kleine Steinhaufen unseren Weg. Mir läuft ein kalter Schauer über den Rücken, denn ich weiß, was sie bedeuten. Auf diese Art beerdigen wir unsere Toten. Am Wegesrand, damit sie den Weg zur Göttin finden.

Die Landschaft wird leer und trostlos, bis sich schließlich eine unendliche Sandwüste vor uns erstreckt. Ihre unheimliche Schönheit verzaubert mich, und als wir die erste Düne überquert haben, kann ich nicht anders, als ihren tödlichen Zauber zu bewundern. Bis zum Horizont sehe ich nichts weiter als Sand, glitzernd, golden, unendlich weit.

In jeder Stadt, in jedem Dorf, durch das wir gekommen sind, haben die Hellen den Leitspruch der Königin gekannt, folgen ihrer Politik und verehren sie für das, was sie tut. Überall haben Helle am Straßenrand uns zugejubelt. Wieder und wieder habe ich ihre Parolen gehört, aber mittlerweile überraschen sie mich nicht mehr. Selbst in den kleinsten Dörfern, in denen die Hellen hungern und kaum genug für ihre Familien haben, sind wir mit Begeisterung empfangen und über Victoria und den König ausgefragt worden.

Die Bedeutung der Kommunikatoren ist mir mittlerweile sehr bewusst und auch warum Victoria alle Ereignisse übertragen lässt, Ansprachen hält und versucht, alle Hellen dieses Landes zu erreichen. Die bedingungslose Verehrung, die sie erfährt, ist bemerkenswert, aber sie macht mir auch Angst. Und über all dem steht das eine, das unser Volk zu vereinen scheint: der Hass gegen die Grauen. Dieser Hass und die Zwietracht sind überall greifbar, überall werden die Grauen ausgegrenzt, und mir wird immer klarer, dass die Hellen sie einfach nicht in unserem Land haben wollen.

Mehr als einmal mussten unsere Soldaten dazwischen gehen, Schlägereien und Schlimmeres verhindern, die während unserer öffentlichen Auftritte entstanden. Der Hass überschattet alles und lässt die Hellen über die Missstände im Land hinwegsehen. Sie geben einfach nur den Grauen die Schuld dafür, verteufeln sie für ihre Existenz und feiern die Königin dafür, dass sie sie vertreiben will.

Mit jedem Tag fühle ich mich ohnmächtiger und weiß weniger, was ich tun soll. Wie soll ich dieses Land heilen, wie soll ich den Bewohnern des Lichtlandes helfen, allen, die hier leben? Habe ich mir etwas Unmögliches vorgenommen?

Unser Auftritt in Sanïa, der Wüstenstadt, ist einer der leichtesten, weil es hier keine Grauen gibt. So weit in die Wüste sind sie nicht vorgedrungen, vermutlich, da niemand außer uns Hellen hier leben kann. Obwohl die Stadt tief in der Erde errichtet worden ist, ist die Luft extrem trocken und die Temperatur immer noch überdurchschnittlich hoch.

Mir fällt auf, dass Ciaran auffällig ruhig während unseres Auftrittes ist und ich die meisten Fragen beantworte. Während unserer Reise bin ich sicherer geworden und verstecke mich nicht länger hinter ihm. Ich habe zugehört und gelernt und bin jetzt imstande, mich den Hellen und ihren Fragen zu stellen. Die Königin wird stolz auf mich sein, wenn sie davon erfährt. Ich werde zu der Prinzessin, die sie immer haben wollte.

***

Der Himmel ist so klar, dass Tausende Sterne die Nacht erhellen. Unbekannte Sternbilder zeichnen ihre Figuren über dem dunklen Firmament, und der rote Mond scheint voll auf mich herab. Ich lausche den tosenden Wellen, wie sie gegen die Felsen schlagen und klatschend zurück ins Meer gleiten.

Ich sitze im Schatten meines Zeltes und warte. Während der letzten beiden Wochen habe ich oft nachts wach gelegen, weil mich die Eindrücke der vergangenen Tage nicht losgelassen haben, und immer wieder habe ich Ciaran dabei belauscht, wie er sein Zelt verlassen hat. Und gestern Morgen hatte er ein blaues Auge. Als ich ihn darauf angesprochen habe, hat er nur abgewunken und etwas von einem Tisch gemurmelt, den er nicht gesehen habe. Ich habe ihm kein Wort geglaubt. Dennoch hat mich die Neugier gepackt, und außerdem mache ich mir auch etwas Sorgen.

Als zwei Soldaten an mir vorbeigehen, drücke ich mich noch ein wenig tiefer an die Plane. Die Luft ist erfüllt vom Salz des Meeres, und eine scharfe Brise fährt mir durch die Haare. Fröstelnd ziehe ich mein Cape ein wenig enger um mich und überlege, ob ich einfach wieder ins Bett gehen soll. Vermutlich wäre es besser. Entweder wird nichts passieren, oder es wird mir nicht gefallen. Beide Optionen sind nicht überzeugend, und mein Wunsch nach den warmen Decken steigt mit jeder Minute. Dennoch bleibe ich sitzen und warte weiter. Warte darauf, dass die Plane des Zeltes mir gegenüber aufgeschlagen wird und Ciaran herauskommt.

Wir haben die vorletzte Station unserer Reise durch Lichtland erreicht, den Küstenort Sternhain. Nach der Wüste ist Sternhain beinahe eine Erleichterung, da wir hier wieder den Himmel sehen und die Sonne ungebrochen auf uns niederstrahlt. Aber wir nähern uns dem Schattenland, und das merke ich mehr und mehr. Die Tage sind kürzer, die Nächte dunkler, und es ist merklich kühler geworden.

Der Besuch in Sternhain hat mich erschüttert, und die ausgezerrten Gesichter der Hellen haben sich mir tief ins Gedächtnis gebrannt. Der Ort lebt vom Fischfang, was direkt an der Küste ein erträgliches Geschäft sein sollte. Aber in den letzten Jahren ist der Fischbestand immer weiter zurückgegangen, sodass immer mehr Bewohner den Ort verlassen. Die Meere würden zu warm werden, haben mir einige Alte erklärt, daher verschwänden die Tiere. Selbst Ciaran ist dazu nichts mehr eingefallen.

In diesem Moment sehe ich, wie Ciaran sich aus seinem Zelt stiehlt. Er hat sich einen Umhang umgelegt und zieht sich jetzt die Kapuze über den Kopf. Ich warte einen kurzen Moment, dann folge ich ihm. Ich ducke mich in die Schatten, aber er sieht sich nicht einmal um. Es ist mitten in der Nacht, und er rechnet nicht damit, dass ihm jemand folgt.

Als wir die letzten Zelte hinter uns lassen, ziehe ich mir mein Cape über den Kopf und fasse noch einmal an den Ring an meinem Finger, den Thy mir gelassen hat. Kurz denke ich an ihn, aber schnell verscheuche ich den Gedanken wieder. Er ist nicht mehr aufgetaucht, und ich sollte ihm dankbar dafür sein. Er hat mich in einen Gewissenskonflikt gestürzt, hat mich daran zweifeln lassen, was falsch und was richtig ist. Je mehr Zeit jedoch vergeht, umso sicherer bin ich, dass es vor allem die Neugier war, die mich zu Thy getrieben hat. Ein verbotenes Verlangen, das mich gelockt hat und das er schamlos ausgenutzt hat. Und das jetzt – der Göttin sei Dank – endgültig vorbei ist.

Ciaran geht zurück in die Ortschaft, vorbei an den ersten Holzhäusern. Es gibt hier keine Mauer, um die Bewohner zu schützen, und so kommen wir ungehindert immer weiter nach Sternhain herein. Aus einigen Häusern dringt Licht nach außen, und uns begegnen Helle auf der Straße. Niemand spricht den Dunklen König an, niemand beachtet ihn. Ciaran geht unbeirrt weiter und scheint genau zu wissen, wohin er will.

Mit jedem Schritt steigt das ungute Gefühl in mir. Ich habe so viel gesehen in den letzten Wochen, so viel gelernt, was ich vorher nicht wusste. Und ich bin mir mittlerweile sicher, dass auch Ciaran Geheimnisse vor mir hat, die mir nicht gefallen werden.

Als wir den Ort fast durchquert haben, bleibt er vor einem Haus stehen. Er sieht sich um, und im letzten Moment presse ich mich an die Mauer des Nachbargebäudes. Ich verfluche meine Unachtsamkeit und bin jetzt sogar dankbar für die Dunkelheit. In den hellen Nächten in Sonnensee hätte er mich schon längst entdeckt. Nach einem kurzen Moment traue ich mich wieder aus dem Schatten heraus, aber die Straße vor dem Haus ist leer. Ciaran ist verschwunden.

Ich warte noch ein paar Minuten, aber außer dem Rauschen der Wellen und dem Pfeifen des Windes, der durch die

Straßen fegt, kann ich nichts hören. Es ist noch kälter geworden, und meine Finger fühlen sich taub an. Langsam bewege ich mich aus dem Schatten heraus und wage mich zurück auf die Straße. Außer dem warmen Licht, das aus dem Fenster des Hauses vor mir kommt, ist es stockdunkel. Ich trete etwas näher an das Haus heran, das mich immer mehr an die schreckliche Gaststube in Sonnensee erinnert. Mit dem Unterschied, dass keine Stimmen aus dem Inneren dringen und niemand sonst da zu sein scheint.

Unschlüssig überlege ich, was ich tun soll. Ciaran kann nicht weit sein, und er kann auch nicht so einfach verschwinden. Als ich Schritte hinter mir höre, ist es zu spät, um sich zu verstecken. Ich drehe mich unauffällig um und luge unter meinem Cape hervor. Zwei Männer kommen mir entgegen, breitschultrig und in abgewetzter Kleidung. Ihre Gesichter sind schmutzig, und mir schlägt der Geruch von Salz und Bier entgegen. Die Männer beachten mich gar nicht, sondern gehen zielstrebig an mir vorbei, zu einem kleinen Seiteneingang des Hauses.

Verblüfft verfolge ich, wie sie anklopfen und eine Tür geöffnet wird. Ohne lange darüber nachzudenken, bin ich bei ihnen und folge ihnen einfach. Der eine schaut kurz über seine Schulter und runzelt seine Stirn.

»Bist du auch hier, um den Kampf zu sehen?«, fragt er mich, und ich habe im ersten Moment Probleme, ihn zu verstehen. Er spricht einen so starken Dialekt, dass ich als Antwort nur nicke. Alles andere hätte mich ohne Zweifel verraten.

Ein dünner, kleiner Mann hat uns geöffnet, und als wir an ihm vorbeigehen, hält er die Hand auf. Die zwei Männer vor mir werfen ihm eine Münze zu. Ein kurzer Schreck durchfährt mich, bevor mir einfällt, dass ich noch einen Beutel mit Münzen von unserem Auftritt heute Nachmittag bei mir trage. Ich greife hinein und lasse ein paar kleine Münzen in die Hand des Mannes fallen. Er grinst mich aus einem zahnlosen Gesicht an, und beim Anblick seiner fettigen Haare und des ausgemergelten Körpers muss ich schlucken. Ich kann mir immer noch nicht erklären, was Ciaran hier will. Aber dass er hier ist, bezweifle ich nicht mehr.

Ein paar Strahlenkugeln schwirren unter der Decke umher und tauchen alles in ein goldenes Licht. Ich steige vorsichtig eine Treppe herunter und muss mich ducken, um mir an den Holzbalken, die die Decke stützen, nicht den Kopf zu stoßen. Vor mir erstreckt sich ein gewaltiger Kellerraum, unterteilt durch mehrere dunkle Holzstreben, zwischen denen Fischernetze gespannt sind. Feuchtigkeit überzieht die Wände, und ein modriger Geruch liegt in der Luft. Die Geräuschkulisse ist ohrenbetäubend, denn es sind so viele Personen in dem Raum, dass ich schnell den Überblick verliere. Von der Treppe aus erkenne ich, dass in der Mitte des Kellers ein rundes Podest steht, und mir wird schlagartig klar, wo ich bin.

Männer stehen am Rand des Podestes und brüllen zwei Kämpfern zu, die gerade aufeinander losgehen. Ich höre das Klatschen von Fleisch, als der Mann dem anderen mit der Faust in die Magengrube schlägt. Dieser heult auf und holt zu einem Gegenschlag aus. Ich wende schnell meinen Blick ab und steige die Treppe herunter. Die Luft wird stickiger, als ich mich durch die Männer schiebe und versuche, auf die andere Seite zu gelangen.

Meine Kapuze rutscht mir vom Kopf. Aber mich beachtet niemand, alle sind nur auf den Kampf konzentriert. Wieder brüllt einer der Kämpfenden, und diesmal klingt es, als hätte er schlimme Schmerzen. Ich höre einige Zuschauer grölen, und dann poltert etwas. Wegen der massigen Leiber vor mir erkenne ich nichts, aber plötzlich wird es still. Irgendjemand flucht, und dann weichen die Zuschauer zurück und lassen jemanden durch.

Zwei Männer tragen einen Mann zwischen sich, der sich nicht mehr alleine auf den Beinen halten kann. Von seinem Gesicht ist nicht mehr viel übrig, nur an der Kleidung erkenne ich, dass er eben gekämpft hat. Beißende Übelkeit drängt meine Speiseröhre nach oben, und ich schlucke und schlucke, dass ich mich nicht erbreche. Die Gasse schließt sich sofort, und ich werde weiter nach vorne geschoben.

Es war eine dumme Idee, hierherzukommen, und leichte Panik breitet sich in mir aus, als sich harte Bretter in meine Brust bohren. Die Männer drücken weiter gegen mich, und ich werde zwischen den Stangen des Gerüstes, die das kleine Podest tragen, eingequetscht. Ich beiße die Zähne zusammen und schließe kurz die Augen, um mich zu sammeln. Ich rieche Schweiß und Angst und Euphorie. Es kommt Bewegung in die Männer, als schwere Schritte das Podest erschüttern lassen. Ich blinzele gegen das trübe Licht an und sehe einen grobschlächtigen Kerl in die Mitte treten.

Er trägt nur eine kurze Hose, und sein bulliger Oberkörper ist gezeichnet von den vielen Kämpfen, die er schon ausgetragen hat. Breitbeinig stellt er sich hin und reckt die Fäuste. Ich schlucke erneut und drehe mich um. Ich will nur noch weg. Verzweifelt versuche ich, mir einen Weg zurück zu bahnen.

Ein weiterer Kämpfer betritt das Podest, und die Zuschauer werden still. So still, dass ich mein eigenes leises Fluchen höre und nun ungehindert vorwärtskomme. Stimmen um mich herum murmeln, aber ich beachte sie nicht. Raus, nur noch raus! Erst als ich die Worte »Dunkler König« höre, bleibe ich stehen. Alles in mir drängt mich, weiterzugehen, einfach nicht hinzusehen, aber ich bin gekommen, weil ich die Wahrheit wissen will. Daher drehe ich mich langsam um. Obwohl ich ahne, was mich erwartet, schockiert mich sein Anblick trotzdem.

Ciaran steht neben dem fremden Mann auf der Bühne. Er trägt ebenfalls nur eine Hose, und die schwarzen Linien auf seinem nackten Oberkörper heben sich deutlich von seiner blassen Haut ab. Niemand würde leugnen, dass das da oben der Dunkle König ist, der in seiner anmutigen Eleganz so viel schmächtiger und schwacher aussieht als sein Gegner.

Aber die Männer um mich herum scheinen weder überrascht noch ängstlich. Haben sie denn keine Ahnung, zu was

Ciaran fähig ist? Mit einer einzigen Handbewegung könnte er sie alle töten. Einfach nur, weil er es kann.

Ungläubig beobachte ich, wie sich die beiden Kämpfer gegenüber aufstellen, und in mir steigt unsinnigerweise Angst auf. Ich muss keine Angst um ihn haben, sage ich mir immer wieder, aber trotzdem krallen sich meine Hände in meinem Rock fest, und ich presse die Kiefer so hart zusammen, dass es wehtut.

Auf ein unsichtbares Zeichen hin geht es los. Die Zuschauer brüllen, und ich vergesse alles um mich herum. Mein Blick ist nur noch auf Ciaran gerichtet, der jetzt leicht in die Knie geht und seine Fäuste hebt. Auf seinem Oberkörper glänzt der Schweiß, und obwohl das wirklich nicht der richtige Zeitpunkt ist und ich an Tausend andere Dinge denken sollte, fällt mir auf, was für einen athletischen Körper er hat.

Der Bullige schlägt mit seiner Faust nach vorne, aber der Schlag kommt langsam und Ciaran hat genug Zeit, auszuweichen. Rechts, links, dann geht Ciaran leicht in die Knie und schlägt seinem Gegner in den Bauch. Dabei dreht er sich und setzt mit seinem Unterarm einen Schlag in dessen Nacken. Der Bulle brüllt sauer auf, und es hagelt Schläge, die Ciaran allesamt abwehrt. Er spielt mit seinem Gegner, tänzelt um ihn herum und bringt ihn zur Raserei.

Ciaran macht einen Schritt zurück, und sie stehen sich gegenüber. Beide haben die Fäuste geballt, die Anspannung ist zum Zerreißen. Niemand sagt etwas, niemand feuert die beiden an. Im Keller ist es totenstill, nur das schwerer Atmen der Kämpfenden ist zu hören. Der Bullige hebt erneut die Arme und schüttelt kurz seinen Kopf. Sein Gesicht ist zu einem breiten Grinsen verzogen, anscheinend gefällt ihm der Kampf. Ciaran verzieht keine Miene, er wirkt konzentriert. Aber ich bemerke sein leichtes Zittern, als er ebenfalls die Fäuste hebt.

Wieder gibt es einen schnellen Schlagabtausch, aber der Bullige wirkt konzentrierter, seine Schläge kommen nicht planlos, sondern sind präzise positioniert. Ciaran dreht sich, weicht aus, aber diesmal ist er zu langsam. Ein Faustschlag trifft ihn an der Seite und schleudert ihn zurück auf den Boden. Ich unterdrücke ein Keuchen und bemerke, dass ich wieder ganz vorne am Podest stehe. Meine Hände krallen sich in die Bretter, und ich habe vor Anspannung mit dem Atmen aufgehört.

Ciaran kommt wieder auf die Beine und nimmt einen Becher entgegen, der ihm von einem Mann aus der Menge angeboten wird. Er trinkt einen Schluck und schleudert ihn dann von sich. Langsam wendet er sich wieder seinem Gegner zu, und in seinen Augen blitzt die pure Mordlust.

Kälte durchfährt mich, als ich in sein Gesicht sehe. Ein leichtes Lächeln hat sich auf seine Lippen geschlichen, als er sich gemächlich aufstellt. Er schüttelt den Kopf, und als er jetzt wieder die Augen öffnet, höre ich erschrockenes Murmeln um mich herum. Ciaran hatte schon immer dunkle Augen, aber jetzt sind sie vollständig schwarz. Ich habe sie nur einmal so gesehen, und die schiere Angst packt mich vor dem, was jetzt folgen wird.

Mit einem Schritt ist Ciaran bei seinem Gegner und schlägt ihn in die Seite. Der Bullige bricht zusammen und fällt auf die Knie. Ciaran hebt die Arme, dreht sich und genießt seinen Moment. Applaus brandet auf, und so langsam kommt Bewegung in die Männer um mich herum. Der Dunkle König dreht sich seinem Gegner zu und wartet, bis dieser wieder auf den Füßen steht. Dann folgen Schläge, so schnell, dass ich ihnen nicht mehr folgen kann, und irgendwann spritzt das Blut bis zu mir. Der Bullige liegt immer wieder auf dem Boden, aber er steht jedes Mal wieder auf.

Ich wünsche mir, dass er einfach liegen bleiben würde, dann wäre der Kampf vorbei. Ich will mir das nicht länger ansehen, aber ich komme nicht weg. Mein Entsetzen steigt mit jedem Schlag, den Ciaran setzt, und ich habe Mühe, den König in ihm zu erkennen, der er ist.

Ein letztes Mal hievt sich der Bullige auf die Beine, steht mit dem Rücken direkt vor mir und zittert so stark, dass ich nur hoffe, dass er nicht rückwärts herunterfällt. Durch seine Beine starre ich Ciaran an, starre in seine schwarzen Augen und sein entrücktes Gesicht. Niemand würde leugnen, dass er Spaß daran hat, diesen Mann zu verdreschen. Er hat Spaß daran, zu kämpfen, und das Bild erinnert mich schmerzlich daran, wie er im Ballsaal gestanden hat, zwischen all den Leichenteilen, und ebenso gelächelt hat.

Ich schließe die Augen, weil ich nicht länger zusehen will. Aber als ich sie wieder öffne, sieht mich Ciaran an. Es ist nur eine Sekunde, aber ich sehe, wie sich seine Augen vor Schreck weiten und er diesen einen Moment nicht aufpasst. Der Bullige nutzt die Unachtsamkeit und schlägt zu. Ciarans Kopf fliegt zur Seite, Blut spritzt.

Ciaran liegt am Boden und rührt sich nicht mehr. Seine Augen sind offen, und er starrt mich immer noch an. Er schüttelt leicht den Kopf, und seine Lippen bewegen sich, aber ein Schwall Blut kommt aus seinem Mund und er muss husten. Sein Gegner tritt gegen seinen Bauch, aber Ciaran bleibt liegen. Der Kampf ist vorbei.

Zwei Männer steigen auf das Podest und nehmen Ciaran zwischen sich. Er wehrt sich nicht mehr, lässt es einfach geschehen, dass sie ihn nach unten tragen und durch die Menge ziehen. Der Bullige bleibt oben, reckt die Fäuste zum Himmel und genießt den ekstatischen Beifall, der jetzt aufkommt. Die Männer um mich herum sind außer sich, sie feiern den Kämpfer, einen der ihren, der den Dunklen König geschlagen hat.

Ich nutze den Moment und kämpfe mich zurück zur Treppe. Niemand beachtet mich, und ich schiebe mich weiter an verschwitzten, stinkenden Männern vorbei, bis ich irgendwann wieder vor der Tür stehe und kalte, frische Luft in meine Lungen dringt. Im ersten Moment wird mir beinahe schlecht, und ich muss mich auf meinen Knien abstützen.

Ich drehe meinen Kopf. Ciaran sitzt neben mir auf dem Boden. Eine Strahlenkugel an der Hauswand taucht ihn in ein warmes, dämmriges Licht. Er hat sich dort angelehnt, die Hände auf die Knie gelegt und die Augen geschlossen. Eine dünne Blutspur fließt aus seinem Mundwinkel, und er wirkt noch eine Spur blasser als sonst. Ich atme noch einmal tief ein, dann lasse ich mich neben ihm auf den Boden fallen. Wir schweigen beide, atmen einfach, aber irgendwann greife ich nach seiner Hand und drücke sie. Ich will Erklärungen für heute Abend, will wissen, was er hier tut. So viele Fragen drängen sich nach draußen, aber in diesem ersten Moment stelle ich ihm keine davon. In diesem Moment bin ich einfach nur an seiner Seite.

Er fährt mit dem Daumen über meinen Handrücken und dreht den Kopf in meine Richtung. Seine Augen sind immer noch dunkel, aber ich kann wieder eine Iris erkennen.

»Du bist es, Sienna, oder?«, fragt er matt. An seinen Zähnen klebt Blut.

Ich nicke und zeige ihm den Ring. Ich ziehe ihn von meinem Finger, und Ciarans Augen weiten sich überrascht.

»Was machst du hier?«, frage ich ihn. »Was soll dieser Wahnsinn?«

Er verzieht seinen Mund zu einem schwachen Grinsen und lehnt seinen Kopf wieder an die Hauswand. »Ich will nicht, dass du mich so siehst. Du hättest nicht kommen sollen.«

Ich schnaube. Dafür ist es zu spät. »Hast du jede Nacht gekämpft?«, frage ich irgendwann und denke dabei an seine ganzen Verletzungen und die nächtlichen Streifzüge in den letzten Wochen.

Ciaran schüttelt den Kopf und zuckt gleichzeitig mit den Schultern.

»Warum?«

»Es ist nicht wichtig, Sienna.«

»Doch, das ist es!«, fahre ich ihn an. Zorn steigt in mir auf. Er behandelt mich schon wieder wie ein kleines Mädchen, das er mit ein paar schönen Worten beruhigen kann. Aber das bin ich nicht mehr. »Du hast den Mann da drinnen blutig geschlagen, und ich habe gesehen, dass du Spaß daran hattest. Du hast dich jede Nacht auf unserer Reise geprügelt, also sage mir nicht, dass es nicht wichtig ist!«

Er wendet sich mir wieder zu und sieht mich lange an. »Bist du sicher, dass du das wissen willst?«

Ich nicke vehement, denn ich bin mir sicher. Trotzdem kann ich das ungute Gefühl, das sich in mir ausbreitet, nicht gänzlich verdrängen.

»Ich werde dich heiraten«, sage ich ruhig. »Ich werde den Rest meines Lebens mit dir verbringen. Meinst du nicht, dass ich da über so etwas Bescheid wissen sollte?« Mir ist es ernst mit dem, was ich sage.

In Ciarans Augen blitzt etwas auf, und ich meine kurz, so etwas wie Hoffnung in seinem Gesicht zu sehen. Aber es ist so schnell verschwunden, dass ich mir nicht sicher bin. Bevor er etwas erwidern kann, wird die Tür neben uns geöffnet und einige Männer kommen polternd heraus. Sie werfen uns verächtliche Blicke zu. Sie müssen uns erkannt haben, denn ein höhnisches Lachen folgt ihrem Weg über den Platz in die Dunkelheit.

»Lass uns zurückgehen«, sage ich und stehe auf.

Ciaran sieht zu mir hoch, als ich ihm meine Hand entgegenstrecke. Er nickt schließlich und lässt sich von mir aufhelfen. Ihn so zu sehen, ist ungewöhnlich. Normalerweise ist er es, der mich stützt.

Langsam gehen wir durch die Gassen zurück. Ich kann mich an den Weg nicht erinnern und bin dankbar, dass Ciaran bei mir ist. Der Wind fährt immer noch zugig durch die Straßen, und das Rauschen des Meeres ist stärker geworden. Es ist noch kälter geworden, und das Cape um meine Schultern schützt mich kaum noch vor der Kälte.

Ciaran neben mir scheint das nicht zu stören, er trägt nur seine Hose. Aber er ist der Dunkle König, Dunkelheit und Kälte sind seine Elemente. Wir gehen weiter, und irgendwann tauchen die ersten Lichter der Zeltstadt vor uns auf. Ciaran bleibt stehen und greift nach meiner Hand.

»Komm mit!«

Ich frage nicht, wohin er will, sondern folge ihm einfach. Er geht an den Zelten vorbei, bis wir an die Klippen kommen und sich unter uns nichts als das dunkle Meer erstreckt. Im Licht des Mondes sehe ich die wilden Wellen, ihre Kraft und ihre bedrohliche Gewalt, mit der sie sich aufbäumen und brechen, um dann wieder sanft ins Meer zurückzugleiten. Wir bleiben einen Moment am Rande der Klippen stehen und schauen hinunter. Ciaran hält immer noch meine Hand, und seine Finger sind noch kälter als die Nacht.

»Ich bin der Dunkle König, ich beherrsche die Kälte und die Dunkelheit«, sagt er gegen das Rauschen des Meeres.

Ich erwidere nichts und warte ab. Warte, dass er mir die Erklärung gibt, die ich gefordert habe.

»Aber es ist mehr als das«, fährt er fort, und seine Stimme klingt gebrochen. »Seit ich geboren wurde, ist die Dunkelheit ein Teil von mir. Ich trage sie in mir wie du das Licht. Ich nähre mich von ihr, sie schenkt mir meine Kraft, aber dafür muss ich ihr etwas geben. Du wirst es besser verstehen, wenn du selbst ein Teil des Lichts wirst.«

Er bricht ab und starrt geradeaus. Seine Haare werden vom Wind nach hinten gepeitscht, und er wirkt unendlich einsam, wie er da steht. Ich drücke seine Hand, um ihm zu zeigen, dass er es nicht ist.

»Die Dunkelheit in mir wächst, Sienna«, sagt er so leise, dass ich Mühe habe, ihn zu verstehen. »Sie wächst mit jedem Tag, und ich merke, wie ich immer mehr die Kontrolle darüber verliere. So wie auf dem Ball. Ich hatte solche Angst um dich, dass ich in diesem Moment zugelassen habe, dass die Dunkelheit mein Handeln bestimmt hat. Sie hat mich gezwungen, Dinge zu tun, die ich eigentlich gar nicht tun wollte. Und beinahe hätte ich die Kontrolle nicht wiedererlangt. Ich kann das Dunkel in mir nur beruhigen, wenn ich ihm ein Stück weit nachgebe.«

»Was meinst du mit nachgeben?« Auch meine Stimme zittert leicht.

Ciaran lacht abfällig und fährt sich über den Mund. Das Blut verschmiert dabei, und er wischt sich seine Hand an der Hose ab. »Ich kämpfe jede Nacht. Es ist wie ein Drang, wie eine Sucht, aber nur so beruhigt sich das Dunkel etwas.« Er spricht davon, als wäre es kein Teil von ihm, aber da ist etwas, dass nicht dazu passt.

»Es hat dir Spaß gemacht!« Es ist eine Feststellung, keine Frage. Ich weiß, dass es so ist.

»Begreifst du das nicht?« Er klingt verzweifelt. Ciaran ergreift meine Schultern. Seine Hände bohren sich in meine Haut, und er schüttelt mich beinahe. »Ich bin das Dunkel! Ich bin die Dunkelheit, die nichts als Leid und Elend bringen wird! Es wird mit jedem Tag stärker, und irgendwann …«

Ich schlucke und sehe ihn an. Sehe die ehrliche Verzweiflung in seinem Gesicht und begreife. Seine eigene Kraft hat ihn verändert, tut es noch und wird einen Dunklen aus ihm machen, vor dem ich Angst haben werde. Endgültig.

»Kann man nichts dagegen tun?«, frage ich matt. Ich will ihn nicht verlieren.

Er hebt seine Hand und streicht mir mit eiskalten Fingern eine Strähne aus dem Gesicht. Der Wind greift sofort nach ihr und lässt sie wild fliegen. »Nein. Aber du hilfst mir. Du bist mein Licht, Sienna. Jeder Tag, den ich mir dir verbringe, macht es etwas leichter. Da finde ich das Licht in mir, und die Dunkelheit hat nicht so eine Macht über mich.«

Ich schlucke erneut und greife nach seinen Händen. Es ist eine gewaltige Bürde, die er trägt, und er tut es bisher ganz alleine. Zum ersten Mal habe ich das Gefühl, ihm nahe zu sein. Wirklich nahe, nicht nur körperlich. Und in diesem kleinen Moment erkenne ich in ihm auch wieder den Jungen, in den ich mich vor so langer Zeit verliebt habe. Und für den ich da sein will. Ich nehme seine Hand, die nicht zerschunden ist, und hauche einen Kuss auf die Handinnenfläche. Dann lehne ich mich an ihn. Ich werde ihm beistehen, werde um ihn kämpfen. Ich brauche Ciaran an meiner Seite. Für mein Land und irgendwann hoffentlich auch für mich.

Ganz tief in mir drin erwacht ein sanftes Glühen, das ich schon beinahe verloren geglaubt habe. Und es gilt keinem widersprüchlichen Fremden, der meine Gefühlswelt einmal durcheinandergewirbelt und dann mit Füßen getreten hat, sondern einzig und alleine dem Mann vor mir. Ciaran legt die Arme um mich, und wir bleiben so stehen.

»Dann lass mich dir helfen«, sage ich an seiner Brust und lausche seinem gleichmäßigen Herzschlag.

Er stützt sein Kinn auf meinen Kopf und atmet tief durch. »Danke!«

Als wir wieder vor meinem Zelt stehen, lasse ich seine Hand nicht los. Ich will ihn noch nicht alleine lassen. Ciaran sieht mich überrascht an und fährt mir mit seiner freien Hand durch die Haare. Er zögert kurz, aber als ich seinen eindringlichen Blick erwidere, küsst er mich. Ich schmecke sein Verlangen, sein Blut, und tief in mir erwacht mein Feuer. Seine Zunge berührt meine, und meine Adern fangen zu brennen an. Meine Hände greifen nach seinen nackten Armen, und ich kralle mich an ihnen fest. Ciarans Küsse werden fordernder, er reizt mich, und ich komme ihm entgegen. Ich öffne meine Augen und suche seinen Blick. Dunkle Augen schlagen mir entgegen, Schwärze, aber diesmal machen sie mir keine Angst, denn diesmal entdecke ich etwas anderes in ihnen: Liebe.

Da ertönt ein lautes Keuchen, hektisches Geklapper, und schwere Stiefelschritte kommen auf uns zu. Erschrocken fahren wir auseinander, und Ciaran knurrt dunkel. Einer meiner Soldaten steht direkt neben uns und sieht uns irritiert an.

»Prinzessin, Euer Vater ist wach.«

Aus den Chroniken der Spiegelnden Welt.

Winter im Jahre 1113

An Lucan, den Weißen König der Nebelberge.

Ich weiß mir keine Hilfe mehr. Immer häufiger suchen mich dunkle Gedanken heim, und der Wunsch, einfach allem ein Ende zu bereiten, wächst jeden Tag. Irgendetwas zerrt an mir, treibt mich in die Dunkelheit und lässt keine Liebe in mir zurück.

Jeden Tag werde ich schwächer und kann mich immer weniger dagegen wehren. Ich bitte dich, mir deine Weißen Heiler zu schicken! Vielleicht wissen sie einen Rat.

Rion

Kapitel 16

Sandkörner hüllen mich ein, versperren mir die Sicht und tragen mich. Es fühlt sich ein bisschen an, als würde mich eine unsichtbare Hand halten und in halsbrecherischem Tempo mit sich ziehen. Ich reise in einem Sandsturm, und es ist das erste und ganz sicher auch das letzte Mal, dass ich diese Art zu reisen benutze.

Die Nachricht über die Genesung meines Vaters hat augenblicklich alles andere in den Hintergrund gedrängt. Freude, Erleichterung und Hoffnung haben mich überrollt – endlich, endlich, habe ich ihn wieder. Er wird Victoria in die Schranken weisen, er wird die Auseinandersetzungen zwischen Hellen und Grauen lösen und die Unruhen in unserem Land wieder eindämmen. Mein Vater ist ein großer König, ihm werden die Hellen folgen. Und Victoria hat nicht länger etwas zu sagen. Ich habe nicht abwarten können, bis meine Zofe ein paar Sachen für mich zusammengepackt hatte, auch nicht, bis Sanée gezäumt war, um mich zurück nach Sonnensee zu bringen, daher reise ich in einem Sandsturm. Ich wollte so schnell zurück, wie es geht, denn jetzt zählt nur noch eins: Ich muss zu meinem Vater!

Der Sturm spuckt mich vor den Toren des Palastes aus, in meinem Magen rumort es. Ich bin schmutzig und müde, aber dafür schnell zurück gewesen. Die Soldaten, an denen ich an diesem Morgen vorbeigehe, grüßen mich respektvoll. Ich trage meine Reisekleidung, und mein Haar glänzt im hellen Licht, daher erkennen sie mich sofort.

Die Flure des Palastes sind bis auf einzelne Soldaten wie leergefegt. Meine Schritte werden unbewusst schneller, als ich mich dem Gemach meines Vaters nähere. Die große

Doppeltür ist offen, und mich durchfährt es eiskalt, da dort keine Soldaten davorstehen. Mein Magen krampft sich vor Aufregung zusammen, und ich zwinge mich, die letzten Schritte zu machen.

Das Bett, auf das Sonnenstrahlen fallen, ist leer, und mein Verstand will nicht wahrhaben, was das bedeutet. Er ist tatsächlich wach! Meine Knie schlagen hart auf, als ich zu Boden gehe.

»Sienna?« Eine dunkle Stimme hinter mir lässt mich erstarren.

Schnelle Schritte, jemand geht vor mir in die Knie und nimmt meinen Kopf zwischen seine Hände. Ich sehe in goldene Augen, die meinen so ähnlich sind, in ein kantiges Gesicht, auf dem sich die ersten Falten zeigen, und ein Schluchzen dringt aus meiner Kehle. Mein Vater zieht mich in eine feste Umarmung. Tränen laufen über mein Gesicht, und mein Herz klopft vor Freude so heftig, dass ich meine, er müsste es hören. Ich habe ihn wieder.

Wir bleiben so sitzen, bis irgendwann jemand neben uns tritt. Nur langsam löst er seine Arme von mir, aber ich will nicht von ihm weg, will ihn nicht hergeben, ihn nicht noch einmal verlieren. Doch mein Vater löst meine Hände von seinem Rücken und steht auf. Er zieht mich mit sich hoch, und ich bleibe mit wackeligen Knien vor ihm stehen. Durch einen Tränenschleier sehe ich Victoria.

»Du bist schon wieder da?«, fragt sie mit schneidender Stimme.

Etwas in mir schlägt aus, weil ihre Worte wie ein Vorwurf klingen, doch ich zwinge meine aufgewühlten Gefühle zurück. »Ich bin mit einem Sandsturm gereist«, erkläre ich ihnen mein schnelles Erscheinen. »Was ist passiert? Ich meine …« Hilflos, aber unendlich froh sehe ich zu meinem Vater hin.

Er lächelt gütig und fährt mir mit der Hand über die Wange. Ich genieße seine warme Berührung.

»Meister Caelom, der Schattenmeister, nach dem Ciaran geschickt hatte, konnte mir helfen. Er hat einen Schattenbann über mich gelegt und mich zurückgeholt. Ich bin schon seit ein paar Tagen wieder auf den Beinen.«

»Und warum erfahre ich davon erst jetzt?«, platzt es aus mir heraus. Ich kann den Groll in meiner Stimme nicht zurückhalten.

»Wir haben gleich einen Soldaten losgeschickt«, erklärt Victoria sachlich. »Wie ich hörte, ist die Reise gut gelaufen und du hast dich wunderbar präsentiert. Das wollten wir nicht aufs Spiel setzen.«

Sie hätten mir über einen Kommunikator direkt eine Botschaft schicken können und nicht erst einen Soldaten durch das ganze Land reisen lassen müssen. Ich sehe meinen Vater ungläubig an und kann nicht fassen, dass er ihre Meinung teilt. Aber er nickt zustimmend.

»Mir geht es gut, Sienna! Da machen ein paar Tage überhaupt nichts.«

Ich sehe es anders: Ich bin seine Tochter, und schließlich war er monatelang krank! Aber es bringt nichts, jetzt mit ihnen zu diskutieren. Außerdem überwiegt meine große Freude darüber, dass er wieder gesund ist.

Mein Vater drückt meine Hand. »Lass uns nachher in Ruhe sprechen. Wir müssen zu einer Versammlung wegen der anstehenden Spiele. Später habe ich Zeit für dich, das verspreche ich dir.«

Ich nicke mechanisch, wobei ich nicht ganz verstehe, wovon er spricht. Aber ich will es in diesem Moment auch nicht näher wissen. Mein Vater umarmt mich noch einmal, dann verlassen er und Victoria das Zimmer.

So sehr ich mich freue, dass er wieder wach ist, irgendetwas beunruhigt mich. Der Vater, den ich kannte, hätte sofort nach mir geschickt. Ich bin das Wichtigste auf der Welt für ihn und er für mich – niemals hätte er mehrere Tage verstreichen lassen, ohne mich zu benachrichtigen. Ich kann das Gefühl nicht genau benennen, doch zu der endlosen Freude mischt sich ein bitterer Beigeschmack. Aber vielleicht ist es nur der Schlafmangel, der meine Wahrnehmung durcheinanderbringt.

Ich will nach meiner kleinen Schwester sehen, also gehe ich zu Rheas Zimmer und klopfe leise an. Als niemand reagiert und ich auch keine Geräusche höre, überlege ich kurz, ob es noch zu früh ist, daher öffne ich vorsichtig die Tür, um sie nicht zu wecken. Doch das Zimmer ist leer. Verblüfft gehe ich zum Bett, das vollkommen unangetastet scheint. Es gibt keinerlei Anzeichen, dass jemand die Nacht hier verbracht hat.

»Rhea? Wo bist du?« Mein lauter Ruf verhallt ungehört.

Mir fallen Rheas Visionen ein, ihre letzten Worte und ihre Angst, als ich mich von ihr verabschiedet habe, und mein Hals ist mit einem Mal wie zugeschnürt.

»Rhea!«, brülle ich mit leichter Panik in der Stimme.

Wo ist sie nur? Mein Herzschlag beschleunigt sich, als ich realisiere, dass sie tatsächlich nicht hier ist. Mein Atem geht hektisch, und nur mit Mühe kann ich mich beruhigen. Sicher ist sie einfach nur früh aufgestanden und irgendwo im Palast unterwegs. Ich verlasse das Zimmer wieder und frage einen Soldaten, der ein paar Meter weiter in einer Nische im Gang steht, nach Rhea.

Er schaut mich überrascht an. »Nein, Hoheit. Eure Schwester ist schon seit einer ganzen Weile fort.«

»Fort?« Mein Puls schießt augenblicklich in die Höhe. Kalte Angst kriecht in meinen Nacken, und immer wieder hämmern Rheas Worte durch meinen Kopf: »Männer werden kommen und mich holen. Ich weiß nicht, wohin sie mich bringen, ich sehe nur Dunkelheit.«

»Wo ist sie hin? Wieso ist sie nicht mehr da?«

Der Soldat weicht meinem Blick aus, und ich bemerke, dass sich sein Körper anspannt. »Dazu kann ich Euch nichts sagen, Hoheit.«

»Ich befehle es dir!« Hart kommen die Worte aus meinem Mund, und am liebsten würde ich ihn anschreien. Dass ich es nicht tue, liegt an der Panik, die mir die Kehle zuschnürt.

»Ich weiß nicht, wo sie ist.« Ich erkenne an der Angst in seinen Augen, dass er die Wahrheit spricht.

Ich lasse ihn stehen. Zuerst will ich zu meinem Vater, aber dann fällt mir ein, dass er mit Victoria zu einer Sitzung gegangen ist. Daher eile ich weiter, zu Meister Taurin, der außer meinem Vater stets seine hütende Hand über Rhea gehalten hat.

Wieder fällt mir auf, dass nur noch wenige Soldaten auf den Gängen stehen, und diejenigen, denen ich ansonsten begegne, scheinen wahnsinnig beschäftigt. Mit jedem Schritt werde ich unruhiger, und meine Freude über die Genesung meines Vaters wird von der Sorge um meine kleine Schwester überschattet.

Meister Taurin sitzt tief über ein Buch gebeugt und ist keineswegs überrascht, mich zu sehen. Er erhebt sich und blickt mich lange an, bevor er den Kopf senkt und sich über seine Glatze fährt. »Du bist also wieder zurück. Das ist schön!«

Seine Stimme klingt matt. Mir fallen die tiefen Falten im Gesicht des Meisters auf. Er wirkt zermürbt, fahrig, als würde eine schwere Last ihn erdrücken. Und ich bin mir auch nicht sicher, ob er sich wirklich freut, mich zu sehen.

»Mich hat die gute Nachricht über meinen Vater erreicht. Daher habe ich die Reise abgebrochen«, erkläre ich mich kurz, auch wenn er das sicher schon weiß. »Ich war eben in Rheas Zimmer. Weißt du, wo sie ist?«

Der Blick aus seinen goldenen Augen, in denen sich Schuld spiegelt, erschreckt mich. Ich greife unbewusst nach dem kleinen Tisch neben uns.

»Leider nein, Sienna«, bestätigt er meine Vermutung und kann mich nicht länger ansehen. »Ich habe sie das letzte Mal vor ein paar Tagen gesehen.«

Eine kalte Hand greift nach meinem Herzen, und meine Nackenhaare stellen sich auf. Ich sehe ihn an, seine imposante Gestalt, die Sonne auf seiner Stirn, die ihn als Meister kennzeichnet, und kann nicht fassen, dass er mir so offen ins Gesicht lügt.

»Was ist hier los? Wo ist meine Schwester?«, wiederhole ich eindringlich meine Frage. Angst und Wut vermischen sich, und für einen kurzen Moment verliere ich die Kontrolle über mich. Heißes Feuer kriecht über meine Haut, lässt die Luft um uns herum flimmern.

»Ich kann dir nicht mehr darüber sagen.«

Eine weitere Lüge, da bin ich mir sicher. Doch eines wird mir schlagartig klar: Irgendjemand hat Meister Taurin das Wort verboten. Irgendjemand, der so viel Macht besitzt, dass sogar der Meister Angst vor ihm hat. Außer meinem Vater fällt mir niemand ein – und das will ich einfach nicht glauben. Warum sollte er so etwas tun?

»Wo ist sie?« Mein Feuer breitet sich aus, es wird unerträglich warm in dem Kellerraum. Aber das ist mir egal, ich kann nicht mehr klar denken. Rhea ist noch so klein. Und wo immer meine Schwester ist, ich muss ihr helfen!

»Sie ist fort, Lichtprinzessin! Zwinge mich nicht, dir noch mehr zu sagen. Es ist auch so schon schlimm genug.« Die Angst in Meister Taurins Gesicht erschreckt mich zutiefst. Wer immer ihn bedroht, muss etwas Schwerwiegendes gegen ihn in der Hand haben, das ihn folgen lässt. Und spätestens jetzt bin ich mir sicher, dass mich mein ungutes Gefühl, das ich habe, seit ich zurückgekehrt bin, nicht trügt.

***

Kalte Angst kribbelt in meinem Nacken. Etwas hat sich verändert, ist nicht mehr so, wie es sein sollte – das weiß ich nun sicher. Rhea ist verschwunden, und irgendjemand hat Meister Taurin so unter Druck gesetzt, dass er sogar mir gegenüber schweigt. Die Ungewissheit macht mich ruhelos, lässt mein Feuer lodern und jagt eine Hitzewelle nach der nächsten durch meinen Körper. Von der Freude über die Gesundung meines Vaters ist kaum etwas geblieben.

Als ich in unserer Trainingshalle ankomme, höre ich schon von Weitem eine traurige Melodie. Ava steht in der Mitte der Halle und tanzt. Ich sehe ihr einen Moment zu. Die Augen geschlossen und die Arme weit von sich gestreckt, bewegt sie sich anmutig und scheint ganz versunken in ihren langsamen Bewegungen. Als ich weiter in den Raum hineingehe, zerstört das Geräusch meiner Schritte den Moment. Ava bricht ihren Tanz ab und verzieht verächtlich den Mund. Ihre grünen Augen fixieren mich, während sie langsam auf mich zukommt.

»Die Prinzessin ist also zurück.« Im Gegensatz zu ihrer Mutter scheint sie nicht sonderlich überrascht zu sein. »Hat Ciaran es nicht länger mit dir ausgehalten und dich vorgeschickt, oder warum bist du schon da?«

Verachtung schwingt in ihrer Stimme mit, aber ich höre auch deutlich die Eifersucht heraus. Irgendwie beruhigt es mich schon beinahe, dass Ava immer noch die Alte ist und sich zwischen uns nichts verändert hat.

»Ich bin wegen meines Vaters hier. Ciaran wird in sein Reich weiterreisen und erst in ein paar Wochen wieder herkommen. Zu unserer Hochzeit.«

Ava schnaubt und sieht an mir vorbei. Dann grinst sie, und in ihren Augen blitzt es auf. »Schade! Dann verpasst er ja den ganzen Spaß!«

Ich habe keine Ahnung, wovon sie spricht, und das weiß sie offensichtlich.

»Der ganze Hof spricht von nichts anderem mehr. Und ich kann kaum erwarten, dass es endlich losgeht.«

In meiner Mitte breitet sich ein flaues Gefühl aus. Etwas an ihrer Aussage macht mir Angst, und als ich Schritte hinter uns höre, wird mir klar, dass ihre Worte nicht nur mir gegolten haben.

»Nicht wahr, Kit, du freust dich doch auch schon auf die Spiele?«, fragt Ava zynisch.

Ich wende mich um und sehe meinen Freund auf uns zukommen. Erschrocken stelle ich fest, wie eingefallen sein Gesicht aussieht und dass dunkle Schatten unter seinen Augen liegen. Er ballt die Hände zu Fäusten und ringt sichtlich um Fassung. Niemals würde er sich einen Ausbruch vor Ava erlauben. Auch wenn sie noch so sehr darum bettelt.

»Hast du nichts zu tun?«, lenke ich Ava von ihm ab. »Musst du nicht frühstücken, deine Haare frisieren oder dich mit einem deiner Verehrer treffen?«

Sie wirft mir einen missbilligenden Blick zu. »Eigentlich nicht, nein. Aber ich denke, ich werde Ciaran einen Brief schreiben und ihn bitten, zu den Spielen zu kommen. Wenn er davon weiß, wird er sicherlich dabei sein wollen.« Zufrieden lächelnd wendet sie sich ab.

Ich sehe ihr nach, während Wut in mir hochkocht. Victoria kann ich nicht mehr einordnen, aber Ava ist und bleibt das verzogene, arrogante Miststück, das sie schon immer war. Kit seufzt leise, als Ava außer Hörweite ist. Ich gehe auf ihn zu, und er schließt mich in die Arme.

»Willkommen zurück«, sagt er.

Ich löse mich langsam wieder von ihm und sehe ihm forschend ins Gesicht. »Wovon hat Ava gesprochen?«

Er nickt mit seinem Kopf zum Rand der Halle hin, an dem ein paar Bänke stehen, und wir setzen uns. »Der König hat zu öffentlichen Spielen geladen. In der Arena werden Männer miteinander kämpfen … zur Unterhaltung des Volkes.«

»Was?«, entfährt es mir entsetzt, da ich einfach nicht glauben will, was er sagt. Mein Vater würde so etwas niemals tun.

»Dein Vater ist erst seit drei Tagen wach, aber es ist viel passiert seither«, erklärt Kit zögernd. »Die Spiele sind nur ein Teil davon.«

»Aber was soll das für einen Sinn haben? Warum lässt man Männer vor Publikum kämpfen?«

Kit lächelt gequält und streicht sich ein paar dunkle Locken aus dem Gesicht. »Weil Blut und Leid Zuschauer schon immer begeistert haben. Und die Spiele werden die Bewohner des Lichtlandes von ihren eigentlichen Problemen eine Weile ablenken.«

Ich schüttele den Kopf. In meinem Inneren zieht sich alles zusammen. Es kann nicht stimmen, was Kit sagt. Er würde mich nie anlügen, aber ich glaube einfach nicht, dass mein Vater eine solche Sache unterstützt. Es muss mehr dahinterstecken.

»Das kann unmöglich die Idee meines Vaters sein«, sage ich mit tiefster Überzeugung, denn ich kenne ihn nur als friedliebenden und gerechten König.

»Vermutlich nicht. Aber er hat es verkündet, und er wird den Vorsitz darüber haben.«

»Ich werde mit ihm reden. Er kann das noch abwenden! Das ist der blanke Irrsinn!«

Kit lacht freudlos. »Versuche es. Aber ich glaube nicht, dass du noch etwas daran ändern kannst.«

Ich bin schon wieder auf den Beinen, da mich die Unruhe erneut packt. Rhea ist verschwunden, Kampfspiele sollen stattfinden … Das kann doch alles nicht wahr sein.

»Sienna …« In dem leise ausgesprochenen Wort liegt unendlicher Schmerz, sodass ich innehalte. »… sie werden sie hinrichten.«

Ich starre ihn an, öffne den Mund, aber es kommt kein Ton heraus. Die Nachricht sollte mich nicht so überraschen, aber sie wirft mich trotzdem um.

»Am ersten Tag der Spiele wird es öffentliche Hinrichtungen geben. Alle, die in den Putsch verwickelt waren, werden in der Arena getötet werden. Als Abschreckung, dass es niemand noch einmal wagt, die Macht des Königs infrage zu stellen.«

»Nein! Niemand wird in unserem Land ohne Prozess hingerichtet. Und niemals öffentlich.« Außer vielleicht in der Zeit von Victorias Regentschaft, schießt es durch meine Gedanken, und die Bilder der grausamen Hinrichtung der drei Grauen erscheinen mir wieder vor Augen.

Ich lasse mich neben ihm auf der Bank nieder und greife nach seinen Händen. Sie sind rau und schwielig von seinen vielen Kämpfen. »Ich werde mit meinem Vater reden. Vielleicht kann er sie noch begnadigen.« Ich glaube selbst nicht daran, immerhin hat Madame Lorella uns verraten. Auch mich.

Kit schüttelt nur traurig den Kopf. »Ich glaube nicht, dass es was bringt.«

Was ist nur aus meinem bisherigen Leben geworden, aus meinem Leben, in dem ich die Königin gehasst und Ciaran geliebt habe und meine größte Sorge darin bestanden hat, welches Kleid ich am nächsten Tag anziehe? Ich schlucke heftig an dem Kloß, der sich in meinem Hals festgesetzt hat.

»Weißt du etwas von Rhea?«, frage ich ihn nach einer Weile des Schweigens, auch wenn ich kaum Hoffnung habe. Wenn mir schon Meister Taurin nichts sagen will, wird Kit erst recht nichts wissen, denn er hatte nichts mit meiner Schwester zu tun.

Mein Freund schaut mich überrascht an. »Nein. Warum?«

»Sie ist seit Tagen verschwunden. Und bisher konnte mir niemand sagen, wohin. Außerdem hat mich Meister Taurin davor gewarnt, zu viele Fragen zu stellen, daher bin ich mir sicher, dass da etwas nicht stimmt. Ich muss sie finden, dringend!«

Kit schüttelt den Kopf und schweigt. Ich kann ihm ansehen, dass er mit seinen Gedanken woanders ist, und ich verstehe ihn nur zu gut.

»Ich werde fortgehen«, sagt er irgendwann, als die Stille zwischen uns etwas Bedrückendes annimmt.

Mir schießen die Tränen in die Augen. Es ist egoistisch, aber ich will nicht, dass er geht. Ich will ihn nicht verlieren. Meine Finger krallen sich in seine Hände, und er nimmt mich in den Arm.

»Ich kann nicht hierbleiben, ich hoffe, du verstehst das.«

Ich schniefe an seiner Brust, aber ich nicke. »Wann?«, schluchze leise.

»Direkt nachdem … nachdem …«

Wieder nicke ich schnell, weil ich weiß, was er meint. Er muss es nicht noch einmal sagen, es tut so schon zu sehr weh.

»Wohin wirst du gehen?« Meine Stimme ist nicht mehr als ein Flüstern.

Er zögert einen Moment. »Es gibt Gerüchte, dass sich im Sturmland Graue … zusammenrotten. Dass das Land doch nicht mehr so unbewohnbar ist, wie uns alle bisher weismachen wollten. Ich werde versuchen, diese Grauen zu finden und mich ihnen anzuschließen.«

Seine leisen Worte lassen mich zusammenzucken. In ihnen liegt so viel Sprengkraft, dass ich wünschte, ich hätte sie nicht gehört.

Graue, die sich zusammenrotten, die sich erheben – das sind die Worte der Prophezeiung.

Wenn dem wirklich so ist, würde das Victorias Vorhaben mit einem Schlag legitimieren. Ich schüttele erschrocken den Kopf und verdränge diese Gedanken. In diesem Moment geht es um etwas anderes. »Werden wir uns wiedersehen?« Ich atme seinen Geruch ein, nach Leder und Stahl, nach Kampf und Tod, nach Sieg und Freiheit. Den Geruch meines langjährigen Freundes.

Kit drückt mich von sich und sieht mich an. Um seine grauen Augen bilden sich unzählige Fältchen, als er lächelt. »Ganz bestimmt. Wenn nicht in diesem, dann im nächsten Leben.«

***

Es wird später Nachmittag, bis mein Vater Zeit für mich findet. Sonnenstrahlen kitzeln meine Haut, aber ich habe heute nicht die Ruhe, ihre Wärme zu genießen. Als ein Diener zu mir kommt und mir seine Worte ausrichtet, springe ich so schnell auf, dass mir einen kurzen Moment schwindelig ist.

Ich habe lange auf der Bank gesessen und nachgedacht. Über Kit und Rhea, die Spiele, die tatsächlich das vorherrschende Thema überall sind, über Ciaran, Thy und über all die Geschehnisse und Eindrücke, die ich auf der Reise gesammelt habe.

Als ich mich jetzt auf den Weg zu meinem Vater mache, bin ich entschlossener denn je. Ich bin nicht länger die nur zornige, unwissende Lichtprinzessin, die sich hauptsächlich um sich selbst gekümmerte, und die die Schuld an allen Miseren grundsätzlich bei jemand anderem suchte. Die vergangenen Wochen haben mir die Augen geöffnet, mir in aller Deutlichkeit bewusst gemacht, dass auch ich als Prinzessin eine Verantwortung gegenüber meinem Volk habe und es Wichtigeres gibt als ein Rüschenkleid oder einen Verlobungsball. Meine Wut auf alles und jeden hat mich blind gemacht, die Angst und Trauer um meinen Vater haben mich das Wesentliche vergessen lassen. Meine Wut ist immer noch ein Teil von mir, aber ich fühle mich, als wäre ich in den letzten Wochen erwachsen geworden. Und genau das werde ich meinem Vater jetzt auch zeigen. Und ihn damit stolz machen.

Er wartet in seinem Dienstzimmer auf mich, einem fast zu kleinen Raum mit nur einem Fenster, durch das jetzt die rötlichen Strahlen der Abendsonne dringen. Es tut gut, ihn hier zu sehen, hinter seinem Schreibtisch umgeben von seinen Unterlagen und Karten und inmitten der Arbeit, die er so sehr liebt. Natürlich könnte er jederzeit ein größeres Zimmer haben und braucht sich nicht selbst um die Korrespondenz zu kümmern. Aber mein Vater war schon immer jemand, der lieber alles selbst erledigt hat, anstatt diese Aufgabe einem Berater zu übergeben. Trotz seines Amtes ist er auf dem Boden geblieben, und genau dafür liebt ihn das Volk. Mindestens einmal die Woche ist er vor die Tore des Palastes gegangen und hat mit den Hellen gesprochen. Er war nicht einer von ihnen, aber er hat sich bemüht, ihre Probleme zu verstehen und Lösungen zu finden. Er ist mein großes Vorbild, und ich hoffe sehr, dass ich eines Tages zu einer ähnlich guten Königin werde.

Aber er ist nicht alleine. Victoria steht in der Ecke und betrachtet eine Karte, die an der Wand hängt. Ihre Anwesenheit stört mich, und ich will, dass sie verschwindet. Ich will alleine mit meinem Vater reden, aber sie macht keine Anstalten zu gehen.

»Wollen wir uns setzen?«, fragt mein Vater und kommt hinter seinem Schreibtisch hervor. Er deutet auf die Stühle um den Tisch in der Ecke.

Ich nicke und nehme Platz. Die ganze Situation hat etwas Merkwürdiges, und ich frage mich, warum wir nicht wie früher in unserem Garten sind oder in einem unserer Salons. Warum wir uns hier treffen und dem Ganzen einen so offiziellen Anstrich geben.

»Wie geht es dir, Sienna?« Mein Vater zieht an einer Schnur in der Ecke. Nur einen Moment später öffnet ein Diener die Tür und bringt Tee und Gebäck herein. Er stellt alles auf den Tisch, schenkt drei Tassen ein und verschwindet wieder.

Ich warte, bis er die Tür hinter sich geschlossen hat, bevor ich antworte. »Gut, ich bin nur etwas müde. Und ich bin … überrascht von einigen Dingen, die hier vor sich gehen.«

»Wir wollten mit dir über deine Reise sprechen«, erklärt Victoria, und übergeht meine Worte geflissentlich. Automatisch versteife ich mich.

»Vater, können wir uns alleine unterhalten?«, frage ich und ignoriere sie.

Eine Ader an seiner Schläfe pocht, und er fährt sich über die Augen. »Sei nicht so unhöflich«, rügt er mich, und ich komme mir wieder vor wie ein kleines Kind. »Was du zu berichten hast, ist für uns alle wichtig.«

»Das glaube ich gerne!«, entgegne ich patzig und ärgere mich gleichzeitig über mich selbst. Er behandelt mich wie ein Kind, und ich benehme mich auch prompt so. Ich setze mich aufrecht hin und lege meine Hände auf die Knie. Noch vor wenigen Wochen hätte ich mich jetzt trotzig verzogen, aber ich bin nicht mehr sein kleines Mädchen. Dafür ist zu viel passiert.

Victoria sagt nichts, und ihre Miene lässt nicht darauf schließen, was sie denkt. Da auch mein Vater schweigt und sich stattdessen eine Tasse Tee nimmt, beginne ich, zu erzählen. Von unseren Auftritten, von den Fragen der Hellen, von ihren Problemen und den Nöten und Plagen, die alle betreffen. Auch von dem Hass zwischen Hellen und Grauen, der uns immer wieder begegnet ist.

»Wir müssen etwas tun, Vater«, wiederhole ich mich eindringlich. »Unser Land geht vor die Hunde, wenn wir nicht schnell handeln.«

Er seufzt lange und sieht zu Victoria. »Du hast ihr von der Prophezeiung erzählt, oder?«

Victoria nickt nur.

»Es freut mich, Sienna, dass du dich so für unser Land einsetzt. Es freut mich wirklich, zu sehen, dass du endlich deinen Platz gefunden hast. Mehr, als du vermutest.«

Die Worte meines Vaters machen mich stolz, aber sie beantworten nicht meine Bitte.

»Das Land hungert, Vater! Und ich meine damit nicht nur die Grauen, sondern alle Bewohner des Lichtlandes, auch unser Volk. Daran ändert auch eine Prophezeiung nichts, ganz im Gegenteil. Der Hass zwischen den Völkern wird jeden Tag schlimmer.«

»Glaube mir, das ist mir mehr als bewusst«, klärt er mich auf, und seine gereizte Tonlage gefällt mir nicht. Mein Vater hat ein ähnlich aufbrausendes Temperament wie ich, aber er hatte sich immer deutlich besser im Griff.

»Weißt du, wie sehr die Grauen unter der Hitze leiden?«, fahre ich aufgebracht fort. »Dass unser Klima, das jedes Jahr heißer wird, sie krank macht?« Er seufzt schwer. »Ja, auch das weiß ich. Und gerade deshalb ist es das Beste für alle, wenn sie das Lichtland verlassen. Sie können hier nicht leben, und indem sie bleiben, macht es die Situation für alle nur noch schlimmer.«

Zum ersten Mal frage ich mich, ob Victoria von der Zusammenrottung der Grauen im Sturmland weiß. Ob tatsächlich etwas an Kits Worten dran ist und das der eigentliche Grund ist, der hinter ihrem Aufruf zur Vertreibung gegen die Grauen steckt.

»Ihr wollt sie davonjagen! Graue, die aus einem zerstörten Land zu uns kamen, die sich hier ihr Leben aufgebaut haben und trotz der Hitze bleiben wollen? Sie haben uns nichts getan, Vater, sie sind nicht schuld an der Misere, in der das Lichtland steckt!«, werfe ich ihm heftig an den Kopf und verschweige meine Informationen. Ich würde Kit damit zum Tode verurteilen.

»Du hast recht, Sienna. Aber es ist der einzige Weg, um unser Land zu retten.«

Er kann das einfach nicht ernst meinen. Ganz sicher nicht, denn es ist immer noch mein Vater, der jahrelang für die Verständigung der Völker gekämpft hat. Der immer Verständnis und Unterstützung gepredigt hat, für alle Bewohner des Lichtlandes. Seine Worte lassen das ohnmächtige Gefühl in mir wachsen, lassen mich endgültig zweifeln. Aber so leicht gebe ich nicht auf.

»Vater, wusstest du, dass sie graue Männer verhaften lässt?«, entfährt es mir, und nur ein leichtes Beben in meiner Stimme lässt darauf schließen, wie es tatsächlich in mir aussieht.

In Victorias Augen blitzt kurz etwas auf. Aber sie hat sich im Griff, niemand würde ihr eine Unsicherheit anmerken. »Das ist eine Lüge«, sagt sie ruhig.

»Ist es nicht!« Meine Wut wächst, und um mich herum wird es wärmer.

Auch mein Vater bemerkt es und hebt missbilligend seine Augenbrauen. »Wie kannst du Victoria derart beschuldigen, Sienna? Woher hast du die Information?«

»Ich habe davon gehört«, presse ich heraus und versuche, mich zu beruhigen. Es bringt nichts, wenn ich ihn anschreie.

»Warum sollten wir so etwas tun?« Mein Vater schüttelt seinen Kopf.

Ich schweige. Ich habe keine Beweise dafür, nur das, was ich gesehen habe, und das, was Thy mir erzählt hat. Aber beides kann ich hier nicht vorbringen.

»Wir haben die Meister beauftragt, nach Lösungen zu suchen«, fährt mein Vater ruhig fort, als ich nichts mehr erwidere, »… nach Pflanzen, die auch bei Trockenheit wachsen und Erträge bringen, nach Wasser, das wir selbst herstellen können. Aber die Probleme nehmen schneller zu, als dass wir Besserung schaffen können.«

»Und deine Lösung sind die Vertreibung der Grauen und … die Spiele?«, entfährt es mir fassungslos, weil mir in diesem Moment eines klar wird: Mein Vater kann sein Land nicht retten. Er hat selbst keinen Plan mehr.

»Die Spiele sind nur ein kleiner Teil, Sienna«, mischt sich Victoria ein. Ihre Stimme ist ruhig, und sie klingt ausnahmsweise nicht belehrend. »Sie werden zumindest eine kleine Weile helfen und den Hellen ein wenig Ablenkung schenken.«

»Das kann nicht euer Ernst sein!« Ich starre meinen Vater an und versuche, in ihm den Mann wiederzuerkennen, der mir so viele Male erklärt hat, wie wichtig der Frieden in unserem Land sei. Wie wichtig es sei, dass die Völker im Lichtland sich verstehen und aufeinander zugehen. »Ihr veranstaltet Kämpfe, damit die Hellen von ihrem Leid abgelenkt werden? Leute sollen sterben, alleine zur Belustigung?« Meine Stimme überschlägt sich fast, da die Wut heiß durch meine Adern kocht. Ich kann meinen Zorn nicht länger zurückhalten und will es auch nicht mehr.

»Es sind Kriminelle, Sienna, die kämpfen werden. Mörder und Schlächter, die sowieso sterben würden. Wir geben ihnen die Chance, in der Arena zu überleben.«

Die Worte meines Vaters machen mich fast sprachlos. Ich erkenne ihn nicht wieder. »Vater, niemand wurde bisher ohne einen ordentlichen Prozess hingerichtet! Und selbst wenn sie verurteilt wurden, fanden unter deiner Regentschaft noch niemals öffentliche Hinrichtungen statt! Das ist … entsetzlich! Wie kannst du nur so etwas zulassen?«

Er kann meinen Blick nicht halten und schaut weg. Er hat genau verstanden, dass ich auch auf meine Schneiderin anspiele. Er kennt Madame Lorella mindestens genauso gut, wie ich sie kenne, und weiß, dass sie auch meiner Mutter die Kleider geschneidert hat. Meiner Mutter, seiner verstorbenen Frau.

»Es ist falsch …«, setze ich an, werde jedoch sofort von Victoria unterbrochen.

»Die Hinrichtungen sind notwendig«, erklärt sie kalt, als würde sie über eine anstehende Reise sprechen. »Nach dem Putsch ist es umso wichtiger, dass wir unsere Macht demonstrieren. Jedem Hellen in diesem Land muss klar sein, dass wir Verrat nicht ungestraft lassen. Niemand darf unseren Machtanspruch infrage stellen, und dagegen müssen wir in aller Härte vorgehen.«

»Und mit den Spielcn sorgt ihr dafür, dass auch das ganze Land zusieht«, ergänze ich bitter und spüre eine schreckliche Ohnmacht. Ich habe das Gefühl, in eine Welt zurückgekehrt zu sein, die unmöglich meine sein kann. »Aber würde nicht eine Begnadigung ebenfalls unsere Stärke demonstrieren? Wir zeigen, dass wir vergeben können ...«

»Nein!«, unterbricht mich mein Vater hart. »Sie wird sterben! Sie wusste, was sie tat, als sie sich gegen uns gestellt hat.«

»Bitte, Vater!« Meine Stimme hat etwas Flehendes, aber das ist mir egal. Ich muss es versuchen, für Madame Lorella und für Kit.

»Nein! Und höre auf, zu betteln! Eine Prinzessin bettelt nicht.«

Es fühlt sich an wie ein Schlag ins Gesicht, und ich beiße meine Zähne fest zusammen, um nicht zu weinen. Sein Gesicht wird zu einer mir fremden Maske. Von dem König, den ich kannte, meinem über alles geliebten Vater, ist nicht mehr viel übrig.

»Was ist mit den Zuschauern? Für die Spiele werden Hunderte in die Stadt kommen, können wir nicht wenigstens ihnen helfen?«, frage ich und zwinge mich, ruhig zu bleiben. Aber in mir herrscht jetzt so große Abscheu meinem Vater gegenüber, dass es meine ganze Selbstbeherrschung erfordert, ihn nicht anzuschreien.

»Wir haben nichts, was wir ihnen geben könnten. Nur ein wenig Ablenkung«, meint mein Vater kalt.

Ich atme zitternd aus. Meine Hände verkrampfen sich, und ich kann ihn nicht länger ansehen.

»Das ist so nicht richtig«, höre ich die Königin sagen und sehe überrascht auf. »Sienna hat recht, das Volk hungert, und daran ändern auch ein paar Tage Spiele nichts.«

Ich kann kaum glauben, was sie sagt, und mein Vater wirkt auch etwas konsterniert.

»Wir könnten die Kornkammern öffnen und Getreide verteilen.«

»Aber das Getreide ist rationiert. Wir brauchen die Vorräte, auch für Siennas Hochzeit.«

Ich öffne den Mund, aber Victoria kommt mir zuvor. »Sienna hat bestimmt nichts dagegen, wenn das Hochzeitsmahl etwas kleiner ausfällt. Und so könnten wir zumindest für ein paar Tage helfen und uns dadurch großzügig zeigen.«

Ich nicke zustimmend. Mein Vater überlegt. Schließlich nickt aber auch er. Es ist beschlossen.

»Weißt du, wo Rhea ist?«, frage ich schließlich, als keiner von beiden mehr etwas sagt. »Als ich heute Morgen nach ihr sehen wollte, war sie verschwunden. Ein Soldat hat mir erzählt, dass sie schon seit Tagen weg ist!«

Mein Vater runzelt verwundert die Stirn. »Rhea? Ich habe sie noch nicht gesehen, seit es mir wieder gut geht.«

Wieder spüre ich Panik aufsteigen. »Aber sie kann doch nicht einfach verschwinden?« Eine blonde Augenbraue hebt sich, und sein abfälliger Blick geht mir durch Mark und Bein. So hat mein Vater mich noch niemals angesehen. »Sie ist acht Jahre alt. Vermutlich ist ihr einfach langweilig und sie versteckt sich irgendwo.«

Ich öffne ungläubig den Mund und schließe ihn wieder. Mein Vater hat Rhea genauso geliebt, wie ich es tue, und sich immer um sie gesorgt. Diese Haltung passt so ganz und gar nicht zu ihm, sodass mir vor Sorge um meine Schwester ganz schlecht wird. Erst Meister Taurins mysteriöse Warnung, nicht weiter zu fragen, und seine offensichtliche Angst, dann die ablehnende Haltung meines Vaters. Weiß auch er mehr, als er zugeben will?

Da ich hier nicht weiterkomme, verabschiede ich mich. Die ganze Situation war so seltsam fremd, so erschreckend, dass ich kaum glauben kann, wirklich nur wenige Wochen weg gewesen zu sein. Die anstehenden Spiele, mein kalter, berechnender Vater, Victoria, die mir so unerwartet zur Hilfe gekommen ist. Dazu Rhea, die wie vom Erdboden verschwunden ist, und niemand, der mir sagen kann – oder will, wohin. Das alles passt so überhaupt nicht mehr zusammen und bringt meine Welt einmal mehr durcheinander. Und es macht mir unglaubliche Angst. Ich beschließe, Ciaran zu schreiben und ihn zu bitten, so schnell wie möglich zu kommen. Irgendetwas Ungewöhnliches geht hier vor sich, und ich bin mir nicht sicher, ob ich dem Sturm alleine entgegentreten kann.

KAPITEL 17

Ein Schrei reißt mich aus dem Schlaf. Rhea! Erleichterung durchflutet mich, mit einem Satz bin ich aus dem Bett und durch den Flur zu ihrem Zimmer gelaufen. Aber es ist leer, mein eigener Schrei mich muss geweckt haben. Die Vorhänge flattern im warmen Wind, der durch die offenen Fenster hereinweht, und goldene Sonnenstrahlen treffen auf meine Füße. Doch sobald ich die Augen schließe, sehe ich graue Wände vor mir. Zermürbte Gesichter, angsterfüllt, die die kalte Panik erneut über meine Haut kriechen lassen. Hektisch reiße ich die Augen wieder auf. Nur ein Traum. Rheas Traum, um genau zu sein. Und die dumpfe Gewissheit, dass es kein Traum war.

Ich frage die Soldaten in den Fluren erneut nach meiner Schwester, ebenso meine Zofe, den Kommandanten unserer Armee, jeden Diener, den ich im Palast finden kann. Doch niemand hat eine beruhigende Antwort für mich. Alles, was ich erfahre, ist, dass sie zuletzt vor vier Tagen gesehen wurde. Also genau einen Tag, bevor mein Vater erwacht ist. Die Information beruhigt mich zumindest so weit, als dass ich nun ausschließe, dass er etwas mit Rheas Verschwinden zu tun hat. Dennoch, meine kleine Schwester bleibt verschwunden, und auch Meister Taurin blockt jede Mithilfe zur Suche ab. Ich mache mir unglaubliche Sorgen und kann mir nicht erklären, wo sie hingegangen sein soll.

Aber dass sie freiwillig verschwunden ist, schließe ich aus. Wenn sie jedoch weggebracht wurde, gegen ihren Willen, stellt sich die Frage, wer dies getan hat und warum. Sie ist doch erst acht Jahre alt und gehört genau genommen nicht einmal zur königlichen Familie.

***

Eine Woche später gibt es die ersten Toten. Nach zwei Wochen sind unsere Lazarette überlaufen. Eine Seuche verbreitet sich rasend schnell, und allein in der ersten Woche sind ihr Hunderte zum Opfer gefallen. Sie unterscheidet nicht zwischen Jung und Alt, zwischen Männern und Frauen, aber wie durch ein Wunder ist die Krankheit für uns Helle nicht tödlich. Wir erkranken zwar am Fieber, unser Körper bildet rote Pusteln und dörrt aus, bis wir irgendwann nur noch Blut spuken, aber wir überleben. Die Grauen tun es nicht.

Mit jedem Tag, der verstreicht, steigen mehr Feuer in der Stadt auf, Leichenfeuer, um weitere Ansteckung zu vermeiden, und die Angst vor dem Tod ist überall greifbar. Selbst im Palast hat es Opfer gegeben.

Ich habe auf meinen Vater eingeredet, habe gefleht und versucht, an seine Vernunft zu appellieren, aber er ist nicht von seiner Entscheidung abzubringen. Die Spiele finden statt, auch wenn eine Veranstaltung in Zeiten der Roten Seuche, wie sie mittlerweile genannt wird, unverantwortlich ist. Aber ich dringe nicht mehr zu meinem Vater durch. Er ist nicht mehr der Mann, den ich kannte, und in den langen Nächten frage ich mich, ob es wirklich an ihm liegt. Vielleicht habe auch ich mich zu sehr verändert.

Ciaran hat mir geschrieben. Er ist im Schattenland angekommen, aber die Situation vor Ort sei schwieriger, als er gedacht habe, und mit dem Ausbruch der Roten Seuche hat er endgültig entschieden, so schnell nicht zu kommen, was mich traurig macht, obwohl ich es auch verstehe.

***

Als ich auf den Sand der Kampfarena vor mir schaue, der in der Hitze des Tages flimmert, wünsche ich mir so sehr, dass Ciaran bei mir wäre. Die Arena wurde während der Regentschaft meines Vaters nur für Theateraufführungen, Konzerte oder auch Kundgebungen genutzt. Immer nur zum Amüsement des Volkes. Und so grausam es ist, diesen Zweck erfüllt sie auch heute.

Die Sicht verschwimmt vor meinen Augen, und ich muss blinzeln, um wieder klar zu sehen. Es ist selbst für unsere Verhältnisse ungewöhnlich heiß, und ich bemerke einen leichten Luftzug, als sich Victoria neben mir mit einem Fächer Luft zufächelt. Sie wirft mir einen Blick zu und schaut dann wieder nach vorne.

Mein Vater steht vor uns und hat die Arme erhoben. Es herrscht Totenstille, alle warten auf sein Zeichen. Ich wage kaum zu atmen, und meine Hände krallen sich in den Stoff meines Kleides. Aber ich habe den Rücken durchgedrückt und eine ausdruckslose Miene aufgesetzt. Ich werde keine Schwäche zeigen, weder vor den Tausenden Zuschauern, die auf den Rängen der Arena sitzen, noch vor meinem Vater oder der Königin. Alle starren sie zu uns, und ich habe das Gefühl, unter ihren Blicken zu verbrennen. Als mein Vater die Arme sinken lässt, brandet tosender Applaus auf.

Ich zwinge mich, aufzustehen und zu klatschen. Ava neben mir legt die Hände an ihren Mund und jubelt laut. Mir wird schlecht, und ich schlucke die bittere Galle herunter. In den nächsten Stunden wartet die Hölle auf mich, und nichts, aber auch gar nichts, hat mich darauf vorbereiten können.

Mein Vater spricht laut, aber ich höre ihm nicht zu. Ich weiß auch so, was er sagt. Er heißt alle willkommen, spricht von »starken Banden, die uns vereinen und uns zu dem starken Volk machen«, spricht von »den Niederträchtigkeiten der Gefangenen in unseren Kerkern, die heute und in den nächsten Tagen die Chance aufs Überleben bekommen«. Und am Ende eröffnet er mit einem letzten Klatschen die Spiele.

Zwei Männer in Rüstungen treten vor unsere Tribüne und verbeugen sich. Mein Vater und die Königin nicken huldvoll, und die Männer nehmen Aufstellung. Auf das Zeichen des Königs gehen sie aufeinander los. Sie kämpfen mit Kurzschwertern, so, wie es die alte Art war. Es ist verboten, mit

Licht zu kämpfen, das würde die hellen Gefangenen bevorteilen. Zumindest hat es so mein Vater veranlasst.

Die Rüstungen der Kämpfenden glänzen in der Sonne, und ihre Schreie hallen durch die ganze Arena. Obwohl ich es nicht will, kann ich meinen Blick nicht von ihnen abwenden. Noch nie zuvor habe ich Männer so kämpfen sehen, von dem Schlachten während des Putsches einmal abgesehen. Es ist schnell klar, dass der größere der beiden die Oberhand hat, und nach nur wenigen Minuten rammt er seinem Gegner das Schwert in die Seite. Ich zucke heftig zusammen. Der Mann bricht zusammen und bleibt liegen. Langsam richtet sich der Gewinner auf und tritt vor unsere Tribüne. Er verbeugt sich und nimmt seinen Helm ab.

Vor uns steht der Hauptmann unserer Königsgarde, ein gut ausgebildeter Soldat und Kämpfer. Aber ich bezweifle, dass ihn außer uns noch jemand von den anwesenden Zuschauern erkennt. Ich muss hart schlucken, als mir klar wird, dass das alles hier wieder nur eine gut inszenierte Show ist. Kein Gefangener wird hier die Chance auf Überleben haben, niemand wird diese Arena lebend verlassen, der nicht den Segen des Königs hat.

Grauen packt mich und lässt meine Kehle eng werden. Ich werfe dem König einen kurzen Blick zu. Wer ist dieser Mann, der aussieht wie mein Vater, aber zu einer Veranstaltung wie diesen Spielen aufruft? Die Euphorie der Zuschauer, die ihn so offensichtlich dafür verehren, widert mich an. Bin ich denn die Einzige, die am liebsten schreiend wegrennen würde? Ich fühle mich ohnmächtig, hilflos und unglaublich feige.

Die Menge jubelt und lechzt nach mehr. Und das soll sie bekommen. Es folgen weitere Zweikämpfe, aber auch Szenarien mit Sandtieren und Wüstentigern, und zuletzt kämpfen mehr als zwanzig Männer gegeneinander. Immer wieder fällt mir auf, dass sich Soldaten unter den Kämpfern befinden, vor allem unter denjenigen, die Rüstungen tragen. Die anderen stecken in Lumpen und sind nur in wenigen Fällen mit einem Schwert bewaffnet. Von einem fairen Kampf kann absolut keine Rede sein.

Den Zuschauern ist das egal. Sie toben und feiern, als wäre diese Vorstellung das Beste, das sie seit langer Zeit gesehen hätten. Und vermutlich ist das auch so.

Ich habe Mühe, mich auf den Beinen zu halten, und immer wieder muss ich die Augen schließen. Dieses Schlachten macht mich krank, und hätte mir mein Vater nicht bereits zweimal einen warnenden Blick zugeworfen, wäre ich schon längst verschwunden. Aber so stehe ich immer noch auf der Tribüne, mein Blick stur nach vorne gerichtet und versuche, die Übelkeit, die in meinem Bauch wütet, nicht nach oben dringen zu lassen.

Nach etwa zwei Stunden tritt mein Vater wieder an den Rand unserer Tribüne. Er hebt die Arme, und sofort kehrt Ruhe ein.

»Volk des Lichtlandes«, beginnt er mit dröhnender Stimme. Er trägt eine Kette mit einem weißen Stein um seinen Hals, der seine Stimme verstärkt. Nur so ist gewährleistet, dass ihn auch jeder hören kann. »Vor über einem Monat kam es auf dem Verlobungsball meiner Tochter mit dem Dunklen König zu einem schrecklichen Vorfall. Niemand von euch wird die Bilder dieses Abends jemals vergessen, und nur durch das Eingreifen des Dunklen Königs konnten wir das Schlimmste verhindern. An diesem Abend haben sich Bürger meines Volkes gegen mich und meine Familie gewandt. Bürger aus eurer Mitte haben uns bedroht und verraten.«

Er macht eine Pause und lässt seine Worte wirken. Ich sehe versteinerte Gesichter, und niemand wagt auch nur zu husten.

»Verrat ist etwas, das ich nicht dulden kann und das mit aller Härte geahndet wird. Wir haben die Verantwortlichen noch an jenem Abend gestellt, und heute werdet ihr alle Zeuge, was passiert, wenn es jemand wagt, sich gegen uns zu erheben.« Er nickt einem Soldaten am Rand der Arena zu, und ein Tor öffnet sich quietschend.

Ich weiß, was jetzt kommt, kann aber trotzdem nicht fassen, dass mein Vater es tatsächlich durchzieht. In schwere Ketten gelegt, werden zwölf Männer und Frauen vor unsere Tribüne gezerrt. Madame Lorella ist eine von ihnen, aber ich erkenne meine Schneiderin fast nicht wieder. Sie starrt vor Dreck, ihr Gesicht ist eingefallen, und ihr Kopf ist kahl rasiert. Sie trägt nicht mehr als einen Fetzen Stoff, der nichts von ihrem Körper verhüllt.

Ich beginne, zu zittern, und presse meine Kiefer so fest zusammen, wie ich nur kann. Als ich Victorias Blick auf mir spüre, zwinge ich mich zu einem Lächeln. Es fühlt sich so falsch an, dass es wehtut, aber ich habe keine Wahl. Diese Personen haben uns verraten, und auch ich weiß nicht, was sie mit uns gemacht hätten, hätten sie an jenem Abend gewonnen.

»All diese Gefangenen haben sich des Verrats schuldig gemacht. Es kann nur eine Strafe für ihr Vergehen geben.« Mein Vater hebt den Kopf und sieht sich um.

Mir ist erst klar, wonach er sucht, als ein Kommunikator aus der Menge tritt und sich sichtbar aufstellt. Viele andere tun es ihm gleich. Mein Atem beschleunigt sich, und kalter Schweiß bricht mir aus. Panik macht sich in mir breit, Angst um die Gefangenen in der Arena, aber auch um meinen Vater. Denn ich will einfach nicht wahrhaben, was er jetzt tut.

Langsam hebt mein Vater seine Hände, öffnet seine Handflächen, und ein heller Strahl schießt daraus empor. Ich schlage mir eine Hand vor den Mund, als mir ein entsetzter Schrei entweicht. Der erste Gefangene verglüht vor unseren Augen, und es bleibt nichts übrig als rot glühende Ketten. Die Zuschauer sind erstarrt, aber verfallen jetzt in eine ekstatische Euphorie, schreien und brüllen und fordern mehr. Mehr Spektakel, mehr Tote.

Ich will nach vorne springen, will zu meinem Vater, will verhindern, dass er noch einen weiteren Gefangen tötet. Es ist falsch, was er tut, und es ist verboten, mit Licht zu töten.

Eine kalte Hand umklammert meinen Arm und hält mich zurück.

»Nein, Sienna!«, zischt mir Victoria ins Ohr. »Sie haben es nicht anders verdient.« Ich kann sie nicht ansehen, sondern starre weiter zu den Gefangenen hin. Tränen schießen mir in die Augen, und verzweifelt reiße ich mich los.

»Nein, Vater!« Mein Schrei erreicht meinen Vater nicht mehr, bevor er erneut die Hand hebt.

Madame Lorella schaut mich an, bevor er sie verbrennt. Ihre Augen bohren sich in meine, und ich kann erkennen, dass ihre Lippen sich bewegen.

Kurz zuckt mein Blick an den Rand der Arena, aber ich kann Kit nicht finden. Hoffentlich bleibt ihm dieser Anblick erspart. Meine Knie geben nach, und im letzten Moment kann ich mich an einem Stuhl festhalten. Es kann einfach nicht wahr sein, was gerade passiert. Das muss ein Albtraum sein, der so schrecklich ist, das er einfach nicht real sein kann. Ein Traum, den meine kleine Schwester schon einmal geträumt hat. Blutroter Sand, Hunderte Graue, die sterben.

Blut rauscht in meinen Ohren, und ich höre nichts als meinen harten Herzschlag. Der Schock verdrängt alle Gedanken, und für einen kurzen Moment fühle ich mich leer. Rhea hat die Spiele vorausgesehen. Ebenso wie meinen Tod. Ist sie deshalb verschwunden, aus Angst? Oder weil jemand nicht wollte, dass sie die Wahrheit erzählt, bevor sie eintritt? Alle meine Nachforschungen sind ins Leere gelaufen, jeder schweigt und zeigt offensichtliche Angst, wenn ich zu viele Fragen stelle. Mit jedem Tag wächst meine Sorge, aber auch die Hilflosigkeit, denn alles, was mir begegnet, ist eine Mauer aus eisernem Schweigen. Wer außer meinem Vater ist so mächtig, dass er so einen Einfluss hat? Wer will meinen Tod?

Ava links neben mir gähnt und streckt sich. Sie wirkt gelangweilt und beantwortet meinen erschütterten Blick mit einem Schulterzucken. Sie greift nach einem Stück Orange, das in einer Schale neben ihr angerichtet ist, und beißt hinein. Sie tut, als würde sie das alles hier vollkommen kalt lassen, aber nicht einmal Ava kann so wenig Mitgefühl besitzen.

Ich will nicht mehr, kann nicht mehr, aber es ist noch nicht vorbei. Ich nehme einen Becher mit Wein in die Hand und trinke verzweifelt einen Schluck. Als mein Gesicht verdeckt ist, schließe ich kurz die Augen und versuche, mich zu sammeln. Das Schlimmste liegt hinter mir, bald habe ich diesen Tag überstanden.

***

Ich bekomme den Geruch von Blut nicht mehr aus der Nase. Jeden Tag kämpfen Gefangene, begeistern Hunderte von Zuschauern und sterben einen grausamen Tod. An den Spielen ist nichts Ehrenhaftes, nichts Heldenhaftes, nichts, worauf man stolz sein kann. Aber mit dieser Meinung stehe ich alleine. Weder mein Vater noch die Königin noch die Zuschauer, die seit einer Woche beständig in die Arena strömen, stören sich daran. Ganz im Gegenteil. Und je weiter die Spiele voranschreiten, umso begeisterter werden sie aufgenommen.

Jeden Tag kommen mehr Zuschauer, und mir fällt auf, dass es mittlerweile nicht nur Helle sind. Die Kommunikatoren übertragen die Kämpfe weit über die Grenzen unseres Landes hinaus, und es hat sich eine regelrechte Anhängerschaft gegründet. Einzelne helle Kämpfer sind zu Helden aufgestiegen, und sobald sie die Arena betreten, ist die Menge kaum noch zu halten. Der Hauptmann der Königsgarde ist einer von ihnen.

Ich sitze auf unserer Tribüne, neben Ava und der Königin, und habe die Augen geschlossen. Ich kann dem Gemetzel nicht mehr zusehen, auch wenn es mein Vater und Victoria von mir als die Lichtprinzessin verlangen. Das unerschütterliche Lächeln, das sich tief in mein Gesicht eingegraben hat, ist verschwunden. Es ist eine Maske, aber es ist mein einziger Weg, diese Tage zu überstehen. Eine Woche noch, dann ist es vorbei.

Kampfgeschrei dringt an meine Ohren, die lauten Rufe der Zuschauer nach mehr – alles Geräusche, die ich gerne ebenso ausblenden würde wie das, was meine Augen nicht mehr sehen wollen, nicht mehr ertragen können. Aber ich kann mir ja nicht auch noch die Ohren zuhalten.

Als Victoria schnauft, werfe ich ihr einen Blick zu. Auf ihrer Stirn steht der Schweiß. Es wird von Tag zu Tag heißer. Eigentlich neigt sich der Sommer seinem Ende zu, aber die Hitze der letzten Tage lässt eher auf das Gegenteil schließen. Auch die Kämpfer in der Arena leiden darunter, da der Großteil der Gefangenen Graue sind, und so sind die meisten Kämpfe nach kurzer Zeit vorbei.

Für heute ist es fast geschafft, nur noch ein letztes großes Spektakel folgt.

Mein Vater steht bereit, und Fanfaren kündigen unsere Soldaten an, die in goldenen Rüstungen, angeführt vom Hauptmann, die Arena betreten. Die Zuschauer beginnen augenblicklich, zu johlen. Fähnchen mit unserem Wahrzeichen darauf werden geschwenkt, und kaum einen hält es in den Rängen. Sie alle stehen und grölen und lechzen nach Blut. Es widert mich an, und Galle steigt in meinen Hals, sodass ich heftig schlucken muss.

Die zwei großen Tore öffnen sich, und etwa zwanzig Gefangene stolpern in das Rund der Arena. Sie sehen im Vergleich zu den Soldaten so armselig und erbärmlich aus, dass der Kampf eigentlich schon zu Ende ist, bevor er begonnen hat. Was ihnen konkret vorgeworfen wird, außer dass sie als Graue geboren worden sind, interessiert hier niemanden, und dass keiner von ihnen vor einem Gericht gestanden hat, scheint auch völlig ohne Belang zu sein. Dass im Lichtland Recht und Gesetz zu beachten sind und jeder Bewohner vor seiner Verurteilung ein ordentliches Verfahren verdient, scheint in weite Ferne gerückt zu sein. Jetzt gelten andere Regeln, die ich nicht nachvollziehen kann.

Ich will nicht hinsehen. Will mir das Gemetzel ersparen, das mich jede Nacht in meinem Bett wieder einholt. Aber mein Vater lässt seine erhobenen Arme sinken und eröffnet damit den letzten Kampf. Die Soldaten rennen auf die Gefangenen zu, die unsicher ihre Schwerter heben. Sie sind zum

Teil aneinander gekettet, was ihren Kampf zusätzlich erschwert. Unsere Soldaten zögern keine Sekunde, teilen sich auf und gehen auf die Männer los. Ich schließe wieder die tränennassen Augen, doch das Klirren von Schwertern, Äxten und Morgensternen dringt an meine Ohren und lässt mich regelmäßig zusammenzucken. Das Publikum ist still, nur einzelne Rufe sind zu hören.

Ich schrecke auf und öffne meine Lider, als ein Gefangener seinem Mitkämpfer, an den er gekettet ist, laut etwas zuruft, was ich nicht verstehen kann. Dann rennen die beiden quer durch die Arena, wo bereits mehrere Gefangene blutig am Boden liegen. Ein heller Soldat folgt ihnen, und der Gefangene bleibt mitten im Lauf stehen, dreht sich, sodass der Soldat über die Kette stolpert. Bevor er aufstehen kann, steckt ein Schwert in seiner Brust.

Ich runzele die Stirn und kneife meine Augen zusammen. Irgendetwas an der Art, wie dieser Gefangene sich bewegt, kommt mir bekannt vor. Die beiden Männer stellen sich Rücken an Rücken und nutzen die Kette zusätzlich als Waffe. Zwei weitere Soldaten fallen, und neben mir erhebt sich Victoria.

Der erste Gefangene brüllt erneut durch die Arena, und weitere Gefangene kommen zu ihnen. Sie stellen sich Schulter an Schulter auf und bilden einen Verteidigungsring.

Mein Vater flucht vernehmlich, und ich richte mich auf, um das Geschehen genauer verfolgen zu können. Es ist das erste Mal, dass Gefangene ernsthaft eine Chance gegen die Soldaten haben. Auch die Zuschauer begreifen das. Etwas Unerwartetes ist passiert, etwas Neues, womit niemand gerechnet hat, und sie sind begeistert.

Die Soldaten nähern sich langsam, aber das Verhältnis der Kämpfer in der Arena ist mittlerweile ausgewogen. Sie greifen von mehreren Seiten an, brüllen ihren ganzen Frust und ihre Wut heraus, und es hagelt so schnelle Schläge, dass ein Auge kaum folgen kann. Der Gefangene, der Befehle gebrüllt hat, fährt wir ein Berserker durch unsere Soldaten und streckt einen nach dem anderen nieder. Sein Partner ist neben ihm, aber er ist nicht annähernd so schnell und sackt in diesem Moment in sich zusammen. Ohne zu zögern, schlägt der Schnelle ihm die Hand ab und greift sich in einer fließenden Bewegung dessen Schwert. Dabei dreht er sich zum ersten Mal in meine Richtung, und ich keuche erschrocken auf.

Da unten, zwei Schwerter in der Hand und blutverschmiert, steht Thy. Mein Herz stockt, stolpert, nur um im nächsten Moment panisch loszurasen. Wieso ist er unter den Gefangenen? Unterschiedliche Emotionen rauschen gleichzeitig durch mich hindurch, Bilder von unserem ersten Zusammentreffen, seinem Zorn und seiner Wut, seinen Vorwürfen und seinen tiefblauen Augen ohne einen einzigen Sprenkel. Meine Lippen kribbeln, weil ich ihm so nahe war, viel näher, als ich sollte, doch eine allumfassende Angst packt mich im nächsten Augenblick. Denn Thy steht in diesem Moment dort unten in der Arena und kämpft. Und jedem Zuschauer und auch mir ist klar, dass er heute sterben wird. Er sieht nicht zu mir hoch, sondern dreht sich nach links, hebt dabei seine Schwerter und ersticht einen Soldaten, der ihm gerade mit einem Morgenstern erschlagen wollte.

Victoria wendet sich zu mir und mustert mich aus ihren goldbraunen Augen. Ich habe das Gefühl, unter ihrem Blick zu verbrennen, und bin mir in diesem Moment sicher, dass sie weiß, wer Thy ist. Meine Hände zittern. Ich darf mich nicht verraten.

Gebannt verfolge ich, wie Thy mit einem weiteren Soldaten kämpft, der ihn mehr als einen Kopf überragt. Aber Thy ist schnell. Er duckt sich unter einem Schlag hindurch und sticht mit seinem Schwert durch die Brust des Soldaten. Bevor er jedoch reagieren kann, schlägt ihm ein weiterer Soldat von hinten einen Morgenstern in den Rücken.

Thys Brüllen geht mir durch Mark und Bein, und kalter Schweiß überzieht meine Haut. Er hält sich auf den Beinen, aber seine Bewegungen werden langsamer. Nur mit Mühe kann er den nächsten Schlag abwehren, als ihm ein anderer Gefangener zu Hilfe eilt.

Mein Herz schlägt hart in meiner Brust, und die Angst schnürt mir die Kehle zu, aber ich spüre Victorias Blick immer noch auf mir. Sie sieht nicht mehr in die Arena, sie fokussiert nur noch mich. Ich schaue sie an und hebe fragend meine Augenbrauen. Ihr Mund verzieht sich zu einem grausamen Lächeln, und mir wird klar, dass sie es weiß. Sie weiß, dass ich Thy kenne, dass ich außerhalb des Palastes war und mit ihm am Ball getanzt habe. Sie weiß alles.

In diesem Moment senkt sich eine beunruhigende Stille über die Arena, und ich lenke meinen Blick wieder nach vorne. Drei Gefangene stehen noch, inmitten von über dreißig Leichen. Aber sie stehen, und sie leben. Sie sind die ersten, die gegen unsere Soldaten gesiegt haben.

Die Hände meines Vaters sind weiß, so fest krallt er sich in die Lehne seines Stuhls. Er sieht zu Victoria, und diese nickt. Langsam erhebt er sich, und wir tun es ihm nach.

»Volk des Lichtlandes! Ihr alle wurdet heute Zeugen, wie diese Gefangenen unsere Soldaten besiegt haben. Ich habe ihnen die Freiheit versprochen, sollten sie siegen, und dieses Versprechen will ich halten. Tretet vor!«

Die drei Gefangenen gehen langsam auf unsere Tribüne zu. Thy ist einer von ihnen. Er kann sich kaum auf den Beinen halten, als er endlich vor uns steht. Ich versuche, ihm in die Augen zu sehen, aber er blickt mich nicht an.

»Euch dreien wird die Freiheit geschenkt, und eure Sünden werden euch vergeben«, fährt mein Vater fort und gibt einem Soldaten am Rand ein Zeichen, die Fesseln, die immer noch um die Hand eines jeden Gefangenen geschlungen ist, zu lösen.

Die Menge beginnt, zu johlen, sie feiern diese drei Männer, feiern ihren Mut und ihre Stärke, feiern aber auch meinen Vater für seine Güte. Die Männer nicken dankend, aber in ihren Gesichtern lese ich deutlich, dass sie meinem Vater nicht trauen. Und damit sollen sie recht behalten, denn als sie die Arena fast verlassen haben, sehe ich, dass sie von unseren Soldaten in Empfang genommen werden, und ich bin mir sicher, dass ihr Weg nur ein Ziel kennt.

Kapitel 18

Als die Spiele an diesem Tag endlich vorbei sind, verlasse ich die Arena langsam, auch wenn ich mich zwingen muss, nicht zu rennen. Am liebsten würde ich allem entfliehen, aber als Lichtprinzessin erwartet man von mir anderes.

Sobald die Türen meines Zimmers geschlossen sind, geben meine Knie nach. Die goldene Sonne strahlt mir durch mein Fenster entgegen und verhöhnt die Trauer und Dunkelheit in meinem Inneren. Die schreckliche Last der letzten Tage drückt auf mich nieder, all die fürchterlichen Bilder prasseln auf mich ein, und ich lasse den Tränen, die heiß und ungebremst in meine Augen schießen, ihren Lauf. Alleine in meinem Zimmer gestehe ich mir diese Schwäche ein, außerhalb will ich sie nie wieder zeigen. Weder vor den Tausenden Zuschauern noch vor meinem Vater oder Victoria. Nicht einmal vor Ciaran. Vor ihnen will ich stark sein und allen beweisen, dass ich mich nicht unterkriegen lasse. Auch wenn es in mir drinnen vollkommen anders aussieht.

Stunden später, als das trübe Licht die Nacht ankündigt und ich mir sicher bin, dass nur noch eine Handvoll Soldaten auf den Gängen umherwandert, streife ich mein Nachtgewand wieder ab und ziehe eine bequeme Hose und ein kurzes Oberteil an. Für eine Prinzessin eine zu einfache Kleidung, aber da, wo ich hinwill, ist sie genau richtig.

Ich gelange unbehelligt durch die Flure, erst als ich mich dem Gefängnis nähere, treffe ich auf mehr Soldaten. Sie schauen mich überrascht an, aber niemand hält mich auf. Selbst die Soldaten am Tor lassen mich hindurch, und ich wundere mich über die laschen Sicherheitsvorkehrungen. Aber ich bin ihre Prinzessin, sie haben also keinen Grund, mir zu widersprechen.

Es riecht modrig und abgestanden, als ich durch die düsteren Gänge unseres Gefängnisses gehe. Beklemmung überkommt mich, und als ich nach oben sehe, erkenne ich die Holzdielen, die den Sand der Arena tragen. Auf diesen Dielen sind Helle gestorben, Graue, Dunkle, alle Arten von Wesen, die es in der Spiegelnden Welt gibt – Hunderte, Tausende. Und direkt darunter, damit auch dem letzten Gefangenen hier unten klar wird, was ihn erwartet, liegen die Gefängniszellen.

Ich habe den Soldaten, die den Zugang bewachen, erklärt, zu wem ich will, und einer hat mir schulterzuckend gedeutet, ihm zu folgen. Ich sehe einzelne Gestalten in den Zellen kauern, zusammengesunken in der hintersten Ecke, und ihre leeren Blicke brennen sich in meine Haut. Mit jedem Schritt werden die Zweifel in meinem Inneren größer, ob es das Richtige ist, hier herunter zu kommen. Aber ich muss ihn sehen. Ich muss wissen, ob es ihm gut geht. Ich habe Thy so lange zu ignorieren versucht, habe sein Medaillon unbeachtet in meiner Schmuckschatulle verschwinden lassen, habe versucht, nicht an ihn zu denken, aber heute in der Arena ist etwas in mir aufgebrochen.

Thy ist nicht Ciaran. Wird es auch nie sein. Aber er hat mir etwas gegeben, was Ciaran erst so langsam herauslässt: die Wahrheit. Thy hat mich gezwungen, stärker zu werden, und ohne ihn würde ich vielleicht jubelnd neben Ava stehen und nicht hinterfragen, was mein Vater tut. Ich bin es ihm schuldig, nach ihm zu sehen.

Als der Soldat schließlich stehen bleibt und auf eine Zelle rechts neben sich deutet, presse ich die Lippen zusammen und nicke nur dankend. Der Soldat verschwindet wieder, und ich bleibe alleine zurück.

In den Wänden stecken Fackeln und tauchen alles in flackerndes rotes Licht. Thy sitzt in einer Ecke an der Wand, die Augen geschlossen, die Beine von sich gestreckt. Seine Hände liegen kraftlos in seinem Schoß, und ich habe Mühe, in ihm den Mann zu erkennen, der er noch vor wenigen Wochen war. Sein ganzer Körper ist von Schnitten und blauen Flecken übersät, und sein Gesicht ist immer noch blutverschmiert. Ein harter Kloß bildet sich in meinem Hals, und schon wieder brennen meine Augen wie Feuer. Ich will es nicht wahrhaben, aber ihn so zu sehen, tut weher, als ich gedacht habe.

Meine Hände umschließen das kalte, unebene Metall der Gitterstäbe. Ich will etwas sagen, aber ich weiß einfach nicht, was. Schuld überkommt mich und lässt meine Kehle eng werden. Auch wenn ich gegen die Spiele bin, habe ich doch das Gefühl, für den Tod der Männer verantwortlich zu ein. In diesem Moment öffnet Thy die Augen und sieht mich an. Seine tiefblauen Augen durchdringen mich, und ich lese nichts als Vorwürfe und Verachtung in ihnen. Eine eisige Hand greift nach meinem Herzen. Ich verdiene nichts anderes als Thys Verachtung, aber es so deutlich in seinen Augen zu lesen, nimmt mir den Atem. Ich will nicht, dass er mich so sieht, und sein Blick schmerzt mehr als alles andere in den letzten Tagen. »Was willst du hier?« Seine Stimme klingt rau und lässt mich schlucken. Er freut sich nicht sonderlich, mich zu sehen.

»Was machst du hier, Thy?«

Er schließt seine Augen wieder und lehnt sich zurück. »Wonach sieht es denn für dich aus? … Ich sterbe.« Er sagt es ohne jede Spur Sarkasmus.

Ich presse meine Lippen zusammen, und die Stäbe unter meinen Fingern beginnen zu glühen. »Das werde ich nicht zulassen!« Er hat die Soldaten besiegt, mein Vater hat ihm die Freiheit versprochen, wieso sitzt Thy also immer noch im Gefängnis?

Thy schweigt einen Moment, dann öffnet er seinen Mund und lacht. Sein Lachen dröhnt durch die Gänge, schallt schmerzhaft in meinen Ohren. Er lacht mich aus.

»Du kümmerst dich doch um niemanden außer dich selbst. Du konntest Madame Lorella nicht retten, Kit ist weg, und soweit ich gehört habe auch deine Schwester.«

»Ich mache mir sehr wohl Sorgen um andere«, sage ich leise, doch meine Stimme zittert leicht, weil seine Worte ein

Stück Wahrheit enthalten. Ich konnte ihnen allen nicht helfen, und Rhea ist bis zum heutigen Tag verschwunden, und ich habe immer noch keine Spur, wo sie ist.

Innerhalb einer Sekunde steht er vor mir. Ich schrecke zurück, aber er hält mich an den Händen fest. In seinen Augen blitzt die Wut, und sein Gesicht ist verächtlich verzogen. »Was willst du hier, Prinzessin? Hat es dir nicht gereicht, mir heute in der Arena zuzusehen? Musst du dich jetzt noch daran ergötzen, wie ich blutend hier unten liege?«

Etwas in mir zerbricht, und ein tiefer Schmerz durchzuckt mich. Das ist unfair, und das weiß er. Aber Thy hat sich noch nie gescheut, mir die unverblümte Wahrheit ins Gesicht zu sagen. Nur diesmal irrt er sich.

»Ich bin dir doch völlig egal«, fährt er kalt fort. »Du hast dich in den letzten Wochen einen Dreck um mich geschert, warum also solltest du es jetzt tun?«

Da er direkt vor mir steht, sehe ich die große Platzwunde über seinem rechten Auge. Getrocknetes Blut überzieht sein Gesicht, aber seine blauen Augen funkeln mich wie zwei eisblaue Saphire an.

»Du wirst sterben!« Verzweifelt blinzele ich die Tränen fort, die unaufhörlich aufsteigen. »Und das ist mir nicht egal! Überhaupt nicht …!« Ich habe die letzten Wochen zwar nicht an ihn gedacht. Aber wie wichtig er mir tatsächlich ist, wird mir in diesem Moment erst klar. Denn ich brauche so dringend jemanden, der mir die Wahrheit sagt, der mir einen Weg weist. Gerade in dem Chaos, das aktuell im Palast, in meinem Leben herrscht.

Thy schnaubt, und dabei läuft ihm eine dünne Blutspur aus dem Mundwinkel. Meine Hand zuckt unter seiner, aber er lässt sie nicht los. »Verschwinde!«, zischt er leise, und es ist ihm bitterernst damit.

Ich schüttele leicht den Kopf. Das werde ich nicht tun. Er atmet tief durch, und ich bemerke, wie sein linkes Bein zu zittern anfängt. Es kostet ihn unglaubliche Kraft, so vor mir zu stehen, aber er hält weiterhin krampfhaft meine Hände fest.

»Du hast mich ausgenutzt auf dem Dach«, sagt er leise, und ich höre einen Schmerz in seiner Stimme, der mich überrascht. Anscheinend geht auch ihm das zwischen uns – was immer es genau ist – näher, als ich gedacht habe. »Auf dem Dach und auf dem Ball. Eigentlich die ganze Zeit.«

Bilder steigen vor meinem geistigen Auge auf, und ohne dass ich es verhindern kann, starre ich wie gebannt auf seinen Mund. Seine Unterlippe ist aufgeplatzt, und sogar auf seinen Zähnen klebt Blut. Aber trotzdem weiß ich noch genau, wie es sich angefühlt hat, von ihm geküsst zu werden, ihm so nahe zu sein. Hitze steigt in mir auf, aber Thy zieht nur spöttisch eine Augenbraue hoch. Er merkt, dass die Temperatur um uns herum zunimmt, und weiß, woran ich denke.

Ich bin hier herunter gekommen, um zu sehen, wie es ihm geht. Und alles, was er mir an den Kopf wirft, sind weitere Vorwürfe. Das Beste wäre, einfach wieder zu gehen, aber das kann ich nicht. Seine Augen fixieren mich immer noch, und mein Blick gleitet an ihm herab. Noch immer trägt er dieselbe Kleidung, wie bei unserem ersten Treffen. Die Kleidung, die einfach nicht richtig in unsere Welt passt. Aber wenn er tatsächlich aus dieser anderen Welt stammt, wenn er durch Spiegel wandern kann, was macht er dann hier?

»Warum verschwindest du nicht einfach aus dem Gefängnis? Warum tust du dir das an?« Er ist bisher immer plötzlich verschwunden.

Er lacht bitter auf und schüttelt seinen Kopf. »Glaube mir, wenn ich auch nur eine Möglichkeit gehabt hätte, wäre ich schon längst weg. Sie haben mir alles abgenommen, was ich bei mir hatte, Sienna. Auch den Spiegel. Ich sitze hier verdammt noch einmal fest.«

»Warum bist du hier?«, wiederhole ich meine Frage vom Anfang.

Thy sieht mich an, und in seinem Blick flackert etwas. Eine leichte Unsicherheit, und einen kurzen Moment erkenne ich Angst in seinen Augen. Aber er presst die Lippen zusammen und antwortet mir nicht. Er trägt selbst in diesem

Gefängnis eine Maske und versteckt seine wahren Gefühle und Absichten hinter seiner abgebrühten, überheblichen Art. Warum also ist er hier? Warum ist er in den Palast zurückgekehrt? Meinetwegen? Oder weil er etwas gesucht hat, etwas, was ihm so wichtig ist, dass er in Kauf genommen hat, erwischt zu werden. Könnte es sein, dass …

»Du hast dieses verdammte Schmuckstück gesucht, habe ich recht?«, schreie ich ihn beinahe an und kann meine Wut über seine Unvernunft kaum unterdrücken. »Du hast versucht, alleine in Victorias Zimmer zu gelangen? Und dabei haben sie dich erwischt? … Und deshalb sitzt du hier im Kerker und kämpfst in der Arena.«

Er nickt zögernd und lässt mich endlich los. Thy geht zurück zur Wand und lässt sich daran auf den Boden sinken. »Sienna, es geht hier nicht nur um irgendein Schmuckstück. Ich muss es finden. Es … es ist wichtig.«

»So wichtig, dass du dein Leben dafür aufs Spiel setzt?«

Als er zögert, ziehe ich nur meine Augenbrauen hoch. Er hat nichts mehr zu verlieren und will mir die Wahrheit immer noch nicht sagen. Thy starrt mich einen kurzen Moment an, dann greift er nach seinem Schuh und zieht ihn aus. Er schlägt ihn ein paar Mal auf den Boden, dann fasst er an den Absatz und rüttelt daran. Eine Sekunde später ist der Absatz ab und Thy hält einen silbernen Ring in der Hand.

Ich kneife die Augen zusammen und schaue neugierig auf den Ring in seiner Hand. Ein silberner schmaler Reif, ohne jede Verzierung oder Steine. Das Faszinierende ist jedoch nicht die Schlichtheit oder die Farbe, sondern dass ich das Gefühl habe, als würde sich in dem Ring etwas bewegen. Silberne Schlieren wandern umher, werden dunkler, dann heller, und je länger ich es ansehe, umso schwerer fällt es mir, den Blick davon zu nehmen. Mit einem Mal habe ich das Gefühl, als würde ich Bäume darauf erkennen, und nur nach einem Wimpernschlag sehe ich das Meer.

»Was ist das?«, flüstere ich.

Mit einer schnellen Bewegung schließt er seine Hand wieder, bastelt an seinem Schuh herum und zieht ihn schließlich wieder an. »Es nennt sich Schattenlicht«, sagt er langsam, wobei ich Mühe habe, seine Stimme zu verstehen. »Das silberne Licht, das in diesem Ring gefangen ist, ist allerdings nur ein Teil davon. In eurem Palast ist irgendwo ein goldenes Licht versteckt.«

Irgendetwas zuckt in meinen Gedanken auf, eine längst vergessene Erinnerung, aber bevor ich es genau fassen kann, ist es verschwunden. »Ich verstehe nicht … hast du nicht gefunden, was du gesucht hast?«

»Nein, Prinzessin.«

»Aber was ist das dann für ein Licht, das du hast? Und wieso hast du das überhaupt? Hast du das auch gestohlen? Und warum musst gerade du das goldene Licht finden?« Tausende Fragen rattern durch meinen Kopf, und ich verstehe nicht, wie ein Schmuckstück so wichtig sein kann, dass man sein Leben dafür riskiert. Es ist doch nur Schmuck.

»Wenn alle Teile zusammengefügt sind«, fährt Thy fort, »wird dem Schattenlicht große magische Kraft nachgesagt. Aber das ist jetzt egal. Wie du richtig festgestellt hast, sterbe ich sowieso.«

»Warum suchst du danach, Thy?« frage ich eindringlich, und allein die Tatsache, dass er etwas sucht, dem große magische Kraft nachgesagt wird, lässt die Angst in mir wachsen. Er hat auf mich bisher nicht den Eindruck gemacht, als würde ihm etwas an politischer Macht oder Einfluss liegen, was also will er damit?

Hinter uns ertönt ein hässliches Kichern, und ich fahre herum. Aus einer dunklen Ecke in der Gefängniszelle gegenüber kriecht eine Gestalt auf allen vieren ins Licht und lässt sich direkt an den Gitterstäben vor uns nieder.

»Lady Delanos?«, keuche ich entsetzt, als ich die einst so stolze Frau erkenne.

Sie grinst hämisch und verzieht ihren Mund zu einer Fratze. Ihr fehlen mehrere Zähne, und ihr Kopf ist kahl rasiert, aber das Schlimmste sind ihre Finger, mit denen sie jetzt die Stäbe umschließt. Sie haben sie gefoltert und ihr die Fingernägel gezogen. Wieso ist sie noch nicht hingerichtet worden?

»Stets zu Diensten, Prinzessin.« Ihr ganzer Hass auf mich schwingt in diesen Worten mit. »Erschreckt Euch mein Anblick?«

Ich schlucke hart und verschließe meine Gefühle vor ihr. »Nein«, sage ich entschlossener, als ich mich fühle. »Ihr habt uns verraten. Ihr habt Helle und Graue getötet und hättet sicher auch mich umgebracht, wenn Ciaran nicht eingegriffen hätte.«

»Ah ja … Der Dunkle König …«

Sie blickt an mir vorbei, und ich habe das Gefühl, dass sie mit ihren Gedanken abdriftet.

»Mit dieser Kraft hatten wir nicht gerechnet, das gebe ich zu. Unser Fehler.« Sie kichert, sodass es mir kalt den Rücken herunterläuft. »Aber mein Fehler ist immer noch vernichtend klein im Gegensatz zu Eurem.«

Ihre goldenen Augen funkeln mich an. Ich erkenne etwas Krankes in ihnen, und irgendwo tief in mir drinnen erwacht Panik. Ich zwinge mich, ihr wieder den Rücken zuzuwenden und zu Thy hinzusehen.

»Halte die Klappe!«, sagt er laut, und ich weiß, dass er nicht mich damit meint.

»Wie lange bist du schon hier unten?«, frage ich ihn, und er schaut mich müde an.

»Etwa zwei Wochen. Zwei Wochen mit dieser Verrückten da drüben, die mich jeden Tag weiter in den Wahnsinn treibt. Glaube mir, ich habe mich heute beinahe gefreut, nach oben zu kommen und zu kämpfen.« Er spuckt neben sich aus, und ich erkenne sein dunkles Blut am Boden.

»Oh ja, die Spiele«, gackert Lady Delanos hinter mir. »Eine brillante Idee, nicht? So viele Kämpfe, so viele Tote … und niemand wird je Verdacht schöpfen …«

Ich drehe mich langsam um und sehe echte Freude im Gesicht der alten Lady. Ich will nicht wissen, was immer sie denkt oder weiß. Die Spiele sind so schon schrecklich genug. Eine weitere Wahrheit würde mich vermutlich brechen.

Lady Delanos fuchtelt mit ihren Armen und kichert ununterbrochen. Bis Thy irgendwann aufsteht, ans Gitter humpelt und so fest daran rüttelt, dass die Stäbe klirren.

»Wenn du irgendetwas zu sagen hast, dann tue es. Aber mach mich nicht weiter wahnsinnig!«, brüllt er sie an.

Ich sehe von einem zum anderen und atme zitternd aus. Wie schlimm es hier unten wirklich ist, kann ich mir immer noch nicht vorstellen, aber ich will keine Sekunde länger hier bleiben. Ich schaue zu Thy, der jetzt seine Stirn an die Stäbe presst und mühsam atmet. Es geht ihm deutlich schlechter, als er mir weismachen will.

»Die Kämpfer …«, flüstert Lady Delanos in Thys schwere Atemzüge hinein. »… es … es sind keine Gefangenen. Die Zellen hier unten sind fast alle leer, woher sollen sie denn plötzlich so viele haben?«

Ich schaue mich kurz um und stelle fest, dass sie recht hat. Einzelne armselige Gestalten kauern in einigen Zellen, aber es sind viel zu wenig im Vergleich zu der Anzahl der Kämpfer der letzten Tage. Aber auf der anderen Seite dauern die Spiele auch schon einige Zeit.

»Es sind die grauen Männer, die kämpfen. Die Männer, die die Königin hat verhaften lassen.«

Ich starre sie an. Sehe ihr zufriedenes Grinsen, ihre gehetzten Augen und erkenne die Wahrheit darin. »Aber warum …?« Mehr bringe ich nicht heraus.

»Weil sie die Grauen damit wirklich trifft. Sie verhindert damit einen Aufstand. Niemand kann ohne Krieger in den Kampf ziehen«, erklärt mir Thy müde.

»Du wusstest das?«

Seine Knie geben nach, und er sinkt zu Boden. »Ich habe es geahnt. Und seit heute Mittag weiß ich es sicher.«

Kälte überkommt mich. Meine Gedanken rasen. Immer wieder sehe ich das Gesicht meines Vaters vor mir, der mir erklärt, dass wir den Gefangenen mit den Spielen eine Chance geben. Dass das eine Lüge ist, habe ich seit dem ersten Tag der Spiele geahnt. Aber ich habe seinen Worten, dass es sich bei den Kämpfern um Mörder, Diebe und andere Kriminelle handelt, geglaubt. Ich habe das nie infrage gestellt. Dass jeden Tag unschuldige Graue aus unserer Stadt niedergemetzelt werden, kann einfach nicht wahr sein. Es darf nicht wahr sein.

»Das … das würde der König nicht zulassen«, sage ich überzeugt und schüttele meinen Kopf. Das kann er einfach nicht.

»Bist du dir da so sicher?« Thys Stimme ist leise, sodass ich ihn kaum noch höre.

Zu der Kälte in mir mischt sich die Angst. Seit mein Vater aus seiner Bewusstlosigkeit erwacht ist, ist er völlig verändert. Er bespricht sich nur noch mit Victoria und nicht mit mir, er hört mir nicht zu und unterrichtet mich nur noch über das Nötigste. Vor allem aber fällt mir auf, dass er sich den Grauen gegenüber mittlerweile so abfällig verhält, wie es die meisten Hellen im Palast tun. Das hat er früher nie getan. Er war immer ein Vorbild für mich, hat mir vermittelt, dass alle Wesen gleich sind und niemand über einem anderen steht. Und heute veranstaltet er Spiele, um das privilegierte Volk durch das Leid und Elend anderer zu amüsieren. Ich erkenne meinen Vater nicht mehr wieder, und daher weiß ich nicht länger, ob er so etwas tun würde oder nicht.

Ich wende mich ab, weil ich es nicht mehr ertrage, länger hier unten zu sein. Das Atmen fällt mir schwer, und die Wände erdrücken mich. Wenn ich nicht sofort gehe, werde ich zusammenbrechen.

»Ich komme wieder!«, sage ich.

»Beeil dich, Prinzessin«, flüstert Thy, »sonst sterbe ich hier unten tatsächlich noch.«

Kapitel 19

Als ich am nächsten Morgen nach einer sehr unruhigen Nacht aufwache, habe ich das Gefühl, immer noch in einem Albtraum gefangen zu sein. Die Gedanken rasen in meinem Kopf, und ich habe den schrecklichen Verdacht, dass mein Vater die Wahrheit kennt und das Abschlachten der Grauen in der Arena mit seiner Billigung geschieht.

Als meine Zofe in mein Zimmer kommt, liege ich immer noch im Bett, an mein Feuerknäuel gekuschelt, und hoffe einfach darauf, dass ich nicht aufstehen muss. Aber sie treibt mich aus den Federn, rügt Conan für sein Verhalten und meint damit eigentlich mich. Nur das darf sie sich dann doch nicht erlauben.

Meine Gedanken kreisen immer noch um das, was Lady Delanos Ungeheuerliches behauptet hat, und es gibt nur eine Person, die mir damit weiterhelfen kann. Mein Vater, der König.

Sein Arbeitszimmer ist noch leer, daher lenke ich meine Schritte in den Garten. Der Garten, der immer noch in voller Blüte steht und dem die beständige Hitze nichts auszumachen scheint. Das Wasser plätschert leise, und Vögel fliegen in einem der Bäume herum. Der süßliche Geruch nach Orangen liegt in der Luft, aber anders als früher ertrage ich diese Idylle heute Morgen nicht gut.

Mein Vater sitzt auf einer der Bänke, hat das Gesicht der Sonne zugewandt und die Augen geschlossen. Ich betrachte ihn einen Moment, den großen, stolzen Mann mit den blonden Locken, und wünsche mir nichts sehnlicher, als dass er die Augen öffnet und einfach wieder er selbst ist. Aber als er mich sieht, runzelt er nur die Stirn.

»Solltest du nicht bei einer Anprobe sein?«

Die Anprobe. Die Hochzeit. Das hatte ich vollkommen vergessen.

»Natürlich, Vater. Aber ich muss etwas mit dir besprechen.«

Er verzieht seinen Mund zu einem dünnen Strich, als passe es ihm nicht, dass ich hier bin. Aber das ist mir egal, denn ich brauche Klarheit.

»Die Männer, die bei den Spielen kämpfen«, beginne ich langsam und wähle meine Worte mit Bedacht, »sind alles Gefangene, oder?«

Er nickt und sieht mich aufmerksam an. »Natürlich. Außer unsere Soldaten, wie du vermutlich schon gemerkt hast.« Immerhin versucht er erst gar nicht, mich als dumm zu verkaufen.

Ich nicke. »Aber … es sind so viele jeden Tag. Haben wir wirklich so viele Gefangene gemacht? Was haben sie alle getan? Und haben sie alle den Tod verdient?«

Sein rechtes Augenlid zuckt, und hinter seiner goldenen Iris blitzt etwas auf. Etwas Dunkles, das sich mit dem Gold mischt und so schnell wieder verschwindet, wie es erschienen ist. »Was sollen die Fragen, Sienna? Zweifelst du etwa an meiner Vorgehensweise?«

Ich presse die Lippen zusammen und spanne mich an. Ich bin kein Feigling. Und ich habe schon bemerkt, dass er mir meine Fragen nicht beantworten will. Trotzdem sage ich schnell: »Ja, das tue ich, Vater.«

Seine Augenbrauen schnellen in die Höhe, und für einen Moment wirkt er verblüfft. Und ehe ich mich versehen kann, gibt er mir eine Ohrfeige. Mein Gesicht fährt herum, und meine Wange brennt wie Feuer. Mir schießen Tränen in die Augen, aus Unglauben, aus Wut, aber auch aus Scham. Noch nie zuvor hat mein Vater mich gezüchtigt.

»Wage es nicht! So etwas will ich nie wieder von dir hören«, fährt er mich an, und seine Stimme ist dabei so ruhig und gelassen, dass es umso schlimmer ist.

»Aber es ist nicht richtig …«

Er hebt wieder die Hand, aber diesmal bin ich schneller. Ich stehe auf, bevor er mich erneut schlagen kann. Fassungslos starre ich ihn an. Der Mann vor mir ist nicht mein Vater! Mein Vater hätte das nie getan!

Der König erhebt sich ebenfalls und atmet einmal langsam aus. »Du wirst in wenigen Wochen heiraten. Ich hoffe nur, Ciaran wird dir mehr Gehorsam beibringen. Ich habe es anscheinend nicht gekonnt.« Damit lässt er mich stehen.

Ich bleibe wütend und zitternd zurück und sammele den Rest meiner Würde auf. Ich brauche einen Moment, aber dann wische ich mir trotzig die Tränen aus den Augen. Die Zeit, in der ich weinen konnte und wütend auf die Welt war, ist endgültig vorbei. Ich muss an Kit denken, an Rhea, die immer noch verschwunden ist, und auch an Thy.

Zurück in meinem Zimmer wartet bereits meine Zofe mit einer Schneiderin auf mich, die ich nicht kenne. Sie haben verschiedene Stoffe auf meinem Bett ausgebreitet und bitten mich, mir welche für mein Hochzeitskleid auszusuchen. Da es mir im Moment völlig egal ist, wähle ich wahllos etwas aus, und erst als mich der leicht verkniffene Blick meiner Zofe trifft, reiße ich mich zusammen. Sie wollen nur ihre Arbeit machen, und ich will ein wundervolles Hochzeitskleid haben. Immerhin heirate ich Ciaran, und alleine für ihn will ich umwerfend aussehen.

Die Schneiderin legt die ausgewählten Stoffe zusammen und verschwindet wieder. Meine Zofe will ihr nach, bleibt dann aber an der Tür stehen.

»Meister Taurin war vorhin hier«, sagt sie spitz. »Er hat Euch gesucht.«

***

Der Keller riecht nach alten Büchern, nach Wissen und einem Hauch Zitronenkuchen. Ich bleibe an der Tür stehen und atme tief durch. Der Geruch bringt mir eine Ruhe, die ich die letzten Tage nicht hatte. Immer wenn ich bei Meister

Taurin bin, kommt Klarheit in meine Gedanken, und ich hoffe, dass es auch heute so sein wird.

Da ich den Meister nirgendwo sehen kann, betrete ich seine Räume und nehme an dem kleinen Tisch Platz, an dem wir immer sitzen. Mir kommt die alte Karte des Sturmlandes wieder in den Sinn, die er mir vor Wochen gezeigt hat. Es fühlt sich an, als wäre seit dem eine Ewigkeit vergangen. Ich bin überrascht, dass Meister Taurin nach mir geschickt hat. Bis heute hat er das noch nie getan. Und umso neugieriger macht mich seine Bitte, aber gleichzeitig beunruhigt sie mich.

Nach den Geschehnissen der letzten Tage würde es mich sehr überraschen, wenn er gute Neuigkeiten hätte. Aber vielleicht hat er auch etwas über Rhea herausgefunden und sich allen Ängsten zum Trotz entschieden, mit mir zu sprechen.

Zwei Stimmen lassen mich aufhorchen. Sie unterhalten sich leise und kommen näher. Eine davon gehört Meister Taurin, die andere kenne ich nicht. Zwei Männer treten hinter einem der langen Regale hervor. Der fremde Mann, der Meister Taurin gerade einmal bis zur Schulter reicht, hält ein Buch in den Händen und deutet immer wieder auf eine bestimmte Stelle. Meister Taurin hat das Gesicht verzogen, in dem tiefe Sorgenfalten stehen.

Als sie mich erblicken, unterbrechen sie ihr Gespräch und kommen langsam auf mich zu. Der unbekannte kleine Mann sieht zu mir herüber und lächelt mich freundlich an. Er hat dunkle Augen, und auf seiner Stirn ist ein Mond mit einem Auge in der Mitte tätowiert. Mit einmal Mal weiß ich, wer er ist. Er muss der Schattenmeister sein, nach dem Ciaran geschickt hatte, und der meinen Vater geheilt hat.

»Sienna! Es freut mich, dich zu sehen!«

Meister Taurin legt mir eine Hand auf die Schulter. Eine für seine Verhältnisse schon sehr emotionale Geste. Ich merke, wie meine Ungeduld steigt.

»Das ist Meister Caelom«, erklärt er und wendet sich dem anderen Meister zu.

»Es freut mich, Euch kennenzulernen, Lichtprinzessin«, sagt Meister Caelom mit leicht kratziger Stimme, in der aber eine starke Autorität mitschwingt.

Ich erwidere seinen Gruß höflich, dennoch kann ich meine Nervosität nicht länger unterdrücken. »Du hast nach mir schicken lassen?«, frage ich Meister Taurin und sehe dabei auch zweifelnd zu Meister Caelom. Er ist der Meister, der meinen Vater geheilt hat. Ich bin ihm zu großem Dank verpflichtet, trotzdem fühlt es sich jetzt an, als wäre er ein Eindringling.

»Ja, das habe ich«, erwidert Meister Taurin, und in seiner Stimme klingt leises Bedauern mit. Wieder fällt mir auf, wie schlecht der Meister aussieht. Ein fahler Ton hat sich in sein Gesicht geschlichen, und er wirkt mittlerweile beinahe hager. Dass es ihm nicht gut geht und ihn etwas umtreibt, sehe ich ihm nun deutlich an.

Die beiden Meister nehmen Platz, und damit ist klar, dass wir das folgende Gespräch zu dritt führen werden. Ich schlucke meine Ungeduld herunter und versuche, das flaue Gefühl in meinem Bauch zu ignorieren. Es wird heute ganz sicher nicht um Rhea gehen.

»Wir wollten etwas mir dir besprechen«, beginnt Meister Taurin und sieht kurz zu seinem Kollegen. Dessen dunkle Augen sind auf mich gerichtet, aber er nickt zur Bestätigung. »Es geht um deinen Vater.«

Mein ganzer Körper verkrampft sich. Irgendetwas stimmt nicht mit meinem Vater, das habe ich selbst erkannt. Und dass die Meister jetzt mit mir über ihn sprechen wollen, bestätigt das leider nur.

»Was ist mit meinem Vater?«, frage ich leise und wappne mich innerlich. Dieses Gespräch wird nicht leicht werden, das ist mir mit einem Mal klar.

»Wir haben einen Verdacht, warum er krank geworden ist«, beantwortet Meister Caelom meine Frage. »Aber ich war mir bis vor ein paar Tagen nicht ganz sicher, daher sprechen wir erst jetzt mit Euch.«

Seine Aussage ergibt für mich keinen Sinn, daher sehe ich zweifelnd Meister Taurin an. Dieser wirft seinem Kollegen erneut einen Blick zu. Er zögert, als müsste er mit der Entscheidung ringen, weiterzusprechen. Dass er es schließlich doch tut, ist einem auffordernden Kopfnicken des dunklen Meisters geschuldet. »Wir glauben, dass der König unter einem sehr mächtigen Zauber gestanden hat. Einem sehr alten Zauber, den ich alleine nie erkannt hätte.«

Ich starre ihn an, während die Gedanken in meinem Kopf rasen. Ich versuche erst gar nicht, das plötzliche Chaos in meinem Hirn zu ordnen. »Aber wer sollte meinem Vater so etwas antun? Und seid ihr euch sicher? Was ist das für ein Zauber? Wie konntet ihr …?«

Meister Caelom hebt in einer beruhigenden Geste die Hände und unterbricht mich. »Ich habe mich während meiner Ausbildung auch mit dunkler Magie befasst«, erklärt er ruhig, »Ich habe Euren Vater in den letzten Wochen sehr genau untersucht und konnte Spuren eines Zaubers an ihm finden. Ich kann Euch leider nicht sagen, wer dafür verantwortlich ist, aber es ist ein Wunder, dass er überhaupt erwacht ist. Ich habe einen sehr mächtigen Schattenbann verwendet, und trotzdem hat mich sein Erwachen überrascht. Wer immer dahintersteckt, muss sehr mächtige Freunde haben. Niemand kann so einen Zauber alleine vollziehen.«

Mir wird mulmig bei seinen Worten. Von welchen Feinden mag er sprechen? Der König war immer beliebt beim Volk, und niemand ist ihm, soweit ich weiß, vor seiner Krankheit feindselig begegnet. Was nach seinem Erwachen sicherlich anders ist.

»Wirkt der Zauber noch?« Die Frage musste ich stellen.

Die Meister sehen sich erneut an, und Meister Caelom zuckt mit den Schultern. »Wir sind uns nicht ganz sicher. Es gibt jedoch Anzeichen dafür …«

In meiner Verzweiflung lasse ich meinen Blick über die vollen Regale an den Wänden gleiten und suche nach Antworten. Antworten, die mir die alten Bücher nicht geben werden. »Könnte der Zauber bewirken, dass er sich anders verhält? Dass er einen anderen Charakter hat als früher?«

»Das wäre möglich, ja.«

Wir schweigen alle, bis Meister Caelom irgendwann aufsteht. »Ich wollte in den alten Schriften lesen. Entschuldigt mich bitte.«

Er nickt mir freundlich zu, und ich verstehe, dass er uns bewusst alleine lässt. Ich bin ihm dankbar dafür, aber ein Lächeln bringe ich einfach nicht zustande. Als er verschwunden ist, lässt meine Anspannung nach, und ich falle in mich zusammen. Ein Zauber würde vieles erklären, aber er entschuldigt nichts. Mein Vater ist für sein Handeln in den letzten Tagen verantwortlich, und immer noch brennt meine Wange von der Ohrfeige, die er mir gegeben hat.

»Können wir irgendetwas tun, um den Zauber zu brechen?«, frage ich Meister Taurin und habe eigentlich kaum Hoffnung.

Er schließt seine Augen und schüttelt leicht den Kopf. »Nein. Zumindest nicht direkt. Wir könnten einen Gegenzauber anwenden, aber dafür müssten wir wissen, unter welchem Bann genau dein Vater steht. Und dafür müssten wir denjenigen finden, der ihn ausgesprochen hat. Und das ist sehr unwahrscheinlich.«

Meine Hände krallen sich zusammen. So leicht will ich nicht aufgeben. Ich habe sie alle verloren: Kit, Rhea und jetzt meinen Vater. Ich werde nicht aufgeben, ich werde kämpfen. Es muss einen Weg geben, ihn zu heilen. Ich brauche ihn. In meinen Gedanken glimmt eine Idee auf. Vielleicht ist es Irrsinn und es bringt nichts, aber möglicherweise ist es auch der einzige Weg, meinen Vater zu retten.

»Was ist mit dem Schattenlicht?« Ich habe nach Thys Erklärung nicht genau verstanden, um was es sich dabei handelt. Aber er sprach davon, dass das Schattenlicht große magische Kraft verleiht. Vielleicht hilft es mir auch bei meinem Vater.

Meister Taurin hebt überrascht den Kopf, und seine Pupillen weiten sich kurz vor Verblüffung. Dann schleicht sich

Misstrauen in sein Gesicht. Und ein Hauch Verlangen. »Was weißt du über das Schattenlicht? Ich habe dir nie davon erzählt.«

Ich könnte ihm die Wahrheit sagen, aber die Reaktion des Meisters macht mich stutzig. Außerdem habe ich das Gefühl, dass mir die Zeit zwischen den Fingern zerrinnt, und mit einem Mal fühle ich mich wahnsinnig getrieben.

»Meister, wäre das Schattenlicht ein so mächtiger Gegenzauber, der meinen Vater heilen könnte?«

Er kneift die Augen zusammen und fährt sich über seinen kahlen Schädel. »Wenn das Schattenlicht vollständig ist, wäre es das wohl. Aber es ist eine Legende, Sienna. Niemand hat es jemals gesehen.«

»Ich habe einen Teil davon gesehen«, widerspreche ich ungeduldig und kann mich kaum noch auf dem Stuhl halten. Ich muss zu Thy.

»Das hast du? Welchen?« Meister Taurin schaut mich ungläubig an, und erneut blitzt etwas in seinen Augen auf, was ich nicht deuten kann.

Ich presse die Lippen zusammen. Er wird mich hier nicht eher rauslassen, bis ich nicht seine Frage beantwortet habe. Und ich bin mir mittlerweile ziemlich sicher, dass er mehr über das Schattenlicht weiß. »Den silbernen.«

Ein Ausdruck tiefster Verzweiflung huscht über Meister Taurins Gesicht. Seine Hände fahren unruhig über den Stoff seiner Robe, und der Blick, mit dem er mich jetzt mustert, lässt mich erstarren. Er hat Angst um mich, das fühle ich deutlich. Er atmet noch einmal tief durch, bevor er sich erhebt.

»Ich werde dich nicht fragen, wo du diesen Teil des Schattenlichts gesehen hast. Aber wenn du deinem Vater wirklich helfen willst, musst du alle Teile finden, Sienna. Es besteht insgesamt aus vier Lichtern. Einer davon war in unserem Besitz, aber er ist vor einigen Jahren verschwunden. Ein weiterer Teil ist im Schattenland, ein anderer irgendwo in den Nebelbergen. Und der letzte gehörte dem König des Sturmlandes.«

Wieder zuckt ein Bild durch meine Gedanken, und diesmal kann ich es greifen. Nervosität überkommt mich, aber ich zwinge mich, ruhig zu bleiben. Langsam stehe auch ich auf, und gemeinsam gehen wir durch den Keller zurück nach oben.

»Wenn du alle vier Teile hast, alle vier Lichter, musst du sie zusammenführen. Niemand weiß genau, was anschließend passiert, aber der Legende nach erfüllt es jeden Wunsch, den der Besitzer äußert. Geh zum Orakel von Nevulum, Sienna. Das Orakel wird dir den Weg weisen.« Er wendet sich mir noch einmal zu und greift nach meinen Händen. »Pass auf dich auf, Prinzessin, das ist ein gefährlicher Weg, auf den du dich da begibst.«

***

Die Spiele ziehen heute an mir vorbei, ohne dass ich richtig mitbekomme, was vor meinen Augen passiert. Noch drei Tage werden sie dauern, drei Tage und mindestens weitere fünfzig Tote. Ich bin mit meinen Gedanken ganz woanders, denke an das, was mir die Meister erzählt haben, und schaue immer wieder zu meinem Vater hin.

Er sitzt neben der Königin und verfolgt interessiert das Geschehen vor uns. Ich betrachte sein Profil, und mir fällt auf, dass sich auf seiner Haut ein dünner Schweißfilm gebildet hat. Sein Teint wirkt auch nicht mehr so golden wie noch vor einigen Stunden, und in mir regt sich Sorge. Er merkt, dass ich ihn betrachte, und wendet mir seinen Kopf zu. Der Blick aus seinen goldenen Augen erschreckt mich. Sie sind zusammengekniffen, und diesmal kann ich deutlich das Dunkle in ihnen sehen.

Ich presse meine Lippen zusammen und wende mich ab. Ich habe ihm im Moment nichts zu sagen. Ihn mit dem Verdacht der Meister zu konfrontieren, würde keinen Sinn machen. Er würde es sicherlich abstreiten. Auch aus diesem Grund hat ihm Meister Taurin nichts davon erzählt, sondern ist zu mir gekommen. Ob sie Victoria davon berichtet haben, weiß ich nicht, aber ich bezweifle es irgendwie. Meister Taurin ist noch nie gut mit der Königin ausgekommen.

Ein verzweifeltes Brüllen eines Sandtieres dringt an meine Ohren, und ich sehe erschüttert zu, wie zwei Männern mit breiten Schwertern in das helle Fell des Tieres einstechen. Sand rieselt unablässig aus seinem Körper, und das Tier geht polternd zu Boden. Es löst sich vor unseren Augen auf und verteilt sich auf dem Sand der Arena, der mittlerweile rot ist vom Blut der toten Männer. Rot – wie in Rheas Visionen. Mir wird schlecht bei dem Gedanken daran. Ich kann meine Schwester nicht finden, und immer wieder muss ich an ihre letzten Worte denken. Sie alleine in einem Gefängnis, umgeben von Grauen.

Je länger ich darüber nachgedacht habe und nach den Geschehnissen der letzten Tage, kommt mir ihre Vision immer realistischer vor. Nur habe ich leider keine Ahnung, wo dieses Gefängnis sein könnte. Und nichts und niemand konnte mir bisher einen Anhaltspunkt geben, wo ich mit der Suche beginnen könnte.

Auch Thy habe ich heute nicht gesehen. Aber sein Gesicht schleicht sich immer wieder in meine Gedanken, und meine Angst um ihn wächst jede Minute mehr. Es sollte nicht so sein, ich sollte nicht so oft an ihn denken, mir so viele Sorgen um ihn machen. Aber wir haben in den letzten Wochen zu viel gemeinsam erlebt, als dass ich ihn einfach im Kerker sterben lassen könnte.

Als die Kämpfe endlich vorbei sind, gehe ich nicht zurück in mein Zimmer. Meister Taurin hat noch einmal bestätigt, dass der goldene Teil des Schattenlichtes in unserem Besitz gewesen ist, und auch Thy würde nicht ohne Grund in unseren Gemächern danach suchen. Aber er ist immer davon ausgegangen, dass der goldene Teil ein Schmuckstück ist – und damit lag er falsch.

Meine Schritte führen mich in den Garten meiner Mutter, in eine Welt, die so hell und freundlich scheint, dass ich mich einen Augenblick darin verliere. Ich nehme den süßen Duft der Orangenbäume wahr, lausche dem Plätschern des kleinen Wasserfalls und genieße die Ruhe. Für einen Moment sind meine Gedanken klar, ich sehe den Weg deutlich vor mir, den ich gehen muss, um meinen Vater zu retten. Um meine Welt zu retten. Denn mithilfe des Schattenlichtes kann ich meinen Vater vom Zauber befreien, und nur er wird in der Lage sein, das Chaos und Leid im Lichtland zu beenden. Mein Vater war ein guter König. Und er kann es wieder sein, davon bin ich überzeugt.

Zögernd trete ich an den kleinen Springbrunnen und lasse meine Hände durch das Wasser fahren. Es ist beinahe so warm wie die Luft um mich herum, aber das ist in der anhaltenden Hitze auch kein Wunder. Bedächtig folge ich den Spuren der Wassertropfen, bevor ich mit meinen Händen die goldene Kugel umschließe, die auf dem Springbrunnen sitzt. Sie dreht sich mit der Bewegung des Wassers, aber als ich sie mit beiden Händen umgreife, kann ich sie problemlos herunternehmen.

Das Wasser plätschert etwas lauter, aber das interessiert mich nicht länger. Ich starre die Kugel an, die immer noch nass und golden in der Sonne glänzt. Unter meinen Fingern fühle ich ihre glatte Oberfläche und bin überrascht, wie leicht sie ist. Das Wasser verdunstet innerhalb von wenigen Sekunden, aber die Kugel scheint sich immer noch zu drehen. Goldene Schlieren ziehen in ihrem Inneren umher, drehen sich, winden sich umeinander, und je länger ich sie anstarre, umso mehr habe ich das Gefühl, als würde etwas in ihrem Inneren leben.

Thy hat den ganzen Palast nach diesem Teil des Schattenlichts abgesucht, aber er hat das Offensichtliche übersehen. Es war die ganze Zeit vor unserer Nase, und es gab vermutlich kaum einen sichereren Ort, um es zu verstecken. Und das wusste meine Mutter. Denn dass es meine Mutter gewesen ist, die es in Sicherheit gebracht hat, da bin ich mir absolut sicher.

Sie ist immer wieder mit mir in ihren Garten gekommen, hat mir Geschichten erzählt, von einer Welt, in der alle Völker im Einklang lebten, in der die Welt selbst dafür sorgte, dass jedes Volk an einem Ort leben konnte, an dem es sich wohlfühlte. Für mich klang es immer zu perfekt, um wahr zu sein, und ich konnte ihren Worten damals schon keinen Glauben schenken. Ihre Worte waren Märchen, um mich von meinem Alltag abzulenken und mir ein paar unbeschwerte Momente zu schenken. Und einmal, als wir alleine in ihrem Garten waren, ohne einen Soldaten um uns herum, hat sie die goldene Kugel von dem Springbrunnen genommen und mir erklärt, dass sie es sei, die dem Garten das Leben schenke. Eine wundervolle Oase mitten in der Wüste. Auch das habe ich für ein Märchen gehalten, aber heute weiß ich, dass es die Wahrheit war.

Als die Kugel unter meinen Händen ganz heiß wird, lasse ich sie vor Schreck fallen. Es klirrt, als sie zu Boden fällt und in Tausend Teile zerbricht. Ich halte die Luft an und schaue ungläubig auf die Scherben am Boden. Langsam gehe ich in die Hocke und fahre vorsichtig mit meinen Händen durch die Glassplitter. Der goldene Glanz ist verschwunden, übrig geblieben sind gewöhnliche, farblose Scherben. Angst durchrollt mich, und ich merke kaum, wie ich mir an den Scherben die Hände aufschneide. Es kann einfach nicht wahr sein. Ich war mir so sicher, recht zu haben, und jetzt liegt meine Chance, meine Welt zu retten, in kleinen Stücken vor mir.

Nachdem ich eine große Scherbe zur Seite geschoben habe, atme ich vor Erleichterung laut aus. Darunter liegt eine goldene Kugel, kaum größer als Thys silberner Ring. In ihr zeigen sich auch keine Bilder, dafür brennt ein Feuer in der Kugel, und als ich sie berühre, glüht sie in meiner Hand auf.

Ich habe es tatsächlich gefunden, das goldene Schattenlicht!

Aus den Chroniken der Spiegelnden Welt

Sommer im Jahre 1124

An Lucan, den Weißen König.

Ich fühle mich unglaublich alt. Was haben meine goldenen Augen alles gesehen, was ich so gerne vergessen würde. Mein Licht brennt nur noch schwach in mir, und seit Rion von uns gegangen ist, fühle ich mich leer.

Wenn ich auf unsere Taten zurückblicke, frage ich mich oft, ob wir richtig gehandelt haben. Der Graue Prinz ist nie wieder in die Spiegelnde Welt zurückgekehrt, und mit ihm bleibt auch das silberne Licht verschwunden. Und dafür sollten wir ihm dankbar sein! Wir haben den Krieg gegen das Sturmland gewonnen und Frieden in unsere Welt gebracht. Aber mit jedem Tag, der vergeht, ist der Preis dafür höher.

Das ist mein letzter Brief, mein alter Freund. Meine Kraft schwindet, und ich sehne mich danach, alles hinter mir zu lassen. Ich hüte das goldene Licht und hoffe, dass mein Sohn den Frieden im Lichtland bewahren wird!

Thanatos

Kapitel 20

»Ich verlange, dass ihr mir Durchgang gewährt!«

Trotz meines eindeutigen Befehls bewegen sich die beiden Soldaten nicht. Nur ein kurzes Zusammenzucken des kleineren Mannes zeigt an, dass sie mich sehr wohl gehört haben und dieser sich offensichtlich nicht wohlfühlt.

»Lasst mich durch! Ich bin eure Prinzessin, ich befehle es euch!«

Goldene Augen, mit einer Spur Missbilligung darin, fixieren mich durch den Schlitz des Visiers.

»Nein, Hoheit!«, sagt der andere Soldat mir ruhiger Stimme. »Der Befehl des Königs lautet ganz klar, dass wir niemanden in das Gefängnis lassen dürfen. Nicht einmal Euch.«

Ich beiße die Zähne zusammen und unterdrücke einen Fluch. Es muss sich herumgesprochen haben, dass ich gestern Nacht hier gewesen bin. Und mein Vater war anscheinend wenig erfreut darüber, sonst hätte er nicht einen entsprechenden Befehl erlassen. Mit mir darüber gesprochen hat er nicht, aber das überrascht mich nicht wirklich. Wir haben uns nichts mehr zu sagen.

Ich hole tief Luft und konzentriere mich. Ich muss in das Gefängnis hineingelangen, ich muss zu Thy. Das goldene Schattenlicht, das an einer dünnen Kette sicher unter meinem Hemd verborgen um meinen Hals hängt, glüht sanft auf meiner Haut – und erinnert mich an den Grund meines Kommens. Es geht nicht nur darum, Thy zu retten. Mittlerweile geht es um viel mehr.

»Ich werde mit meinem Vater sprechen«, sage ich ganz ruhig und tue, als ob ich mich abwende. Aus dem Augenwinkel sehe ich, wie die Soldaten wieder Haltung annehmen und zurücktreten.

Ohne Vorwarnung fahre ich herum und trete dem größeren in den Bauch. Er trägt eine Rüstung, daher kann mein Tritt nicht sonderlich schmerzhaft für ihn sein, aber er stolpert einen Schritt zurück und kracht gegen die Wand in seinem Rücken. Der andere Mann dreht sich überrascht zu mir herum, aber ich bin schon in die Hocke gegangen und trete ihm seine Beine weg. Er keucht erschrocken auf und geht zu Boden. Eine Sekunde später bin ich über dem Soldaten und zerre ihm den Helm von seinem Kopf. Er starrt mich aus weit aufgerissenen Augen an.

Ich bin selbst überrascht, wie gut es mir gelingt, die Soldaten zu überrumpeln.

»Hoheit, was …?« Weiter kommt er nicht, bevor ich meine Faust gegen seine Schläfe krachen lasse. Er verdreht die Augen, und sein Gesicht sinkt auf die Seite.

Zwei Hände packen meine Schultern und zerren mich hoch. Ein hartes Keuchen trifft meinen Nacken, und die feinen Härchen an meinem Hals stellen sich auf. Adrenalin peitscht durch meinen Körper, und ich drehe mich blitzschnell herum, reiße meinen Arm hoch und schlage mit dem linken Ellenbogen gegen die Halsbeuge meines Gegners. Er ist ein gutes Stück größer als ich, daher treffe ich ihn nicht richtig. Ihm entfährt ein lautes Fluchen, und er packt erneut nach mir. Ich benutze seinen harten Griff als Halt und ziehe mit aller Kraft mein Knie nach oben. Direkt in seine empfindlichen Weichteile. Seine Augen weiten sich entsetzt, dann stöhnt er schmerzvoll auf und lässt mich los. Seine Knie geben nach, und er bricht zusammen. Sofort bin ich bei ihm und greife mit meinen Händen um seinen Hals. Kit hat mir einst gezeigt, wie ich zudrücken muss, damit jemand ohnmächtig wird. Mein Atem geht schnell, und meine Arme zittern vor Anstrengung. Der Soldat versucht, mich abzuschütteln, greift nach meinen Händen, aber er hat keine Chance. Innerhalb einer Minute sinkt er neben seinen bewusstlosen Kameraden.

Langsam erhebe ich mich und brauche einen kurzen Moment, um mich zu sammeln. Sobald sie wieder bei Bewusstsein sind, wird mein Vater davon erfahren. Aber das ist mir im Moment egal, er kann mich nicht mehr aufhalten.

Der modrige Geruch des Gefängnisses ist noch schlimmer geworden. Ich halte mir die Hand vor den Mund, weil ich würgen muss. Der bestialische Gestank lässt auf keinerlei Säuberungen der Zellen schließen. Wenn ich einmal Königin sein werde, wird es eine solch unwürdige Unterbringung von Gefangenen nicht mehr geben, nehme ich mir vor.

Das Licht der Fackeln an den Wänden zuckt unruhig hin und her, aber es weist mir den Weg durch das unterirdische Labyrinth aus leeren Zellen. Als ich den Gang betrete, in dessen Zelle auch Thys ist, bleibe ich stehen. Das Gefängnis ist so gut wie leer, ich bin nur an wenigen Gefangenen vorbeigekommen. Und auch sie werden im Zuge der Spiele noch verschwinden. Wieder fühle ich die unglaubliche Ohnmacht, die mich seit Tagen erfüllt, wenn ich an das grausame Gemetzel denke, das Tag für Tag auf Anordnung des Königs stattfindet.

Thy sitzt diesmal mit dem Rücken an den Gitterstäben. Er ist wach und spielt mit einem Faden seiner zerrissenen Hose herum.

Ich schlucke meine Übelkeit herunter und gehe entschlossen zu ihm. Langsam wendet er seinen Kopf und sieht mir träge entgegen. Müdigkeit steht in seinem Blick, aber auch etwas, was fast an Verzweiflung grenzt. Erneut fühle ich mich schuldig. Aber bevor ich ihm helfe, muss ich etwas klären.

»Die Prinzessin ist wieder da, wieder da, wieder da …«, gackert es aus der Nachbarzelle. Lady Delanos kniet ebenfalls am Gitter und grinst mich mit einem irren Ausdruck im Gesicht an. Ich ignoriere sie.

»Wie geht es dir?«, frage ich Thy, der sich schon wieder von mir abgewandt hat.

Er schnaubt leise. »Was glaubst du denn?«

Er hat recht. Meine Frage war überflüssig, und ich komme mir dumm vor. Ich schweige einen Moment und weiß nicht, wie ich anfangen soll. Aber dann greife ich nach der Kette um meinen Hals, an dessen Ende die goldene Kugel baumelt und ziehe sie unter meinem Hemd hervor. »Ich habe es gefunden.«

Thy ist mit einem Satz auf den Beinen. Seine Hände umgreifen das Gitter, und ein Zittern durchfährt seinen Körper. Er starrt die Kugel an. Schnell umschließe ich sie mit der Hand und lasse sie wieder unter meinem Hemd verschwinden.

»Du hast es tatsächlich gefunden.« In seinen Augen glitzert es, und er wirkt mit einem Mal hellwach. »Gib es mir!«

Ich lache kurz auf. »Nein, ganz sicher nicht.«

Thys Kiefer arbeitet, während er nachzudenken scheint. »Du weißt, was das ist, oder? Du weißt, was für eine Macht das Schattenlicht hat?«

Ein leichtes Lächeln schleicht sich in mein Gesicht, und ich nicke.

Hinter uns kichert Lady Delanos leise. »Schattenlicht … Schattenlicht. Humbug … ein Märchen. Eine Legende, eine Geschichte für Kinder.«

Thy sieht zu ihr hin und wirkt einen kurzen Moment abwesend. »Was willst du dafür?«, fragt er irgendwann.

Ich schaue ihn an, sein blutiges Gesicht, seinen geschundenen Körper. Da es hier offenbar keine Möglichkeit für die Gefangenen gibt, sich zu waschen, sind die Spuren des Kampfes immer noch gut zu sehen. Er steht hier mitten im Gefängnis, sieht dem sicheren Tod entgegen und hat immer noch genug Energie, um mit mir zu verhandeln. Thy tut immer, was er will – selbst jetzt noch. Ich komme nicht umhin, ihn dafür zu bewundern. Ich zögere kurz, dann greife ich nach seinen Händen. Meine Finger fahren über seine raue Haut, fühlen die Wärme und die unzähligen Narben. Er zuckt zusammen, aber er nimmt sie nicht fort.

»Ich will einen Grund von dir hören, warum ich dich nicht hierlassen sollte. Die Wahrheit über dich, die du mir bis heute nicht gesagt hast. Andernfalls werde ich mir dein silbernes Licht nehmen, sobald du tot bist, und das Schattenlicht alleine suchen.«

»So wenig ist dir mein Leben also wert?«

»Denk an deine eigenen Worte: Ich kümmere mich doch sowieso um niemanden als mich selbst.« Meine Kiefer zusammengepresst, schaue ihn unentwegt an. Mir ist es bitterernst.

Thy seufzt und lässt kurz den Kopf hängen. Dann zieht er sich in einer schnellen Bewegung sein Hemd über den Kopf und schaut mich anschließend abwartend an.

Drei Dinge sickern langsam in meinen Verstand. Erstens, dass Thy unverschämt gut gebaut ist. Zweitens, dass er mehr als nur das schwarze Tattoo an seinem Arm hat. Ein schwarzer, ornamentartiges Tribal bedeckt seine linke Brust, zieht sich über seinen Bauch und verschwindet schließlich in seiner Hose. Aber was mich wirklich erschreckt und mich die Luft anhalten lässt, sind die silbernen Linien, die sich von seinem Rücken aus auf seinen Bauch ranken.

Thy legt seinen Kopf zur Seite und dreht sich um. Mir entfährt ein Keuchen. Die Linien sehen anders aus als die Ciarans. Ciarans sind eckig, kantig und irgendwie bedrohlich, doch, je länger ich auf Thys Rücken schaue, desto mehr habe ich das Gefühl, auf eine Karte zu starren. Einzelne Linien brechen auf, verbinden sich, werden dicker und formen ganze Flächen. Und wie bei den Schattenlichtern macht es den Eindruck, als würde sich irgendetwas in ihnen bewegen.

Ohne dass ich es bewusst wahrnehme, strecke ich meine Hand durch die Gitter und berühre vorsichtig Thys Rücken. Er erschaudert, aber ich folge langsam dem Verlauf der Linien. Sie fühlen sich warm an, und es kribbelt unter meinen Fingern. Ich spüre deutlich die Energie, die durch sie hindurchpulsiert und durch die Berührung auf mich übergeht.

Thy greift nach meiner Hand und hält sie fest. »Genug, Prinzessin!«

Ich sehe zu ihm auf und erwache aus meiner Erstarrung. Jetzt ist es mir peinlich, dass ich ihn berührt habe.

»Jetzt gib es mir!«, fordert er mich auf, während er meine Hand immer noch in seiner hält.

Wir stehen uns so dicht gegenüber, dass ich seinen Atem spüren kann. Nur die Gitterstäbe seiner Zelle durchbrechen unsere Nähe.

»Die Spiegel …« Ich muss mich konzentrieren. »Die silbernen Linien … Du bist ein Grauer, mehr noch. Du musst vom Königsgeschlecht abstammen.«

Er zieht eine Augenbraue langsam hoch und sieht mich abschätzend an. »Gut kombiniert. Aber das bringt uns jetzt auch nicht weiter.«

»Warum hast du mir nicht einfach gesagt, was du bist? Warum machst du so ein Geheimnis daraus? Und warum hast du keine grauen Augen?«

Thy lacht auf. »Meinst du diese Frage ernst?«

Wieder schwingt jede Menge Zynismus in seinen Worten mit und eine Bitterkeit, die ich mir immer noch nicht erklären kann. Ich fahre verstört zurück und schüttele den Kopf. So viel hat mir Meister Taurin über unsere Welt erzählt, über die Grauen und auch über den grauen König, der durch die Welten wandern konnte. Aber dass Thy tatsächlich ein Grauer sein soll, will ich immer noch nicht richtig wahrhaben.

»Der letzte Graue König ist im Silbernen Krieg gestorben«, erinnere ich mich an Meister Taurins Worte. »Dich … dich dürfte es gar nicht geben.«

»Dennoch stehe ich vor dir, Prinzessin«, stellt Thy trocken fest. »Und zumindest im Moment fühle ich mich noch sehr lebendig.«

»Aber wie kann das sein?« Meine Gedanken schlagen Purzelbäume, und wieder einmal habe ich das Gefühl, nichts zu wissen.

»Wir haben dafür keine Zeit, Sienna! Ich habe dir gezeigt, was ich bin – wir haben eine Vereinbarung! Gib mir dein Licht!«

»Was willst du mit dem Schattenlicht? Warum ist es so wichtig für dich?« So leicht gebe ich mich nicht geschlagen. Ich will Antworten, auch deshalb bin ich hier.

»Dasselbe könnte ich dich auch fragen«, entgegnet er, und sein Gesicht verschließt sich wieder. Er wird es mir nicht sagen.

Ich atme tief durch und trete einen Schritt zurück. Sicher, er hat mir gegeben, was ich gefordert habe. Er hat mir gezeigt, was er ist. Aber wirklich schlauer bin ich trotzdem nicht.

»Ich habe ein Angebot für dich …«, sage ich mir ruhiger Stimme und ignoriere das würgende Geräusch im Hintergrund. Es wird Zeit, dass ich wieder verschwinde. Die Dunkelheit löst Beklemmung in mir aus, und ich werde innerlich zunehmend unruhig. »Wir werden das Schattenlicht gemeinsam suchen, dafür helfe ich dir hier heraus.«

Thy schweigt, seine Lippen zu einem dünnen Strich zusammengepresst. »Heiratest du nicht demnächst?«

Seine Worte sind wie ein Schlag ins Gesicht. Ciaran, die Hochzeit. In dem ganzen Durcheinander der letzten Tage hatte ich das völlig vergessen. Ich kann jetzt nicht einfach verschwinden.

»Ach, ist im trauten Liebesparadies schon wieder schlechte Stimmung eingekehrt?« Thy klingt trotz der ganzen Situation amüsiert.

Ich gehe nicht auf seine Worte ein, schließe stattdessen einen Moment die Augen. Ich habe die Chance, meinen Vater zu retten, mein Land. Ciaran wird es verstehen, wenn ich es ihm sage. Ganz sicher sogar. Entschlossen schaue ich zu Thy, dessen Augen immer noch belustigt blitzen.

»Du bist in der deutlich schlechteren Verhandlungsposition, und das weißt du«, kläre ich ihn auf. »Ohne mich wirst du hier drinnen sterben und das Schattenlicht nie finden.«

»Wenn ich Ja sage, gibst du mir das goldene Licht?«, wiederholt er sein eigentliches Anliegen.

Ich schüttele den Kopf, und er flucht vernehmlich.

»Einverstanden«, presst er mit zusammengebissenen Zähnen hervor. »Hilf mir hier heraus, und ich werde mich auf die Suche nach dem weißen Licht machen. Anschließend komme ich zurück und drehe dir den Hals um!«

Einen Moment lang sehe ich ihn an und wäge ab, ob er es ernst meint. Aber im Endeffekt habe ich genauso wenig eine Wahl wie er. Daher greife ich in meine Hosentasche und lasse das Medaillon mit dem Spiegel, das er mir einst gegeben hat, an meiner Hand baumeln. Er wirkt für einen Moment irritiert, dann greift er so schnell durch die Gitter nach meinem Arm, dass ich nicht reagieren kann. Er zieht mich zu sich, sodass sich mein Körper wieder an die Stäbe presst.

»Du hast es also doch noch.« Ein zufriedenes Funkeln steht in seinen Augen.

Er ist mir eigentlich viel zu nah, aber seine Hand hält meinen Arm immer noch wie im Schraubstock umklammert. Thy beugt sich zu mir herunter, und das alles erinnert mich an unser allererstes Zusammentreffen in meinem Ankleidezimmer.

»Du kannst es leugnen, Prinzessin, aber wir beide wissen, dass du mehr für mich empfindest, als du zugeben willst«, raunt er leise, und seine Stimme bringt etwas in mir zum Erklingen.

Ich spüre die wachsende Spannung zwischen uns, wie ich ihm näher kommen, ihn berühren will. Seine tiefblauen Augen, in denen das Licht der Fackeln zuckt, bohren sich in meine und lassen mich alles um mich herum vergessen. Er legt seine freie Hand an meine Wange, und nur Sekunden später pressen sich seine Lippen auf meine. Die Gitterstäbe sind kalt auf meiner Haut, als ich ihn küsse. Ich schmecke sein Blut, seine Leidenschaft, aber auch seine Angst. Er ist lange nicht so stark und mutig, wie er vorgibt zu sein, und ich bin mir sicher, dass er sehr wohl in dieser Zelle mit seinen Leben abgeschlossen hat.

»Ich bin nicht gut für dich, Prinzessin. Heirate deinen König und werde glücklich«, flüstert Thy an meinen Lippen, aber seine Worte dringen nicht zu mir durch. Thy greift durch die Stäbe nach meiner Hüfte. Er zieht mich an sich, so gut er kann, und ich fahre mit meinen Händen über seine nackte Haut. Verzweiflung kriecht in mir hoch. Ich will ihm so nahe sein wie nur irgendwie möglich. Die Hitze um uns herum steigt mit jeder Sekunde, und wir beide keuchen, als wir uns voreinander lösen.

Erst als hinter mir ein hämisches Lachen ertönt, begreife ich, was ich gerade getan habe. Scham überkommt mich, Wut auf mich selbst, aber auch auf Thy. Mit aller Kraft stoße ich ihn von mir und trete zurück in den Gang.

»Wie kannst du es wagen!«, fahre ich ihn an, und all meine Wut schwingt in meiner Stimme mit.

Thy lacht leise und leckt sich mit der Zunge über die Lippen. »Vergiss mich nicht, Prinzessin.« Er macht eine angedeutete Verbeugung, schaut auf das Medaillon, das er mir aus der Hand genommen hat, ohne dass ich es bemerkt habe, und öffnet es. Das Medaillon mit dem Spiegel fällt klirrend zur Boden – und Thy ist verschwunden.

Ich bleibe zurück und starre in die leere Zelle. Meine Lippen prickeln von unserem Kuss, und ich spüre immer noch seine Berührungen auf meiner Haut. Meine Hand fährt zu meinem Hals, sucht die Kette mit der goldenen Kugel, aber sie ist ebenfalls fort.

Übelkeit und Panik steigen in mir auf, und fluchtartig verlasse ich das Gefängnis. Nur Lady Delanos' hässliches Lachen folgt mir durch die leeren Gänge. Sie lacht mich aus, und in diesem Moment habe ich ihr nichts entgegenzusetzen.

***

Tausend winzige Staubkörner fliegen umher, kreisen umeinander und fallen zu Boden. Goldene Sonnenstrahlen lassen sie flimmern und verschleiern die Sicht hindurch. Ich kann meinen Blick nicht abwenden, sehe ihrem Spiel zu, ihrem Tanz und fühle mich für einen kurzen Augenblick gefangen in ihrer Anmut. In mir herrscht Ruhe, und ich nehme nicht mehr wahr als meine gleichmäßige Atmung. Bis ich für einen kurzen Moment meine Augen schließe und ich wieder Thys Umarmung fühle, seine Zunge in meinem Mund und ein versengendes Feuer in meinem Inneren.

Ich reiße die Augen auf, aber die Hitze um mich herum bleibt. Thy hat mich verraten!

Mein Herz krampft sich zusammen, und ein stechender Schmerz fährt durch mich hindurch. Tränen schießen mir in die Augen, und bei dem Gedanken an seine Nähe, seinen Kuss, der mich trotz allem immer noch so aufwühlt, wird mir schlecht. Er hat mich ausgenutzt, mich für seine Ziele missbraucht und mich fallen gelassen, als er hatte, was er wollte. Er hat mir das goldene Licht gestohlen und besitzt jetzt zwei Lichter des Schattenlichts.

Ich habe ihm blindlings vertraut, und wieder einmal wurde ich betrogen. Ich blinzele die Tränen fort, spüre aber trotzdem ihre nasse Spur auf meinen Wangen. Es sollte mir nicht so wehtun, aber der beißende Schmerz in meinem Inneren ist real.

Ich will es nicht wahrhaben, aber ich empfinde etwas für Thy. Es fühlt sich vollkommen anders an als das Gefühl, wenn ich an Ciaran denke. Es ist wilder, ungezwungen und unkontrollierbar. Es fühlt sich an wie Feuer, und ich weiß, dass selbst ich mich daran verbrennen werde, es bereits getan habe. Aber bei ihm konnte ich immer ich selbst sein, konnte sein, wer ich wirklich tief in meinem Inneren bin, ohne mich verstellen oder kontrollieren zu müssen. Und das habe ich jetzt davon.

Ich ziehe mir die Decke vor mein Gesicht und kann nicht verhindern, dass sich ein lautes Schluchzen aus meiner Kehle löst.

Ich war so töricht, so naiv. Und ich bin selbst daran schuld, wie es mir jetzt geht. Gerade die Erfahrungen der letzten Wochen sollten mich gelehrt haben, niemandem mehr zu trauen. Dennoch werden die Schmach und die Schande, die ich im Augenblick fühle, überlagert durch einen brennenden Schmerz in meinem Innersten.

Was habe ich mir nur dabei gedacht, mich auf Thy einzulassen? Zuzulassen, dass er mir so nahe kommt?

Ich bin Ciaran versprochen, will ihn heiraten. Ich habe ihn so töricht hintergangen und verdiene es nicht besser. Ciaran hat sich mir geöffnet, hat mir von seinen Ängsten erzählt und mir seine Liebe gestanden. Er hat geschworen, an meiner Seite zu sein, aber ich habe an ihm gezweifelt und jemandem vertraut, den ich im Grunde bis heute nicht kenne. Thys Verrat tut weh, zerreißt mich, und mit aller Kraft, die ich habe, schreie ich meinen Schmerz, meine Wut und meine Verzweiflung in die Decke vor meinem Mund. Ich habe es nicht anders verdient.

***

Eine Stunde später bin ich zur Anprobe bei der Schneiderin. Es war der einfachste Weg, meinem Vater aus dem Weg zu gehen, denn ich bin mir ziemlich sicher, dass er von meinem nächtlichen Abenteuer erfahren hat. Und mich deswegen noch aushorchen und vor allem rügen wird.

»Bei der Göttin, das kann ich einfach nicht tragen.« Meine Worte unterstreicht ein entrüstetes Schnauben. »Es ist meine Hochzeit, ich bin die Braut, und Ciaran wird… das Kleid…« Ich unterbreche meinen Wortschwall, weil ich mir augenblicklich wieder vorkomme wie die oberflächliche Prinzessin, die ich einst war. Und doch immer noch irgendwie bin, wie mir meine Reaktion auf das Kleid im Spiegel aufzeigt. Aber ich kann einfach nicht fassen, dass ich in diesem Aufzug heiraten soll. Und ein Blick in das Gesicht der Königin, die ebenfalls bei der Anprobe zugegen ist, zeigt mir, dass sie meine Meinung teilt.

»Es gefällt mir nicht«, stelle ich mit Nachdruck fest. An meinem Hochzeitstag, dem wichtigsten Tag in meinem Leben, will ich wundervoll aussehen. »Ich habe mir etwas anderes vorgestellt, irgendwas Außergewöhnlicheres. Zumindest eine Schleppe.«

Im Gegensatz zu dem Kleid für den Verlobungsball ist dieses komplett aus den goldenen Stoffen geschneidert, die ich zuvor ausgewählt habe. Es liegt eng an meinem Körper an und verhüllt mich beinahe komplett. Es ist schön, hat aber lange nicht die Raffinesse, die Madame Lorellas Kreationen ausgezeichnet haben.

Victoria rümpft die Nase. »Es ist … in Ordnung. Am Tag deiner Hochzeit wirst du sowieso alle überstrahlen.« Wenn es um ihr Kleid ginge, hätte sie sicher anders reagiert.

Die Königin hat mich vor den Räumen der Schneiderin abgefangen und ist kurzerhand mitgekommen. Was genau sie von mir will, hat sie mir nicht gesagt, und ich fühle mich in ihrem Beisein noch unwohler als sowieso schon.

Die Schneiderin kommt zurück und stellt sich neben mich. Sie bittet mich, den Arm zu heben, und beginnt geschickt, einige Nadeln in die Seite meines Kleides zu stecken. Ich werde anschließend noch einmal mit ihr sprechen. Vor Victoria will ich sie nicht bloßstellen und am Ende noch der Grund sein, warum sie unnötig Ärger bekommt. Aber in diesem Kleid kann ich nicht heiraten. Die Schneiderin hustet leise und lenkt meine Aufmerksamkeit weg von dem Kleid. Schnell wischt sie ihre Hand an ihrem Rock ab, aber ich sehe trotzdem die roten Schlieren auf dem Stoff.

»Wie fühlst du dich?«, fragt Victoria und tritt neben mich.

Mein Blick liegt immer noch auf der Schneiderin, die jetzt am Saum meines Kleides beschäftigt ist.

»Gut«, antworte ich und wende meinen Blick ab. Vielleicht habe ich mich auch geirrt und die roten Flecken waren vorher schon da. Die Antwort ist eine Lüge, aber Victoria bemerkt nichts davon, dass ich mich nicht gut fühle. Ich habe mich zwar einigermaßen beruhigt, bevor ich hierher gekommen bin, aber die Ereignisse im Gefängnis, Thys Verrat und die Tatsache, dass ich nichts tun kann, um den Bann über dem König zu lösen, haben mich unglaublich leer und verletzlich zurückgelassen. »Ciaran kommt heute zurück. Und morgen werden wir heiraten.« Victoria nickt. Das ist für sie keine Überraschung. »Es ist schön, zu sehen, dass ihr euch so gut versteht. Für unser Land ist es wichtig, Sienna, dass diese Allianz funktioniert.«

Ciaran wird mir Kraft geben. Ihn an meiner Seite zu wissen, beruhigt mich ungemein. Ich bin froh, ihn heute zu treffen, auch wenn mein schlechtes Gewissen und meine Wut auf Thy und vor allem auf mich selbst die Vorfreude etwas trüben.

Ich runzele die Stirn. Als ob ich das nicht wüsste. Victoria legt mir die Hand auf die Schulter, was mich kurz zusammenzucken lässt. Als sie meinen angewiderten Gesichtsausdruck sieht, nimmt sie die Hand schnell wieder weg.

»Jetzt, wo dein Vater wieder wach ist, werden sich die Dinge im Lichtland bald geregelt haben«, fährt sie fort. »Aber es ist auch wichtig, dass ihr unserer Politik folgt. Du weißt, was sonst passieren könnte.« Ihre braun-goldenen Augen mustern mich eindringlich.

Deshalb ist sie hier! Sie will mich an die Prophezeiung erinnern und daran, dass ich zu gehorchen habe. Sobald ich verheiratet bin, stehe ich nicht mehr unter dem Einfluss meines Vaters und ihr. Sie kann nicht länger kontrollieren, was ich mache.

»Ciaran und ich werden selbst entscheiden, was für das Schattenland und später auch das Lichtland das Beste ist«, antworte ich ruhig. Ich werde mich nicht von ihr provozieren lassen.

»Gewiss. Vergiss nur nie, was du eigentlich bist, Lichtprinzessin. Und wem deine Loyalität zu gelten hat.«

Meine Finger fahren über den Stoff meines Kleides und bleiben in den spitzen Nadeln hängen. Feine Stiche bohren sich in meine Haut, aber ich spüre den Schmerz nicht. Stattdessen starre ich Victoria an, und meine ganze Wut auf diese Frau kehrt zurück.

»Drohst du mir?«, frage ich sie offen. Ich habe keine Angst mehr vor ihr.

Die Schneiderin wirft uns einen verstohlenen Blick zu.

»Aber nein, Sienna.« Victorias Augen bekommen etwas Stechendes. »Das ist nur ein Rat, den ich dir mit auf den Weg geben will.« Sie schaut mich so intensiv an, dass ich einen kurzen Moment meine, ein dunkles Leuchten darin zu erkennen.

Die Schneiderin erhebt sich. Ich hatte fast vergessen, dass sie noch da ist. Sie wendet sich ab und hustet wieder. Victoria sieht verächtlich zu ihr hinüber. Plötzlich entfährt ihr ein angeekeltes Keuchen, und als ich ihrem Blick folge, packt mich das nackte Grauen.

Die Schneiderin hustet, hält sich die Hand vor den Mund, aber ein Schwall roten Blutes dringt unter ihren Fingern hervor. Es spritzt auf den Boden, auf mein Kleid, und bevor ich reagieren kann, bricht die Frau zusammen. Ich bin einen Moment wie erstarrt, dann lasse ich mich neben ihr nieder. Sie hustet weiter, und immer mehr Blut kommt aus ihrem Mund.

»Hole Hilfe!«, schreie ich Victoria an, aber sie bleibt ruhig stehen.

»Du solltest von ihr weggehen, Sienna. Nicht, dass du noch krank wirst.« Sie wendet sich ab, und ich starre ihr fassungslos hinterher. Wie kann sie nur so gefühllos reagieren?

Als kurze Zeit später Soldaten hereinkommen und mir und der blutüberströmten Schneiderin helfen wollen, atmet diese schon nicht mehr.

***

Der Geruch von Blut verfolgt mich. Die Rote Seuche wütet immer noch in der Hauptstadt, und die Zahl der Toten ist mittlerweile ins Unermessliche gestiegen. Die nun seit fast zwei Wochen andauernden Spiele tun ihr Übriges, um die Grauen in unserem Land nachhaltig zu dezimieren. Ich hatte bisher Glück, trotz meiner Nähe zur Schneiderin bin ich immer noch gesund. Und Victoria ebenfalls. Wenn ich in Ruhe darüber nachdenke, kommt es mir merkwürdig vor, dass die Seuche gerade zu einem Zeitpunkt ausgebrochen ist, als besonders viele Bewohner der Spiegelnden Welt in der

Hauptstadt zugegen sind. Aber auf der anderen Seite ziehen Massenveranstaltungen Krankheiten auch an.

Meister Taurin hat mir gesagt, dass sie an einer Art Heilmittel arbeiten, um die noch nicht Infizierten zu schützen. Aber so lange das noch nicht gefunden ist, werden weitere Graue sterben.

Ich atme noch einmal tief durch und mache die letzten Schritte zum Arbeitszimmer meines Vaters. Die Tür ist verschlossen. Dumpfe Stimmen dringen auf den Gang. Mein Herzschlag beschleunigt sich, und in meinem Bauch beginnen Tausende Flammen einen feurigen Tanz. Bevor ich anklopfen kann, öffnet sich die Tür und Ciaran tritt heraus. Augenblicklich überzieht Freude sein blasses Gesicht. Die Königin und mein Vater stehen im Hintergrund im Zimmer, aber das ist mir egal. Ohne Vorwarnung werfe ich mich Ciaran in die Arme. Tränen schießen mir in die Augen, vor Erleichterung, Freude oder auch Verzweiflung, kann ich nicht sagen.

Mein Verlobter ist aus dem Schattenland zu mir zurückgekehrt, und er hält mich. Auf ihn kann ich mich verlassen, er würde mich niemals verraten.

Sein dunkles Lachen dringt an mein Ohr, und er drückt mich mit seinen starken Armen an sich. Ich presse mich an seinen kalten Körper, lausche seinem ruhigen Herzschlag, und endlich fällt die Beklemmung von mir ab: Ich bin ab jetzt nicht mehr alleine.

Ciaran löst seine Arme von mir, nur, um sanft mein Kinn zu umfassen. Ich sehe zu ihm hoch, in seine glänzenden, dunklen Augen, in denen ein Versprechen liegt, das ich bis ans Ende meiner Tage nicht vergessen werde.

Mir gehört seine Liebe. Er ist mein Schatten, ich bin sein Licht.

Und als er mich küsst und das Feuer in mir zu brennen beginnt, finde ich ganz tief in mir drinnen die Hoffnung wieder.

Kapitel 21

Die Euphorie, die mir in der Halle der Göttin entgegenschlägt, lässt mich einen Moment innehalten. Aber sie gilt nicht mir, sie gilt auch nicht Ciaran, der neben mir steht und jetzt nach meiner Hand greift. Sie gilt ausschließlich der Königin und meinem Vater.

Helle Sonnenstrahlen brechen sich in unzähligen Spiegeln, die an der Decke der großen Halle angebracht sind und den ganzen Saal erstrahlen lassen. Die Spiegelsplitter bilden eine Sonne und zeigen das Symbol unserer Göttin. Wir befinden uns an einem der heiligsten Orte, die wir in unserem Land haben und in dem ich in wenigen Minuten heiraten werden.

Der Legende nach wurde die Halle schon vor über tausend Jahren gebaut und in den letzten Jahrhunderten immer wieder erweitert. Daher schließen sich auch an ein hohes Dach in der Mitte, das durch viele mächtige Säulen gestützt wird, mehrere Seitenschiffe an, sodass die Halle keine eindeutige Form hat. Teile wurden durch Kriege zerstört und neu gebaut und machen sie zu dem einzigartigsten Gebäude, das ich je gesehen habe. Es ist der Ort, an dem wir unserer Göttin huldigen, der Sonnengöttin, die mit ihrer Kraft jedes Lebewesen atmen lässt und das Licht in unsere Welt gebracht hat.

»Bist du nervös?« Ciaran drückt meine Hand und sieht zu mir. Er trägt eine schwarze Rüstung, die auf Hochglanz poliert wurde und in die silberne Steine eingesetzt sind. Die Haare hat er zurückgebunden, und der schwarze Königsreif prangt auf seiner Stirn. Er sieht atemberaubend aus, schwarz und dunkel und der absolute Kontrast zu mir.

»Ja!« Ich lächele ihm schwach zu und fahre mit zitternder Hand über mein Kleid. Es ist golden, ähnelt aber in nichts sonst dem Kleid bei meiner Anprobe gestern. Am Oberkörper sitzt es eng, lässt meine Schultern und Arme frei, und ergießt sich unterhalb meiner Taille in einen weit ausladenden Rock. Tausend schimmernde Diamanten sind in den Stoff eingearbeitet, und bei jedem Schritt funkeln unzählige Lichter. Meine Haare sind aufgesteckt, und ein zarter goldener Schleier führt von meinem Kopf über meinen Rücken hinab in eine lange Schleppe auf dem Boden. Eine graue Dienerin, die ebenfalls sehr geschickt im Umgang mit Nadel und Faden ist, hat mein Hochzeitskleid über Nacht gefertigt. Und so sehr ich dieses Kleid schätze, erinnert es mich dennoch an die arme Schneiderin, die gestern so qualvoll an der roten Seuche gestorben ist.

»Dann sind wir wenigstens schon zu zweit.« Ciarans Augen funkeln und zeigen mir seine tiefe Zuneigung.

Er ist glücklich, und das gibt mir die Kraft, den nächsten Schritt zu tun.

»Du siehst wunderschön aus, Sienna«, raunt er mir leise zu.

Ein warmes Kribbeln rieselt durch meinen Körper. Ich werde Ciaran heute heiraten. Heute und den Rest meines Lebens wird er an meiner Seite sein. Zuversicht durchströmt mich, und mit jedem Schritt, den wir tun, wächst meine Gewissheit, dass heute der Tag ist, an dem sich die Welt zum Guten verändern wird.

Die Sonne taucht uns in ein goldenes Licht, und ein warmer Wind spielt mit den einzelnen Strähnen, die sich aus meiner Frisur gelöst haben. In der Halle spürt man die Hitze nicht so sehr, und gerade heute, da so viele Helle und Dunkle hier sind, macht es alles etwas leichter.

Tausende sind gekommen, um unserer Trauung beizuwohnen. Tausende sind dem Ruf meines Vaters gefolgt, der ein paar Meter vor uns geht und jetzt ehrfürchtig vor einem Priester stehen bleibt. Victoria ist an seiner Seite, und beide senken sie die Köpfe und empfangen die goldene Salbung der Göttin.

Mein Vater trägt seine goldene Robe, darüber eine breite Schärpe und seine goldene Krone auf dem Kopf. Es sind die Kleidungsstücke für einen besonderen Anlass, aber mit Victoria kann er dennoch nicht mithalten. Ihr schmal geschnittenes Kleid funkelt in allen Farben des Regenbogens und schillert so sehr, als würde es von innen heraus strahlen. Die dunklen Haare hat sie ebenfalls hochgesteckt, und auch auf ihrem Kopf thront die Krone unseres Landes.

Der Priester legt ihnen die Hand auf den Kopf und malt mit goldener Farbe eine Sonne auf ihre Stirn. Er schenkt ihnen das göttliche Zeichen und kennzeichnet sie damit zu Erleuchteten. Die Hellen im Saal jubeln und haben kaum Blicke für uns.

Kurz fällt mein Blick auf Ava, die ein paar Meter hinter uns geht. Sie hat die Lippen zu einem dünnen Strich zusammengepresst, und auch wenn sie sich offensichtlich bemüht, nicht verärgert auszusehen, misslingt ihr das vollkommen. Aber sie blickt mich nicht an, auch nicht Ciaran, sondern allein ihre Mutter. Der Hass in ihren Augen überrascht mich, hatte ich doch bisher nie den Eindruck, als würde sie Groll gegen Victoria hegen. Aber vermutlich sieht sie in ihrer Mutter etwas, das sie nie sein wird: eine Königin an der Seite eines strahlenden Sonnenkönigs. Und so wie ich Ava einschätze, macht sie ihre Mutter dafür verantwortlich, dass ich heute Ciaran heirate und nicht sie.

Ich atme tief durch und konzentriere mich wieder auf den Weg vor mit. An den Seiten stehen Hunderte Zuschauer, die immer noch ekstatisch dem Königspaar zujubeln. Die Begeisterung ist ungebrochen, und als sich beide umdrehen, neigen alle Hellen in der Halle ehrfürchtig ihren Kopf. Sie verneigen sich vor meinem Vater und zeigen ihre uneingeschränkte Loyalität.

Während der Spiele hat sich etwas verändert. Mein Vater war schon immer beliebt, aber heute feiern sie ihn wie einen Helden. Sie schauen zu ihm auf, verehren ihn und preisen ihn als den größten Herrscher aller Zeiten. Und neben ihm, auf dem Gesicht ein sanftes Lächeln, steht Victoria und genießt ganz augenscheinlich den Moment. Ihre Augen wandern umher, und ihr Blick bleibt auf mir ruhen. Sie nickt mir zu, und ich zwinge mich, ihren Gruß zu erwidern. Mir ist bewusst, dass nicht nur die Anwesenden in der Halle der Göttin heute zusehen, sondern vermutlich unsere ganze Welt.

Der Weg in die Mitte der Halle, in der ein riesiges Feuer brennt, ist nicht mehr weit, aber Ciaran lässt meine Hand nicht einen Moment los. Die Zuschauer haben sich mittlerweile uns zugewandt. Überall sehe ich freudige Gesichter, aber es ist niemand darunter, den ich als Freund bezeichnen würde.

Als wir vor dem Priester stehen bleiben, habe ich das Gefühl, ewig unterwegs gewesen zu sein, obwohl es kaum länger als ein paar Minuten gedauert hat. In einem riesigen Becken hinter ihm brennt ein Feuer, dessen Flammen bis unter die Decke zucken. Die Spiegel reflektieren die Strahlen, und die Hitze hier ist beinahe unerträglich.

Der Priester steht mit dem Rücken zu uns und hebt jetzt die Hände.

»Deiwos dà leghús tewos domi nos i seghàn.« Er sagt ein paar Worte in der alten Sprache, die nur noch die Priester und einige unserer Meister sprechen, und führt anschließend die Hände über seinem Kopf zusammen. Licht bricht daraus hervor, hüllt uns ein und lässt alles in der Halle erstrahlen. Die Göttin ist in ihm, in uns, in jedem einzelnen Hellen hier.

Ich blinzele, aber das helle Licht treibt mir Tränen in die Augen. Für Ciaran muss es unerträglich sein, aber er zittert nicht einmal. Seine Hand liegt immer noch ruhig in meiner, kühl und fest und ohne ein einziges Mal zu zucken. Als das Licht der Göttin schwächer wird, wage ich es, meine Augen zu öffnen. Der Priester hat sich umgedreht und schaut uns fragend an. Er trägt ebenso wie Meister Taurin das Sonnensymbol auf seinem nackten Schädel und ist in eine goldene Tunika gewandet. Seine Augen sind vollkommen golden, ein

Zeichen dafür, dass er sich von allem Weltlichen abgewandt hat und die Kraft der Göttin in ihm wohnt.

Ich sehe Ciaran an, und erst, als auch er die Augen wieder öffnet, nicke ich. Der Priester spricht wieder in der alten Sprache, die ich selbst nie gelernt habe. In diesem Moment bedaure ich das, denn heute wüsste ich gerne, was er zu uns sagt. Er greift in ein kleines Becken an seiner Seite und malt auch uns die goldene Sonne auf die Stirn. Er kennzeichnet uns ebenso wie das Königspaar zuvor und nimmt uns damit in den goldenen Kreis auf. Erst jetzt haben wir vor der Göttin Anspruch auf den Thron des Lichtlandes, erst jetzt sind wir erleuchtet. Anschließend führt er unsere Hände zusammen und legt seine darauf.

Ich suche Ciarans Blick. Ich weiß, was jetzt kommt, wir haben es gestern oft genug geübt. Aber es ist etwas anderes, es in meinem Garten zu üben, dabei zu lachen und sich zu küssen, als es jetzt vor Tausenden zu bezeugen. Danach wird er zu mir gehören und ich zu ihm. Niemand wird dieses Band jemals brechen können, nicht einmal mein Vater oder die Göttin selbst.

Ein Kloß bildet sich in meinem Hals, so stark, dass ich befürchte, kein Wort herauszubringen. Meine Hände beginnen, leicht zu zittern, und Ciaran fährt mir mit seinem Daumen über die Handfläche. Er öffnet seinen Mund und sagt etwas, ohne das es laut zu hören ist. Aber ich weiß, was er gesagt hat, denn er hat es bestimmt hundert Mal bereits getan: Er liebt mich. Ein warmes Gefühl durchströmt mich, und auf mein Gesicht kehrt das zuversichtliche Lächeln zurück.

Gesänge dringen an mein Ohr, und erst jetzt bemerke ich, dass es in der Halle still geworden ist. Nur am Rand stehen Sänger und singen das traditionelle Lied von Liebe und Licht und unserem Weg aus der Dunkelheit. Als sie enden, hebt der Priester unsere Hände, nimmt meine rechte und Ciarans linke Hand. Mit einem kleinen Messer ritzt er über die Handfläche, sodass ein blutiger Streifen entsteht. Das Brennen nehme ich kaum wahr, meine ganze Aufmerksamkeit gilt Ciaran. Ich sehe nicht mehr die Zuschauer um uns herum, sehe nicht mehr meinen Vater, Victoria und Ava, die hinter Ciaran stehen und uns beobachten. Niemand ist mehr da außer meinem Dunklen König und dem Priester, der jetzt unsere Hände zusammenführt und aneinanderpresst.

»Dieser Bund wird geschlossen im Zeichen der Vier: der verschwundenen Göttin, des unsichtbaren Gottes, des Gottes der Nacht und der Sonnengöttin. Die Götter werden über euch wachen und euch den Weg zeigen. Sprecht die Worte!«, fordert er uns auf. In unserer Sprache, damit wir ihn verstehen.

Ich schlucke hart, bevor ich meinen Mund öffne.

»Im Zeichen der Vier: Licht, Schatten, Raum, Zeit«, sagen wir beide gleichzeitig, aber ich höre weder Ciarans Stimme noch meine. Zu sehr konzentriere ich mich auf meinen Text. »Ich bin dein Licht, ich bin dein Schatten, ich bin deine Zuflucht, ich bin dein Halt. Für immer eins.«

Der Priester lässt unsere Hände los, aber sie bleiben zusammen. Ein leichtes Brennen entsteht, das sich rasch über die gesamte Handfläche bis in den Arm hinauf ausbreitet. Ich will meine Hand wegziehen, aber es geht nicht.

Ciaran will ebenfalls seine Finger lösen, aber unsere Hände werden durch ein unsichtbares Band zusammengehalten. Das Brennen wird zu einem Feuer, und Schmerz pulsiert durch meinen Körper. Ich presse die Lippen zusammen, weil ich nicht schreien will, aber ich muss all meine Kraft aufwenden, um nicht vor all den Zuschauern zusammenzubrechen.

Mein Geist vernebelt sich, meine Welt schiebt sich zusammen, und ich spüre nichts anderes mehr als den einen Punkt, an dem Ciaran und ich uns berühren. Ich bin ganz bei mir selbst, fühle mein Innerstes, meinen Herzschlag und das Licht in mir drinnen. Ruhe kehrt ein, und das gleichmäßige Schlagen meines Herzes rauscht in meinen Ohren. Mein Licht funkelt, füllt mich aus und gibt mir die Kraft, die Augen wieder zu öffnen.

Und da fühle ich es.

Fühle, dass da mehr ist als nur mein Licht und mein Herzschlag. Es fühlt sich fremd an und gleichzeitig vertraut. Es ist nicht mehr als ein Flattern irgendwo in meinem Kopf, und dieses Flattern ist ebenso ruhig, wie ich es bin. Es fühlt sich warm an und schenkt mir Zuversicht. Aber es ist dunkel, fast schwarz, und als ich in Ciarans dunkle Augen sehe, erkenne ich es. Er ist es, ein Teil von ihm ist in mir.

Ciaran neigt den Kopf und runzelt die Stirn. Er sieht mich fragend an, und da weiß ich, dass es ihm ähnlich ergeht. Ich nicke ihm zu, und als ich begreife, dass wir nun wirklich miteinander verbunden sind, nicht nur durch eine Hochzeit oder ein Abkommen, sondern tatsächlich durch unseren Geist, muss ich lächeln. Freude überkommt mich, und auch Ciarans Mundwinkel ziehen sich nach oben.

Er macht einen Schritt auf mich zu und küsst mich. Ich fühle seine Lippen, seine kalte Haut, aber ich fühle auch Liebe darin. Das Flattern wird stärker, und ausgehend davon durchfährt mich ein warmer Schauer. Ich kann sie sehen, seine Liebe, fühlen, was er in diesem Moment empfindet, und das ist das Wunderbarste, das ich in meinem ganzen Leben erlebt habe.

Als wir uns voneinander lösen, herrscht immer noch ehrfürchtige Stille. Ciaran hält immer noch meine Hand umschlossen, als wir uns zu dem Priester umdrehen und unsere Köpfe neigen. Er salbt uns ein letztes Mal, dann ist es vorbei.

Ich drehe mich zu meinem Vater um und erwarte, dass er zu uns kommt. Aber er steht neben Victoria und sieht unbeteiligt in die Ferne. Er schaut nicht einmal auf, als ich einen unsicheren Schritt auf ihn zu mache. Er sollte zu mir kommen oder uns zumindest nach draußen geleiten. Aber er steht einfach nur da und bewegt sich nicht. Victorias Blick folgt meinem. Erst als sie die Hand auf seine Schulter legt und etwas sagt, werden die Augen meines Vaters wieder klar.

Irgendetwas rastet in diesem Moment in meinem Kopf ein. Ein letztes Puzzleteil setzt sich zusammen, und vor meinem geistigen Auge entsteht ein Bild. Ich fühle immer noch

Ciarans Hand in meiner, fühle immer noch sein Flattern in meinem Kopf. Aber ich stehe nicht länger in der Halle der Göttin, Tausende Helle um mich herum, sondern bin alleine mit meinem Vater, der jetzt vor mich tritt. Ich sehe in seine goldenen Augen, die mir so schmerzlich vertraut sind und doch so fremd. Denn ich finde kein goldenes Leuchten mehr darin, nur noch den dunklen Zauber, der ihn lenkt. Und jetzt weiß ich auch, nein, ich bin mir absolut sicher, von wem dieser ausgeht.

Mir wird kalt. So kalt, wie es mir noch nie zuvor war, und ich habe das Gefühl, als würde mein Herz erfrieren. Ciaran muss es ebenfalls spüren, denn er tritt neben mich und berührt mich an der Schulter.

»Was ist los, Sienna?« Ich höre seine Stimme an meinem Ohr, aber ich sehe nicht zu ihm. Er kann nicht helfen, niemand kann das.

Mein Vater beugt sich herunter und will mich umarmen. So verlangt es der Brauch und auch der Anstand.

»Nein!« Ich keuche auf und mache schnell einen Schritt zurück. Das Feuer hinter mir brennt, und ich spüre deutlich die heißen Flammen in meinem Rücken. Aber die Hitze kann mir in diesem Moment nichts anhaben, niemand kann die Kälte in meinem Inneren brechen.

All das Glück und die Liebe, die vor wenigen Augenblicken noch in mir waren, sind verschwunden. Ich sehe an meinem Vater vorbei, sehe zu Victoria, die hinter ihm steht, immer noch das undurchdringliche Lächeln auf ihren Lippen. Etwas zuckt durch ihr Gesicht, dann verzieht sie ihren Mund und hebt die Hände. Ihr Blick wird kalt, und mich durchfährt die Gewissheit, dass ich recht habe.

»Warum?« Mehr bringe ich nicht heraus. Meine Stimme ist auch nicht sonderlich laut, aber trotzdem hört sie mich.

Ciaran neben mir schaut verwundert von Victoria zu meinem Vater. »Was ist los, Sienna? Rede mit mir!« Er begreift nicht, was hier vor sich geht. Er fühlt nur dieselbe Kälte, denselben Schmerz, der durch meinen Körper jagt.

»Weil er nicht mehr verstanden hat, was richtig für unser Land ist«, antwortet Victoria ruhig und tritt nach vorne.

Sie legt meinem Vater fast beiläufig die Hand auf die Schulter, und er bricht zusammen. Ohne einen einzigen Laut geht er zu Boden und bleibt liegen. Mir entfährt ein Keuchen, und mit einem Satz bin ich bei ihm.

»Vater! Xentos! Hörst du mich? Mach die Augen auf!« Panisch fahren meine Hände über seinen Körper, über sein Gesicht, und etwas beruhigt bemerke ich, dass er noch atmet. Aber er ist nicht mehr hier. Seine Augen sind geschlossen, und er bewegt sich nicht mehr.

Ava schreit verzweifelt auf und rennt an mir vorbei. »Mutter, was ist hier los? Was hast du getan? Bei der Göttin, was hast du nur getan?« Ihre Stimme überschlägt sich, aber Victoria antwortet ihr nicht.

Tumult bricht in der Halle der Göttin los, die Zuschauer werden unruhig, und ein paar Soldaten rennen zu uns. Einige beginnen zu schreien und rufen nach dem König. Neben mir lässt sich der Hauptmann unserer Königsgarde zu Boden und befiehlt zwei weiteren Soldaten, es ihm gleichzutun.

»Hoheit, was ist mit Eurem Vater? Atmet der König noch?« Sein panischer Blick sucht meinen. »Er atmet«, antworte ich bebend, aber mehr kann ich ihm nicht sagen. Ich weiß selbst nicht, was los ist.

Ciaran brüllt im Hintergrund ein paar Befehle, und unsere Soldaten versuchen, die Massen zu beruhigen.

Der Hauptmann macht Anstalten, meinen Vater anzuheben, um ihn fortzubringen, aber ich halte ihn zurück. Mein Herz schlägt hart in meiner Brust, und ich habe das Gefühl, als würde es jeden Moment zerspringen. Aber ich versuche, klar zu denken. Der Hauptmann kann meinem Vater nicht helfen. Niemand kann das außer ihr.

»Wartet! Lasst den König hier und bringt die Gäste aus der Halle heraus. Ich werde mich um meinen Vater kümmern«, befehle ich ihm.

Der Hauptman zögert, folgt aber schließlich meinem Befehl und verschwindet. »Was ist hier los, Sienna?«, fragt Ciaran und kniet sich neben mich. Er legt die Hand auf den Hals meines Vaters und sucht nach einem Puls. Anschließend erhebt er sich wieder und zieht mich mit sich.

Victoria steht immer noch ruhig da. Ihr Gesicht zeigt keine Gefühlsregung, und in ihren Augen spiegelt sich die dunkle Kälte, die ich schon so oft gesehen habe. Wie konnte ich nur so blind sein? Wie konnte ich in den letzten Wochen nur vergessen, wie sie ist?

»Sie hat meinen Vater unter einen Zauber gestellt«, erkläre ich, und meine Stimme zittert vor Wut. »Unter ihrem Bann hat er getan, was sie wollte.«

»Mutter, was geht hier vor? Was sagt Sienna da?«

Avas Stimme klingt schrill. Ihre Anwesenheit macht alles nur noch schlimmer. Victoria wirft ihr einen kurzen Blick zu.

»Verschwinde von hier, Ava! Ich werde es dir später erklären!«

Ava sieht ihre Mutter unsicher an, und kurz habe ich den Eindruck, als würde sie den Befehl missachten. Aber dann rafft sie ihr Kleid und rennt in Richtung Ausgang.

»Aber warum sollte sie das tun?«, fragt Ciaran laut und schüttelt ratlos den Kopf.

Anscheinend begreift er es immer noch nicht. Aber der leblose Körper meines Vaters spricht für sich, und Ciarans Augen nehmen einen dunklen Glanz an.

Victoria lächelt nur leicht und neigt den Kopf. »Weil der König ein Narr ist. Ein Narr, der tatsächlich an unser Licht glaubt und denkt, er könnte die Welt durch Mitgefühl und Großzügigkeit besser machen. Aber so funktioniert unsere Welt einfach nicht, das solltest du als Dunkler König eigentlich wissen. Niemand gibt, ohne zu nehmen, und niemandem wird einfach so geholfen.«

»Du hast mir gesagt, du liebst ihn!«, werfe ich ihr vor.

In mir beginnt es zu brodeln. Die Kälte aus meinem Körper weicht einem nicht gekannten Feuer, und glühende Wut rast durch meine Adern.

»Das wolltest du doch hören, oder?« Victorias gekünsteltes Lachen dröhnt in meinen Ohren. »Es war so leicht, dir an diesem Tag etwas vorzuspielen, und fast hätte es ja auch funktioniert. Aber du konntest ja plötzlich nicht mehr so weitermachen wie bisher und musstet anfangen, Fragen zu stellen. Dir ging es doch gut, Sienna, warum musstest du das alles nur zerstören?«

»Nehmt sie fest!«, schreie ich den Soldaten entgegen, die immer noch dabei sind, die Zuschauer aus der Halle zu schaffen. Unzählige Blicke sind auf uns gerichtet und verfolgen das Geschehen. Die Spannung wächst, als sich die Soldaten nicht bewegen. Ich starre sie an, warte darauf, dass sie zu uns kommen, aber sie sehen mich nicht an. Sie sehen zur Königin, die nur langsam den Kopf schüttelt.

Victoria hat gut gespielt, und heute fährt sie die Ernte ihres Erfolges ein. Die Hellen lieben sie, für das, wer sie ist und was sie getan hat. Die Soldaten werden sie nicht angreifen, sie ist die Königin, ihr Wort steht über meinem. Stand es oft in den letzten Wochen.

Und jetzt wird mir klar, worum es hier eigentlich geht. Es geht nicht um meinen Vater, es geht auch nicht um mich oder um die Art, wie mein Vater unser Land regiert hat. Es geht noch nicht einmal darum, dass Victoria unbedingt Königin sein wollte, aber nur so hat sie die Möglichkeit, ihr Vorhaben auch umzusetzen. Es geht einzig und allein um einen tief sitzenden Hass, den ich unzählige Male in den letzten Wochen gesehen habe und der unser Land gespalten hat. Und diesem Hass, wegen dem schon so viele Graue sterben mussten, liegt nur eine Sache zugrunde.

»Es geht um die Prophezeiung, habe ich recht?« Ich erhebe mich und habe Mühe, nicht auf sie loszugehen. »Die Prophezeiung, die besagt, dass die Grauen unser Land einnehmen werden. Du willst die Grauen nicht aus unserem Land vertreiben. Du willst … du willst sie vernichten.«

Victoria klatscht in die Hände, und der Laut hallt von den hohen Decken wider. Ciaran neben mir hat die ganze Zeit geschwiegen, aber jetzt ballt er die Hände zu Fäusten. Er macht den Mund auf, aber ich halte ihn zurück. Das hier ist mein Kampf.

»Sehr gut, Sienna, so ab und zu hast ja selbst du helle Momente«, lacht die Königin hässlich und geht vor dem Feuer hin und her. Die Flammen zucken unruhig in ihre Richtung, und einzelne rot-gelbe Spitzen berühren tatsächlich ihre Haut. »Es ist nicht ihr Land, sie gehören nicht hierher. Dein Vater wollte einfach nicht einsehen, dass der Tod aller Grauen der einzige Ausweg ist. Und sie zu vertreiben, würde viel zu lange dauern. Sie sind wie ein Geschwür, das sich immer tiefer in uns gegraben hat und ein für alle Mal vernichtet werden muss.«

Ich bin starr vor Schreck, als ich diese Worte höre. Vermutlich ist es das erste Mal, dass sie mir die Wahrheit sagt, und mein Verstand kann immer noch nicht begreifen, was das bedeutet.

»Warum hasst du die Grauen nur so? Sie haben dir nichts getan.« Meine Stimme bebt vor Zorn, aber ich zwinge mich, ruhig zu bleiben.

»Du bist so naiv, Sienna. Du lebst in deiner perfekten Welt und hast nie unter einfachen Leuten gelebt«, wirft sie mir vor, und dem kann ich nicht widersprechen. »Du hast keine Ahnung, wie es ist, in einem Dorf an der Grenze aufzuwachsen, in der Nähe des Sturmlandes. Nicht die Pest kam in unser Dorf, die Grauen waren es. Sie haben geplündert, haben meine Familie, meine Freunde getötet und mich verschleppt. Wochenlang haben mich die grauen Männer gequält, haben sich an mir vergangen, und niemand hat mir geholfen. Nicht einer der Frauen in ihrem Lager. Alle haben einfach nur zugesehen und haben es geschehen lassen. Irgendwann, als ich mehr tot als lebendig war, haben sie mich einfach liegen gelassen. Liegen gelassen zum Sterben. Ich war so alt wie du, Sienna, und ganz alleine auf der Welt.«

Mir wird schlecht, während ich Victoria unentwegt anstarre. Ich will ihr nicht glauben, aber ich ahne, dass ihre Worte die Wahrheit sind. Dennoch kann ich kein Mitleid für sie empfinden, denn selbst das rechtfertigt nicht, was sie getan hat. Und noch tun wird.

»Die Spiele, das war deine Idee!«

»Natürlich!«, bestätigt sie mir und macht eine herrische Bewegung. »Es war eine einfache und zugleich brillante Idee. Die Hellen wurden unterhalten, von ihren Sorgen abgelenkt, und innerhalb weniger Tage vernichteten sich die Grauen von alleine.«

»Aber warum? Würde es nicht genügen, die zu bestrafen, die dir das Leid angetan haben?« Ich kann nur fassungslos den Kopf schütteln, und meine Hände suchen nach Ciaran, meinem Halt, aber er scheint es nicht zu bemerken.

Ohne auf meine zweite Frage einzugehen, antwortet sie: »Hat dir das dein neuer Freund nicht gesagt?« Sie verzieht ihren Mund zu einem zufriedenen Grinsen.

Ciaran wirft mir einen fragenden Blick zu, aber ich schüttele nur den Kopf. Jetzt ist ganz sicher nicht der richtige Zeitpunkt, darüber zu reden.

»Glaube nicht, dass ich nicht von euren Abenteuern weiß, Prinzessin«, fährt Victoria unbeirrt fort. »Ihr wart zusammen in der Stadt. Hast du Ciaran erzählt, dass du bei ihm im Gefängnis warst?«

»Es reicht, Victoria!«, unterbricht Ciaran sie hart.

Erschrocken bemerke ich, wie er schmerzhaft das Gesicht verzieht. Victoria bleibt tatsächlich stehen, und die Flammen hinter ihr umschlängeln ihre schmale Gestalt. Ein amüsiertes Lächeln schleicht sich auf ihr Gesicht, und in ihren Augen blitzt es zufrieden auf. Mit einem Mal wird mir klar, dass sie noch viel mehr weiß. Sie weiß von Ciarans Kampf mit der Dunkelheit, und es kommt ihr sehr gelegen, wenn er ihn verliert.

»Sieh an, sie hat dich also auch um ihren Finger gewickelt«, fährt die Königin mit hämischer Stimme fort. »Eigentlich hätte ich ja mehr von dir erwartet, Schattenprinz! Du bist so schwach, dass es schon beinahe lächerlich ist. Ich …«

Die Dunkelheit kommt so plötzlich, dass ich im ersten Moment nichts sehe. Und dann bricht ein Inferno aus Feuer und Eis über uns herein.

Kapitel 22

Ciaran schreit laut auf, und um ihn herum bildet sich ein Wirbel aus Eis und Schnee. Im Schein des Feuers wirkt es so irreal, dass ich mit einem Mal wieder Angst vor ihm bekomme. Alles in seiner Umgebung wird mit einer dünnen Schicht glitzernden Reifs überzogen, und die Temperatur in der Halle fällt merklich.

Meine Beine gehorchen mir nicht, ich falle zu Boden. Die Dunkelheit lähmt mich, und so kann ich nur hilflos zusehen.

Eine eisige und tödliche Wolke fährt auf Victoria zu, und ich bin mir sicher, dass es das letzte Mal ist, dass ich sie lebend sehe. Aber sie steht immer noch ruhig vor dem Feuer, umspielt von goldenem Licht und neigt kaum merklich den Kopf. Die Flammen hinter ihr bäumen sich auf, zucken bis unter die Decke und hüllen sie ein. Der Wirbel aus Eis und Schnee schmilzt, fällt in sich zusammen, denn das Feuer nimmt ihm seine Kraft.

Ciaran brüllt erneut auf – ein so schrecklicher Laut, dass ich am ganzen Körper zittere – und schließt für einen kurzen Moment die Augen. Als er sie wieder öffnet, sind sie schwarz.

Ich keuche erschrocken auf und versuche, etwas mehr Abstand zwischen uns zu bringen. Das Atmen fällt mir zunehmend schwer, mir ist so kalt, weil eine dünne Eisschicht auch meine Haut überzieht. Irgendwo ganz hinten in meinem Bewusstsein nehme ich wahr, dass Helle schreien. Es sind immer noch einige von den Zuschauern in der Halle, die jetzt in höchster Panik die Flucht ergreifen. Niemand wird das hier überleben, da bin ich mir sicher.

Es wird totenstill, nur noch das Knistern des Feuers ist zu hören. Selbst Victoria macht kein Geräusch, sondern wartet ab. Wartet auf Ciarans nächsten Angriff.

Sein Gesicht verzieht sich zu einem dämonischen Lächeln, einem Lächeln, das ich schon einmal an ihm gesehen habe. Damals im Spiegelsaal, als er all die Soldaten umgebracht hat. Mich packt die nackte Angst, denn ich weiß in diesem Moment, dass ich ihn verlieren werde. Die Dunkelheit ist in ihm, ich fühle es an dem Flattern in meinem Kopf und sehe es in seinem Blick. Er hat mir in Sternhain gesagt, dass er jeden Tag gegen die Dunkelheit ankämpfe. Dass er am Ball die Kontrolle fast verloren habe, und jetzt, da bin ich mir sicher, gibt er sie auf. Um Victoria zu töten und mich zu retten. Ciaran senkt träge den Kopf und öffnet die Hände. Eine dunkle, fast anmutige Welle geht von ihm aus, und als sie mich trifft, wird mir schwarz vor Augen.

Es fühlt sich an, als würde ich schweben. Alles ist warm, Licht ist um mich herum, und für einen kurzen Moment bin ich wieder im Garten meiner Mutter. Die goldene Kugel dreht sich auf dem Springbrunnen, und Victoria ist nie in unser Leben getreten. Meine Mutter kommt mir entgegen, ich schaue in ihr freundliches Gesicht, in ihre strahlenden, goldenen Augen – und dann zuckt ein beißender Schmerz durch mich hindurch.

Ich werde einige Meter weit geschleudert und komme hart mit dem Kopf auf dem Boden auf. Ich blinzele und fahre mir mit der Hand über die Augen. Etwas Klebriges nimmt mir die Sicht, und ich brauche einen kurzen Moment, bis ich die Situation vollends erfasst habe.

Ciaran kniet schreiend vor Victoria am Boden. Seine Hände umklammern verzweifelt ihren Arm, der auf seinem Kopf liegt und ihn nach unten drückt. Goldenes Licht hüllt sie ein, und Ciarans Körper fängt zu zittern an.

Ich kämpfe mich hoch und mache ein paar Schritte auf sie zu. Ich muss ihm helfen, sonst bringt sie ihn um. Eigentlich verfügt Victoria nicht über solche Kräfte, aber sie hat Ciaran eindeutig bezwungen. In diesem Moment bricht er röchelnd zusammen.

»Wage es nicht, Schattenprinz!«, spuckt sie die Worte aus. »Und vor allem nicht für eine Prinzessin, die dich so hintergangen hat!« Sie nimmt ihre Hand weg und schaut mit angewidertem Blick auf ihn herab.

In meinem Kopf spüre ich ein leichtes Flattern, nicht mehr als den Flügelschlag eines Schmetterlings – Ciarans Bewusstsein. Mein Ehemann lebt, aber viel ist nicht mehr von ihm übrig.

»Du bist ein Monster!«, schreie ich sie an. Ich will Ciaran rächen und all die Grauen, die ihretwegen gestorben sind. Aber ich kann es nicht. Obwohl ich die Lichtprinzessin bin, habe ich ihr nichts entgegenzusetzen, ich schaffe es nicht einmal, einen einzigen weiteren Schritt zu machen.

Langsam dreht sich Victoria in meine Richtung und sieht mich an, als hätte sie mich vergessen. »Nein, Prinzessin, das bin ich nicht. Ich bin die Einzige, die das Richtige für dieses Land tut.« Sie sieht zu Ciaran hinüber. »Und er wird sich wieder erholen, falls du dir um ihn Sorgen machst. Zumindest von dem Kampf … von der Dunkelheit wohl nicht mehr.«

Hitze breitet sich in mir aus und vertreibt die Kälte. Ich spüre, wie sie mir Kraft gibt und mich aufrecht stehen lässt. Als sie meine Hände erreicht, balle ich die Fäuste, und die Temperatur um mich herum steigt wieder. Aber zu mehr bin ich nicht in der Lage.

»Das Richtige?«, fahre ich sie wütend an. »Ist es das Richtige, dass du meinen Vater verzaubert hast, dass du so viele Graue umgebracht hast? Und all das nur aus Rache? Du bist eine Mörderin, du bist …«

»… Und du bist der edle Sonnenschein, natürlich«, unterbricht sie mich. »Dann solltest du vielleicht wissen, dass ausgerechnet du mich auf noch eine andere ganz wunderbare Idee gebracht hast.«

So, wie sie das sagt, läuft es mir eiskalt den Rücken herunter.

»Es war so leicht, eines der Brote zu vergiften, die wir an die Bedürftigen verteilt haben. Und die Seuche ist so wahnsinnig effektiv, dass ich mich wundere, dass ich nicht schon früher auf die Idee gekommen bin. Dann hätten wir uns das ganze Theater mit den Spielen sparen können.«

In mir zerbricht etwas. Meine Sicht verengt sich, und rote Schlieren ziehen durch mein Blickfeld. Ich muss an Kit denken, an Lady Delanos und an Madame Lorella. Und an Rhea. An all die Tausenden Grauen, die nur leiden und sterben müssen, weil Victoria es für richtig hält. In mir formt sich ein harter Klumpen, und meine Stimme zittert merklich, als ich die letzte Frage stelle.

»Wo ist meine Schwester?«

»Du meinst Rhea?«

Ich nicke mechanisch. Mein ganzer Körper fühlt sich taub an. Der Geruch von Blut dringt in meine Nase, und ich weiß, dass es mein eigenes ist.

Langsam schiebt Victoria einen Ärmel ihres langen Kleides nach oben und streckt mir ihr Handgelenk entgegen. Mir entfährt ein Keuchen, als ich das dünne goldene Armband wiedererkenne. Es ist Rheas.

»Ich muss gestehen, ich weiß nicht genau, wo sie ist. Aber sie war einfach zu wertvoll, um sie mit den anderen sterben zu lassen.«

Ich starre sie an, verstehe den Sinn ihrer Worte erst langsam. Mit den anderen. Mit den Grauen. Und plötzlich wird mir klar, was ich eigentlich die ganze Zeit schon gewusst habe: Rhea ist ebenfalls eine Graue. Sie schwitzt in der Hitze, erträgt sie nicht und trug das goldenes Armband, das ihre Augenfarbe verändert hat. So wie ich einst Thys Ring.

Mit einem lauten Schrei laufe ich auf Victoria zu. Ich will ihr mit der bloßen Hand ins Gesicht schlagen, will das Grinsen aus ihr herausprügeln, aber ein heller Lichtstrahl schickt mich zu Boden. Ich schlage hart auf dem Rücken auf, und ein heißer Schmerz schießt meine Wirbelsäule entlang. Ich kann nicht gegen sie gewinnen, aber das ist mir egal. Alles ist mir egal, in diesem Moment zählen nur noch sie und ich. Sie hat mir alles genommen, was mir wichtig ist, und ich werde nicht kampflos aufgeben.

Ich drücke mich vom Boden hoch und spucke das Blut aus, das sich in meinem Mund gesammelt hat. Mit geballten Fäusten renne ich erneut auf sie zu, und wieder schickt mich ein Lichtstrahl zu Boden. Mein Schrei hallt durch die Halle, aber wieder rappele ich mich auf und stelle mich ihr entgegen.

»Wie lange sollen wir das Spiel noch spielen, Sienna?«, fragt Victoria gelangweilt. »Du kannst nicht gegen mich gewinnen, das konntest du noch nie.«

»Ich werde dich umbringen!«, brülle ich sie an und konzentriere mich auf das Licht in meinem Inneren.

»Das wirst du nicht. Aber mir reicht es ehrlich gesagt, bringen wir es zu Ende.« Sie kommt langsam auf mich zu und sieht dabei aus, als wäre nie etwas geschehen. Ihr Kleid schillert, und ihre Haare sitzen perfekt. Sie ist die Königin durch und durch, nur ihre kalten, dunklen Augen verraten sie.

»Warum hast du mich nicht getötet?«, frage ich, als sie bei meinem Vater stehen bleibt und sich zu ihm herunterbeugt. Sie fährt ihm durch seine hellen Locken und lässt ihre Hand einen Moment auf seiner Wange liegen.

»Wegen Ciaran. Ich war mir sicher, dass die Dunkelheit ihn schon so weit im Griff hat, dass er sich meinen Plänen anschließt. Und du vergötterst ihn, warum also solltest du dich gegen ihn stellen? Bis vor wenigen Wochen hast du ihm blind vertraut.«

Ich beiße meine Zähne so fest zusammen, dass es wehtut. Tränen schießen mir in die Augen, aber nicht vor Schmerz oder Zorn, sondern aus Wut über mich selbst. Sie hat recht mit dem, was sie sagt. Und das tut weher als alles andere. Ich war das naive, dumme Prinzesschen, das dem strahlenden Dunklen König gefolgt ist. Vielleicht nicht, ohne eine Frage zu stellen, aber ich bin ihm gefolgt. Tue es immer noch.

Ich will mir nicht die Schuld für alle toten Grauen geben, für all das Schreckliche, was in den letzten Wochen passiert ist, aber ich kann in diesem Moment einfach nicht anders.

Victoria erhebt sich wieder und seufzt leise. »Also dann, Prinzessin, da du mittlerweile zu viel weißt, lässt du mir keine Wahl ...« Um ihre Hände sammelt sich Licht, strahlt in die Halle hinein, und als sie sie vor sich zusammenführt, schießt ein Strahl aus Hitze und Feuer auf mich zu.

Im letzten Moment weiche ich aus und werfe mich auf die Seite. Kits Trainingsstunden kommen mir zugute, und ich danke ihm, wo immer er auch sein mag, für seine unendliche Geduld mit mir. Nur seinetwegen bin ich noch nicht tot.

Victoria flucht und folgt mir ein paar Schritte. Ich krieche auf allen vieren über den Boden, spuke immer wieder Blut und spüre, wie mein Körper vor lauter Schmerzen an seine Grenzen kommt. Die Temperatur in der Halle steigt, aber das macht mir nichts aus. Ein Blick über die Schulter zeigt Victoria, die erneut Licht um ihre Hände sammelt, größer als das letzte Mal.

Ich werde sterben. Innerhalb der nächsten Sekunde wird sie mich verbrennen, und von mir wird nichts bleiben als ein wenig Asche und Staub. Aber ich will nicht wie ein Häuflein Elend am Boden kauern, ich habe keine Angst vor ihr. Daher drücke ich mich mit dem letzten Rest Kraft, der noch in meinem Körper ist, nach oben und bleibe auf zitternden Beinen stehen. Ich schließe die Augen und konzentriere mich auf das Licht in meinem Inneren. Es wird nicht wehtun, es wird schnell gehen. Ich spüre, wie das Feuer näher kommt, spüre die Hitze und sehe im letzten Moment meine Mutter vor mir, sehe ihr Gesicht und ihre offenen Arme. Sie wartet auf mich.

Irgendetwas greift nach meinen Händen, legt sich um mich, dringt in mich und füllt mich aus. Ich spüre eine fremde Kraft durch meinen Körper rasen, fremd und doch vertraut. Sie lässt mich die Hände heben, und in meinem Inneren explodiert etwas. Feuer rast durch meinen Körper, raubt mir den Atem und bricht aus mir hervor. Ich öffne die Augen.

Victoria steht nur einige Meter vor mir. Sie hat das Gesicht erschrocken verzogen, und ein panischer Ausdruck liegt in ihren Augen. Etwas Fremdes hilft mir, gibt mir Kraft und stützt mich.

Hitze sammelt sich in meinen Händen, brennt heiß auf meinen Handflächen, und all meine Wut, mein Zorn auf diese Frau fließt in die Energie der Flammen. Ich hasse sie. Habe sie vom ersten Tage an gehasst, und für all das, was sie getan hat, kann es nur eine Strafe geben. Es ist nicht meine Kraft, die durch mich hindurchfließt, und doch habe ich das Gefühl, als wäre sie es. Ein Schrei entfährt mir, und mit aller Kraft schleudere ich ihr mein Licht entgegen.

Die Zeit scheint eine Sekunde stillzustehen. Ich höre meinen Schrei, sehe die riesige Lichtkugel auf Victoria zufliegen, die so viel größer und mächtiger ist als ihre zuvor, und schaue sie einen letzten Moment an. Wie sie vor mir steht, die Königin, die eine perfekte Show geliefert hat, um uns alle zu hintergehen. Und im allerletzten Moment, kurz bevor mein Feuer sie verbrennt, lächelt sie mir zu.

Die Lichtkugel trifft sie, und innerhalb einer Sekunde ist es vorbei. Sie schreit nicht einmal. Von einem Moment auf den anderen ist sie nicht mehr als ein kleiner Haufen verbrannten Fleisches.

Meine Knie geben nach, und ich komme unsanft zu Boden. Ich muss mich auf meinen Armen abstützen, um nicht vollends zusammenzubrechen. Ich spüre, wie mich die fremde Kraft wieder verlässt, wie das Feuer aus meinem Körper verschwindet, wie ich wieder ich selbst werde. Die Lichtprinzessin, die eben die Königin umgebracht hat.

Einen Moment später bin ich bei meinem Vater. Die Königin ist tot, der Zauber sollte gebrochen sein. Aber er liegt immer noch da und hat die Augen geschlossen.

»Vater! Vater, wach auf!«, bitte ich eindringlich. Ich fahre über sein Gesicht, suche nach einem Lebenszeichen, aber ich finde keinen Anhaltspunkt.

Im Hintergrund höre ich Geräusche, höre, wie unsere Soldaten wieder zurück in die Halle kommen und sich Befehle zurufen. Hinter mir erhebt sich Ciaran stöhnend. Er kommt auf die Beine und tritt zu mir.

»Was hast du getan?«, fragt er mit rauer Stimme, aber seine Frage ist eigentlich überflüssig.

Victorias Reste liegen nur wenige Meter von uns entfernt, und da ich noch am Leben bin, muss ihm klar sein, was passiert ist.

»Vater!« Ich ignoriere Ciaran und rüttele sanft an der Schulter meines Vaters.

In diesem Moment schlägt er die Augen auf. Er sieht mich an, Verwunderung in seinem Blick. Ich helfe ihm, sich aufzusetzen, und er schaut sich orientierungslos um.

»Was ist geschehen? Was mache ich hier?«, fragt er und schüttelt ratlos seinen Kopf.

»Es ist alles gut, Vater, du bist in Sicherheit«, versuche ich, ihn zu beruhigen. Meine Stimme klingt kratzig, und in mir tobt ein Sturm. Ich will weg, will zurück in mein Zimmer und all das hinter mir lassen. Ich habe keine Ahnung, woher ich plötzlich die Fähigkeiten hatte, Victoria zu besiegen. Woher das Feuer in meinem Inneren gekommen ist, denn als ich jetzt danach suche, ist es fort. Aber das ist unwichtig, Victoria kann uns nichts mehr anhaben. Es ist endlich vorbei.

Soldaten kommen zu uns, als sie sehen, dass der König aufrecht sitzt und spricht. Sie helfen ihm auf, und ich schaue mich nach Ciaran um. Er steht vor Victorias Überresten und starrt zu Boden. Ich gehe zu ihm, möchte am liebsten seine Hand nehmen, aber ich wage es nicht. Ich kann ihm nicht erklären, was passiert ist, kann es mir ja selbst nicht erklären. Ich habe sie verbrannt, aber eigentlich sollte ich dazu nicht in der Lage sein. Und ihm von der fremden Kraft zu erzählen, die in mich gedrungen ist und mein Licht verstärkt hat, klingt sogar in meinen Ohren so unglaubwürdig, dass ich lieber schweige.

Ciaran hebt seinen Blick und sieht mich an. Ein Schauer läuft mir den Rücken hinunter, denn seine Augen sind tiefschwarz, und kein einziger Funke Licht ist mehr erkennbar. Die Dunkelheit beherrscht ihn, und selbst das Flattern in meinem Kopf strahlt etwas Kaltes aus. Sein Gesicht zeigt keine Gefühlsregung und er geht, ohne auch nur ein Wort zu sagen. Ich habe ihn verloren.

Als ich mich umdrehe, steht mein Vater vor mir. Er sieht an mir vorbei zu Victorias verbranntem Körper, und in seinem Gesicht spiegeln sich Fassungslosigkeit und abgrundtiefer Hass. Ich will auf ihn zugehen, aber als er mich anschaut, keuche ich erschrocken auf. Seine goldenen Augen … sind nicht länger seine.

»Nehmt sie fest!«, brüllt mein Vater, und feine Speicheltropfen treffen meine Haut. Am Rande bekomme ich mit, wie Soldaten meine Arme ergreifen und mich wegführen. Ich lasse es einfach mit mir geschehen. Immer noch sehe ich die Augen meines Vaters vor mir. Ich kenne diese Augen, aber alles in mir weigert sich, das wahrhaben zu wollen, was ich gesehen habe: Es sind Victorias.

***

Feiner Sand rieselt durch die hellen Ritzen in der Decke. Ich halte meine Hand vor mich und sehe zu, wie der Sand sich darauf auftürmt und dann zu Boden rieselt. Der Sand hat etwas Beständiges, etwas Beruhigendes. An den schrecklichen Geruch hier unten habe ich mich beinahe gewöhnt, aber die Dunkelheit macht mir zu schaffen. Sie kriecht über meine Haut, in meinen Körper, lässt mich erfrieren und nimmt mir nach und nach mein Licht. Jeden Tag spüre ich, wie ich schwächer werde, sodass ich mittlerweile nicht einmal mehr aufstehen kann. Helle über mir in der Arena schreien und toben. Sie rasten schier aus und trommeln mit ihren Stöcken auf den Boden.

Tock. Tock. Tock.

Das Geräusch macht mich wahnsinnig, und ich halte mir die Ohren zu. Aber es dringt durch meine Hände, in meinen Kopf und löscht jeden anderen Gedanken aus. Ich knie auf dem Boden, meinen Kopf zwischen meine Beine gepresst.

Tock. Tock. Tock.

Eine Woche bin ich bereits als Gefangene hier unten. Eine Woche ohne ein einziges Wort von meinem Vater oder Ciaran. Eine Woche ganz alleine in der Dunkelheit. Ich werde langsam verrückt.

Lady Delanos haben sie vor einiger Zeit geholt und mir erklärt, dass ich die Nächste sei. Lady Delanos hat gekichert und mir angedroht, dass wir uns wiedersehen würden. Auf der anderen Seite, wo immer das auch sein soll.

Die Stimme meines Vaters dringt an meine Ohren, und mir schießen die Tränen in die Augen. Er ist nicht bei mir, er wird auch nicht kommen. Er ist in der Arena und kündigt in diesem Moment Lady Delanos Hinrichtung an. Die Massen schreien begeistert auf, und als ich einen heiseren Schrei und ein Klatschen höre, wird mir schlecht. Beißende Säure kämpft sich meine Speiseröhre hinauf, und ich würge das letzte bisschen Essen hervor, das noch in meinem Magen war.

Ich werde sterben. Der Hauptmann unserer Königsgarde hat mir mitgeteilt, dass ich des Mordes an der Königin angeklagt sei. Und in einem öffentlichen Prozess verurteilt werden würde. Ich habe sie umgebracht, das kann ich nicht leugnen. Auch wenn ich bis jetzt nicht erklären kann, wie es mir gelungen ist. Aber ich würde es jederzeit wieder tun. Obwohl es letztlich nichts verändert hat: Die Spiele finden weiter statt, immer mehr Graue sterben …

Tock. Tock. Tock.

Niemand ist gekommen, um nach mir zu sehen. Aber außer Meister Taurin ist auch niemand mehr da.

Ciaran. Ich versuche, nicht an ihn zu denken, aber es gelingt mir nicht. Immer wieder sehe ich seine schwarzen Augen vor mir, in denen kein Licht mehr ist. Ich fühle ihn in meinem Kopf und weiß, dass ihn die Dunkelheit immer noch im Griff hat. Aber er muss in meiner Nähe sein, denn das Gefühl in mir ist stark. Und in diesem Moment durchfährt ihn eine warme Welle, die sogar die Dunkelheit durchdringt.

Ich fange an zu zittern. Ciaran muss oben in der Arena sitzen, aber ich kann mir nicht erklären, was ihn so begeistert, während ich hier unten auf meinen Prozess warte.

Tock. Tock. Tock.

Wieder rieselt Sand durch die Ritzen, und helle Sonnenstrahlen finden ihren Weg durch winzig kleine Löcher in der Decke. Ich strecke meine Hand aus und versuche, einen zu greifen. Das Licht umspielt meine schmutzige Haut, die durch die Dunkelheit eine durchscheinende Farbe angenommen hat.

Bald ist es vorbei. Rheas Vision, wie ich in der Arena sterbe, war die Wahrheit.

Wieder dröhnt die Stimme meines Vaters bis in meine Gefängniszelle, und gleichzeitig höre ich Schritte näher kommen. Aber es ist nicht mein Vater, der dort oben sitzt und spricht. Sie ist es, da bin ich mir sicher. Es waren Victorias Augen in seinem Gesicht. Er steht immer noch unter ihrem Bann.

Jemand öffnet meine Zelle, aber ich bin zu müde, um mich umzudrehen. Sie sind da, sie werden mich holen.

Tock. Tock. Tock.

Jemand lässt sich vor mir nieder, und ich muss blinzeln, um etwas zu erkennen. Im ersten Moment glaube ich nicht, was ich sehe. Dann fangen meine Augen zu brennen an, und ich lasse mich einfach vornüberkippen. Er fängt mich auf, zieht mich an sich und hält mich. Leise Worte murmelnd, streicht er über meinen Kopf, aber ich bekomme von alldem nichts mehr mir. Ich presse mich an ihn, klammere mich an ihm fest und werde ihn nie wieder loslassen.

»Komm, wir müssen uns beeilen, Prinzessin.« Er steht auf und zieht mich mit sich hoch. Meine Beine klappen unter mir weg, daher nimmt er mich kurzerhand auf seine Arme.

»Wohin bringst du mich?«, flüstere ich, und meine trockenen Lippen platzen auf.

Er sieht mich an, sein Mund zu einem schiefen Grinsen verzogen. »An den einzigen Ort, an dem sie dich nicht finden werden. In meine Heimat.«

EPILOG

Die Dunkelheit lockt mich, flüstert mir leise betörende Worte zu, denen ich nur zu gerne folge. Fort von dem Licht in meinem Kopf, das mir Schmerzen bereitet, das mich nicht mehr klar denken lässt. Wie ein lästiges Anhängsel verfolgt es mich, bleibt es in mir, und trotz meiner Kraft, meiner Stärke kann ich es nicht abschütteln. Verfluchte Wärme längst vergangener Tage, vergangener Gefühle! Ich will nichts mehr fühlen, denn Gefühle machen mich schwach. Und das bin ich nicht mehr, ich bin so stark und mächtig wie noch nie in meinem Leben. Aber dennoch … das Licht zieht an meinem Unterbewusstsein, fühlt sich vertraut an, lässt mich innehalten. Es erinnert mich an jemanden. An jemanden, der eigentlich an meiner Seite sein sollte. Und es nicht ist.

»Ciaran, kommst du?«

Ava hält mir ihre Hand hin. Ihre braunen Locken schimmern im hellen Licht der Sonne, glänzen beinahe golden, und in mir regt sich etwas. Goldenes Haar … Goldene Augen … Sienna. Sie sitzt im Kerker, wartet auf ihre Hinrichtung. Kurz überkommt mich der Drang, ihr helfen zu wollen, sie zu retten. Aber dann bäumt sich die Dunkelheit in mir auf, verdrängt die Gedanken. Sienna hat die Königin getötet, es ist richtig, dass sie dafür bestraft wird. Niemand darf ungeschoren davonkommen, so will es das Gesetz. So will es der König, der groß und mächtig vor uns steht.

Lächelnd ergreife ich Avas Hand, lasse mich von ihr auf meinen Platz neben ihr ziehen. Gemeinsam sitzen wir auf der Tribüne, verfolgen das Spektakel, das sich uns bietet. Tausende sind gekommen, aus allen Teilen der Spiegelnden

Welt, denn heute werden die letzten Rebellen hingerichtet. Und die Lichtprinzessin.

Xentos brüllt seinen Zorn heraus, spricht zu den Zuschauern über den Verrat, den Lady Delanos begangen hat, und über die Taten seiner Tochter. Zwei Soldaten zerren eine armselige Gestalt in die Mitte der Arena, doch als sie sie loslassen, bricht sie zusammen. Nur mit Mühe erkenne ich Lady Delanos in dem armseligen Weib, das nun im Sand kauert. Was für eine schwache Helle, auch sie hat es nicht anders verdient. Amüsiert denke ich an den Moment zurück, als sie unter meiner Hand fast gestorben wäre. Hätte mich Victoria nicht im letzten Moment davon abgehalten, wäre uns heute ein großartiges Spektakel entgangen. Meine Haut beginnt zu kribbeln, und Freude schießt durch meine Adern. Gleich wird sie sterben, sie und viele andere. Und endlich wird es wieder Ordnung geben.

Avas Hand zuckt, als der Helle König Lady Delanos mit seinem Licht verbrennt. Die Massen jubeln, und mein Mund verzieht sich zu einem zufriedenen Lächeln. Sie sind alle so blind, so wahnsinnig naiv! Gib ihnen ein bisschen Spektakel, ein wenig Ablenkung vom Elend, und sie folgen alle. Victoria hat das sofort verstanden, und ich werde ihr nachtun. Eine kalte Entschlossenheit breitet sich in meiner Brust aus, Eifer packt mich. Ich spüre meine dunkle Kraft einmal mehr, mit einem einfachen Fingerschnipsen könnte ich sie alle töten.

»Gleich kommt Sienna«, flüstert Ava an meinem Ohr. Deutlich klingt ihre Begeisterung heraus. Es ist schon bemerkenswert, wie sehr sie ihre Schwester hasst. Wie sehr sie sich freut, dass sie in wenigen Minuten sterben wird. Ohne zu zögern, hat Ava ihren Platz an meiner Seite eingenommen, und ich habe ihn ihr gewährt. Ava ist naiv, einfach zu lenken, aber sie amüsiert mich. Sie wird mir Vergnügen bereiten, wenn mir danach ist. Ich denke an letzte Nacht zurück, und kurz flattert ein aufgeregtes Kribbeln durch mich hindurch. Oh ja, mit Ava werde ich Spaß haben. Ganz anders als mit der zurückhaltenden Lichtprinzessin, die nie verstanden hat, wer ich tatsächlich bin. Die immer nur einen schwachen Prinzen in mir sehen wollte, nie den König.

Sienna. Wieder spüre ich das warme Flattern in meinem Kopf, das mich an etwas erinnern will. An ein Gefühl, das ich mit ihr in Verbindung bringe, an einen anderen Dunklen, der ich einst war. Sienna. Ich habe sie geheiratet, und seitdem ist das verfluchte Licht in meinem Inneren. Ich spüre sie, weiß, wo sie ist. Aber in den letzten Tagen ist es schwächer geworden, so, wie sie vermutlich schwächer wird.

Sienna. Gleich wird sie sterben. Ein letztes Mal suche ich nach dem Licht in meinem Inneren, fühle die schwache Wärme, die davon ausgeht. Ich liebe sie, habe es zumindest einmal. Ich will dem Gefühl folgen, der Wärme, versuche, Sienna noch einmal zu greifen, doch von einem Moment auf den anderen ist das Licht verschwunden.

Danksagung

Über ein Jahr habe ich an dem Manuskript zu »Schattenlicht 1: Goldenes Licht« geschrieben. Und mehr als einmal stand ich kurz davor, es einfach in einem versteckten Ordner auf meinem Laufwerk verrotten zu lassen. Die Geschichte hat sich gewehrt, sich immer mehr verstrickt und mich an den Rand der Verzweiflung getrieben. Ich habe ehrlich gezweifelt, ob ich jemals aus dem Chaos herausfinde. Ich habe es geschafft, aber das hätte ich nie alleine.

Mein ganz besonderer Dank gilt meiner Lektorin Konny! Ich weiß noch, wie ich Dir das Manuskript in der ersten Fassung geschickt habe, mit allerlei Anmerkungen und Hilfegesuchen. Was für ein Chaos! Ich danke Dir für Deine Geduld, für Deine konstruktiven Anmerkungen und Tipps, die mich und auch letztendlich Sienna auf den rechten Weg gebracht haben.

Danke auch meinen Testlesern Adele, Maix und meiner Mama! Ihr seid die Besten, und im Nachhinein weiß ich umso mehr zu schätzen, wie viel Zeit und Energie Ihr in dieses Manuskript investiert habt! Ich danke Euch für Eure Ideen, Eure aufbauenden Worte, nicht aufzugeben, und auch den Hinweis, dass nicht zu offensichtlich sein sollte, wen Sienna letztendlich wählt – auch wenn das vermutlich jedem klar ist. 😉

Ganz lieben Dank auch dir, Hannah, für deine Zeit und deine Mühe auch noch den letzten Tippfehler im Manuskript zu finden.

Alex, das Cover ist der Wahnsinn! Ich weiß gar nicht mehr, wie oft ich dir dafür schon gedankt habe. Ich liebe es! Ganz vielen Dank dafür!

Marcus, auch Dir möchte ich danken. Auch wenn Du bis heute nicht ein einziges Wort aus meinen Büchern gelesen hast, danke ich Dir für Dein Verständnis und die Zeit, die Du mir für das Schreiben einräumst. Danke Dir für Deine Unterstützung und Deine regelmäßigen Arschtritte, immer daran zu denken, wie wichtig es ist, nach vorne zu schauen.

Und zu guter Letzt möchte ich vor allem Dir danken! Du bist Sienna in ihre Welt gefolgt, hast gezweifelt und gekämpft und hast hoffentlich so viel Begeisterung für die Spiegelnde Welt dabei empfunden, wie ich es habe. Ich freue mich über Nachrichten, Anregungen, Ideen und auch Feedback auf meiner Facebook-Seite oder unter izzymaxen@gmail.com!

Über den Autor

Unter dem Namen Izzy Maxen schreibe ich Liebesgeschichten und romantische Fantasy-Romane.

Mit dem Debütroman »Maskenball – Der Aufstand der Weißen Hand« habe ich mir einen Traum erfüllt, auch wenn ich mich immer noch frage, wie ich die Zeit dafür im alltäglichen Wahnsinn gefunden habe. Seitdem kämpfe ich um jede freie Minute, um die Ideen in meinem Kopf zu Papier zu bringen. Und davon gibt es noch eine Menge!

Du willst mehr von mir lesen?

Homepage: izzymaxen.com
E-Mail: izzymaxen@gmail.com
Facebook: facebook.com/izzymaxen

Meine Bücher leben von deinem Feedback! Daher freue ich mich sehr, wenn du mich mit Rezensionen und Likes unterstützt.

Deine Izzy

Impressum:

I. Mager
Westring 1
64331 Weiterstadt

www.izzymaxen.com
izzymaxen@gmail.com

25002175R00193

Printed in Poland
by Amazon Fulfillment
Poland Sp. z o.o., Wrocław